La traidora

Novela histórica

Biografía

V. S. Alexander es un apasionado de la historia, la música y las artes visuales. Algunas de sus influencias en la escritura son Shirley Jackson, Oscar Wilde, Daphne du Maurier y cualquier texto de las exquisitas hermanas Brönte. Es autor de las novelas *The Magdalen Girls* (2016), *La catadora de Hitler* (Planeta, 2019), *The Irishman's Daugther* (2019) y *La traidora* (Planeta, 2021). Actualmente vive en Florida, Estados Unidos.

V. S. Alexander
La traidora

Traducción de Nancy Alejandra Tapia Silva

Planeta

Título original: *The Traitor*

© 2020, Michael Meeske

Publicado por primera vez en inglés por Kensington Publishing Corp.
Derechos de traducción negociados por Sandra Bruna Agencia Literaria, S.L.

Traducción: Nancy Alejandra Tapia Silva
Diseño de portada: Planeta Arte & Diseño / Estudio La fe ciega / Domingo Martínez

Derechos reservados

© 2025, Editorial Planeta Mexicana, S.A. de C.V.
Bajo el sello editorial BOOKET M.R.
Avenida Presidente Masarik núm. 111,
Piso 2, Polanco V Sección, Miguel Hidalgo
C.P. 11560, Ciudad de México
www.planetadelibros.com.mx

Primera edición en formato epub: septiembre de 2021
ISBN: 978-607-07-7895-7

Primera edición impresa en México en Booket: abril de 2025
ISBN: 978-607-39-2730-7

No se permite la reproducción total o parcial de este libro ni su incorporación a un sistema informático, ni su transmisión en cualquier forma o por cualquier medio, sea este electrónico, mecánico, por fotocopia, por grabación u otros métodos, sin el permiso previo y por escrito de los titulares del *copyright*.

Queda expresamente prohibida la utilización o reproducción de este libro o de cualquiera de sus partes con el propósito de entrenar o alimentar sistemas o tecnologías de Inteligencia Artificial (IA).

La infracción de los derechos mencionados puede ser constitutiva de delito contra la propiedad intelectual (Arts. 229 y siguientes de la Ley Federal del Derecho de Autor y Arts. 424 y siguientes del Código Penal Federal).

Si necesita fotocopiar o escanear algún fragmento de esta obra diríjase al CeMPro (Centro Mexicano de Protección y Fomento de los Derechos de Autor, http://www.cempro.org.mx).

Impreso en los talleres de Impregráfica Digital, S.A. de C.V.
Av. Coyoacán 100-D, Valle Norte, Benito Juárez
Ciudad De Mexico, C.P. 03103
Impreso en México - *Printed in Mexico*

Para quienes pelearon y murieron por la libertad.

PRÓLOGO

Kristallnacht, *9 de noviembre de 1938*
La Noche de los Cristales Rotos

«En la oscuridad, la mente puede engañarnos».

Eso pensé cuando escuché aquellos sonidos, al principio distantes, como la melodía de gotas en una fuente, seguidos por un estruendo lejano que resquebrajaba y astillaba el aire. Me tallé los ojos, busqué mis lentes y miré por la ventana que estaba sobre mi escritorio. El reloj de plata decía que era más de la una de la mañana. Era 9 de noviembre, el decimoquinto aniversario del fallido Pustch de Múnich, momento para que toda Alemania homenajeara al nacionalsocialismo y celebrara a los nazis caídos. Todo mundo debía estar dormido, pero otros ruidos igualmente ominosos colmaban el aire.

Risas y abucheos ahogados se filtraban por mi ventana. Abrí el cerrojo y escuché unas voces que se propagaban por Múnich, parecían venir de cada rincón de la ciudad, de la tierra misma. Por el aire circulaban voces indistintas, quebradas, que cantaban «*Juden, Juden, Juden*» y que chocaban con mis oídos. Sentí un escalofrío ante su descarga de ira y odio.

Encendí mi lámpara de escritorio y un resplandor amarillo y enfermizo inundó los papeles que se extendían sobre el secante. Había estudiado durante varias horas antes de ir a dormir. Froté mis ojos fatigados, me puse los lentes y con la cara apoyada en mis manos, miré a través de la ventana manchada de hollín, desde mi recámara en un cuarto piso, en Rumfordstrasse.

Miré más allá del afilado chapitel de la Iglesia de San Pedro, «Viejo Pedro», como mis padres la llamaban, y de las construcciones de piedra que bordeaban las calles. El humo ascendía en espiral, desplazaba las nubes que ocultaban la luna llena. Las llamas ardían en el horizonte, mientras el humo negro se dispersaba por el cielo, cual tinta derramada en un balde de agua.

Múnich estaba hecha de madera y piedra, y el cuerpo de bomberos llegaría lo suficientemente rápido para apagar el fuego. Pocas veces había experimentado la sensación que tuve en el estómago. Me recordó un momento en el que yo, a los siete años, me alejé de mi madre en una tienda departamental, recién llegamos a Múnich, y un temor peculiar me invadió. Un amable anciano vestido de traje azul que olía a tabaco y a una colonia aromática me ayudó a encontrar a mi madre. El hombre hablaba alemán con un acento muy marcado y llevaba un gorro redondo en su cabeza canosa. Mi madre me tomó entre sus brazos y olvidó lo enojada que estaba conmigo porque me había separado de ella. Después me dijo que, de no haber sido por aquel judío, alguien podría haberme robado. La voz de mi madre era tranquila y monótona, en nada parecida a las voces afuera de mi ventana.

Esa noche de noviembre me devolvió aquel temor y, como un ladrillo apilado sobre otro, la culminación devastadora de los cambios que había sufrido la ciudad a medida que el nacionalsocialismo avanzaba, primero con pequeños pasos y después a zancadas arteras. Mis amigos judíos, que alguna vez habían sido numerosos desde el momento en que el anciano se había convertido en mi salvador años atrás, ahora eran distantes y muchos me decían que lo mejor era que ya no nos viéramos. Sus palabras me entristecían a medida que se alejaban. Quería mantenerlos como amigos, incluso si ellos preferirían que nadie los viera ni los escuchara, refugiados en sus casas como ratones sigilosos y silenciosos.

En 1938, el Reich aumentó su incriminación y represión no solo hacia mi familia, sino hacia cualquier ciudadano que no fuera un nazi ferviente. Algunas veces, la tensión que cimbraba a

Múnich rayaba en la paranoia. Tal exaltación agitaba la sangre y tuvo un costo terrible, porque uno nunca sabía en qué momento la Gestapo podría venir por tu vecino o por ti.

Mientras estas ideas galopaban por mi mente, el incendio creció y las nubes reflejaron una mezcla infernal de amarillos y anaranjados abrasadores, manchada con floraciones negras. Después hubo más estruendo, sonidos del metal que se desgarraba, del vidrio que se rompía, pero ninguna alarma sonó.

A los dieciséis años era demasiado joven para irme de la casa de mis padres sin permiso, pero lo suficientemente mayor para sentir curiosidad, y miedo, por lo que vi y escuché. Caminé de puntitas por el corredor y miré hacia la recámara de mis padres. Dormían tranquilos bajo las sábanas, su aliento adormilado subía y bajaba con cadencia.

Regresé lentamente a mi cuarto, apagué la luz y traté de dormir mientras temía por la ciudad que llamaba hogar.

—Talya —gritó mi madre en la puerta, a la mañana siguiente.

Me levanté de golpe.

—¿Sí?

Mi madre, Mary, daba golpecitos en el piso con su pie afuera de la puerta, como solía hacerlo cuando yo dormía de más.

—Llegarás tarde a la escuela.

Se dio la vuelta en el pasillo y fue hacia la cocina. Su vestido negro ceñía su cuerpo y se escuchaba el taconeo de sus zapatos en el piso de madera. Ella siempre mantenía su actitud burguesa, aunque vivir en Alemania había resultado más difícil de lo que mis padres previeron al abandonar nuestro hogar en Rusia. Sin importar la hora, ella siempre se veía como si fuera a ir de compras. Otro hábito al que se negaba a renunciar era llamarme con el diminutivo de mi nombre. Esa costumbre me irritaba porque ya no era una niña, había cumplido dieciséis años el 16 de mayo. Todas mis amigas, y por supuesto los chicos que conocía en la escuela y me gustaban, me llamaban con mi nombre completo: Natalya.

—Hoy no hay clases; es día festivo.

Bostecé y me estiré hacia la ventana, para ver si todavía ardía el fuego. Ella regresó y sus ojos echaban chispas de irritación ante mi actitud somnolienta.

—*Herr* Hitler canceló el día festivo. *Herr* Hess hablará esta noche. Y no importa si hay clases. Si no las hay, puedes ir a conseguir hilo para que remiende los calcetines de tu padre.

Me quedé desconcertada. Si el día festivo estaba cancelado, ¿las tiendas estarían abiertas o cerradas? Además, encontrar textiles se estaba convirtiendo en una misión casi imposible, porque se habían agotado para satisfacer las necesidades de una *Wehrmacht* en expansión. Me lavé, me vestí y alcancé a mis padres en la mesa.

—¿Viste el incendio? —Le pregunté a mi madre después de sentarme. Ella se concentró en las ollas que estaban en la estufa y no me contestó.

Mi padre, Peter, se llevó una cucharada de avena a la boca y me miró con severidad.

—Vándalos. Puras tonterías —dijo entrecerrando los ojos, luego dio otro bocado y me apuntó con la cuchara—: Aléjate de ellos.

—¿Cómo sabes que eran vándalos? —pregunté.

Las cejas negras de mi padre se abultaron sobre el puente de su nariz.

—Mucha gente se niega a hablar estos días, pero algunos lo hacen, incluso temprano por la mañana, cuando los vecinos se reúnen en el pasillo.

—No me relaciono con revoltosos —le aseguré mientras revolvía mi avena.

La visión que mi padre tenía de la vida, a diferencia del estilo más relajado de mi madre, era toda seriedad, apropiado para un autoritario estricto. Desde el inicio de mi adolescencia empecé a resentir estas órdenes absolutas que me lanzaba como meros clichés. «No» y «no lo hagas» eran las principales palabras de su vocabulario.

Después de comer regresé a mi cuarto y estudié el problema de álgebra en el que había trabajado la noche anterior. Frustrada por mi incapacidad para resolverlo, tiré el fastidioso papel y el bolígrafo que estaba al lado de mi texto de biología. El libro estaba abierto en la página del título, con el águila que abría las alas y se posaba sobre una esvástica rodeada por un círculo. La tinta negra resplandecía como si la hubieran imprimido ayer. Todos los días vivíamos con esos símbolos, no teníamos elección.

Limpié mis lentes y me pregunté si podría escabullirme con mi amiga Lisa Kolbe. Ella sabía más de la vida y era más sofisticada que yo. Además, la consideraba más hermosa, más extrovertida, y su perspectiva de la vida era menos melancólica que la mía, gracias a sus padres alemanes, muy distintos de mis padres rusos. Lisa tenía una facilidad para hacer amigos que también admiraba. Nos habíamos conocido hacía años, porque nos llevábamos solo unos meses y vivíamos en el mismo edificio.

Escuché dos golpes en el piso que provenían del techo de abajo. Eran suaves, pero sentí su vibración a través de mis zapatos. Lisa me había enviado la señal de siempre para reunirnos. Me puse el abrigo y caminé hacia la sala de estar.

Mi padre se terminaba su té y leía un libro ilegal, la traducción al alemán de la *Suma teológica* de Santo Tomás de Aquino. La conservaba junto con otros libros ilícitos que ocultaba atrás del librero, como si su escondite improvisado nunca fuera a ser descubierto. Mi padre jamás había leído un libro prohibido en público y, como nuestra familia era discreta, era poco probable que el escondite saliera a la luz.

Lo observé por un momento, mientras sus ojos embebían las palabras. Pronto suspendería su lectura e iría a la botica, donde trabajaba como asistente del farmacéutico, un empleo similar al que había tenido en Rusia antes de mudarnos a Múnich.

Mi madre me dio unas monedas *Reichmark* para comprar hilo negro si acaso encontraba una tienda abierta. Esto sucedió después de una severa advertencia por parte de mi padre:

—Asegúrate de no meterte en lo que no te importa.

Me despedí de mis padres con un beso y salí al corredor polvoriento, pisé con cuidado los escalones. Lisa me esperaba en la penumbra, vestida con mallas y chaqueta; el único foco en la parte más alta de las escaleras le iluminaba parcialmente la cara. Su cabello rubio, casi platinado, tenía un corte elegante que le enmarcaba el rostro y las orejas. La curva de sus labios que conocía tan bien me ofreció la sonrisa impertinente de toda la vida.

—Entonces, ¿adónde vamos? —preguntó.

—Por hilo.

—Qué emocionante —contestó y fingió un bostezo.

—Lo sé.

—Mis padres ya se fueron a trabajar. —Su sonrisa cambió a una mueca traviesa—. ¡Tenemos que ver lo que sucedió anoche!

Estaba tan emocionada como ella por descubrir lo que había sucedido y más que dispuesta a forzar los límites de las órdenes de mi padre. Bajamos corriendo por los escalones que faltaban y salimos por la puerta. Una brisa indiferente aún cargaba el olor de madera quemada.

—¿Viste el incendio? —pregunté mientras caminábamos por las calles estrechas del centro de la ciudad. Hacia el poniente, las torres gemelas de la Frauenkirche se cernían sobre el centro de la Marienplatz.

—Solo el cielo rojo.

El día tenía un temperamento tal que nos ensimismó. Las calles estaban calladas, pero aquí y allá la gente pasaba, con la cabeza baja, casi sin mirarnos. Algunas veces desaparecían en los callejones, como fantasmas entre las sombras.

Varios jóvenes estaban sentados en bancos, fumando, o recargados en los edificios, como si no pudieran deshacerse de los efectos de una larga noche de juerga. Eran integrantes de las SA, los «camisas pardas» les decíamos. Un tipo especialmente hosco, con la mandíbula marcada y con una mata de cabello color arena nos ordenó que nos detuviéramos. «¿*Juden*?», preguntó. Negamos con la cabeza y dijimos «*Nein*», y después de que le mostramos los papeles de la escuela, que siempre llevábamos, nos dejó ir.

—¿No se ve a simple vista que no somos judías? —preguntó Lisa, pero yo sabía que bromeaba. Sus palabras exudaban sarcasmo. Una de nuestras amigas más queridas, una chica judía a la que no habíamos visto en varios meses, era tan rubia y de ojo azul como cualquier ario. Sin embargo, estaba sujeta a las leyes que oprimían a los judíos. Nada de estas restricciones era justo.

Pronto nos topamos con el edificio incinerado, una sinagoga. Había pasado frente a ella muchas veces. Era una construcción de piedra robusta, con una ventana grande y circular enmarcada por una especie de torreón; sin embargo, las flamas lo habían carbonizado todo; la ventana quedó como un agujero vacío, como el ojo desaparecido de un cíclope. Gran parte del techo se había derrumbado. La mampostería estaba ennegrecida y las intensas llamas habían teñido algunas partes del color de la ceniza. La estructura calcinada, con sus ventanas y puertas abovedadas, se veía tan repugnante como los árboles desnudos que se apartaban de ella.

No nos atrevimos a acercarnos demasiado porque los miembros de las SA resguardaban el edificio y ahuyentaban a quienes pudieran tener la intención de saquearlo o de salvar algún objeto. De las mejillas de dos mujeres detrás de nosotros corrían las lágrimas, que se secaban con pañuelos. Por sus sollozos sofocados, advertí que no querían llamar la atención.

Se marcharon arrastrando los pies y un joven bien vestido se detuvo a mi lado y se quitó el sombrero. Era alto y su cabello era una mezcla de castaño y rubio, con la raya en la parte izquierda de la cabeza y peinado hacia la derecha, al estilo que la mayoría de los hombres usaba. Un atractivo rostro enmarcaba sus ojos algo apartados. Con solo mirarlo supuse que era inteligente y un poco astuto, pues la rigidez de su postura y mandíbula destilaba esas cualidades.

—Las SA la incendiaron con gasolina y después intentaron arrojar al rabino a las llamas —dijo con voz baja mientras miraba la sinagoga—. Quería salvar los rollos de la Torá. —Lisa y yo nos miramos sin saber qué decir—. Todos esos son unos perros —continuó—. Hicieron que arrestaran al rabino. Seguramente acabará en Dachau. ¡Cerdos! —Volteó hacia nosotras—. ¿Quiénes son ustedes?

Cuando empezaba a contestarle, Lisa se interpuso y dijo:

—No es de su incumbencia, ¿quién es usted para preguntar?

Al ser la introvertida, me quedé callada y me sentí mal por el hombre que había expresado su compasión por el rabino y el infortunado incendio provocado. Por amabilidad, le sonreí y sus ojos se detuvieron en los míos. Una chispa de atracción se encendió entre nosotros por un instante; se me puso la piel de gallina y el vello de mis brazos se erizó.

—Lamento haberlas molestado, pero no las olvidaré —exclamó y se quitó el sombrero. Me lanzó una mirada y desapareció en la esquina de la calle detrás de nosotras.

—Eso fue extraño —le dije a mi amiga, mientras me acomodaba los lentes en la nariz.

La excitación electrizante persistía en mi cuerpo. Lisa estaba serena, fresca y elegante a unos pasos de mí. Nunca me consideré hermosa, más bien alta y desgarbada, tal vez con demasiado cabello negro. Mis lentes tampoco me ayudaban a tener confianza con los chicos.

—Vámonos antes de que llamemos más la atención —dijo Lisa, insinuando que con tan solo mirar la sinagoga ya lo habíamos hecho.

Tenía razón. Un buen alemán siempre obedece las reglas y no causa problemas ni arma alboroto, porque cualquier acción fuera de la norma podría provocar la desgracia.

—¿Qué habrá sido de nuestros amigos judíos? Temo por ellos más que nunca —le comenté a Lisa mientras nos íbamos.

Y detrás del comentario se encontraba un hecho indiscutible más amplio: Lisa y yo no estábamos de acuerdo con las leyes y doctrinas del Reich. No nos formamos ese punto de vista en una fecha precisa, pero la propaganda de los periódicos y la radio del Estado, los hombres que se marchaban a la guerra y nunca regresaban, el racionamiento y la creciente tensión en el aire nos permitieron llegar a esa conclusión. Silenciosamente comprendimos cuáles eran las consecuencias de tal manera de pensar, pero ¿qué podíamos hacer en cuanto a los nazis?

Al pasear por Múnich vimos la destrucción perpetrada para «la protección» de las propiedades judías, que en realidad significaba el despojo por parte de las SA, entre otros. Muchas personas salieron a mirar el daño y caminaban como muertos sobre ventanas rotas, escaparates calcinados y salas de exposiciones saqueadas. Lisa y yo advertimos que el mundo estaba cambiando para mal.

Las ventanas del restaurante Schwarz estaban rotas; bombardearon la tienda de ropa de gala de Adolf Salberg en la Neuhauserstrasse y el letrero de «Salberg» había quedado como una gran masa de metal torcido; vandalizaron la tienda de ropa fina y sombreros de Heinrich Rothschild y encalaron las ventanas con palabras contra los judíos; saquearon la tienda de instrumentos musicales de Sigmund Koch; hicieron añicos los escaparates de la mueblería y tienda de arte Bernheimer, y quizá lo más impactante fue que saquearon y dañaron una tienda departamental grande y popular: la Uhlefelder en Rosental.

Mi padre trabajaba para uno de los pocos negocios judíos que quedaban en Múnich. Lisa y yo lo encontramos parado en la acera, frente a las ventanas rotas de la farmacia, donde las esquirlas de vidrio ensuciaban la calle como diamantes fragmentados.

—¿Qué están haciendo aquí? —mi padre nos preguntó con severidad cuando nos acercamos. Su ancha mandíbula, tan típica de los hombres en su familia rusa, estaba tensa—. Tu madre te envió por hilo, no a vagabundear por las calles. —Tomó una escoba que estaba apoyada en un costado de la tienda y nos apuntó con el palo—. ¡Váyanse a casa! ¡Ahora! ¡Ya vieron demasiado!

El señor Bronstein, el jefe de mi padre, se asomó por la ventana rota. Su rostro enjuto, ojos rojos y manos temblorosas mostraban el dolor que le había provocado la destrucción de su tienda. Dos «camisas pardas» daban una vuelta calle abajo. Mi padre tiró la escoba, nos tomó a Lisa y a mí por los hombros, y murmuró que nos quedáramos quietas.

—¿Eres judío? —uno de los hombres gritó desde donde estaba.

Mi padre negó con la cabeza y los miró desafiante.

—Entonces, sigan —ordenó el hombre, mientras caminaba hacia nosotras y colocaba la mano sobre su pistola enfundada—. ¿Dónde está Bronstein?

El dueño, bajito y delgado, apareció en la puerta. El hombre se precipitó sobre él, lo empujó hacia el interior de la tienda y le gritó:

—Limpia tu desorden, judío sucio. ¿Así es como llevas tu negocio? Bueno, no lo harás en mucho tiempo. Tendrás que pagar por los daños. —El eco de una cachetada y un grito salió de la tienda.

Mi padre hizo que nos volteáramos en dirección a nuestra casa, sus brazos le temblaban mientras nos llevaba. Caminamos en silencio hacia nuestro hogar. A medida que nos acercábamos a la puerta entendí que de la noche a la mañana Alemania había elegido la muerte sobre la vida.

El hilo quedó en el olvido.

PRIMERA PARTE

La Rosa Blanca

CAPÍTULO 1

Julio de 1942

Si hubiera creído que el mundo era plano, las estepas serían la prueba de que la tierra se extiende en una línea infinita y distante hacia un horizonte lejano. En su vastedad se desplegaban ante a mí retazos de pastizales verdes y tallos marrones del trigo invernal cosechado, que ondulaban con las ráfagas del viento. Los campos apenas se veían interrumpidos por la corteza gris de unos cuantos árboles o por las siluetas cúbicas de las granjas que los avances de la *Wehrmacht* habían dejado en pie.

Yo iba en un tren abarrotado, separada del ejército, hacia el Frente oriental, como enfermera voluntaria para la Cruz Roja alemana.

Habían quemado algunos sembradíos y no quedó más que la tierra ennegrecida, pero, así como el sol sale cada mañana, la tierra debía ser labrada por las figuras solitarias de los campesinos, quienes trabajaban con horquilla en mano o con una carreta tirada por caballos, como si los pobres pudieran obligar a la tierra a germinar otra cosecha.

De alguna manera, unos pocos afortunados habían sobrevivido. Quizá la *Wehrmacht* necesitaba a los trabajadores y se servía de la mano de obra esclava para transportar los granos hacia Alemania, o tal vez un oficial nazi «caritativo» les había perdonado la vida.

Era la primera vez que estaba en Rusia, después de que mi familia huyera de Leningrado durante la primera fase del Plan quinquenal en 1929. En aquel entonces yo tenía siete años. Mi padre vio de primera mano la desaparición de quienes no cumplían con las cuotas laborales impuestas por Stalin. Esas personas se desvanecían en la oscuridad y nadie las volvía a ver, porque comúnmente se les enviaba a morir en los campos de trabajo forzado. Mi padre se las había arreglado para reunir el dinero suficiente y mudarnos a Alemania, donde esperaba que tuviéramos una vida mejor. Como los padres de mi madre eran alemanes, nos concedieron la ciudadanía antes del apogeo del nacionalsocialismo.

Sin embargo, después de la invasión de Polonia el 1 de septiembre de 1939, la guerra llegó a su clímax, así que, dependiendo de la ubicación del tren, veíamos un paisaje que aún conservaba su belleza en bruto o uno acribillado por el conflicto. En Varsovia presencié la desesperación de los polacos, que les habían entregado a los nazis todo menos su humanidad. En aquella ocasión, con disimulo le di un caramelo a una niña que me ofreció una flor, mientras miraba los muros de ladrillo del gueto que confinaba a tantísimos judíos. Los soldados arreaban a la gente esquelética dentro y fuera de la reja, y la hacían marchar en filas hacia un lugar desconocido. Me insensibilicé ante el horror, pues con los años aprendí que poco podía hacer para luchar contra el Reich.

En aquellos lugares que habían escapado al puño mortal de la guerra —como los espigados abedules que relucían en Prusia Oriental o la extensa estepa rusa que se abría a colinas de suaves prominencias y, en aquel momento, con las ventanas del tren abiertas, las ruedas que repiqueteaban con movimientos rítmicos a lo largo de las vías y el calor de julio que se disipaba al ocultarse el sol— uno casi podía olvidar los problemas de la guerra y fingir que todo estaba bien en el mundo.

Sin embargo, también había otras distracciones en el largo trayecto hacia el Frente. Viajé con una joven llamada Greta, también enfermera voluntaria, de quien sabía poco, más allá de que planeaba, al igual que yo, regresar en algún momento a Múnich.

Como mi padre trabajaba en un área relacionada con la medicina, me interesó el tema, además de que no sabía qué más hacer con mi vida. Había venido a trabajar como enfermera voluntaria después de pasar por la Liga de Muchachas Alemanas. Dar atención médica a los enfermos me dio satisfacción. Cambiar vendas, ayudar a los niños que se cortaban y raspaban, y aprender sobre el cuerpo se convirtió en mi «profesión» en los años posteriores a 1939. Aunque la enfermería me permitió alejarme de mi padre estricto y no ceder ante la presión de casarme y tener hijos de inmediato, como lo exigía el Reich, había una gran desventaja: la Cruz Roja alemana se había convertido en un potente brazo del régimen nazi. Se esperaba que acogiéramos las enseñanzas del Reich sobre la supremacía aria y que siguiéramos a Hitler ciegamente, cosas que desde mi inocencia ignoré en obra y pensamiento. La rigurosidad de mi padre me había infundido, de manera inadvertida, una tensión ansiosa que alimentaba mi timidez natural. Pero algo más fuerte también bullía dentro de mí: el ansia de ser libre, de ser dueña de mí misma, una rebeldía en ciernes.

Una noche, Greta me ofreció un cigarro mientras leía mi libro de biología en nuestra estrecha habitación. El libro era poco estimulante, pero reunía las semillas de conocimiento que esperaba me ayudaran a garantizar una carrera médica como mujer en el nacionalsocialismo.

Como yo no fumaba, rechacé su oferta. Los cigarros no eran baratos y a menudo se vendían en el mercado negro. Me pregunté en dónde los habría conseguido. Las mujeres «buenas» no debían fumar, pero una de las razones por las que muchas se convertían en enfermeras voluntarias era porque ofrecía la libertad ocasional de liberarse de tales restricciones. Casi todos los cigarros eran para los soldados. Greta también sujetaba una botella con un líquido transparente. La etiqueta roja, impresa en polaco, decía «Wódka». Cuando le quitó el tapón, el olor penetrante y medicinal de la bebida inundó el lugar.

Aparentaba más años de los que tenía. Las incipientes líneas de expresión de su ceño fruncido y sus cutículas mordidas me hicieron pensar que no había tenido una vida feliz. Quizás eran signos de ansiedad por la guerra, o por la vida en general, pero no podía ser mucho mayor que mis veinte años. De todas formas, se embellecía de una manera que tenía como objetivo a los hombres que viajaban con nosotras.

Se sentó en el asiento frente al mío, en sentido contrario al movimiento del tren, que corría por la vasta planicie. Encendió su cigarro y una nube de humo se precipitó sobre mi cara, pero se dispersó con rapidez por la ventana abierta. Cerré mi libro.

—¿Has hablado con alguno de ellos? —Estiró el pulgar derecho sobre su hombro y posó el codo izquierdo en el borde de la ventana, manteniendo el extremo encendido del cigarro cerca de la abertura. La chispa roja resplandecía en el viento que corría a toda velocidad.

—Con algunos —contesté—. Trato de no conocerlos tanto.

No tenía intenciones de alentar relaciones amorosas con los militares o médicos del ejército. Iba al Frente a trabajar, no a conseguir esposo. Después de todo, y siendo fatalista, me preguntaba cuánto tiempo sobreviviría algún novio potencial en estos tiempos funestos. La guerra en el Frente oriental solo se alargaba más y más, pese a las declaraciones de victoria del Reich. Sería agradable si un hombre me abrazara o dejara saborear sus labios sobre los míos, pero una relación parecía de importancia secundaria al considerar la manera en que los hombres estaban muriendo por el Reich.

Greta le dio una calada a su cigarro, tomó un trago de vodka y después me ofreció la botella. Bajé la persiana de la puerta de nuestro compartimento.

—¿De dónde sacaste este contrabando?

—Una dama nunca revela sus secretos. —Greta sonrió irónicamente y sus uñas tamborilearon en la botella—. Algunos son muy guapos, incluso los rusos. ¿Qué pasó con todos aquellos discursos sobre la pureza racial que nos tuvimos que tragar? ¿Natalya *Petrovich*? ¿Alexander *Schmorell*?

Su pregunta me molestó. Yo era de origen ruso, vivía en Alemania y mis padres nunca me permitieron olvidarlo. Conocíamos los rumores sobre los *Untermensch*, los subhumanos, pero la mayoría de los rusos que no eran judíos podía vivir como ciudadanos en Alemania, en especial los ya asimilados. En el Reich una no tenía muchas opciones más allá de obedecer; sin embargo, estaba orgullosa de viajar a mi país natal en lo que consideraba una misión altruista. Empiné la botella y la fuerte bebida me quemó la garganta, sentí que en mi estómago se formaba una bola de fuego.

—Ahora todos somos alemanes. Echa un vistazo a mis papeles. El Reich necesita hombres... y enfermeras.

Después de lo que había sucedido con mis amigos judíos cuando los nazis ascendieron al poder, no quería saber nada de la creación de un nuevo orden racial en el este; la sola idea me repugnaba. Todo lo que me importaba era salvar vidas, y si la compasión se extendía hacia mis compatriotas rusos, que así fuera. Por supuesto, en realidad ignoraba lo que me deparaba el futuro.

Ella se encogió de hombros ante mi desplante y continuó soñando despierta con los hombres.

—Es difícil elegir a uno de ellos —dijo mirando mi boca fruncida después de otro trago de licor.

—No es el mejor vodka que he probado —dije, aunque mi experiencia con la bebida era limitada.

—Uno de ellos es ruso, él mismo me lo dijo. Alexander. Es guapo... —le dio una calada a su cigarro, que se había consumido hasta las puntas de sus dedos antes de tiempo, por la velocidad del tren, y lo tiró por la ventana—, pero la mujer con la que viaja es una verdadera belleza. —Se abanicó la cara con la mano.

Tomé otro sorbo de vodka y me invadió un ligero estupor. Bostecé y me estiré en el asiento, que servía como una cama incómoda.

—Ya se puso el sol, tenemos que bajar las persianas opacas.

—Otra noche aburrida sin más compañía que mis sueños —se lamentó ella y se acomodó en el asiento—. Las cosas mejorarán cuando lleguemos al Frente.

Me pregunté si tendría razón, pues temía que el Frente solo trajera tragedia y miseria. La expectativa de lo que quizás estaba por venir empañaba mi emoción de regresar a Rusia. En secreto, ignoraba si estaba preparada para enfrentarme a lo que podría presenciar. Ahuyenté las imágenes espectrales de los soldados heridos o muertos y los edificios bombardeados que saturaban mi mente, imágenes mentales reforzadas por la destrucción que vi en Varsovia. Y que no se desvanecían fácilmente.

Después de lo que pareció un viaje interminable por Rusia, los primeros días de agosto llegamos a Viazma, la base de la 252ª División, a la que estaban asignados los hombres. Greta y yo salimos de nuestro vagón para estirar las piernas. Nuestra parada final sería al noroeste, en la ciudad de Gzhatsk, unos 180 kilómetros al oeste de Moscú.

Apenas puse un pie en el piso cuando escuché la estridente música militar. Greta volteó hacia los hombres de los que había hablado.

—Conque ahí están. —Apuntó con discreción adonde estaban ellos, que salían de un vagón más adelante que el de nosotras—. Van todos juntos como una pandilla de ladrones.

Greta los identificó. Hans: alto, de cabello oscuro y con un atractivo perfil de actor de cine, agradable rostro de proporciones perfectas, nariz fina sobre labios sensuales, barbilla ligeramente partida y ojos inquisitivos bajo unas cejas oscuras. Willi: cabello rubio y engominado hacia atrás, a veces el viento le desacomodaba los mechones que le atravesaban la frente; también era guapo, con su cara ovalada y barbilla amplia; de los tres, él parecía ser el más propenso al silencio y a los pensamientos serios. El último era «el ruso», como lo llamaba Greta. Ella había escuchado que otros le decían Alex: alto y desgarbado, con una gran mata de cabello peinada hacia atrás. Parecía ser el que sonreía más, el que llevaba la música por dentro, quien quizá no se tomaba la vida tan en serio como los demás.

Los vi de reojo, más interesada en ponerles nombres a las caras que en cultivar ideas románticas.

No estaba preparada para lo que vi una vez que mis ojos dejaron de mirar a los hombres. Viazma era poco más que los escombros de unas construcciones rodeadas de unos cráteres en la tierra que los bombardeos habían creado. Una iglesia de madera, la única estructura intacta en el lugar, permanecía en pie sobre una pequeña colina. Nada se movía entre los escombros, con excepción de las tropas alemanas. Me pregunté adónde habría ido toda la vida. ¿Habían matado a la gente y a los animales a su paso?

El sonido de los altavoces que instaló la *Wehrmacht* retumbó en mis oídos. Me alejé del tren y dejé atrás a Greta y a los demás. Me detuve al lado de un hogar calcinado, del que quedaba poco más que vigas quemadas y el marco de una ventana. Un olor a muerte, como de carne podrida, me congestionó la nariz. Di media vuelta, incapaz de soportar el hedor, y descubrí su origen. Adelante de la casa yacía el cadáver en descomposición de un perro. Un enjambre de moscas negras zumbaba a su alrededor. El animal me recordó a un perro abandonado que tuvo que arreglárselas solo, después de que su familia judía desapareciera de Múnich. Durante un tiempo los vecinos se encargaron de él, pero después también desapareció, como la aldea ante mis ojos. Solo quedaba tierra seca en un lugar que un día estuvo lleno de vida.

Después de abordar el tren, camino a Gzhatsk, mi estado de ánimo empeoró a medida que las sombras se extendían por la planicie. Me resultaba difícil creer que la guerra en Rusia ya hubiera durado más de un año y que cientos de miles de hombres, quizás un millón o más, viajaran por esta ruta para tomar Moscú, Leningrado al norte y las ciudades rusas del sur. Greta debió de advertir mi renuencia a hablar porque, aunque compartíamos compartimento, me dejó a solas con mis pensamientos y se dispuso a socializar con las otras dos enfermeras a bordo.

Algo, al principio inexplicable, estaba sucediendo. Cuando desde el tren miré el vasto paisaje, cómo el viento veraniego sacudía los abedules y el sol y la lluvia pintaban los árboles con resplandecientes vetas plateadas, me sentí en armonía con la tierra, con mi patria, entonces resucitaron recuerdos profundos de mi infancia distante. Me sentí presa de una especie de «fiebre rusa», como si me convirtiera en parte de la tierra de Dostoievski, Tolstoi y Pushkin, y dejara atrás a Goethe y Schiller. Algo conmovía mi alma y descubría sentimientos inéditos que me perturbaban a la vez que me emocionaban. Me invadió un vacío eufórico, un cielo colmado de estrellas aún indefinidas en el espacio, una melancolía atemperada por una esperanza deslumbrante. Un anhelo enterrado en las profundidades de mi ser se removía al recordar cómo era ser una niña en Leningrado, ajena a las preocupaciones de mis padres en torno a Stalin y, después, a Hitler.

Lejos del bullicio en las calles de Múnich, comprendí lo que significaba ser libre de ataduras. Los meandros de los ríos, los prados frondosos y los bosques verdes se desplegaban ante mí. Por primera vez vi lo que Hitler deseaba en su megalomanía perversa, su *Lebensraum*, el territorio que quería para una Alemania y un Reich en expansión constante. Los «subhumanos» se encargarían de la tierra y los arios serían los amos. Pero Hitler y sus secuaces no habían considerado la grandeza y la determinación del espíritu ruso, y una esquirla de esa esencia me pinchó la piel. Aquello jamás me había quedado tan claro como cuando llegamos a Gzhatsk.

La ciudad, al igual que Viazma, estaba en ruinas. Iglesias, tiendas y hogares quedaron destruidos en la ofensiva por subyugar Moscú. El Frente estaba a escasos diez kilómetros y podía escuchar el estallido de los proyectiles. Algunos incluso aterrizaron cerca de Gzhatsk y la tierra retumbó con sus explosiones. La gente que permanecía aquí y no formaba parte de las tropas vagabundeaba por la ciudad destruida, con tierra embarrada en sus harapos y conmoción en la mirada. Mostraban poca emoción cuando pasaban por donde estábamos: éramos unos alemanes bien alimentados camino a un campamento médico en el bosque, a salvo del peligro que representaban las balas y las bombas. Al ver a estas personas, una tristeza intensa e imponente llenó mi corazón.

Durante varios días instalamos más tiendas, nos aseguramos de que nuestros uniformes, delantales y suministros estuvieran desempacados, escuchamos los sermones de los estirados doctores de la *Wehrmacht*, jugamos a las cartas y ofrecimos ayuda al pequeño número de heridos que llegaba del campo de batalla. En la noche, algunos médicos del ejército, incluidos Willi y Alex, hacían que el vodka circulara. Por la cantidad de suspiros y el número excesivo de cigarros que fumaban era claro para mí que todo el mundo se moría por hacer algo más que sentarse en el campamento. Cuando caía la noche, los proyectiles aterrizaban cerca de la ciudad e iluminaban el bosque con su fulgor explosivo.

El primer camión lleno de heridos llegó una semana después. Todos asumieron sus papeles enseguida, tanto los médicos del ejército como las enfermeras que asistían a los doctores. Un médico me ordenó que ayudara a Alex, quien se inclinaba sobre un hombre que tenía la pierna casi cercenada. Su cabeza colgaba de la camilla y decía palabras que no podía escuchar por las órdenes que se daban a gritos, el sonido metálico de las mesas y los instrumentos médicos, y los gemidos de los heridos. Alex se puso los guantes y el delantal y yo hice lo mismo.

—¿Qué está diciendo? —pregunté.

—Algo sobre matar a Hitler —dijo Alex—. Dice que si pierde su pierna, le disparará al *Führer*. —Se agachó y estudió el torniquete y la extensa herida en la pierna del hombre. El color de las vendas, empapadas de sangre, había cambiado de escarlata a café—. Tengo malas noticias para él. Cuando vuelva en sí, ya no tendrá su pierna izquierda, la metralla casi se la cortó por completo. Solo me queda hacerlo sentir cómodo hasta que el doctor se la cercene.

Me di cuenta de que Alex estaba horrorizado por las heridas del hombre, pero como médico de ejército, trataba de lidiar con la atmósfera de pesadilla de la tienda. La alegría de vivir que corría por sus venas mejoró su estado de ánimo.

—Te llamas Natalya, ¿no?

Asentí. Sus ojos se iluminaron pese a la miseria que nos rodeaba.

—Ve por vendas limpias. Limpiaremos la herida y le pondremos antiséptico. —Estudió el entorno mientras el personal médico corría por la enorme tienda—. Va a pasar un buen rato antes de que un doctor pueda operarlo.

Hans y Greta daban vueltas alrededor de una mesa donde yacía un hombre que sangraba de una herida abierta en el hombro.

Tomé las vendas y regresé a la camilla. El soldado, ya delirante, agarró a Alex de los hombros, tan de cerca que le gritaba al oído. Mi colega le dijo que se callara y lo regresó a su cama improvisada. Alex trató de calmarlo mientras un camillero le inyectaba una dosis de morfina. Bajo el influjo del fármaco, el soldado se quedó dormido.

Una vez que atendimos a los heridos a nuestro cuidado, Alex y yo nos quitamos la ropa de trabajo, salimos y nos alejamos de la tienda y la conmoción. Se pasó los dedos por su largo cabello, encendió una pipa negra y le dio una calada. El humo se desvaneció como la bruma entre los escasos rayos de sol que penetraban las espesas copas de los árboles.

—Trabajas bien —admitió Alex entre caladas y mientras estiraba sus largas piernas—. ¿Te gustaría seguir como enfermera?

—Tal vez —dije, y me senté en la tierra húmeda bajo un pino. El aire fresco me invadió con su fragancia boscosa, un cambio agradable después del ambiente sofocante y el olor aséptico de aquella tienda congestionada—. Por eso estoy aquí, para descubrirlo. Aprobé el *Abitur* y quizás estudie biología o filosofía en la universidad. —Recogí unas agujas cafés que se estaban pudriendo y sin pensarlo las arrojé hacia la tienda—. Aquel soldado estaba enloquecido de dolor, pero todos hemos vivido bajo presión los últimos años, con el racionamiento… en condiciones que no podemos controlar…

Alex se sentó a mi lado. El humo de su pipa nos envolvió con un aroma placentero y terroso que me recordó a una fogata otoñal, y además ahuyentaba a los mosquitos.

—Sí, dijo cosas que no debió… palabras por las que podrían ejecutarlo si alguien lo reportara. —Mordió la boquilla de la pipa—. Bueno, si alguien tuviera la necesidad de *traicionarlo*.

«Necesidad de traicionarlo». Sus palabras me impresionaron.

—La guerra lo cambia todo, pese a nuestras reglas y normas —contesté después de asimilar su comentario—. Beber y fumar está prohibido, pero casi todo el mundo lo hace. Greta se maquilla cuando puede. ¿Por qué habríamos de preocuparnos si nos embriagamos un poco o fumamos un cigarro cuando un balazo podría acabar con nuestro siguiente respiro? —Miré hacia la tienda, que las ramas de los pinos oscurecían parcialmente—. Ninguna corte debería condenar a un hombre trastornado por el dolor.

—Yo no estaría tan seguro... Estamos hablando del Reich. —Se recostó bajo la sombra circular del árbol y se quedó pensando por un momento—. ¿Qué te parecería hacer algo que está estrictamente prohibido?

La adrenalina me recorrió ante la pregunta inesperada.

—Me imagino que tendría que saber qué tan prohibido está ese algo en cuestión.

—Puedes guardar un secreto; después de todo, eres rusa como yo.

—Sí —respondí y, para protegerme, añadí—, pero también somos alemanes.

Se quedó callado.

—Fraternizar con el enemigo —expresó después, con impasibilidad, como si sus palabras significaran algo trivial como «vamos a desayunar».

Supuse que no se refería a reuniones clandestinas con soldados o partidarios rusos, pero ignoraba qué tramaba. Sin importar sus verdaderas intenciones, la actividad era riesgosa. Probablemente mostré cierta vacilación, porque él se recargó en el árbol como si no hubiera dicho nada.

—Conocí a una mujer que me abrió las puertas de su casa, se llama Sina —dijo—. Willi y Hans ya conocieron a otros rusos, pero me gustaría llevarte con Sina, si te animas. Bebemos, cantamos y algunas veces bailamos. Es algo que nos entusiasma en estos tiempos terribles.

—¿No la conocías antes de venir aquí?

Alex se rio.

—Nunca. A Hans, a Willi y a mí nos gusta conocer gente. Sentimos que podemos aprender algo de nuestros *enemigos*. —Pronunció con voz más alta la última palabra, con un tono sarcástico, luego continuó en voz baja—: Todos los rusos son como de mi familia.

Una parte de mí quería ir, pero a la otra le preocupaba ser descubierta. Si nos atrapaban, el menor castigo para mí podría significar la expulsión del trabajo y regresar a Múnich marcada por la desgracia, y lo peor sería que me condenaran por un crimen y me apresaran. Con frecuencia pensaba en la cárcel y en los vecinos y amigos desaparecidos. Hasta hablar de ellos era como cometer un crimen.

Los ojos de Alex mantenían su brillo pese a la profundidad de las sombras. Sentí que era difícil resistirme a su encanto, que rayaba en una inocencia bondadosa, así que asentí a pesar de mi inclinación natural a quedarme en el campamento.

—Sería toda una aventura, Alex. Me gustaría conocer a un compañero ruso.

Sonrió de oreja a oreja y vació las cenizas de su pipa en un pedazo de tierra húmeda.

—Entonces nos vemos esta noche. Llámame Shurik, por favor; todos mis mejores amigos me dicen así.

Esa tarde, mientras caminábamos hacia una granja en las afueras de la ciudad, Alex me contó sobre su familia rusa. Su madre murió cuando él era pequeño y su padre, un doctor, decidió que la familia se mudaría a Múnich cuando Alex tenía cuatro años. Una niñera se convirtió en su madre sustituta y le hablaba en ruso, como mis padres lo hicieron después de abandonar Leningrado. De esta forma, ambos hablábamos con soltura en ruso y alemán.

Alex estaba más eufórico que yo en cuanto a Rusia, aunque a ambos nos afectó el amor redescubierto por el país. Al serpentear por el bosque hablamos de las costumbres, festividades y chistes que recordábamos de nuestra infancia y reímos a carcajadas. Caminamos varios kilómetros por un camino de terracería, lejos del campo militar. La brisa vespertina pasaba por debajo de los pinos como un pincel que acaricia el terciopelo. Pero en el horizonte, hacia el este, los disparos esbozaban manchas amarillas y las descargas de los proyectiles estallaban vibrantes en el crepúsculo cada vez más profundo.

La granja, en el extremo sur de un terreno boscoso, parecía más una hilera de cabañas enmarañadas. No había electricidad y un quinqué brillaba con intensidad en la ventana. Una vaca bajó de una de las cabañas al sur de la casa principal y cerca de ahí había un gallinero cubierto de suaves plumas.

Un grillo voló con sus alas cerosas de un lugar cubierto de maleza hacia la mitad del camino y brinqué por el susto repentino. Choqué contra Alex y él se rio de mi comportamiento de niña. Una polilla blanca y grande nos rodeó, y después se marchó revoloteando hacia la luz amarilla de la lámpara.

Alex me tomó de la mano e hizo que me detuviera.

—Hay algo que me gustaría que sepas antes de que entremos —dijo—. Sina me quiere y creo que también se va a encariñar contigo, pero le hablé de ciertas cosas que solo algunas personas saben.

—Me imagino que le hablaste de tus camaradas, Hans y Willi —dije sin pensar.

Se volteó hacia el este, de cara a la luz color índigo que pintaba el horizonte. Seguí su mirada y aún pude distinguir sus ojos, que habían cambiado su alegría de siempre por un aire de solemnidad.

—Hans sabe más sobre mí que casi cualquier otra persona. —Enterró el tacón de su bota en la tierra suave—. Nunca quise estar aquí. De hecho, no quise jurar lealtad ni a Hitler ni a la *Wehrmacht*. Pedí que me dieran de baja del servicio, pero rechazaron mi solicitud. —Se volteó y me miró con unos ojos grandes y perplejos—. Quizá tú me entiendas... —propuso y señaló la cabaña—, al igual que Sina.

Sí lo entendía, pero apenas pude reunir el valor para asentir.

—Entremos —me dijo—. Sina debe estar esperándonos.

Alex se acercó a la puerta, tocó y llamó a la mujer por su nombre. Sina, quizá no mucho mayor que nosotros, nos dio la bienvenida con un beso en cada mejilla y nos invitó a pasar. Aunque la guerra se libraba tan solo a unos kilómetros de su casa, parecía de buen humor y no se asemejaba en nada a la imagen de campesina que me había hecho de ella. Era delgada, su cabello era largo y negro, y lo llevaba trenzado alrededor de la cabeza. No usaba *babushka* ni el mandil largo que cubría los vestidos sencillos. En cambio, estaba ataviada con la versión femenina del traje de marinero: una blusa a rayas azules con un cuello superpuesto y abotonado, y una falda que combinaba y ondeaba sobre sus tobillos desnudos.

La cabaña era cómoda y acogedora, más por el calor de hogar que emanaba. El exiguo mobiliario consistía en una mesa pequeña, una silla y una cama de pino, lo suficientemente grande para la mujer y sus dos hijos pequeños, Dimitri y Ana. Ambos estaban sentados sobre sus rodillas a un lado de la mesa y comían sopa en unos tazones de madera. Al otro extremo había un samovar y varios libros; al pie de la cama yacían una guitarra y una balalaika con los diapasones entrecruzados; la desnudez de las paredes de madera se ocultaba tras unos textiles de amapolas rojas y doradas y unos vistosos diseños geométricos hechos con puntadas de hilo azul y rojo. El icono de un Cristo suplicante colgaba sobre la cama, en un marco de plata resplandeciente.

—Siéntense, siéntense —insistió Sina—. No tengo sillas suficientes. Shurik, siéntate en el piso sobre la vieja alfombra.

Alex accedió, cruzó sus largas piernas y dejó al descubierto las botas militares negras bajo sus pantalones grises del uniforme.

—No tengo té —dijo Sina—, así que tomaremos vodka.

Se agachó con la gracia de un cisne y sacó una botella café de abajo de la cama. Tomó tres tazas de té, sirvió el vodka y nos pasó dos.

—*Za Zdarovje* —exclamó Alex y levantó la copa a nuestra salud; después brindamos por nuestra reunión y amistad.

Sina se sentó en la cama, con las piernas flexionadas bajo su esbelto cuerpo. Dimitri y Anna pusieron sus tazones en un lavabo y tomaron su lugar a los costados de su madre.

—Así que eres nueva en Rusia —me dijo.

Puse la taza de té en la mesa, una vez que bebí su contenido.

—Nací en Rusia, al igual que Shurik, pero no había regresado desde que mis padres dejaron Leningrado, cuando tenía siete años. Soy enfermera voluntaria.

Sina levantó sus manos con ademán ostentoso.

—No te has perdido de nada. Stalin y el bolchevismo han arruinado nuestro país y han matado a más personas de las que podemos contar…

La interrumpí.

—Por eso nos fuimos, por el Plan quinquenal. Mi padre tenía amigos que desaparecieron de la noche a la mañana y jamás se les volvió a ver.

—Después vinieron las purgas del Gran Terror —continuó Sina—. Tenemos suerte de tener siquiera una armada. Liquidaron a muchos oficiales militares porque el secretario general pensó que podían constituir una amenaza para su poder. —Sus ojos echaban chispas desde el otro lado de la habitación—. Y creímos que los alemanes habían venido a liberarnos de Stalin... Nos equivocamos. —Con la cabeza baja negó lentamente—. En lugar de eso nos matan a mansalva, y ahora quemamos nuestras casas y sembradíos para que la *Wehrmacht* no pueda hacer uso de ellos. —Su mano se deslizó por las almohadas a su derecha—. Tenemos la instrucción de matar a los alemanes.

—¿Estás casada? —pregunté con la intención de alejar la conversación de la muerte.

—Sí, claro, con un hombre fuerte y guapo al que los nazis dispararían solo de verlo, si pudieran ponerle las manos encima. —Levantó sus manos de la cama y agitó los brazos como si fueran alas—. Pero ahora él es libre como un pájaro. Lo veo cuando logra escabullirse, a altas horas de la noche y en la oscuridad, cuando ambos podemos escapar de nuestros problemas.

—Él es partisano —dijo Alex y volteó hacia mí desde su lugar en la alfombra—. Es un hombre de convicciones y principios que lucha contra...

Se detuvo, pero sospeché que la siguiente palabra que iba a salir de su boca podría haber sido «el mal». Entonces alcanzó un libro que estaba en la mesa y lo alzó frente a él.

—*Crimen y castigo*, uno de mis favoritos. Podemos leer si lo desean.

La mano de Sina se movió poco a poco hacia las almohadas, hasta que sus dedos quedaron debajo de una de las fundas. Pensé que el movimiento era algo extraño, pero no tenía idea de lo que hacía hasta que sacó una pistola de su escondite.

Me quedé sin aliento y se me heló la sangre.

Alex hojeaba el libro, aparentemente sin advertir lo que hacía Sina.

—En mi opinión —comentó sin alzar la vista—, Dostoievski es el más cristiano de los escritores rusos. —Despegó los ojos de las páginas por un momento y miró a nuestra anfitriona.

El cañón negro apuntaba hacia nosotros. Yo estaba atrás de Alex y, desde arriba, pude ver que un espeso mechón de cabello café se le arremolinaba en la nuca. No pude ver su cara, pero me pregunté si también estaría blanco del susto.

Sin levantar la voz, dijo:

—Sina, por favor guarda eso, podrías dispararnos por accidente.

—No sería un accidente —contestó. Los niños estaban tranquilos, sentados a su lado. Nos miraban fijamente, a mí en la silla y a Alex en la alfombra frente a mí.

—Debemos matar a todos los alemanes —dijo y guardó silencio—, pero ustedes no son como todos los alemanes. De hecho, nunca podrán deshacerse de la parte eslava de su alma.

El gatillo hizo clic y el martillo tronó al regresar a su lugar. Grité, pero no hubo explosión y ninguna bala me atravesó la piel.

—¿Ves? Lo único que hiciste fue asustar a Natalya —dijo Alex y le apuntó con el dedo—. Debería darte vergüenza.

Me aferré al borde de la silla para dejar de temblar en el asiento.

—Casi me matas del susto, Sina. Esa broma fue horrible.

—Una vieja broma —dijo Alex—. Me la hizo la primera noche que nos reunimos. Debí advertirte, pero no sabía que la repetía con todos los alemanes que conoce. —Volteó a verme y me guiñó.

—No soy tan tonta como para tener una pistola cargada cerca de mis hijos. —Sina sonrió y regresó el arma a su lugar bajo la almohada, y levantó en brazos a Dimitri y a Anna con un abrazo de oso—. Pronto serán lo suficientemente grandes para usar una. Estoy ansiosa por verlos matar a su primer combatiente enemigo.

La idea de que unos niños rusos les dispararan a los soldados alemanes me horrorizó. Matarían a Dimitri y a Anna como perros.

—¿Me podrían servir otro trago? —pregunté y alcé mi taza.

—Sírvete, por favor —dijo Sina.

Me serví otro vodka. La bebida se hizo cargo de mi conmoción, que se desvaneció en una tensión temblorosa. Cantamos y reímos durante varias horas, hasta que Sina tocó una melancólica canción tradicional en la balalaika. La melodía me parecía conocida de tiempo atrás, de mi infancia, pero estaba demasiado lejana en mi memoria para unirme a ellos. Alex se la sabía de memoria y cantaba con Sina mientras yo aplaudía pausadamente, con el ritmo. Los niños bailaban frente a la cama, entrelazaban los brazos y movían las piernas en pasos coordinados.

Se hizo tarde y la lluvia golpeteaba las paredes, por lo que tuvimos que quedarnos más tiempo del previsto. El quinqué titilaba, pero en vez de remplazar el combustible, Sina dejó que chisporroteara hasta agotarse y platicamos en la oscuridad mientras los niños se fueron a dormir. Los adultos vimos por la ventana abierta que los proyectiles estallaban en el este, iluminaban el paraje estrellado, ahora libre de nubes, con explosiones brillantes de color amarillo y blanco.

A medida que la noche avanzaba, Sina, sosegada por el vodka y tal vez por la tristeza, cantó una melodía que hizo que se me salieran las lágrimas. Empezaba con notas graves, siempre en tono menor, y después adquiría un tono agudo, hasta que pensé que las vigas de madera se quebrarían con el sonido. Al final la melodía se disipaba en un cambio suave a un tono mayor y moría con la brisa que flotaba en la cabaña. Le di un empujoncito a la cabeza de Alex, que se apoyaba en mis piernas.

—Ya es hora de regresar al campamento o nos reportarán como desaparecidos. —Las palabras trastabillaban espesas y pesadas en mi lengua.

—Sí —dijo Alex y se arrastró antes de ponerse de pie, tambaleante.

Nos despedimos, besamos a Sina y le prometimos visitarla otra noche. Alex prometió que la siguiente vez se abstendría del vodka para tener una conversación inteligente sobre Pushkin y Tolstoi. Sina estuvo de acuerdo, nos dio un último adiós con la mano y cerró la puerta.

—Es encantadora —le dije a Alex y me pregunté si esa era la mejor manera de describirla. Me parecía exótica, diferente de una manera totalmente desconocida, excepto en los rincones de mi memoria, cuando me venían a la mente imágenes vagas de Leningrado. Pero incluso aquellas personas desenterradas de mi pasado eran distintas a ella. No había manera de comparar a los citadinos que conocí de niña con los campesinos víctimas de las tropas alemanas. Serpenteamos por el camino hacia el campo mientras miraba al cielo colmado de estrellas.

—Si estiro el brazo, puedo tocarlas —dije moviendo mis lentes y estirando el cuello hacia el cielo.

Sin darme cuenta en dónde pisaba, esquivé un charco grande, del tamaño de mi pie, y decidí quitarme los zapatos para evitar que se mancharan de lodo. Rodeé la cintura de Alex con los brazos y disfruté la calidez que aún me provocaba el vodka, así como la tierra húmeda que chapoteaba entre los dedos de mis pies. En la mañana pagaría caro mis excesos. Sin embargo, quitarme el lodo sería más sencillo que deshacerme de la resaca.

Pese a las indulgencias de la noche, había encontrado en Alex a un verdadero amigo, y eso hizo que la noche valiera la pena.

La lluvia cayó con todas sus fuerzas unos días después y convirtió el campamento en una ciénaga pantanosa, con ramas que goteaban por todos lados. Me imaginé lo que traería el frío del clima otoñal e invernal, cuando las condiciones empeoraran de verdad.

Los soldados heridos llegaban a raudales al campamento y el embate de las lesiones, muchas espantosas, me hicieron cuestionar mi decisión de ser enfermera. Con frecuencia me arrastraba a la cama agotada y adormilada por las largas horas que pasaba en el campamento médico. Un cirujano especialmente altanero era muy estricto con las reglas y las normas: nos limitaba los descansos, prohibía la charla entre médicos, asistentes y enfermeras, así como fumar en el campamento. A todos nos hacía la vida imposible, incluso a mí, pues durante las cirugías no dejaba de criticar mi forma de vendar, de administrar las medicinas e inyecciones, con lo que minaba la poca confianza que tenía en mí misma. Me sentí emocionada y aliviada cuando, de manera inesperada, lo transfirieron a una unidad más al norte.

Cuando hacía buen tiempo, Alex, Hans, Willi y Hubert Furtwängler, otro médico, a menudo comían juntos en un lugar cerca del campamento. La luz del sol que se filtraba por las ramas de un roble moteaba su mesa y la imagen era una fotografía instantánea detenida en el tiempo, los hombres con sus cantimploras y tazas de hojalata, entre rebanadas de pan a medio comer y gruesas rebanadas de queso. Cuando la carga de trabajo no era pesada o se podían escapar a descansar, se sentaban a fumar en algún poste de una valla cercana a alguna construcción derruida. Me dio la impresión de que habían establecido un vínculo fraternal.

Los tres, sin Hubert, con frecuencia se reunían en conversaciones sigilosas que terminaban abruptamente en cuanto alguien más se aproximaba. Casi siempre que pasaba cerca de ellos los saludaba deprisa y las pocas veces que me invitaron a la conversación esta cambiaba a lo cotidiano: el clima, el entusiasmo por nuestra labor o lo opuesto, la monotonía del campamento médico, nuestra nostalgia por nuestro hogar y nuestros amigos.

Estaba segura de que cuando estos hombres estaban a solas, hablaban de otras cosas, de temas prohibidos que solo entre ellos se atrevían a tocar. No tenía más prueba de esto que la manera en que interactuaban entre sí: cautelosos, silenciosos, encorvados, como si compartieran secretos. Cualquier agente astuto de la Gestapo los habría interrogado por su conducta. Una vez, cuando estaban sentados fumando, divisé los restos de una esvástica labrada en la tierra. Alex trató de borrarla con su bota apresuradamente. La mitad superior del símbolo había sido tachada con una gran X.

Para septiembre reubicaron a Willi y a Hubert a otros batallones del Frente y Alex se enfermó. Hans me dio la noticia.

—Alex tiene difteria. —Nos encontrábamos en una arboleda de abedules cuyas copas habían tomado el color del oro bruñido.

—¿Difteria? —Estaba asombrada porque la mayoría de nosotros se había vacunado contra la enfermedad.

—Está ardiendo en fiebre y no se puede levantar de la cama —dijo Hans—. Parece que no lo vacunaron. —Su atractivo rostro se veía demacrado bajo la luz blanquecina y sus mejillas estaban hundidas, como si le hubieran pasado factura el cuerpo médico y su irregular ritmo de trabajo, que iba del aburrimiento al desenfreno, junto con los efectos de las reducidas raciones militares—. Me consideraré afortunado si no me contagio. Hemos donado demasiada sangre a las tropas, nuestras defensas están bajas y hay muchas infecciones en Rusia. Bueno, eso tú ya lo sabes. —Sus labios sonrieron a medias, la expresión facial que le había visto más a menudo.

—Por favor, si lo ves antes que yo, dile que le deseo lo mejor —dije.

—Así lo haré. —Hans volvió a ponerse el gorro en la cabeza—. Acompáñame, por favor.

Caminé junto a él rumbo al hogar de Sina, lejos del bosque de abedules, hacia un claro donde la tierra se extendía hacia el horizonte por todos los flancos y las nubes grises volaban por encima de nosotros. Hans suspiró con fuerza y el viento pareció aligerarlo.

—Estoy cansado de la muerte... y de la guerra.

—Necesitas distraerte de eso —dije.

—Es difícil estar solo ahora que Alex está enfermo y Willi y Hubert se marcharon. —Se rio tímidamente—. No puedo dejar de pensar en eso; la guerra estará en mi mente mientras estemos en ella... Y quizá mucho después.

—Pareces muy serio al respecto —dije.

Él entrecerró los ojos y frunció el ceño, como si lo hubiera difamado.

—No quise insultarte —me apresuré a aclarar—. Quise decir que ves las cosas de un modo distinto a otros hombres. La guerra hizo mella en ti.

Nos detuvimos cerca de un riachuelo que se arremolinaba en un estanque poco profundo y borboteaba en un campo cercano. Me agaché y metí un dedo en el agua fría. Miré hacia atrás, a nuestro campamento, que los árboles ocultaban hacia el este, y al oeste, donde la tierra terminaba en colinas onduladas, y luego hacia el sur, donde los campos se extendían hacia el horizonte. Camino abajo, la cabaña de Sina se esbozaba en la neblina.

—Alex me llevó con Sina —confesó Hans—. ¿Te contó lo que hicimos el otro día?

Puesto que no había visto a Alex por varios días, negué con la cabeza.

—Enterramos a un ruso que encontramos en la planicie, cerca de aquí. —Se sentó en cuclillas cerca de la corriente y metió las manos al agua—. Su cabeza estaba separada del resto de su cuerpo y sus partes privadas estaban en estado de descomposición. Las lombrices se arrastraban por su ropa medio podrida. Casi habíamos llenado la tumba con tierra cuando encontramos otro brazo. Hicimos una cruz rusa en la tierra, en la parte superior del túmulo. —Se detuvo—. Ahora su alma puede descansar en paz. —Hans hizo una reverencia—. Tal vez por eso Alex contrajo difteria. —Me miró—. Siento tanta compasión por los rusos, por todo lo que han pasado a manos de nuestro ejército. Me temo que pasan muchas más cosas de las que nos enteramos como médicos y enfermeras. Creo que la SS no revela sus acciones ni a los generales. Tú eres rusa... Estoy seguro de que esta matanza también te afecta.

El agua reflejaba su expresión atormentada, pero antes de que tuviera la oportunidad de contestarle, su estado de ánimo cambió y se puso contento.

—¿Has escuchado mi coro? Lo ensamblé con algunas chicas rusas y unos prisioneros de guerra... Hacemos lo mejor que podemos. Me encanta la música y añoro bailar. La otra noche bailamos hasta morir.

Había escuchado las canciones, a veces alegres, a veces suaves, a menudo sombrías, mientras vagaba por el campamento médico, pero el trabajo, la oscuridad y la fatiga me habían impedido investigar. Las voces parecían venir de la lejanía, en horas extrañas del día y la noche, como si fueran canciones de ángeles distantes.

—Me gustaría escucharlas. Mi amiga de Múnich, Lisa Kolbe, sabe más de arte que yo y gracias a ella he aprendido algo de música.

—¿Sabías que tengo un hermano en servicio aquí, en el mismo sector? —preguntó Hans.

—No. ¿Lo ves?

Se puso de pie, se alejó de la corriente de agua y miró hacia el oeste.

—Está a algunos kilómetros de aquí. Se llama Werner. Voy a verlo a caballo cuando puedo. —Hans abrió sus brazos en un gesto teatral, que pareció liberar una ráfaga de energía en el aire—. He desarrollado una pasión por la equitación que no me deja en paz —dijo con la voz llena de entusiasmo—. No hay nada mejor que galopar por la planicie sobre un caballo veloz, que se abre camino como una flecha entre el espigado pasto de la estepa, y regresar por el bosque con la puesta de sol, al borde de la extenuación, con la cabeza encendida por el calor del día y la sangre latiendo en la punta de cada uno de tus dedos. —Hizo una pausa, al parecer agotado por su descripción—. Nunca me he rendido a un mejor engaño que ese, porque en cierto sentido tienes que engañarte. Los hombres lo llaman la «fiebre rusa», pero es una expresión torpe y débil.

—Yo misma la he usado —dije algo avergonzada al reconocerlo.

—Cuando ves el mundo en toda su belleza cautivadora, a veces estás reacio a aceptar el otro lado de la moneda. La antítesis está aquí, como en todos lados, si estás dispuesto a verla. Pero aquí la antítesis se ve acentuada por la guerra, al grado que, para una persona débil, puede resultar insoportable.

Atravesamos el riachuelo y nos dirigimos hacia unos pastizales. Habíamos caminado durante unos diez minutos cuando llegamos a una cruz rusa que sobresalía de la tierra.

—Aquí lo enterramos —dijo Hans—. Tal vez era un buen hombre, un cristiano, con familia e hijos. Nadie lo sabrá nunca porque yacerá aquí hasta el final de los tiempos. —Desde la tumba miró la extensa estepa, el pasto que se mecía en el viento y una lágrima rodó por su mejilla—. Así que te intoxicas. Solo ves un lado en todo su esplendor y gloria.

Mientras miraba, inclinó la cabeza y se puso a rezar en voz baja. Una oleada, como una descarga eléctrica, me erizó la piel y un sentimiento de felicidad que nunca había experimentado, parecido al éxtasis, me inundó; la sensación me sobresaltó tanto que me apoyé en Hans.

Un visitante invisible interrumpió la comida de una parvada de grajillas negro con gris; asustadas, volaron sobre nuestras cabezas graznando con su trino agudo. Un rayo de luz iluminó la tumba y después unas oscuras nubes lo desvanecieron tan pronto como había aparecido.

Hans se alejó de mí con los puños cerrados a los costados.

—No te conozco... Y no debería estar hablando de estas cosas... Pero le caes bien a Alex y confía en ti.

No supe qué decir. ¿Me ofrecía amistad o algo más? ¿Me estaba poniendo a prueba, para ver si podía confiar en mí? Su rostro se ruborizó hasta el punto que parecía rojo de coraje. Lo que tenía adentro lo consumía, aunque me dio la impresión de que esta demostración de emociones tan íntimas era más bien algo fuera de lo común.

—Aquellos que hacen el mal y cometen actos inmorales gobiernan nuestros días y nuestras noches —le respondí para apaciguarlo—. Solo podemos hacer lo que está bien y dar nuestro reconocimiento y apoyo cuando la situación lo amerita, y condenar cuando esté justificado. Debemos ser fuertes ante la corrupción moral.

—El Reich debe ser condenado. —Estábamos cerca de la tumba y di un paso atrás, aturdida por sus palabras, y tomé aire. Concordaba con él, pero no quería confesárselo a un hombre que apenas conocía—. Esa idea debe permanecer solo entre nosotros. No la deberías repetir con nadie más. Por eso peleo, no por Alemania, sino por todos los hombres.

Le apreté la mano y sonrió. Dejamos la tumba y emprendimos el regreso al campamento, casi sin decir palabra mientras caminábamos. El cielo estaba nublado y, a excepción de unos pocos destellos de luz, el cielo se fue cerrando por la tarde, como presagio de un otoño sombrío y desolador. Esa tarde, sentada en la oscuridad junto a Greta, recordé las palabras de Hans, y la tumba lúgubre y el graznido de las grajillas desfilaron por mi mente. Me sentía agobiada por las ideas contradictorias de una paz esperanzadora y una larga guerra llena de muerte y destrucción. No dormí bien durante varias noches.

Alex se recuperó, pero Hans presentó unos síntomas similares a los de la difteria que lo tiraron en la cama por varios días. Alex se alejó un poco después de su enfermedad. No es que fuera hostil, más bien parecía cargar con algo cada vez más pesado sobre los hombros, al igual que Hans. El trabajo nos mantenía ocupados cuando los camiones y las carretas llegaban con su cargamento de hombres moribundos y heridos.

Una mañana de finales de septiembre decidí aprovechar mi tiempo libre. Me abrigué y caminé por el camino de terracería que conducía a la casa de Sina. A medio camino llegué a un sembradío al lado del bosque de abedules, donde unos camiones habían cortado los espigados pastizales. Unos charcos enormes salpicaban la ruta, pero el sendero despertó mi curiosidad y de buena gana decidí cambiar el paisaje de mi caminata habitual hacia el sur.

Nunca había pasado por ahí y, de hecho, no había advertido la existencia de aquel lugar. El peso de las llantas había acabado con la vegetación y el aire mecía los tallos cafés y verdes que estaban a los lados. La tierra estaba apisonada como piedra en algunas partes, pero tenía una apariencia esponjosa en otras.

El viento había arreciado de la noche a la mañana, como si el primer aliento invernal hubiera llegado en tropel desde el norte. Las pequeñas manchas de sol que caían sobre mis hombros casi no me calentaban e hice todo lo posible por no quedarme en la sombra. La vereda lodosa me hacía entrar y salir de la penumbra.

Las ramas de los abedules, con sus hojas que habían cambiado de un color dorado a un morado rojizo, se estremecían y se doblegaban con las ráfagas de viento. Las ramas chocaban entre sí y, si no hubiera sido por el vendaval, el bosque habría estado en silencio. El camino se convirtió en un terreno boscoso en el que habían talado los árboles. Mis sentidos se agudizaron en la oscuridad cuando el sonido de un motor me tomó por sorpresa.

Un motor aceleró detrás de mí y unas llantas viraron en el lodo. No había signos de *Verboten* al inicio del camino ni letrero alguno que prohibiera estar ahí, pero mi intuición me dijo que me ocultara. Mis zapatos chapoteaban en el lodo y me arrodillé atrás de varios árboles talados y apilados. Por una estrecha abertura entre los troncos divisé un camión enorme, abierto por la parte de atrás, con la cruz de hierro negra y blanca en las puertas. Cerca de veinte personas, rodeadas por cuatro guardias armados de la SS y su comandante, se apiñaban entre los paneles de madera que los mantenían acorralados. Por su ropa era sencillo inferir que eran rusos y, para mi mayor consternación, reconocí los rostros de Sina y sus hijos Dimitri y Ana.

El camión pasó frente a mí a gran velocidad, dando tumbos por el camino irregular, salpicando agua lodosa tras de sí y cubriendo los árboles con una mezcla pastosa. Tan pronto como el camión desapareció al doblar una curva, regresé corriendo al sendero para seguir al camión, hasta que encontré un buen escondite entre una espesa arboleda. Tenía que ver lo que estaba sucediendo con Sina y sus hijos.

El camión, con su cargamento humano, que temblaba como los pinos de un boliche con cada chillido de los frenos, se detuvo cerca de un barranco poco profundo dentro del bosque. Después de eso se me nubló la mente y, desconcertada, presencié la escena que se desarrollaba ante mí como si hubiera sido una película en cámara lenta.

> *Los guardias de la SS abren la puerta trasera de madera y uno de ellos incluso ayuda a bajar a la tierra húmeda a una anciana, que viste un abrigo de franela y un pañuelo. Unos hombres rusos, casi todos mayores, con barba gris y cabello largo, algunos ataviados con su ropa de trabajo y otros con algo que parecían pijamas, se unen a la fila de prisioneros. Los niños miran a sus madres con los ojos abiertos de par en par y se aferran a las mangas de sus abrigos mientras se tambalean con pasos cortos y apresurados. La SS los arrea como si fueran ganado; los guardias se sirven de sus ametralladoras para empujar a los prisioneros por la espalda. La gélida mano de la muerte se cierne sobre el bosque, silencioso, sin cantos, sin aire.*
>
> *Los de la SS los alinean entre dos lomas, los hombres con las manos en la nuca, las mujeres con la cabeza baja y las miradas de los niños van y vienen de sus madres a los guardias. Veinte personas o más están aquí para morir como animales en el matadero.*
>
> *«Escoria. Infrahumanos», se burla la SS desde su posición superior, en la cima de la colina.*
>
> *Una canción flota en el aire, la que Sina tocó en su casa para Alex y para mí, y uno a uno se van uniendo en el canto hasta que el aire se colma con su melancólica melodía.*

Un hombre grita «Cállense, cerdos», mientras el comandante cuenta: cuatro, tres, dos, uno. Entonces cuatro guardias dispararan al mismo tiempo una terrible descarga de balas, los casquillos tiñen el aire de un color cobrizo y el humo carboniza el aire, que se torna gris y negro.

Caen al suelo como muñecas de trapo, con los agujeros que reventaron su carne, las balas que dieron en el blanco caen cual nubes acuosas sobre la tierra húmeda y la sangre de los prisioneros se oscurece en sus abrigos y camisas.

Quiero gritar, pero mi boca no emite sonido alguno. Es un horror. Sangre, más sangre de la que jamás vi en la mesa quirúrgica o en las camillas de los moribundos. Sina yace en el piso con los brazos y las piernas abiertas; Dimitri y Anna, muertos también, están aferrados al abrigo de su madre.

Cuando choqué de espaldas con un árbol, me llevé las manos a la boca para ahogar un grito. Cualquier palabra que dijera y el hecho de haber presenciado lo inconcebible podría significar mi muerte. Hui de mi escondite a zancadas, con la esperanza de que el camión no me aplastara; el miedo me inyectaba adrenalina. De haber muerto, estaría en paz, porque después de lo que mis ojos habían visto no sabía si volvería a descansar. Después dudé de lo que había presenciado. ¿Fue tan solo una ilusión de mi mente exaltada?

Pronto llegué al camino de terracería y me derrumbé en llanto cerca del sendero. Cuando pude volver a caminar, descubrí otra desgracia. En el horizonte hacia el sur había un incendio y el humo negro ascendía al cielo en espiral. La casa de Sina estaba en llamas.

Me sequé los ojos y regresé al campamento a trompicones, como una mujer vencida por una enfermedad, sin saber qué decir ni qué hacer. El camión me alcanzó y redujo la velocidad hasta que uno de los choferes de la *Wehrmacht* me saludó con la mano. Los severos guardias y el comandante de la SS, que iban en la parte trasera del camión, me miraron fijamente mientras fumaban, sus tensas mandíbulas apretaban las blancas colillas de los cigarros.

Cuando llegué al campamento no quise hablar con nadie y me mantuve apartada de Alex, Hans y Greta.

Después de una noche insomne, al día siguiente asistí a un doctor que atendía a un soldado con una terrible herida en el pecho. Cuando el doctor lo abandonó, las últimas palabras que el joven me dijo fueron: «Diles a mis padres que los amo».

Sentía que el corazón se me rompía en mil pedazos por el soldado y los rusos asesinados; habían muerto porque un tirano opinaba que sus vidas no valían nada. Yo también era rusa, pero junto con mi familia estaba al servicio de Alemania y, de hecho, se nos tomaba por alemanes, pero ¿cuánto tiempo podría durar aquello?

El dolor me desmoralizó durante días, antes de que finalmente se transformara en una furia voraz contra el hombre que había provocado el horrible crimen que presencié: Adolf Hitler.

Hans solo tenía razón a medias en su valoración de que el Reich debía ser condenado. ¡Tenía que ser destruido! Y la idea me emocionaba y aterraba al mismo tiempo.

CAPÍTULO 2

Nunca le conté a nadie lo que vi en el bosque de abedules. Traté de borrar aquel crimen tan inhumano de mi memoria, para no volverme loca. Si se me fuera la lengua, incluso con los hombres en quien confiaba, aquello podría terminar en tragedia. Los guardias de la SS y su comandante ocupaban mis pensamientos como una enfermedad constante e insidiosa. Sus rostros blancos y vacíos se cernían sobre mí como cabezas de muerte.

En agosto, después de que una mujer de su oficina lo delatara con la policía, el padre de Hans, Robert, fue arrestado por hacer un comentario despectivo sobre Hitler y lo sentenciaron a cuatro meses de prisión. Sin embargo, Hans prosiguió con sus deberes médicos en septiembre y octubre con su meticulosidad habitual, aunque notaba que por dentro ardía a causa del arresto de su padre, al igual que Alex, pero por una razón diferente. Después de la muerte de Sina se distanció y guardó luto. Ambos eran como ollas a presión a punto de estallar.

Hans fue tan obcecado en su resistencia al Reich que no firmó la petición para la audiencia de indulto de su padre, que su madre le había enviado junto con una carta. Su orgullo era demasiado y no se rendiría ante Hitler. Fue incluso tan atrevido que me dijo que se preguntaba por qué la gente le temía a la presión y, por extensión, a su resultado: la muerte. Ya antes lo habían encarcelado por participar en grupos juveniles que los nazis no aprobaban. Según Hans, la prisión podía proporcionar el tiempo para la reflexión, la autoevaluación e incluso para un despertar religioso.

Mientras sorteábamos con dificultad los días cortos y las noches largas de octubre, nos enteramos de que pronto nos iríamos de Rusia. Esas noticias deprimieron a Alex porque se había encariñado con su tierra natal, al igual que yo. Prometió conservar el lodo ruso en sus botas y me confesó que había cumplido su promesa de no dispararle a ningún solado ruso o alemán porque no quería participar en la matanza.

Después de irnos de Gzhatsk, Willi y Hubert nos alcanzaron en nuestro punto de reunión en Viazma, el 30 de octubre. A pesar del reencuentro, la tristeza de Alex por marcharse era palpable; su cara se veía cetrina, demacrada y preocupada, e iba de un lado a otro como un perro sin dueño. Un día me dijo que sospechaba que habían encarcelado a Sina y a sus hijos después de incendiar la granja. Quería contarle lo que había sucedido, pero si la verdad salía a la luz, nuestras vidas correrían peligro.

El 1 de noviembre dejamos Rusia para ir a Alemania. Estaba impaciente por llegar a casa, pero me inquietaba enfrentar un futuro incierto como enfermera. Mi compañera de viaje, Greta, notó mi reticencia a hablar y se la pasó coqueteando con los hombres o chismeando con las otras mujeres.

—¿Te enteraste de sus aventuras? —Me preguntó un día, mientras avanzábamos sin prisas ni pausas hacia Polonia.

—¿Aventuras de quiénes? —Por supuesto que quería que mordiera el anzuelo con su pregunta.

Hizo un círculo con su dedo índice y su pulgar, y me sonrió con timidez. Sus labios estaban pintados de un color rojo fuego; el lápiz labial y el polvo siempre estaban al alcance de su mano en el bolso de piel. Los hombres, los cigarros y la bebida eran sus debilidades, pero la lealtad a sus amigos, en especial si también eran amigos del Reich, era su fortaleza. Los cigarros y el contrabando que obtenía me hicieron pensar que estaba bien conectada con los altos mandos del mercado negro.

—Ya sabes de quiénes hablo —dijo e hizo una mueca—. Pasas mucho tiempo con ellos.

Sabía perfectamente que se refería a Alex y a Hans, pero estaba decidida a no darle el placer de que se metiera en mis asuntos. Bajó la ventana, prendió un cigarro con un ademán ostentoso y miró la ceniza y el humo que revoloteaban en el viento. El aire del compartimento se mezcló con el tufo del tabaco quemado y la frescura helada de la estepa rusa.

—En Gzhatsk se pelearon con unos hombres del partido —dijo—. Se armó un escándalo y llegaron a los puños. Se escaparon de la riña sin ser arrestados... Deben saber cómo evadir la ley... —se rio.

Le dio otra calada al cigarro y se quitó unas motas de tabaco de su lengua rosada. Sus labios dejaron una mancha de color rojo brillante en la punta del cigarro.

—¿Cómo sabes que se trataba de una pelea? —pregunté.

—La gente ve cosas —dijo y desde su asiento se inclinó hacia mí, como si me estuviera diciendo un secreto—. Y la gente habla. En tu lugar, tendría más cuidado con mis conocidos. He escuchado que leen libros que no deberían.

Mis labios temblaron y esperé no haber revelado mi irritación, y mucho menos mi enfado ante la insinuación de que mis «conocidos» eran menos que idóneos y quizás incluso traicioneros.

—Y tampoco hicieron la fila para despiojarse en Viazma por irse de compras. —Inhaló y sopló el humo hacia mi cara, pero el viento lo disipó—. Ahora tienen un samovar para hacer té caliente cuando quieran. Invirtieron el dinero ganado con el sudor de su frente en ese gran lujo.

A todos nos habían despiojado antes de abordar el tren, pero no recordé verlos por ahí. En vez de eso, ¿se habían ido a chacharear?

—Lo que hagan no es de mi incumbencia —dije.

—Ah, sí que lo es. —Sus labios sonrieron con desconfianza—. Es de la incumbencia del Reich... *Todo* es de la incumbencia del Reich, si hemos de ganar esta guerra.

Tomé mi libro de biología y la ignoré mientras se acababa el cigarro. Greta pronto se perdió, en busca de compañía más afable. Leí por el resto de la tarde, antes de irme a dormir.

Unos días después nos detuvimos en la frontera polaca. Desde la ventana abierta de mi compartimento del lado izquierdo del tren veía bastante bien. Tres guardias armados arreaban a unos prisioneros rusos y andrajosos a un campo cercano. Los guardias pateaban, escupían y golpeaban a cada prisionero en la espalda, con la culata del rifle. En un instante, Hans, Willi y Alex saltaron del vagón posterior al mío y atacaron a los soldados.

—Hijo de puta. —El grito de Willi se escuchó por encima del escándalo y golpeó a uno de los soldados en la espalda, con los puños. Le arrebató el rifle del hombro y lo aventó al piso.

—Quítales las manos de encima, bastardo —gritó Alex cuando confrontaba a otro soldado.

Por su parte, Hans tiró al piso a uno de los guardias y lo mantuvo inmovilizado con el pie. El tren se detuvo solo unos momentos y, antes de que los aturdidos guardias supieran qué había pasado, los vagones empezaron a avanzar.

Hans, Alex y Willi corrieron como rayos hacia la puerta de su compartimento mientras los guardias reaccionaban. Miré hacia atrás, mientras mis amigos corrían, se sujetaban del barandal y subían a bordo. Willi fue el último en entrar y, en un acto final de desafío, se dio la vuelta y saludó a los guardias con una seña de su dedo.

Respiré hondo y me recliné en el asiento. Tal y como lo temía, Greta había presenciado el incidente desde otro vagón. Cuando regresó a su asiento frente a mí, me miró de una manera que remarcaba su actitud de «En tu lugar, tendría más cuidado con mis conocidos». No dijo nada, pero su ceño fruncido y la tensión en sus músculos faciales revelaban todo lo que yo necesitaba saber sobre lo que ella había visto. Tenía la certeza de que los reportaría con la SS en cuanto llegáramos a Múnich.

Desde la ventana del tren, Berlín se veía como un manchón, una ciudad oscura y sombría, tan gris como el clima otoñal, con sus edificios resbaladizos y salpicados de negro por la lluvia.

Mi madre y mi padre me dieron la bienvenida al llegar a Múnich. Mientras esperaba que empezaran las clases, me preguntaba qué hacer con mi vida. En enero de 1940, poco más de un año después de la *Kristallnacht*, mis padres se habían mudado a un departamento más pequeño en Schwabing, cerca de Leopoldstrasse. Esto ocurrió por dos razones: la casa estaba más cerca de la universidad, adonde yo pertenecía según mi padre, y la renta era más barata. Él había aceptado un sueldo menor en su nuevo puesto como vendedor minorista con un farmacéutico alemán.

En el distrito vivían muchos estudiantes, así que la oferta de alojamiento fue excelente y eso facilitó que mis padres encontraran un nuevo departamento, aunque el edificio no era tan bonito como el que habíamos dejado. Mis padres vivían en el tercer piso de un edificio decimonónico de piedra y madera, que posteriormente había sido cubierto con estuco blanco.

Pese a que regresé a vivir en una familiaridad tensa con mis padres, nunca mencioné la atrocidad que presencié cerca del campamento. Sabía que era mejor que no se enteraran, en caso de que la SS tocara a su puerta. En el Reich, una abuela podía entregar a su nieto. Todos en Alemania tenían ese temor; hasta los nazis tenían que irse con cuidado.

A partir de la *Kristallnacht* mi padre se había vuelto reservado y prefería que su vida personal y profesional fueran asuntos privados, fuera del alcance de los nazis. Mi madre sufría por esta obstinación; los días y las noches de risas y baile habían terminado. Yo estaba impaciente por encontrar otro modo de vivir, que me permitiera ser independiente, lejos del inflexible silencio de mi padre.

Cuando hablaba de Rusia, les contaba a mis padres los momentos felices al lado de Sina y Alex, mi sentir por el país y mi reticencia a continuar con la profesión de enfermería, como resultado de mi experiencia en el Frente. Después de ver los horrores de la guerra de primera mano, le dije a mi padre que no tenía el estómago para soportarlos. Con firmeza, él me sugirió continuar con la profesión, con el argumento de que «quería una mejor vida para sus nietos» que la que él me había dado. Según él, tendría más certeza laboral que en otras carreras. Me conmovió su preocupación por mi futuro, pero seguía indecisa. Mis historias sobre el Frente ruso dejaban a mis padres nostálgicos, pero, al igual que yo, estaban en medio de la guerra y no podían regresar a una Rusia devastada. Nuestra única opción era aceptar lo que estaba sucediendo en la Alemania de Hitler.

Un sábado de descanso quedé de ver a mi amiga Lisa Kolbe, que había continuado con sus estudios de arte y música en la universidad. Decidimos visitar la Haus der Deutschen Kunst, porque yo no había visitado un museo en años.

Desde la mudanza de mis padres, Lisa y yo no nos veíamos tanto como antes, aunque a veces nos encontrábamos por casualidad en el Café Luitpold. La visita al museo era más del gusto de Lisa que mío, pero estaba feliz de hacer cualquier cosa para salir del departamento, en vez de mirar las ventanas salpicadas de lluvia en un día frío y ventoso.

—En el Reich no puedo ser doctora y ya me cansé de la enfermería —me quejé con Lisa mientras subíamos los escalones del museo y nos refugiábamos en su enorme atrio en Prinzregentenstrasse, cerca del Englischer Garten.

Nos quedamos de ver cerca de la Odeonsplatz en el centro de Múnich, donde se encontraba el monumento a los soldados caídos del Putsch, en la Feldherrnhalle. Caminamos deprisa bajo la lluvia y rodeamos el lado este de la Feldherrnhalle, de descomunales arcos góticos y leones de piedra, donde los alemanes tenían que mostrar respeto por los «mártires» con el saludo nazi, so pena de quedar bajo arresto.

Sacudimos la lluvia de nuestras sombrillas y nuestros abrigos, y pasamos por las inmensas puertas del museo. El tamaño monumental del edificio, uno de los primeros proyectos arquitectónicos de Hitler para el Reich, siempre me sorprendía por sus enormes galerías, extensos corredores y altos techos con iluminación empotrada. Una mujer solemne que vestía un traje gris con un broche del partido y llevaba el cabello recogido en un chongo tomó nuestras prendas y nos entregó nuestros boletos del guardarropa.

—Creo que deberías hacer lo que te hace feliz —anunció Lisa mientras nos dirigíamos hacia la primera galería—. Biología es una buena carrera. Sophie Scholl estudia biología y filosofía.

Ella se refería a la hermana de Hans, con quien Lisa había trabado amistad en la universidad, pero que yo no conocía.

La idea de cambiar el rumbo de mi vida me inquietaba, pero quizá Lisa tenía razón. La cabeza me daba vueltas por mis luchas internas: obedecer a mi padre o hacer lo que el instinto me decía que era lo mejor para mí. Desde mi regreso de Rusia me perseguían las pesadillas más infames: heridas enormes e infectadas, extremidades cercenadas, decapitaciones, soldados con las lesiones más crueles y, la imagen que más temía, la matanza de Sina, sus hijos y los demás rusos. Por las noches, aquellos horrores desfilaban en mi mente, conjurados por mi desasosiego. A menudo dormía tan solo unas horas.

—Te ves cansada —observó Lisa y alisó su cabello rubio platinado atrás de las orejas.

Sus rizos habían crecido durante los meses en que no la había visto, pero se veía sana y hermosa a su manera desenfadada, sin que la guerra afectara su semblante. Entramos a la primera sala y la iluminación acentuaba el azul intenso de sus ojos, su boca respingada y su sonrisa insolente.

—Naturaleza muerta y estúpida —me susurró mientras veía las obras de arte y extendía los brazos en un amplio círculo—. Goebbels puede despotricar todo el día sobre el «triunfo del arte alemán», pero te mata del aburrimiento.

Escudriñé la galería y concluí que Lisa tenía razón, pese a mi limitado conocimiento de artes plásticas. Las esculturas monumentales de hombres desnudos que estrechaban las manos en señal de camaradería y los aburridos bustos esculpidos a la usanza clásica, que parecían cabezas cercenadas sobre pedestales, me dejaban fría e indiferente, como si estuviera en un mausoleo en vez de en un museo. Nada en los paisajes bávaros cotidianos, las enormes pinturas bucólicas de campesinos que removían la paja o las elegantes composiciones de desnudos femeninos me generaban emoción alguna. Continuamos a otro salón igualmente aburrido.

—Hemos pasado por demasiadas cosas —dijo Lisa mientras observaba las pinturas, incluida una de Hitler con su armadura de combate—. ¿Te acuerdas de lo emocionadas que estábamos cuando nos convertimos en integrantes de la Liga de Muchachas Alemanas?

—Sí, pensábamos que el mundo sería diferente y bueno —dije.

Nos sentamos en las mullidas bancas en el centro de la galería y miramos la grotesca caricatura de Hitler, ataviado de plateado brillante, con una bandera nazi a su derecha, a horcajadas sobre un caballo negro. No era arte, en el mejor de los casos era propaganda que mitificaba y romantizaba a un demonio que parecía imperturbable e invencible. Negué con mi cabeza y dije:

—Estábamos equivocadas.

—Y luego aquellas labores monótonas que hacíamos en la Liga de Muchachas Alemanas y el *Reichsarbeitsdienst* —dijo Lisa—. ¿Cómo fue que terminamos trabajando en las granjas, dando clases de música y arte a los niños, y tú fuiste voluntaria como enfermera auxiliar? —Se rio y dobló su brazo derecho—. Al menos hicimos algo de ejercicio en la granja.

—*Monótonas* es la palabra. —Recordé los días y las noches interminables de trabajo, las historias del nacionalsocialismo y las fiestas en alguna casa para hablar de cultura y arte alemanes, siempre y cuando los temas se ajustaran a los requerimientos del partido. Días y noches de normas y reglas: estaba prohibido fumar, usar maquillaje, tener relaciones sexuales. Todo era no, no y más no.

—Cuéntame de Rusia —me pidió Lisa mientras miraba hacia el extremo opuesto de la galería, donde un par de soldados uniformados se iban a otra sala.

Lisa era mi mejor amiga en Múnich y no quería agobiarla con mis pesadillas. De alguna manera me sentí culpable por dejarla en la ignorancia, pero mi terrible secreto tenía que permanecer enterrado.

—No hay mucho que contar —fingí—. Rusia fue fascinante; de hecho, hermosa. El trabajo fue deprimente y agotador.

Sabía que en algún momento revelaría lo que vi, de otra manera no podría estar en paz conmigo misma.

Como si me leyera la mente, Lisa me respondió:

—Me lo contarás cuando llegue el momento… cuando estés lista. —Suspiró—. ¿Te acuerdas de lo emocionadas que estábamos cuando nuestro profesor nos llevó a la Exposición de Arte Degenerado? El presidente del *Reichskammer* lo llamó un «exorcismo del mal». Más gente de la que jamás verás aquí visitó esa exhibición. Podrías conducir un tanque de guerra por estas galerías sin atropellar a nadie.

Recordé lo que sentí en ese día, a finales de julio de 1937, cuando recorrimos las salas estrechas y atiborradas del Residenz, cerca de Hofgarten, donde la Exposición de Arte Degenerado se montó con premura. ¡No había manera de comparar aquello con el museo en el que estábamos! Ese día nos recibió la figura de madera de un Cristo crucificado, que vimos mientras subíamos por las escaleras hacia el primer piso. Su rostro torturado, la corona de espinas que brotaba de su cabeza, las costillas que se mostraban dolorosamente sobre la piel demacrada y la herida en un costado, por la que se asomaba un coágulo de sangre color café, nos horrorizaron, pero nos obligaron a imaginar el dolor que él había padecido. Era un pedazo de madera desagradable, pero estaba esculpido de una manera tan poderosa que despertó en nosotros emociones que iban de la compasión a la repugnancia por su sufrimiento.

Nuestro profesor de arte, *Herr* Lange, un nazi ferviente, se rio tanto del «espectáculo perverso» que se tuvo que quitar sus lentes de montura de carey para secarse las lágrimas. Un oficial de abrigo negro de la SS, que de casualidad también visitaba la exhibición, felicitó a *Herr* Lange por su buen gusto y lo exhortó a «enseñar a las mentes jóvenes una o dos cosas sobre el buen arte». Yo miré a Lisa y en silencio nos comunicamos nuestro disgusto ante los comentarios del oficial. Por supuesto que no podíamos decir nada en contra del Reich ni poner los ojos en blanco por el descaro y la estupidez del hombre de la SS y nuestro maestro. Las obras de arte me parecieron fascinantes y varios cuadros me conmovieron por su franqueza, en especial los paisajes expresivos y coloridos, así como la composición curvilínea y elocuente de la pintura *Dos gatos, azul y amarillo* de Franz Marc.

Casi todas las obras de la exposición estaban etiquetadas con consignas nazis que tildaban el arte de formas abstractas, paisajes geométricos y temas marginales de «desvergonzado» y «sucio por el gusto de ser sucio». Otros eslogans culpaban a judíos y negros por la «idea racial del arte degenerado». Y todo esto provocaba sobrecogimiento entre la multitud. Una consigna pintada en la pared vituperaba a los artistas con las palabras «Tuvieron un plazo de cuatro años», cuatro años para ajustar su estilo artístico a los ideales de Hitler, cuatro años para limpiar su alma y cambiar su manera de pensar.

Muchos alemanes se rieron entre dientes o abiertamente mientras se abrían paso por la exhibición. Me pregunté si esta conducta revelaba su verdadero sentir o si se trataba de una reacción nerviosa que enmascaraba su vergüenza. Sin embargo, muchos se aferraron a sus sombreros y bolsos, y, como perros tristes, merodearon por las salas con unos rostros cuya inexpresividad reflejaba una profunda desesperanza. *Ellos lo sabían*. Lo sabían y no podían hacer nada al respecto.

Lisa interrumpió mi reflexión con un codazo y me pregunté qué había hecho yo o qué habíamos hecho las dos para justificar tal gesto. La miré y ella respondió girando los ojos y volteando la cabeza hacia atrás. Miré hacia mi costado y vi que un hombre se había sentado detrás de nosotras, en la banca de doble tablón. Su espalda amplia y musculosa tensaba la tela de su saco y, aunque solo vi su cara de reojo, lo consideré bien parecido.

—Sí, este arte es grandioso —le dije a Lisa y con una mirada apurada le comuniqué que había entendido su señal—. Estoy muy agradecida de que me hayas traído aquí.

—Vamos a la siguiente sala —agregó ella y se levantó de la banca.

Un dedo tocó mi hombro derecho. Desprevenida, me encogí de miedo, pero volteé para encarar al hombre. Me pareció vagamente familiar y pensé en aquel sentimiento desconcertante que se tiene cuando se trata de recordar a un conocido del pasado. Sí *era* guapo y tenía una barbilla marcada y angular, hoyuelos en las mejillas y unos ojos grandes y azules. La mayoría de las alemanas lo habrían considerado el esposo ario ideal. Lisa se detuvo y se quedó pasmada en el piso de mármol.

—Disculpe —preguntó con una encantadora voz de barítono—, ¿sabe dónde podría estar la escultura *Kameradschaft*, de Josef Thorak?

Yo no era de gran ayuda porque mi interés en el arte aburrido era casi nulo. Lisa apretó los labios y sus ojos azules centellearon bajo sus cejas casi blancas.

—No sé cómo no la viste —dijo—. Está en la galería de atrás, con las otras esculturas de desnudos. —Señaló la última sala en la que estuvimos.

Él sonrió desanimado.

—Lamento haberlas molestado. —Se volteó para marcharse, pero se detuvo, miró hacia atrás y dijo—: ¿Nos conocemos? Creo que las he visto antes.

De pronto supe quién era, la sonrisa inteligente y astuta lo delató. Recordé su cara en aquel día tan perturbador. Él nos habló en noviembre de 1938, durante la *Kristallnacht*, el día posterior a la destrucción.

—En la mañana siguiente de que incendiaran las sinagogas, si no me equivoco —dije—. Estabas atrás de nosotras... Y luego desapareciste. —Recordé la descarga eléctrica de atracción que en aquel momento sentí, al igual que mi impresión de que él también la había advertido.

Su ya de por sí deslumbrante sonrisa se iluminó. Rodeó la banca.

—Claro —dijo y se puso un dedo en la sien, como si tratara de evocar el recuerdo—. Y también otras veces..., hace mucho, en la Exposición de Arte Degenerado... y en el Café Luitpold. —Dio unos pasos hacia mí y se detuvo a un brazo de distancia—. Algunas veces van a tomar café ahí, ¿cierto?

Una incómoda tensión nerviosa me estremeció e hizo que me pusiera a la defensiva. Claramente, él sabía mucho más de nosotras de lo que nosotras sabíamos de él. Lisa estaba tensa a mi lado y mostraba el mismo desasosiego.

—Lo siento —se disculpó e hizo una leve reverencia—. Soy Garrick Adler. No debí ser tan atrevido, pero no suelo frecuentar los museos y al estar deambulando me sentí... un poco perdido.

Tendió su mano y yo la estreché, su apretón era firme y cálido. Garrick se acercó a Lisa, quien con renuencia estrechó su mano y dijo:

—Pareces saber mucho de nosotras, pero nosotras no sabemos nada de ti.

Se sentó junto a mí en la banca e invitó a Lisa a sentarse a su derecha.

—Puedo remediar eso en este mismo instante —dijo mientras Lisa tomaba asiento—. Qué maravilla estar sentado entre dos damas tan encantadoras.

Sentí escalofríos. Tal parecía que mi teoría de que era casado o tenía muchas novias era incorrecta.

—Los halagos sobran, *Herr* Adler, son innecesarios.

Lisa asintió y sonrió entre dientes, para demostrar su impaciencia y disposición inmediata para prescindir de la compañía de Garrick.

—Estoy segura de que te gustarán las esculturas de Arno Breker —comentó Lisa cuando su sonrisa se suavizó—. Podemos guiarte de camino a la salida.

—¿Te refieres al favorito del *Führer*? —Garrick preguntó con una voz que desbordaba sinceridad.

—Sí —contestó Lisa—, y también es admirador de los desnudos femeninos de Adolf Ziegler.

Él se pasó los dedos por la voluminosa cabellera que se desacomodó de una parte de su cabeza.

—Ah, sí los vi…, muy bonitos. —Su mirada tomó una apariencia vidriosa y pensativa—. ¿Su profesor era *Herr* Lange? Debí ir uno o dos grados más adelante que ustedes, pero podría jurar que las vi en la Exposición de Arte Degenerado.

—¿Y a qué te dedicas? —pregunté para encaminar la conversación a un tema que no fuéramos nosotras. Lisa suspiró y se dejó caer en la banca.

—Trabajo para la agencia de seguros del Reich aquí en Múnich. En realidad es muy aburrido, pero siento que le estoy haciendo un bien a la gente, porque evito que los enfermos caigan en la pobreza y la desesperanza.

—Justo como Clara Barton —dijo Lisa.

Se me heló la sangre y Garrick volteó a verla de inmediato.

—¿Qué?

—Nada —dijo Lisa.

Cuando se giró hacia mí, sus ojos echaban chispas, pero el enojo cedió en cuanto retomó la palabra.

—Ya les quité demasiado tiempo, debería irme si quiero ver la escultura de Thorak. —Se levantó de la banca.

Lisa le dio un golpecito a su reloj.

—También deberíamos irnos.

—Antes de irme… Creo que aún no sé cómo se llaman.

—Natalya Petrovich —dije— y Lisa Kolbe.

—Fue un placer verlas de nuevo —expresó y empezó a levantar la mano para hacer el saludo nazi, pero, en vez de eso, su brazo volvió a su costado, como si la vergüenza o alguna otra emoción lo hubiera hecho reconsiderar—. Tal vez las vea en el café. —Rodeó la banca y se encaminó a la galería que estaba atrás de nosotras.

Una vez que se marchó, le fruncí el ceño a Lisa.

—¿*Clara Barton*? Tal vez provocarlo no fue lo más inteligente.

—Mi intención era molestarlo —contestó Lisa—. Dudo que siquiera sepa quién es. Ojalá no le hubieras dicho nuestros nombres.

—¿Por qué no? Si no se los decía, iba a sospechar.

—Hubieras inventado algo. Nunca se iba a dar cuenta.

Negué con la cabeza, sorprendida por su paranoia, pero quizá tenía razón, no conocíamos a Garrick Adler. ¿Por qué Lisa estaba tan preocupada por dar su nombre? Después de todo, yo era la que necesitaba cuidar lo que decía después de lo que había visto en Rusia.

—¿Por qué no quieres que sepa tu nombre? —Negó con la cabeza—. ¿Recuerdas haber visto a Garrick cuando yo estaba en el frente? —le pregunté.

—Nunca lo vi después de aquella terrible noche en 1938. Pero si él nos ha visto, significa que nos estaba espiando. Necesitamos irnos con cuidado, no confío en nadie que escucha en secreto una conversación.

Nos fuimos de la galería y caminamos por el edificio hasta que llegamos a la entrada. Nos pusimos nuestros abrigos, tomamos las sombrillas y salimos al atrio. Frías ráfagas de viento azotaban las columnas de piedra. La lluvia se había convertido en llovizna, pero, ante el vendaval, nuestras sombrillas no sirvieron de nada.

Al parecer, Garrick también se había hartado del museo, porque lo vi una cuadra delante de nosotras; su complexión y zancadas eran inconfundibles.

—Creo que se dirige por mi ruta hacia Schwabing —dije—. Averiguaré adónde va.

—¿Qué crees que se traiga entre manos? —preguntó Lisa.

Su pregunta me desanimó y mi tristeza recrudeció ante el hecho atroz de que teníamos que cuidar cada palabra que decíamos, censurar cada conversación en público, desconfiar de toda interacción y emoción humanas, y pasar noches insomnes preguntándonos si la Gestapo se precipitaría por las escaleras de nuestras casas para arrestarnos.

—No lo sé, pero definitivamente es un hombre atractivo.

Lisa chasqueó la lengua y me apuntó con la punta de su sombrilla.

—Esas son palabras peligrosas. Es guapo, pero yo que tú me iría con cuidado.

—Soy buena para juzgar el carácter de las personas —dije mientras quitaba el vapor de mis lentes.

—Eso no es lo que me preocupa.

—¿Qué pasa, entonces?

—Un hombre así *puede hacer* que te enamores de él. Lejos del nido de tu padre eres vulnerable.

—No seas ridícula. Ningún hombre *hará* que me enamore.

—¿Y por qué no estará en el ejército?

—No lo sé, tal vez tiene alguna enfermedad. He visto muchos hombres que no están en servicio por una razón u otra. Tal vez el trabajo que hace sea esencial.

—No lo es si trabaja en seguros. Lo podrían remplazar cientos de personas.

Llegamos a la gran avenida que conducía al condominio donde mis padres solían vivir. Lisa y yo nos abrazamos, nos despedimos y prometimos reunirnos después de que yo decidiera qué estudiar. Avancé con dificultad bajo la llovizna, sujeté mi sombrilla con la mano derecha y cerré el cuello de mi abrigo con la izquierda. Trataba de mantener el paso de Garrick, que desapareció al dar vuelta en una esquina, hacia el norte en Ludwigstrasse. Altos edificios de piedra bordeaban cada lado de la calle que iba a la universidad, cada uno era tan gris y deprimente como el ocaso, con sus cortinas opacas aferradas a las ventanas.

Garrick pasó bajo el arco triunfal del Siegestor, con su carruaje esculpido en la cima, y hacia Schwabing, donde vivía con mis padres. Se dio la vuelta en una calle sombría, donde los árboles estaban desnudos por el viento de noviembre y su corteza húmeda goteaba por la lluvia. Nos habíamos quedado casi completamente solos, en el crepúsculo. Los olores impregnaban el aire helado, tan distinto del aire fresco y limpio que recorría la estepa rusa. Aquí los aromas de las salchichas, las papas y los huevos cocinados se mezclaban con los de tubos de escape y el combustible quemado.

Abrió la puerta de una casa de dos pisos, con la entrada abovedada, las piedras y el techo de dos aguas en consonancia con la limpieza y el orden bávaros. Me oculté detrás de un árbol al otro lado de la calle y vi que una silueta oscura bajaba la cortina de la ventana del piso de arriba. Una luz amarilla brillaba desde una ventana lateral y Garrick apareció con un cuaderno en la mano y un bolígrafo entre los labios. Se lo quitó de la boca y empezó a escribir en su cuaderno, como si estuviera complacido con sus palabras y lo sujetó como si fuera un himnario antes de cerrarlo. Después bajó la persiana y el cuarto se oscureció.

Tomé mi sombrilla y me dirigí hacia el departamento de mis padres, un poco avergonzada por acechar a un hombre, como tal vez él nos había espiado a nosotras.

Mientras caminaba me pregunté qué habría escrito en su cuaderno. Lo que fuera que escribió le tomó tan solo un momento. Me invadió una extraña sensación y, en mi mente, yo estaba a su lado cuando escribió dos nombres en su libro: Natalya Petrovich y Lisa Kolbe.

CAPÍTULO 3

Las primeras semanas de noviembre fueron muy emocionantes y casi no tuve tiempo de pensar en nada más que en la universidad y la mudanza.

Decidí estudiar la carrera de biología, reorganicé mi horario y me olvidé del voluntariado en enfermería. Mi padre, menos que complacido con mi decisión, seguía esperando que estudiara enfermería. Lo tranquilizaba el hecho de que mi nueva profesión al menos estuviera relacionada con mi anterior disciplina y me permitiría trabajar en calidad de investigadora. Tanto él como mi madre insinuaron (cada uno con su estilo propio, pero con claridad) que era tiempo de que me buscara un esposo, además de un empleo. De esta manera, si no encontraba trabajo al terminar mis estudios y atendía el llamado del Reich de tener hijos, tendría a un esposo que me mantuviera. No tomaban en cuenta el hecho de que había escasez de hombres. Estas conversaciones con mi padre eran unilaterales y generaban tensión entre nosotros. Sentía que me trataban como a una niña.

Después de varias semanas estresantes de vivir en casa, decidí buscar un departamento aparte. Por suerte, mi padre se había hecho amigo de una viuda llamada *Frau* Hofstetter, quien vivía a unas cuadras de mis padres en Schwabing. En la farmacia, mi padre a menudo le pasaba por debajo del mostrador algunas aspirinas adicionales o paquetes de sales de baño difíciles de conseguir. La señora quedaba eternamente agradecida, en secreto, claro, porque dar esos «regalos» era ilegal.

Un día le platicó a mi padre su deseo de encontrar a una joven que la cuidara y lavara los trastes, aseara la casa y «se asegure de que no esté muerta a la mañana siguiente». Estas responsabilidades venían junto con una pequeña paga cada mes y la posibilidad de usar una recámara con su propia entrada en el frente de la casa.

Un pasillo principal conectaba mi recámara con las demás habitaciones. La oportunidad de escuchar «movimiento» en los cuartos sin vida y «saber que alguien estaba ahí» era algo que le provocaba una gran satisfacción a la viuda. La nueva inquilina podría usar la cocina y el baño y, en caso de ser necesario, tendría acceso a la pequeña sala de estar, donde la señora pasaba la mayor parte del tiempo.

Pasar mi tiempo libre cuidando a una mujer de setenta y cinco años no era nada emocionante, pero la oportunidad era demasiado buena para dejarla pasar. El ingreso de mi padre apenas alcanzaba para él y mi madre, la escasez de comida estaba descontrolada y lo más importante era que yo necesitaba mi libertad. Había llegado el momento de que me abriera paso en el mundo.

No me tomó mucho tiempo empacar las pocas cosas que tenía y mudarme a mi nuevo hogar. Lo logré en dos vueltas y, para el momento en que las clases estaban en su máxima intensidad, yo ya estaba instalada en la residencia de *Frau* Hofstetter.

Mi habitación era agradable, estaba orientada hacia el sur y daba a la calle. Temprano por la mañana algunos rayos del sol de noviembre se filtraban por la ventana. A medida que las estaciones cambiaban, el cuarto se iluminaba con el esplendor de la primavera y el verano, y el movimiento de las trémulas hojas de roble lo llenaban con motas de luz. El mobiliario consistía en una cama enmarcada con una antigua cabecera de nogal. En la parte superior retozaban unos zorros y perros de caza tallados en la madera. También había un tocador modesto, con espacio para las piernas y un espejo azulado de la década de 1920, y una silla sencilla, pero sólida, de caoba que estaba al lado de una pequeña mesa.

La puerta interior daba a un corredor que solo recibía la luz del sol que llegaba desde la entrada principal. Los otros cuartos nacían de este pasillo que también conducía a la recámara de *Frau* Hofstetter, en la parte posterior de la casa. Supuse que mi casera estaba más cómoda lejos del ruido de la calle y que disfrutaba el pequeño jardín que estaba detrás de su habitación.

Nos veíamos todos los días mientras yo me encargaba de las tareas del hogar. Por lo general la señora deambulaba por su casa en bata, con unas calcetas grises enrolladas en los tobillos. Cuando la temperatura descendía, las calcetas ascendían. A menudo se quedaba dormida en la sala de estar con un periódico o un libro en el regazo. Yo era la responsable de la limpieza, pero ella se empecinaba en cocinar. Cuando mis estudios me impedían comer, tocaba a mi puerta con una mano y con la otra hacía equilibrio para sostener un plato de comida, que casi siempre eran las papas y los huevos fritos que sobraban de su cena. Era generosa, pero también insistía en que fuera meticulosa en mi trabajo.

Gran parte del tiempo me la pasaba estudiando en el tocador bajo el resplandor de mi vieja lámpara de escritorio o hecha un ovillo en mi cama, tratando de leer con la suave luz de un quinqué. Mi única compañía por la noche era el siseo y repiqueteo de los radiadores.

A principios de diciembre, Lisa y yo recibimos una invitación de parte de Hans y su hermana Sophie para beber vino, comer postres y conversar en su departamento en Josefstrasse, donde ambos vivían en dos habitaciones amplias y separadas. Lisa pasó por mí aquella noche glacial, el aire era limpio y fresco como el hielo, y nos abrimos camino con dificultad, tiritando y traqueteando por las calles.

Sophie, a quien conocía de vista por las clases del auditorio, abrió la puerta. Su cabello café descendía por su cuello hasta los hombros y en su frente se posaba en una onda más bien severa. Una cualidad aniñada impregnaba su rostro y, según la inclinación de su cabeza, daba la impresión de que tenía rasgos de alguna manera varoniles. Al igual que su hermano, sus modales exudaban seriedad; ella tenía una mirada inquisitiva y a menudo fruncía los labios. Le dio la bienvenida a Lisa con un «hola» afectuoso y se presentó conmigo. Yo le dije que era amiga de su hermano y eso la hizo sonreír con calidez.

Me quité los lentes y los limpié con un pañuelo limpio, pues por un momento la transición de frío a calor me impedía ver por efecto de la condensación. Cuando me los volví a poner, las habitaciones aparecieron ante mí. Estaban un poco vacías, pero tenían calor de hogar: algunas fotografías adornaban el tapiz floreado y las sillas y almohadas invitaban a los visitantes a ponerse cómodos. Sobre la mesa había pastelillos de chocolate y vainilla, té y café. Al final de la mesa, una botella de *schnapps* relucía como la reina suprema de las bebidas. Parecía que Hans y Sophie tenían sus buenas conexiones para obtener comida y bebida.

Estudié al grupo de invitados. Willi Graf y Alex Schmorrell no estaban en la reunión, pensé que irían…, pero la presencia de algunos otros me pareció inesperada. El profesor Kurt Huber, por ejemplo. Era el maestro de una clase que tomábamos Sophie y yo. Encorvado, estaba sentado en una esquina y se movía en la silla como si esta tuviera alfileres; cruzaba y descruzaba las piernas y alisaba sus pantalones con las manos. Su cara larga y ovalada estaba adornada con una coronilla de canas que apenas le crecían en la nuca y en los costados de la cabeza. Me miró y enseguida se volteó. Al no tener razón alguna para presentarme, decidí esperar hasta que los protocolos sociales se relajaran bajo el influjo del Riesling.

Pero mi indiferencia hacia el profesor Huber se convirtió en sorpresa cuando avisté otra cara. Garrick Adler estaba sentado con las piernas cruzadas sobre una almohada que tenía un bordado de vides verdes y campanillas moradas en forma de trompeta. No lo había visto al llegar porque una silla ocultaba parcialmente su cuerpo. Garrick sonrió con su luminosidad usual y sentí que mis mejillas se ruborizaron como respuesta a su atractivo. Sin embargo, mi entusiasmo se vio empañado por la naturaleza suspicaz que el Reich había infundido en todos nosotros de una manera muy efectiva.

Lisa se alejó para platicar con Hans y un amigo artista. Como no conocía a casi nadie, opté por acercarme a la mesa donde estaba la comida y la bebida, pues mi timidez superaba cualquier deseo por conversar con alguien. Me senté en una silla al otro lado de la habitación y no pude evitar echarle un vistazo a Garrick de vez en cuando. Él hablaba con un hombre al que yo no conocía; tan pronto como su conversación terminó, sentí su mirada sobre mí antes de que yo viera en su dirección. Se levantó del piso, tomó su almohada y la dejó caer al lado de mis pies.

—No esperaba verte por aquí —dijo.

Me sorprendí admirando su brillante sonrisa y espalda amplia, mientras él me miraba como un cachorro embelesado. Después lo imaginé escribiendo *Natalya* y *Lisa* en su cuaderno la noche en que lo había seguido y la idea me provocó un escalofrío que me recorrió la espalda. ¿Realidad o paranoia? A pesar de la perturbadora imagen, su atención me halagaba.

—Fue una invitación de último minuto…

—¿Cómo conoces a Hans y a Sophie? —me preguntó, para completar la idea que había quedado a medias.

Me pregunté qué tanto debía revelar, pero también consideré que cualquier persona que conociera a los Scholl lo suficientemente bien, tanto como para recibir una invitación a una fiesta en su casa, debía saber algo de ellos.

—Fui voluntaria con Hans en el Frente oriental durante tres meses y luego nos regresaron a casa. Yo era enfermera y él médico. Ahora, ambos estudiamos en la universidad. —Entrelacé mis dedos y los puse sobre mi regazo para calmar mi incomodidad—. Había visto a Sophie en clase, pero la acabo de conocer.

—Él y yo somos amigos desde hace más o menos un año —anunció Garrick. Un par de hoyuelos se formaron al final de su sonrisa—. Son gente interesante de la manera correcta.

Me quedé desconcertada ante el significado de sus palabras.

—¿De la manera correcta?

Recargó sus manos sobre el piso, detrás de él, a manera de columnas, y echó la espalda hacia atrás, en una postura cómoda. Sus largas piernas se estiraron frente a mí, lo que me impedía levantarme de la silla e irme.

—Políticamente hablando… y son buenas personas. Alemanes de confianza, con los pies en la tierra. Entienden de política y literatura.

Hans me había hecho saber su sentir sobre los nazis en Rusia. Sus palabras «El Reich debe ser condenado» regresaron de golpe a mi memoria. No podía continuar con la conversación sin mentir o incriminarme, así que asentí distraídamente. Pensé en una estrategia para terminar la plática.

—¿Me podrías traer una copa de vino? —le pedí a Garrick con una sonrisa perpleja—. Parece que estoy acorralada.

—Claro —dijo y se levantó de su lugar de reposo—. No te vayas… tengo algo que preguntarte.

Se me erizaron los cabellos de la nuca. ¿Una pregunta? No tenía idea de lo que se traía entre manos. Yo también quería hacerle preguntas, pero no lo conocía tan bien como para hacérselas. Se escabulló hacia la mesa y estaba a punto de levantar una copa cuando trabó conversación con una mujer de pelo castaño a quien yo no conocía.

—Creo que tienes un admirador. —Lisa se paró a mi lado con una copa de vino en una mano y un pastelillo de chocolate en la otra.

—*¡Shhhh!* —le ordené—. No necesito un novio ni un esposo. Mis estudios son primero.

Se rio entre dientes.

—Eso es lo que dices ahora, pero acuérdate de lo que te dije sobre los hombres que *pueden hacer* que te enamores.

—Sí, no necesitabas recordármelo.

Aunque no estaba de acuerdo con mi amiga, una parte de mí disfrutaba la atención que Garrick me ofrecía. Yo era la callada y la tímida, comparada con Lisa, quien siempre parecía más hermosa y vivaz que yo. Por primera vez un hombre realmente me *miraba* y él cada vez estaba más cerca de invalidar cualquier objeción que yo pudiera tener al respecto. Cualquier mujer lo habría considerado un trofeo, como lo confirmaba la joven de la mesa, que sujetaba su brazo, tocaba su hombro y reía coquetamente echando la cabeza hacia atrás. Garrick finalmente se libró de ella y la mujer hizo un puchero mientras él se alejaba.

—Buenas noches, Lisa —saludó con poca cordialidad a su regreso.

Me entregó la copa de vino y retomó su lugar sobre la almohada.

—Te acordaste —dijo Lisa sin emoción alguna.

—Nunca olvido un nombre ni una cara bonita.

—Adulador —dijo Lisa, se dio la media vuelta y se fue.

Garrick suspiró y se recargó en los codos.

—¿No bebes? —le pregunté.

—Rara vez. No me sienta bien. —Dio unos golpecitos al bolsillo de su saco y levantó la solapa, donde se veía la tapa de un paquete de cigarros—. Fumo de vez en cuando… Me calma.

Le di un sorbo a mi vino y dejé que su calor se asentara en mi estómago.

—No pareces el tipo de persona que se altera fácilmente.

—Ah, sí —dijo—. A veces la guerra me pone los nervios de punta. Veo lo que está pasando y no hay nada que pueda hacer desde la aseguradora. —Su estado de ánimo se ensombreció y miró al otro lado de la habitación, a nada en especial—. Nuestros hombres regresan en cajas y cuando tengo que tratar con las viudas y padres afligidos me llego a alterar. —Tocó su pierna derecha—. No puedo servir.

—Lo siento —dije y sentí unas punzadas de compasión por la herida que sufrió—. El Frente oriental tampoco fue miel sobre hojuelas. Gran parte de lo que tenía que enfrentar era terrible, al grado que decidí suspender mi voluntariado de enfermería para seguir estudiando.

—Eso es una lástima. —Se dejó de apoyar en los codos y se inclinó hacia mí—. No hablemos de la guerra, es demasiado deprimente. —Su estado de ánimo mejoró en un instante—. Con respecto a la pregunta que mencioné. —Se detuvo y miró al piso antes de verme—. ¿Podría invitarte a salir? Bueno, si no tienes otros compromisos.

Su pregunta me tomó desprevenida; estoy segura de que mis ojos se abrieron sorprendidos ante su repentina propuesta. Antes de que pudiera contestar, Hans aplaudió y llamó la atención de todos. Me sentí aliviada de que nuestro anfitrión me salvara y de que todos los invitados se reunieran a su alrededor y se sentaran en sillas, almohadas y cojines.

Hans, quien se veía mucho más relajado de lo que había estado en Rusia, acalló la habitación en su papel de simpático maestro de ceremonias. Ofreció una sonrisa inusual y se apoyó en la mesa, luego nos dio la bienvenida a su hogar con Sophie e hizo una broma sobre la experiencia de vivir con su hermana. Su acuerdo de vivir juntos había alimentado un «nuevo compañerismo», según sus palabras. Después de discutir amistosamente con el grupo, leyó poesía de Schiller y Goethe, y los invitados aplaudieron sus palabras, a excepción del profesor Huber.

El académico se levantó al final del último poema y, después de ponerse su abrigo, pasó frente a Hans y Sophie y salió por la puerta sin siquiera despedirse. Una ráfaga de viento cortante atravesó la habitación. Hans continuó su amigable charla con el grupo, al parecer indiferente a la salida del profesor. Habló de varios temas, de filosofía, ética y el hombre como un ser social. Se hacía tarde y yo me revolvía incómoda en el asiento, mientras que Garrick miraba a Hans con una intensidad estudiada. La noche estaba por llegar a su fin y yo no había contestado la pregunta de Garrick sobre salir juntos. Nos interrumpieron varias veces Lisa y Sophie, que se pasaron casi toda la noche platicando entre ellas.

Escuché que Sophie le preguntaba a una joven «¿Cómo te fue en Stuttgart?» y algunos minutos después hacerle una pregunta similar a otra «¿Cómo te fue en Hamburgo?». Ambas mujeres le contestaron en un tono positivo y hablaron con cierto entusiasmo sobre la belleza de ambas ciudades. Las conversaciones parecían fuera de lugar; Garrick debió de pensar lo mismo, porque las escuchaba con mucha atención, pero luego volvía a concentrarse en mí. Más que nada, estas conversaciones eran una distracción bienvenida al parloteo entre Garrick y yo mientras bebía mi segunda copa de vino.

En algún momento tenía que darle algún tipo de respuesta. Mi valor brillaba por su ausencia, porque era la primera vez que me invitaba a salir un hombre y no un estudiante universitario. La imagen de mi padre estricto se coló en mis pensamientos.

Tomé aire.

—Estoy ocupada con mis clases hasta las vacaciones y vivo con una mujer de setenta y cinco años a la que no le gusta que la molesten.

La sonrisa que agraciaba su rostro durante gran parte de la noche se esfumó.

—Eso no es un «no».

—Supongo. —Puse la copa vacía en una mesa pequeña al lado de mi silla—. Si tengo tiempo libre, te lo haré saber. —Pareció calmarse un poco con mi respuesta evasiva y tomó mi mano amigablemente.

—Será un placer —dijo—. Permíteme darte mi número telefónico y dirección.

Por supuesto que sabía dónde vivía, pues lo había seguido a su casa después de aquella visita al museo. No le revelé mi dirección, a unas cuadras de su casa, y con prisa me entregó una nota con algunos garabatos. Lisa apareció al lado de mi silla con nuestros abrigos.

—Es momento de hacer la graciosa huida, antes de que nos deleiten con más poesía.

Garrick se rio y se puso de pie con sus largas piernas. Era más alto que yo por una cabeza, pese a que me consideraban alta para ser mujer. Lisa me dio mi abrigo, me lo puse y metí la dirección en el bolsillo.

—Me dio gusto volver a verlas —dijo—. Yo también debería irme a casa.

Nos despedimos de Hans y Sophie y nos dirigimos hacia la puerta. Lisa me dio un empujón amigable para que nos apresuráramos hacia la calle.

—Rápido, hay que salir de aquí antes de que tu admirador te siga hasta tu casa.

Las calles estaban como boca de lobo, desprovistas de la luz de las farolas y de las ventanas de las casas, cubiertas con cortinas opacas. Las únicas fuentes de luz eran una pequeña tajada de luna y las inalterables estrellas, que con sus fríos rayos desbrozaban las nubes que surcaban el cielo a paso veloz.

Las atenciones de Garrick aceleraron mis pasos y pensamientos. Mis besos habían estado limitados a estudiantes, y poco interés romántico había florecido en ellos. Esos amoríos no habían llegado a nada. Mi padre me vigilaba y mi madre no se oponía a la intención de que su hija llegara casta al matrimonio. No tenía de qué preocuparse, yo era tímida e insegura con los hombres y desde luego que no entregaría mi virginidad así nada más; cualquier fascinación que tuviera con el cuerpo tenía que ver con estudiarlo. Sin embargo, con Garrick tenía la extraña sensación de que las puertas del mundo del amor podrían abrirse para mí, pero no iba a apresurar las cosas porque, en estos tiempos, ser reservada y tener bajo perfil era la mejor manera de evitar problemas.

—¿Cómo crees que me vería si me cortara más el cabello? —le pregunté a Lisa y envolví en mis dedos algunos mechones de rizos que llegaban a la altura de mis hombros. Consideré el estilo de Lisa, parecido al de la mujer que había entablado conversación con Garrick.

—Por Dios, Natalya —contestó con una voz marcada por el terror—. Espero que no hables en serio. —Dimos la vuelta en la esquina de la calle de mi departamento y advertí la mirada de preocupación en su rostro, pese a lo tenue de la luz—. No vas a salir con *él*, ¿verdad? —Sus palabras sonaban más como una orden que como una pregunta amistosa—. Ni siquiera lo conoces.

—¿Y cómo podría conocerlo si no salgo con él? —pregunté—. No parece un mal hombre. Esta noche dijo cosas que me hicieron reconsiderar mi opinión sobre él. Tiene una herida en la pierna que no le permite ir a la guerra.

Caminamos hasta mi departamento. La casa pulcra y ordenada de *Frau* Hofstetter era tan sosa y ordinaria como un cubo oscuro en las sombras, como cualquier otra vivienda en la cuadra.

—Olvídate de Garrick por unos minutos —dijo Lisa—. ¿Puedo pasar para resguardarme del frío? Tengo algo que decirte.

Estaba un poco recelosa por la hora y por molestar a mi casera.

—Supongo que sí, mientras no hagamos ruido.

—No te preocupes, lo que tengo que decirte requiere discreción. Y, de alguna manera, tu silencio.

Abrí la puerta y entramos a la oscuridad, pues las cortinas estaban corridas. Para cuando encendí mi lámpara, Lisa ya se había quitado los zapatos, el abrigo y se había sentado en mi cama, con la espalda apoyada en la cabecera de nogal. Mientras el radiador hacía un sonido metálico, levanté la silla de su lugar habitual en el tocador y la puse al final de la cama.

—Acércate —dijo Lisa y se puso a temblar—. Hace frío aquí.

«¡Qué es tan importante! ¿Qué tendrá que decirme?».

Intrigada por su expresión sombría, acerqué la silla a la cabecera y me incliné hacia Lisa, que reacomodó mi almohada y volvió a apoyarse en la cabecera.

—¿Has escuchado sobre la Rosa Blanca? —Negué con la cabeza—. ¿Estás segura de que tu casera está dormida? —preguntó.

Miré mi reloj.

—A esta hora ya está en cama.

—Lo que tengo que decirte nunca habrás de repetirlo. —Su voz zumbaba en un tono más bajo que el ruido del radiador—. Hans, Sophie y Alex han tomado una postura contra el Reich. —Mi corazón se desbocó con sus palabras. Los brazos de Lisa temblaban mientras trataba de contener sus emociones—. Este tema es muy peligroso, pero es algo que se tiene que hacer —continuó—. Todos en la Rosa Blanca fueron elegidos por su inteligencia, convicciones y opiniones políticas, incluyéndome.

Quería envolverla en mis brazos mientras las palabras salían de sus labios y las lágrimas, a punto de desbordarse, se asomaban en sus ojos.

—¿Qué hiciste? —pregunté temblando, como si el frío del cuarto me hubiera calado hasta los huesos—. ¿Estás en peligro?

—Déjame terminar. —Enderezó la espalda en la cabecera y me miró—. Hans y Alex escribieron cuatro panfletos contra el Reich que se enviaron por correo en junio y julio, antes de irse al Frente. Algunos se distribuyeron en la universidad. Su lenguaje era desleal, cuestionaba que el pueblo alemán tuviera la voluntad de levantarse contra un gobierno corrupto, una dictadura del mal; llamaba al nacionalsocialismo una «úlcera cancerosa» y señalaba que, desde la caída de Polonia, han asesinado a trescientos mil judíos…

Me quedé sin aliento y me dolió el estómago al recordar que la SS había matado a Sina y a sus hijos. Por si fuera poco, de pronto entendí que los demás sabían de los crímenes inhumanos que se estaban cometiendo. ¡Los demás lo sabían! Sentí que me liberaba de un peso enorme.

—Detente, por favor. —Me inundó la vergüenza por haber sido incapaz de compartir con alguien mi terrible secreto. Lisa me puso uno de sus dedos en los labios mientras yo intentaba no colapsar. La humillación me invadía y mis manos temblaban ante la idea de que ahora yo también podría tomar una postura, pero el precio era poner en riesgo mi vida y la de mis padres. Pero ¿qué podía hacer? Lisa se inclinó y tomó mis manos en las suyas.

—Quieren que formes parte del grupo. —Sus palabras sonaron como un sacramento, un murmullo sagrado—. Hans y Alex te han estado observando desde que viajaste al Frente. Quieren que te unas.

—¿Yo?

—Me ayudarás a enviar y a entregar los panfletos. Podemos escribirlos nosotras, con su visto bueno. Alex y Hans escribieron los primeros cuatro y pronto pondrán manos a la obra en un quinto. Mientras tanto, quieren que el movimiento amplíe sus objetivos. El Reich ya piensa que la Rosa Blanca es una organización nacional. La Gestapo corre de un lugar a otro atemorizada. Estamos haciendo una diferencia. —Se detuvo—. Nuestras ubicaciones postales estarán en Viena y Núremberg.

Me envolví con los brazos para calmar el violento temblor que amenazaba con consumirme.

—Sophie habló con dos mujeres sobre Stuttgart y Hamburgo, ¿se trataba de los panfletos?

Lisa se levantó de la cama, tomó mi abrigo y me cubrió con él.

—Sí. Sé que esto es una sorpresa para ti, pero piensa en lo que te dije. Somos las primeras y, recuerda, se tiene que hacer *algo* al respecto.

Respiré hondo y me recargué en el respaldo de la silla. Después de pensarlo unos minutos, le conté a Lisa lo que había visto en el Frente y por primera vez revelé lo que había atestiguado.

Varias veces me detuve para secarme las lágrimas que me provocaban las emociones que fluían en mí. Cuando terminé de contar mi historia, Lisa estaba acostada bajo su abrigo. Nos miramos por mucho tiempo, a sabiendas de que lo que le había contado podía costarnos la vida.

—Tengo que irme a casa o mis padres llamarán a la policía —dijo ella finalmente—. Y no queremos eso.

Se levantó de la cama, se puso el abrigo y caminó por detrás de mi silla. Se inclinó y me dio un abrazo fuerte. Me preocupaba que las autoridades la acosaran de camino a su casa.

—Son más de las once. Quédate aquí, ya es tarde. —Me liberé de sus brazos y me levanté de la silla.

—Estaré bien, conozco las calles menos transitadas como la palma de mi mano. Además, mañana tenemos clase.

La abracé una vez más mientras ella se dirigía a la puerta.

—Una última cosa —dijo sujetando la perilla—. No le cuentes nada de esto a nadie, mucho menos a Garrick. También lo están observando, pero hasta ahora no se ha ganado a la gente del grupo. Dice las cosas adecuadas, pero Hans quiere saber más sobre él.

—Claro —contesté, a sabiendas de que a Lisa no le simpatizó Garrick desde que lo vio.

Abrió la puerta y se disolvió en la espiral de sombras que acechaban en la calle. Poco después desapareció en la noche.

Exhausta, me desplomé en la cama. Desperté a las tres de la mañana, con la lámpara aún encendida en mi escritorio. La apagué, me arrastré hasta la cama y me metí bajo las sábanas, con la esperanza de que mis sueños estuvieran libres de ideas de aprisionamiento y ejecución, de los horrores de la guerra y de la incipiente aceptación de que lo que sentía por Garrick Adler era más que curiosidad.

El siguiente sábado por la mañana, mientras me lavaba las manos en el minúsculo baño de mis padres, escuché el grito sofocado de mi madre. Me habían invitado a desayunar, como solían hacerlo los fines de semana. Como siempre, me alegraba tener un respiro de mi trabajo en casa de *Frau* Hofstetter y una invitación para disfrutar los platillos de mi madre.

Ella estaba parada frente a la ventana de la fachada, con las manos empuñadas a los costados. Corrí hacia ella, al igual que mi padre, y vimos un sedán negro frente al departamento. El auto estaba detenido; las nubes blancas y exhaustas que salían del escape se evaporaban en el aire decembrino.

Mi corazón dio un vuelco cuando tres hombres se bajaron deprisa del carro y caminaron hacia la entrada con la resolución y el aire de formalidad del Reich. Uno de ellos, con gabardina de piel negra, era oficial de la SS; los otros dos traían abrigos color café.

—Pase lo que pase no abran la boca —nos advirtió mi padre, blanco de miedo—. Ustedes no saben nada.

Lo miré aterrada, algo estaba muy mal. La puerta de abajo a menudo se quedaba abierta y traté de escuchar los pasos en la escalera, con el corazón desbocado. Todo era silencio, luego oí el rechinido de sus zapatos en el pasillo. El eco de un par de violentos golpes a la puerta se propagó por el departamento y, antes de abrir la puerta, mi padre nos silenció con un dedo en los labios. El oficial de la SS estaba detrás de los dos hombres de abrigos cafés. El rostro de uno de ellos se agrietó con una débil sonrisa y anunció que era de la Gestapo.

—¿*Herr* Petrovich? —preguntó con una voz que tenía un dejo de desdén, detrás de una amabilidad fingida.

Mi madre se inclinó hacia mí y me pasó el temblor de sus huesos. De todas formas, su serenidad era notable y sus inestables emociones estaban bajo control mientras veíamos lo que se desarrollaba ante nuestros ojos y no teníamos más opción que presenciarlo. Mi padre asintió y les preguntó qué querían.

—Nos gustaría que viniera con nosotros —dijo el hombre y los otros dos se metieron al departamento. Como si mis padres fueran sospechosos de la traición más terrible, sus ojos recorrieron cada rincón a toda velocidad.

Empecé a hablar, pero la mirada fulminante de mi padre me advirtió que no abriera la boca. Obedecí mientras intentaba acallar mi miedo. Mis padres nunca habían apoyado al partido nazi, pero tampoco habían hablado mal de él, hasta donde sabía.

No podía imaginar qué hacía la Gestapo en el departamento. Al principio pensé que habían venido por mí, por lo que le había revelado a Lisa. Pronto descarté la idea, porque mi amiga jamás me traicionaría.

El primer hombre tomó a mi padre del brazo y lo llevó al pasillo. El hombre de la SS y el otro agente de la Gestapo se dirigieron al librero. Con un golpe de su mano enguantada, el matón vestido de negro volcó el librero y los libros se estrellaron en el piso. Varios volúmenes de los libros ilegales de mi padre se cayeron de su escondite junto con los demás.

El segundo agente de la Gestapo recogió dos libros, incluyendo el de Santo Tomás de Aquino que mi padre tanto atesoraba y lo sostuvo con sus manos enfundadas. La piel color café que rodeaba sus dedos centelleaba como ámbar pulido bajo la luz brillante de la mañana.

—¿Sabe algo de estos libros, *Frau* Petrovich? —preguntó el agente. Su fino bigote se retorcía sobre su labio superior mientras hablaba. Mi madre negó con la cabeza, sin decir nada.

—Les aconsejo quedarse en casa durante los siguientes días —dijo el oficial de la SS. Se dio la media vuelta junto con el otro agente. Se marcharon a toda prisa con varios libros entre las manos y dejaron la puerta abierta mientras se precipitaban por las escaleras.

Mi madre y yo corrimos hacia la ventana. El agente que agarraba a mi padre lo metió a empujones en el asiento trasero del sedán y se sentó al lado de él. El otro agente y el oficial de la SS echaron los libros en la cajuela y tomaron sus asientos como chofer y copiloto. El motor del auto se encendió y el vehículo aceleró por la calle, hasta quedar fuera de mi vista.

Nos quedamos mirando por la ventana. Sin decir palabra, mi madre fue a la cocina. Levantó la espátula para revolver los huevos, pero sus dedos temblorosos la dejaron caer y ella se desplomó frente a la estufa. La tomé en mis brazos y le acaricié el cabello.

—Por Dios, ¿qué será de él? —sollozó.

Traté de calmarla. Cuando su llanto desapareció, el silencio se tornó ominoso. Hasta la calle estaba desprovista de tránsito, como si la Gestapo y la SS hubieran ahuyentado la vida. Mi miedo se transformó en una rabia ciega y supe lo que tenía que hacer. Mientras sostenía a mi madre contra mi pecho, juré oponerme a Hitler, a su Reich y a sus secuaces.

Me uniría a la Rosa Blanca.

CAPÍTULO 4

Para el siguiente lunes, mi padre ya había sido condenado por hacer «afirmaciones difamatorias» y por fomentar la «subversión» contra el Reich. Fue sentenciado a seis meses de prisión. Lo reportó una mujer que lo había «escuchado» hablar con otro cliente de la farmacia sobre los libros que leía y cómo lamentaba el hecho de no poder leer lo que quería por culpa de Hitler.

Mi madre y yo asistimos al juicio en el Palacio de Justicia, pero no teníamos permitido hablar. De hecho, el abogado de mi padre no hizo defensa alguna. Solo negó con la cabeza frente al juez y musitó una solicitud de clemencia, su única declaración, una táctica que dejó helada y aterrada a mi madre en su asiento y que a mí me enfureció. Sin ir más lejos, esa burla de juicio apuntaló mi determinación de unirme a Rosa Blanca. Pudimos ver a mi padre tan solo unos minutos afuera de la sala del juzgado.

Él tomó las manos de mi madre.

—No presentes una apelación, solo empeorará las cosas —dijo—. Vivan su vida como si nada hubiera pasado.

Los guardias se lo llevaron a la prisión de Stadelheim, un edificio de piedra al sureste de la ciudad. A lo largo de su historia había albergado a una gran cantidad de criminales violentos y notables, entre ellos al mismo *Führer*.

Después de que se marchó, nos quedamos llorando en el pasillo. Mi madre me tomó de la mano y, mientras el enojo se me subía a la cabeza, me di cuenta de que lo experimentado a partir de la *Kristallnacht* era parte de un plan que el Reich no solo había ideado para los judíos y los rusos, sino para todos los alemanes. Lo supe desde el primer día en que Hitler ascendió al poder, pero ahora el terror había llegado a mi familia. Asesinar y destrozar familias se había convertido en algo cotidiano, y no estábamos haciendo *nada* al respecto.

Pude cumplir con el deseo de mi padre en los días posteriores a su encarcelamiento, al entregarme casi totalmente a los estudios. Visitaba a mi madre cuando podía. También ella parecía sobrellevar las cosas mejor de lo que esperaba (quizá era una característica estoica rusa): cocinaba, limpiaba un departamento ya inmaculado y tachaba cada día de la semana en un calendario que tenía la fecha de liberación de mi padre encerrada en un círculo.

Alrededor de una semana después de que mi padre fuera condenado, Lisa me pidió que nos reuniéramos en una dirección de Schwabing en la que nunca había estado. Fue discreta en cuanto a lo que haríamos, pero como ya me había decidido a formar parte de la resistencia contra los nazis seguí sus instrucciones al terminar la jornada con mi casera.

A medida que me acercaba al lugar, otro edificio de tres pisos habitado casi por puros estudiantes, me sentí feliz de ir encubierta por la oscuridad. Una cosa era confiar en mi amiga y otra muy distinta era poner mi vida en sus manos.

Lisa estaba recargada sobre la corteza de un árbol grande, su ropa oscura se camuflaba con la noche y el viento del norte sacudía su abrigo. El resplandor rojo en la punta de su cigarro llamó mi atención, supuse que fumaba porque estaba segura de que la policía no pasaría por ahí.

No me dijo nada y solo me ofreció una sonrisa melancólica. Aplastó el cigarro con el tacón y con paso veloz empezó a escabullirse por un camino angosto a un costado del edificio, rozando las ramas desnudas de unas lilas, luego abrió una puerta que tenía pintado un arcoíris.

—Bienvenida al estudio de Dieter Frank —declaró al cerrar la puerta con una llave de latón.

Nos sumergimos en una caverna oscura. La habitación olía a humedad, a moho, a linaza y a pintura de óleo. Ella prendió una maltratada lámpara de piso y un sótano deprimente apareció ante mis ojos.

El estudio del artista estaba en desorden: lienzos mal acomodados en los rincones, dos caballetes cerca del centro del cuarto, uno en cada extremo de una mesa de roble grande y llena de papel y dibujos; una cama sin tender ocupaba el espacio debajo de una pequeña ventana en la pared posterior. Una cortina opaca cubría la ventana.

Examiné el arte en los caballetes. Las pinturas de Dieter eran agradables, si te gustaban las figuras grandiosas en poses rígidas, muy al estilo del arte que el Reich aprobaba y exhibía en sus museos.

—¿Estás segura de que estamos en el lugar correcto? —le pregunté a Lisa, cuestionando el papel que el artista podría tener en la Rosa Blanca.

Lisa se quitó su abrigo, encendió otro cigarro y caminó hacia un caballete.

—Esto es lo que Dieter Frank pinta en realidad. —Le dio la vuelta al lienzo que estaba hasta adelante y quedó al descubierto un sorprendente caos de líneas y formas geométricas—. Es muy parecido a Kandinski —dijo—, pero Dieter, en su visión, ha logrado hacerlo de alguna manera menos formal, casi naturalista en apariencia, como viñas que rodean una columna.

Como tenía un conocimiento superficial de Kandinski, me mantuve alejada y admiré el lienzo.

—Me gusta, tiene talento.

—Supongo que aún no debería decirte esto —dijo Lisa e hizo una pausa—, pero Dieter también es amigo de Manfred Eickemeyer, un arquitecto que… bueno, digamos que sin Manfred los panfletos de la Rosa Blanca nunca se podrían imprimir. —Caminó hacia la mesa y se inclinó sobre un bulto rectangular cubierto por una extensa tela. La quitó con un ademán de prestigitadora y reveló un mimeógrafo. Aunque había visto uno en la escuela, era difícil conseguirlos—. No tenemos que depender de *Herr* Eickemeyer —exclamó con un tono pretencioso.

Con tan solo ver la máquina de metal verde con una placa y un rodillo me quedó clara la tarea que nos ocuparía. Lisa metió la mano en el bolsillo de su abrigo, sacó una botella llena de *schnapps*, desenroscó la tapa y me dio a oler el aroma dulce y penetrante del licor.

—Me vendría bien un trago —le dije al tomar la botella y beber de ella. El intenso sabor quemaba mi garganta mientras me quitaba el abrigo. Nos sentamos cada una al extremo de la mesa.

—¿Dónde está Dieter?

Lisa tamborileó en la mesa con los dedos.

—Prefiere no estar aquí… en caso de que algo pase. Podrían arrestarlo por dejarnos usar su estudio y no quiere participar en la producción de los panfletos. Siente que entre menos sepa sobre lo que hacemos aquí, mejor.

—En otras palabras, tiene miedo —dije.

—Él preferiría la palabra «cautela». —Puso su cigarro en un cenicero rebosante de colillas y cerillos quemados—. ¿Empezamos?

El miedo me atenazó. Estaba por dar el primer paso hacia la traición y no había vuelta atrás.

—¿Qué quieres que haga? —pregunté.

—Primero lee los panfletos que escribieron Hans y Alex, luego escribe los nuestros —dijo Lisa—. Tú te encargarás de las palabras; sé que escribes mejor que yo. —Apuntó hacia una caja que estaba en el rincón más alejado del estudio—. Ese es mi trabajo, yo me encargaré de las estampillas, el papel y los sobres. Los dirigiremos a residentes de Núremberg, los enviaremos desde Viena y los que sobren los distribuiremos aquí.

Metió la mano en el bolsillo de su abrigo y sacó un sobre tamaño carta, desató el hilo que sellaba la abertura, sacó los panfletos y los sostuvo en las manos como si fueran reliquias.

—¡Dios mío, arriesgaste tu vida para traerlos aquí!

Sonrió.

—Ten cuidado, son las únicas copias que tengo.

Ella leyó en voz alta: «Panfletos de la Rosa Blanca I, II, III y IV». Las palabras quedaron grabadas en mi mente con fuego y, mientras las leía, Lisa guardó un silencio solemne y me dejó a solas con mis pensamientos.

Después de unos veinticinco minutos coloqué los panfletos en el sobre. Los labios de Lisa se apretujaron en una mueca pensativa, mientras otro cigarro reposaba en su mano derecha. Inclinó su cabeza de manera que el cabello rubio, que por lo común enmarcaba su oreja derecha, cayera en forma de un rizo suave al lado de su mejilla.

—Entonces... ¿qué piensas?

De hecho, tenía algunas sugerencias, pero tenía los nervios de punta después de asimilar las palabras que escribieron Hans y Alex.

—No puedo creer lo que acabo de leer.

La audacia temeraria de los escritores y la fuerza que impregnaba sus páginas me emocionaban, pero al mismo tiempo me aterraban. ¿Cómo iba a igualar tal manera de pensar? Se trataba de ideas traicioneras plasmadas en papel; era un hecho que sus autores tenían la muerte asegurada. Un sobresalto recorrió mi cuerpo. Estaba poniendo mi vida al servicio de algo nuevo, desconocido y mortal. El hecho de haber leído las palabras de la Rosa Blanca y no reportar a Hans, Alex y Sophie a la Gestapo me hacía tan traidora y conspiradora como ellos.

—El primer panfleto recurre a las referencias clásicas y los siguientes atacan con fiereza a Hitler y al estupor en el que han caído los alemanes —dije—. ¡Cuestionan a Hitler y lo tildan de mentiroso y de «dictador del mal»! Esto me escandaliza más que cualquier cosa que pudiera haber imaginado.

—Y así debería ser —dijo Lisa con calma—. Ahora debes encargarte de plasmar lo que sientes sobre el Reich en palabras, pintar un retrato honesto del monstruo que nos gobierna. —Apagó su cigarro y se inclinó hacia mí—. Debemos hacer algo. La resistencia es la única alternativa que tenemos, la única manera de hacer una diferencia. Hans, Sophie, Alex y Willi son los líderes de la Rosa Blanca. Los panfletos hablan de sabotaje, de actos de subversión, pero, hasta donde sabemos, nadie nunca ha respondido al llamado.

—Entonces, ¿para qué arriesgarnos si nuestras palabras no causan efecto alguno? —pregunté deseando que ella me confirmara lo que pensaba.

—Porque, como dice Sophie, somos conscientes. No tenemos más opciones que rechazar a Hitler y su máquina de muerte. *Nuestros* medios no son violentos, apelamos al buen corazón de los alemanes.

Me levanté de la silla y caminé por el estudio, que ahora tenía la atmósfera surrealista de un sueño: la mesa, las sillas, las obras de arte y la cama se inclinaban hacia mí como si estuviera en alguna fantasía de Don Quijote.

—No sé si pueda hacer esto, Lisa. ¡Van a ejecutarnos y lo sabes! Todo lo que pasa en Alemania está bajo vigilancia, nos espían, y cada sombra y paso a nuestras espaldas se convertiría en una amenaza potencial. ¿Qué hay de mis padres? Mi padre ya tiene suficientes problemas.

Lisa suspiró, juntó las palmas de sus manos y las colocó frente a su rostro. Después de algunos momentos, dijo:

—Ahora es el momento de retractarte si debes hacerlo, porque una vez que las palabras se hayan escrito y publicado, estarán en el mundo para siempre, a menos que Hitler gane la guerra. En ese caso, el trabajo de la Rosa Blanca habrá sido en vano y el recuerdo de nuestros logros desaparecerá sin dejar rastro. —Una profunda tristeza oscureció su rostro e hizo una pausa para ordenar sus ideas—. Quizá podamos ayudar a que Alemania reaccione antes de que sea demasiado tarde. La decisión es tuya.

Me recargué en la mesa y consideré lo que esto significaría para mí. Nunca fui una persona muy religiosa, pero de alguna manera sentí que la mano de Dios me ponía en un río de aguas raudas del que no podía escapar. Me ahogaría o me arrastraría maltrecha y rota hacia la orilla. Ninguna opción era tentadora; sin embargo, cuando pensaba en el horror que sufrieron Sina y sus hijos, en la manera en que sus pequeñas manos se aferraban a su abrigo, en que la Gestapo arrestó a mi padre y en que Hans, Alex y Sophie mantenían una compostura serena mientras ponían sus vidas en peligro por lo que consideraban justo, por lo que en verdad importaba, la elección correcta resonaba con claridad en mi mente.

—Empecemos —dije tan firmemente como pude y noté que mis manos temblaban.

—Qué alivio —dijo Lisa—. Sabía que tu corazón te guiaría a la Rosa Blanca, porque sé que eres una persona decente. —Me volvió a ofrecer la botella, pero me negué a beber más para pensar con lucidez—. Hay una cosa que debemos hacer antes de que escribas la primera palabra.

—¿De qué hablas?

—Debemos hacer un pacto; jurar que, si arrestan, interrogan, encarcelan o incluso torturan a alguno de nosotros, no traicionaremos a los demás integrantes de la Rosa Blanca. Es la única manera en que el grupo puede seguir luchando contra la tiranía. —Puso la mano sobre su corazón—. Júralo.

Respiré hondo y puse la mano sobre mi corazón.

—Juro jamás traicionar a la Rosa Blanca.

—Y nuevamente juro jamás traicionar a la Rosa Blanca —dijo Lisa—. Brindemos por nuestro pacto.

Se levantó de su silla, sujetó la botella, la empinó y bebió un gran trago de *schnapps*. Me pasó la botella de hojalata que brillaba bajo la luz. Bebí para honrar nuestro acuerdo, a sabiendas de que había sellado mi destino.

A lo largo de la noche discutimos las palabras y los matices más precisos que le dieran fuerza a nuestras ideas y deliberaciones, pues queríamos evitar que parecieran vacías y débiles, como rayones sin sentido plasmados en papel.

Primero quise describir la terrible escena que presencié en Rusia, los asesinatos, la sangre derramada de los rusos y los soldados alemanes inocentes. Pero, al reconsiderarlo, decidimos que tal recuento haría que sospecharan de Alex, de mí y, por consiguiente, del resto del grupo. No había un camino a la verdad que evitara la posibilidad de nuestra muerte, y eso era terrible y atemorizante.

A medida que se aproximaba la medianoche empecé a ver borroso, mis ideas perdieron nitidez y con cada minuto que transcurría parecía menos probable terminar nuestra tarea. También empecé a preocuparme por despertar a *Frau* Hofstetter y por la larga caminata que Lisa emprendería hacia su casa en la oscuridad. Se tomó el último trago de *schnapps* y sacó un cigarro de su estuche, pero lo regresó y se abstuvo de fumar.

—Me duele la garganta —dijo y se tocó el cuello con la mano—. Espero no caer resfriada.

Me estremecí con el aire helado. En el estudio, la calefacción era mínima y provenía de un radiador herrumbroso y alejado de donde estábamos, en el centro de la habitación. Ya habían atizado el hornillo de carbón, pero como estaba confinado en un espacio detrás de un muro de ladrillos de nada nos servía a Lisa y a mí.

—Tal vez nuestro enfoque es incorrecto —dije—. No puedo escribir como Hans y Alex, desconozco a los clásicos, no soy versada en latín y mis ideales cristianos están lejos de ser perfectos. —Todos estos preceptos estaban presentes en los primeros panfletos de la Rosa Blanca.

—Dejémoslo aquí por hoy —dijo Lisa y bostezó—. ¿Tienes clase mañana?

—Sí, de filosofía, con Sophie. Nos sentamos juntas, pero no hablamos de nada más que de lo que dice el profesor Huber. Nunca mencionamos la Rosa Blanca.

—Dicen que es bueno con las palabras.

Tomé mi cuaderno y bolígrafo, y los coloqué en el bolso que había llevado al estudio.

—Es muy bueno y los estudiantes lo siguen en manada. Se convierte en alguien distinto frente al grupo, es como si lo poseyera otra personalidad; la cojera que lo importuna desaparece y una vitalidad sobrenatural lo invade. Aquel ser ordinario se convierte en un superhombre.

—Sophie me dijo que hizo comentarios denigrantes del Reich.

—Sus palabras son sutiles, tan herméticas como una reunión de la Rosa Blanca y, si no estás poniendo toda tu atención, pasan inadvertidas. —Me lo imaginé frente al grupo, con los brazos alzados de manera dramática y su rostro expresando más emociones que un actor en escena—. Me pregunto qué dirán de él y de su clase los nacionalsocialistas más fanáticos. Temo por su vida. ¿Lo estarán acechando o serán demasiado tontos para entender lo que sus oídos escuchan? Les resultaría muy difícil inculparlo.

En el caso de que lo interrogaran, el profesor Huber es lo suficientemente genial para distorsionar el sentido de sus palabras ante cualquier corte.

Lisa sonrió sarcásticamente.

—Yo no caracterizaría a ningún nacionalsocialista como estúpido, por tu propio bien. Pero es cierto que su devoción por Hitler los ciega. No pueden comprender lo que aquel hombre maquinó ni la manera en que está hundiendo a nuestra amada Alemania. Lo siguen ciegamente incluso mientras los rumores de sus atrocidades se propagan por el país. Se niegan a creer que él podría estar involucrado, que él podría estar haciendo mal.

Levanté mi abrigo, pero una señal de sobresalto brilló en la mirada de Lisa y sin hacer ruido volví a colocarlo en el respaldo de la silla. Puso un dedo en sus labios y se sentó rígida y en silencio.

La perilla giró lentamente y después se detuvo. Me quedé sin aliento cuando una llave hizo clic en la cerradura. La puerta rechinó al abrirse y una cara demacrada se asomó y nos miró desde el quicio. Lisa, de espaldas a la entrada, volteó exaltada y después suspiró de alivio.

—Por Dios, Dieter, casi nos matas del susto.

El artista entró con un largo abrigo envuelto alrededor de su cuerpo.

—¿Cómo va la batalla? —preguntó arrastrando las palabras por efecto del alcohol.

—Ya nos íbamos —dijo Lisa.

Su cara era larga y blanquecina, como se podía esperar de un hombre que pasaba la mayor parte del tiempo en un estudio alumbrado por unos cuantos focos. Volteó por unos momentos antes de arrojar su abrigo desde el centro del estudio hacia su cama. Su cabello negro estaba engominado hacia atrás y sus ojeras en forma de media luna eran tan oscuras como los recovecos de aquel cuarto. Se dejó caer en el colchón, vestido y con las botas puestas. Levantó sus manos con las palmas hacia el techo.

—No quiero enterarme de lo que hacen, ¿lo recuerdas?

—Claro —dijo Lisa y me miró con malicia—. Gracias por dejarnos usar tu estudio. ¿Está bien si regresamos pasado mañana?

—Claro. —Se volteó hacia la pared y de espaldas hacia nosotras, y se tapó hasta la cintura con una sábana hecha jirones.

Para cuando nos pusimos los abrigos y recogimos nuestras cosas, Dieter roncaba con suaves ronroneos.

—Artistas… —se quejó Lisa y apagó la lámpara del piso.

Avanzamos a tientas en la oscuridad, con la sola guía del fino rectángulo de luz de luna que se filtraba por el marco de la puerta.

—Nos vemos en un par de días —dije y abracé a Lisa cuando ella terminó de cerrar el estudio.

El viento del norte nos apaleaba mientras corríamos hacia la calle. Se despidió con la mano y se esfumó con dirección a su casa, en Leopoldstrasse.

Disminuí la velocidad, respiré el aire fresco, contemplé el titileo de las estrellas y la luz constante de unos planetas que no podía identificar. La sensación del espacio infinito me regresó la calma que había perdido en las horas previas y pensé en si la cristiandad que Hans y Sophie profesaban los guiaba mientras formulaban sus planes de sabotaje contra el Reich. Deseé tener una fe tan fuerte como la de ellos, que no solo se extendiera hacia los demás, sino hacia mí misma. Miré al cielo estrellado y glacial, y me pregunté qué escribir en el panfleto, porque no habíamos logrado pensar en nada. El frío exacerbaba mi ansiedad y yo no dejaba de temblar bajo mi abrigo. Había demasiado en juego, la Rosa Blanca, mis padres, mi vida. Al transitar por las calles oscuras, la presión casi me paralizaba.

Mientras el viento se arremolinaba alrededor de mi cuerpo, me di cuenta de que guardar secretos se convertiría en un modo de vida. Alex me había recordado que los rusos éramos buenos en eso.

«Palabras».

«Las palabras son herramientas poderosas que pueden causar un daño irreparable cuando se usan para hacer el mal: dividir y conquistar».

Joseph Goebbels, el ministro de Propaganda del Reich, era muy consciente de su importancia para Hitler y para el Partido

Nacionalsocialista. Su poder venía de las palabras que instigaban, que inducían a los nazis a cometer actos violentos y los exhortaba a abrazar una «victoria total» que solo era posible mediante el exterminio de sus oponentes.

¿Cómo podría yo escribir un panfleto que cambiara el pensamiento de la gente? La repugnante idea de que quizá tendría que pensar como Goebbels me fustigaba mientras Lisa y yo estábamos sentadas en el frío estudio de Dieter, envueltas en nuestros abrigos, en lo que lidiaba con mis formidables enemigos de papel y tinta. Con su inteligencia maliciosa y personalidad desalmada e insufrible, Goebbels era un maestro del vituperio. Yo no soportaba al hombre. Solo lo había visto desde lejos, sobre una plataforma en la Marienplatz, rodeado de sus admiradores falderos. Me recordaba a una rata con sus labios finos, sus ojos pequeños y brillantes, y su barbilla hundida; era un hombre que propagaba su veneno vociferando palabras torcidas y sus brazos y su rostro remedaban tal vocabulario distorsionado. Sin embargo, su prestigio e influencia eran innegables. Los nazis leales lo adoraban y lo veneraban como a un santo.

Mientras pensaba en su habilidad retórica, una idea pasó por mi mente. El ministro de Propaganda también se comunicaba por medio del arte, a través los pósteres aprobados por el Estado que a menudo mostraban una poderosa figura nazi que destrozaba a un oponente «vil», por lo general un comunista o un judío.

Ya habían pasado dos días desde nuestra visita al estudio de Dieter y, después de dos horas más, todos mis esfuerzos se reducían a un párrafo de renglones tachados.

—Tal vez yo debería encargarme de escribir —propuso Lisa.

Su abrigo estaba muy ceñido a sus hombros, solo su pálido rostro invernal y una pequeña parte de su piel desnuda se veían sobre el cuello del gabán. Dejé caer mi bolígrafo sobre mi cuaderno en señal de frustración y olvidé mi inspiración repentina.

—Quizá sí deberías hacerlo, parece que no estoy llegando a ningún lado. Debe haber un enfoque que nos sirva, algo de lo que sepamos las dos. —Me levanté de la silla y sentí que los ojos de Lisa me seguían por el cuarto.

—Hans y Alex tuvieron sus dificultades al escribir los panfletos, pero al final se pusieron de acuerdo —dijo, luego buscó la botella en su bolsillo y la agitó—. Maldito racionamiento. No pude conseguir una cantidad decente de *schnapps*. —La volvió a meter en su bolsillo—. ¿Estás preocupada?

Me volteé hacia ella.

—¿A qué quieres llegar?

¿Estaba molesta porque no había hecho nada digno de mención? Metió los dedos en el paquete de cigarros que estaba en la mesa, un hábito nervioso al que había recurrido antes.

—Tu cabello está un poco más corto que hace dos días y noté unas manchas de barniz en tus uñas.

Estaba en lo correcto. Aburrida con lo que estaba estudiando, me corté el cabello sentada frente al tocador y me pinté las uñas con un barniz rosa claro que encontré en el armario del baño de *Frau* Hofstetter. El color apenas era visible bajo la luz tenue del estudio y, cuando me lo puse, lo consideré tan claro que no pensé que nadie fuera a notarlo. Se veía con malos ojos a las mujeres muy maquilladas, pero sin duda me había rendido al deseo de arreglarme inspirada en cierto hombre.

—Conque pensando en Garrick, ¿eh? —Lisa me dio un codazo.

Examiné uno de los desnudos femeninos y formalistas de Dieter, que estaba colocado estratégicamente sobre las pinturas abstractas. Representaba una figura recargada en un diván, ataviada con un ropaje vaporoso que le cubría los pechos y los genitales.

—No lo he visto desde la fiesta de Hans, he estado muy ocupada con las clases y... contigo.

—Pero ¿qué opinas de él?

Al ver que Lisa no iba a darse por vencida en su indagación, me senté frente a ella.

—Me parece guapo.

—¿Y?

—No sé qué pensar. —No estaba lista para confesar la atracción que sentía por Garrick, aunque había decidido que si me invitaba a salir aceptaría. No perdía nada. No le hablaría de lo que vi en Rusia, por supuesto que tampoco le platicaría nada de la Rosa Blanca y solo mencionaría casualmente a Hans y a

Sophie. Le di a Lisa una respuesta honesta—. Saldré con él si me lo pide. —Ella asintió—. Le dijo cosas a Hans y a Sophie que les hizo pensar que estaba en contra del nacionalsocialismo, pero no estoy lista para compartir secretos con él.

—¡Claro que no! Hans y Sophie tampoco lo están.

—Es un hombre difícil de descifrar.

Lisa golpeó la caja de cigarros contra su puño y sacó uno. En vez de encenderlo lo sostuvo en los labios y el papel del cigarro se pegó a su piel.

—Hasta que sepamos algo… bueno… con Garrick fuera del camino, concentrémonos en nuestro trabajo. Hans está muy interesado en ver nuestro progreso.

—Fuma esa cosa o devuélvelo al paquete —dije—. Pareces una mujer de la noche.

Ella se rio y encendió el cigarro. El olor seco del tabaco quemado flotó por todo el cuarto.

—Sí, al Reich no le gustan esas mujeres.

Señalé el desnudo que pintó Dieter.

—Ahora recuerdo lo que quería decir. ¿Qué hay del arte?

Lisa parpadeó y despidió una enorme nube de humo.

—¿Qué hay del arte?

—Tú sabes más de eso que yo. ¿Por qué no escribo sobre la represión de los artistas y la manera en que el nacionalsocialismo está destruyendo el curso natural de la cultura alemana? Puedo señalar la manera en que Goebbels usa el arte en su propaganda para oprimir a los enemigos del Estado.

Después de un momento, los ojos de Lisa se iluminaron.

—Creo que es una excelente idea y yo puedo editarla. Hans y Alex no han escrito sobre eso.

Tomé mi bolígrafo, cambié la página de mi cuaderno y escribí las primeras palabras de «Un nuevo folleto de la Rosa Blanca. El opresivo gobierno del nacionalsocialismo ha estrangulado la creatividad de todos los artistas que se atreven a oponerse a la limitante prisión de lo que el Reich considera apropiado. Con su puño asesino ha extinguido la originalidad, la individualidad y el alma del pueblo alemán. El espíritu de Alemania ha sido pulverizado por la bota de hierro de un repugnante dictador».

Le entregué estas palabras a Lisa. Ella asintió mientras las leía y en su cara apareció una sonrisa muy alejada del semblante desanimado de antes.

—¿Todo bien? —preguntó Hans por compromiso cuando llegué a su departamento la tarde siguiente.

—No estaría aquí si las cosas no fueran bien —dije y tuve la impresión de que iba a echarme como si fuera una estudiante en un salón. Nos sentamos en un sofá iluminado por la débil luz invernal, que apenas hendía la melancolía de un día lúgubre.

—¿Cómo está Dieter? —preguntó como si mi presencia fuera una carga onerosa.

Si fumara, habría encendido un cigarro. El aire distraído de Hans me estaba poniendo nerviosa, como si la Gestapo estuviera agazapada en otra habitación. De cualquier manera, era claro que tenía otras cosas en mente y no tenían que ver con nuestro panfleto.

—Lo vi una vez cuando regresó a medianoche —dije—. Lisa platicó con él, pero yo ni siquiera me presenté.

Hans se puso las puntas de los dedos en las sienes, que masajeaba con una intensidad cada vez mayor y hacía que la piel de su cuero cabelludo y el monte oscuro de su cabello se ondularan.

—Bien…, bien… —dijo entre dientes.

Incapaz de soportar mucho más su tenso comportamiento, metí la mano en el bolsillo de mi abrigo y saqué las hojas que había arrancado de mi cuaderno.

—Esto es lo que querías. —Le entregué el borrador que me había causado una ansiedad considerable en el corto camino de mi departamento al suyo.

Había tratado de no llamar la atención al llevarle aquellas páginas y tanto esfuerzo me hizo preguntarme si la precaución excesiva me estaría delatando. Cada persona en la calle era un enemigo, un personaje de terror, y me sentí como si estuviera leyendo alguna historia de misterio y fantasía ideada por Edgar Allan Poe, a quien mi padre me había presentado mediante una traducción rusa. «Su aliento glacial fluía hacia mí y mi mente consternada vacilaba a cada paso que daba, mientras ellos avanzaban con la mirada vidriosa, iluminada y malévola, con los labios temblorosos delineados con saliva...». Ese era mi estado mental cuando caminaba hacia la casa de Hans, con mi corazón y mis manos plenamente conscientes de lo que cargaba en el bolsillo.

Se tomó su tiempo para leerlo. El reloj de escritorio que estaba en la habitación adyacente hacía tictac tan claramente que parecía estar al lado de mi oído. Por fin quitó la mirada de las páginas.

—Es perfecto, aunque... —Le hizo algunas sugerencias a mi texto, pero nada que insultara mis habilidades como escritora de panfletos—. Estoy complacido con el resultado —agregó—. ¿Adónde lo llevarán?

Supuse que quería decir adónde planeábamos distribuirlo Lisa y yo.

—Primero, a Viena.

Se levantó del sofá y miró por la ventana, con lo que proyectó una pálida sombra en la luz brumosa. Su camisa blanca y sus pantalones grises se desdibujaban, su cabeza estaba ligeramente inclinada y sus hombros colgaban bajo el peso de sus pensamientos. Afuera, las ramas desnudas de los árboles temblaban con el viento y se azotaban frente a la ventana como truenos negros.

Durante algunos minutos se quedó parado ahí, mientras yo permanecía sentada como una prisionera a la espera de que el juez le diera su sentencia. Cuando volteó, no había una sonrisa que adornara sus labios; ninguna seña de felicidad brillaba en su rostro.

—Gracias y que Dios te proteja —dijo.

Guardé mi borrador y me marché. Ni siquiera me acompañó a la puerta, quizá porque no quería que nos vieran juntos. Mi trayecto a casa fue igual que el de ida, solo que el talante amargo de Hans había empañado mis esfuerzos con una niebla desmoralizante. Había esperado un arrebato de efusividad de su parte, algún gran reconocimiento por un trabajo bien hecho.

Cuando di la vuelta en la esquina de mi calle, me detuve en seco. Garrick Adler estaba frente a mi departamento, recargado en la verja de hierro forjado que rodeaba el pequeño patio de mi casera. Pensé en darme la media vuelta y regresar después, pero ya era demasiado tarde. Levantó la mano para saludarme, porque ya me había visto desde donde estaba. Un escalofrío recorrió mi cuerpo mientras me preguntaba cómo me habría encontrado. Sus brazos se abultaban en su pecho como si estuviera sosteniendo algo cubierto con su abrigo; sonrió con sus ojos azules y brillantes mientras me acercaba.

—Sé lo que estás pensando —dijo cuando me detuve frente a él.

—¿También lees la mente, además de trabajar de asegurador? —Esperaba que no se me notara el nerviosismo por tener el borrador del panfleto en el bolsillo del abrigo.

—Quieres saber cómo fue que te encontré —contestó.

—Sí, estaría bien saberlo. —No tenía intención alguna de invitarlo a pasar, aunque el viento era frío y cortante bajo el cielo encapotado.

—El nombre de tu padre está en el directorio telefónico —dijo de forma engreída—. Y tu madre me dio tu dirección después de que le expliqué quién soy.

El color se me subió a las mejillas, no por ver a Garrick, sino por la temeridad de mi madre.

—Tendré que hablar con ella sobre dar mi dirección a extraños.

Entonces él se ruborizó a causa de mis palabras y bajó la mirada.

—Espero ser más que un extraño. —Algo se agitó bajo su abrigo y él cambió de posición para que no se siguiera moviendo—. Paciencia... paciencia...

—Te invitaría a pasar, pero a *Frau* Hofstetter no le agrada tener *extraños* en su casa. —Me pareció que mi sonrisa era demasiado forzada y mi corazón se ablandó un poco al mirar a un hombre que no me había hecho daño alguno—. ¿Qué hay bajo tu abrigo? —Un «miau» reprimido salió del pecho de Garrick—. ¿Un gatito?

—Pero este no es cualquier gato, ¡conoce a *Katze*! —Relajó los brazos, abrió unos cuantos botones y extendió las solapas de su abrigo. Me miraron unos llamativos ojos verdes, en una cara blanca y adorable; tenía manchas anaranjadas de pelo que parecían flamas y lo recorrían desde sus pupilas color esmeralda hasta sus orejas respingadas. Mi corazón se derritió cuando la criatura me miró y enterró sus garras en la camisa de Garrick.

—No me lo puedo quedar —confesó—, lo haría si pudiera, pero soy alérgico. —Levantó al gatito y lo sostuvo en las manos—. Vamos… tómalo.

—No me lo puedo quedar —protesté—. *Frau* Hofstetter me correría, creo…

—Pero no lo sabrás si no le preguntas.

Le quité al gato y el pequeñito maulló y se revolvió en mis manos por unos momentos, antes de acostarse en mis palmas, como si fueran el lugar natural para dormir.

—¿De dónde lo sacaste?

Garrick abrió su abrigo y pasó las manos por la tela para quitarse el pelo de gato.

—Del vecindario. Es callejero. Mataron a su madre y al resto de la camada. Por suerte, fue lo suficientemente mayor para sobrevivir sin ella.

Bajé la mirada para ver la hermosa carita y el diminuto cuerpo de Katze.

—No lo sé, Garrick, aprecio el detalle, pero…

—No te dará problemas, es muy silencioso y bien portado. —Se abotonó el abrigo.

Mientras sostenía al gatito, recordé al que abandonamos en Leningrado después de huir. Lloré cuando mis padres le dieron a Lotti a una anciana que, según yo, seguramente se lo iba a comer. Mi padre me aseguró que nuestra «amable vecina» no iba a hacer tal cosa, pero no quedé del todo convencida.

Acerqué a Katze a mi cara, sentí la calidez sedosa de su pelo contra mi piel y supe que entre más tiempo lo tuviera entre los brazos, más difícil sería dejarlo ir.

—Bueno, supongo que puedo intentarlo… por algunos días —dije mientras el gato me ronroneaba en la oreja—. Pero tendremos que encontrarle un nuevo hogar si no puedo quedármelo.

—Claro —dijo Garrick—. Desde el momento en que te vi en la sinagoga supe que tenías amor en el corazón. —Su sonrisa audaz, por lo común tan rebosante de inteligencia y malicia, mostraba solo calidez—. Dale mucho amor.

Pensé en el texto del panfleto en mi bolsillo y me invadió el pánico.

—Debo irme, tengo que terminar de limpiar la casa y estudiar biología.

Estiró el brazo y acarició las orejas de Katze.

—Claro… ¿Lo puedo visitar de vez en cuando?

Quería decir que sí, pero también que no. Garrick me confundía: dejar entrar a alguien en tu vida y en tu casa era un gesto peligroso, incluso si te envolvía con su amabilidad. Sin embargo, cedí, en contra de mi buen juicio.

—Claro, pero no te aparezcas así nada más. Necesito que te pongas de acuerdo conmigo… de alguna manera. —No tenía teléfono, no quería mantener ocupada la línea telefónica personal de *Frau* Hofstetter con mis asuntos ni que se apareciera cuando yo estuviera trabajando en algo de la Rosa Blanca. —Déjame una nota en el buzón.

—Me pondré en contacto… Y siempre puedes ir a verme. —Me miró con cariño, acarició a Katze una última vez y me dijo su dirección una vez más antes de marcharse; aunque yo ya sabía dónde vivía.

Me quedé a solas con el gatito. Su nuevo hogar fue mi cama, en donde se acurrucaba como un caracol entre los pliegues de las sábanas. Ignoraba si mi casera me permitiría conservarlo, pero eso no era lo importante ahora. Necesitaba conseguirle una caja y comida, pero, por el momento, me quedé viendo cómo descansaba el huerfanito.

Mientras acariciaba el pequeño cuerpo del gato, pensé en los peligros de aceptar un regalo de alguien en el Tercer Reich, por no hablar de empezar una relación con alguien que acabas de conocer.

CAPÍTULO 5

Papel. Sobres. Tinta. La máquina de escribir de Lisa.

—Gracias a Dios, Hans y Sophie tienen amigos que compran los materiales. —Lisa miraba sobre mi hombro mientras yo escribía en el esténcil; cada letra de la máquina de escribir debía grabarse con la intensidad suficiente para dejar una marca profunda en el papel encerado—. Y no hacen preguntas sobre lo que hacemos —continuó—. Imagínate que una persona comprara miles de hojas de papel en una papelería, así como miles de sobres. Mejor sería entregarse a la Gestapo, porque el propietario de la tienda lo haría. La novia de Hans hizo muchas compras individuales.

Dejé de escribir, limpié mis lentes y miré mi texto.

—Lisa, me pones nerviosa. Es difícil corregir el esténcil si comento un error. —Señalé la silla que estaba al otro lado de la mesa en el estudio de Dieter, donde habíamos ido a trabajar unos días después de haber visto a Garrick—. Por Dios, fuma un cigarro o toma un trago, pero trata de relajarte.

Caminó hacia la silla con un aire petulante, sacó el ánfora de su abrigo, la destapó y volteó boca abajo. No cayó una sola gota.

—Aún no hay *schnapps* —dijo—. También es difícil encontrar vodka. —Se dejó caer en la silla y optó por fumar.

—Ya casi termino y después tú te harás cargo de este aparato —dije mirando hacia el cilindro negro del mimeógrafo que estaba sobre el escritorio. Me atormentaba el hecho de que una vez que depositáramos la tinta, el esténcil envolviera el tambor e insertáramos el papel para hacer las copias habríamos dado el primer paso en el proceso de resistencia contra el Reich. Y si era cínica y pesimista, e incluso hasta fatalista, imprimir los panfletos era dar un paso más hacia la horca—. Mientras esperas, ¿por qué no revisas el directorio?

—Eso es lo más sencillo —dijo Lisa y arrojó el humo hacia el techo. El olor áspero del tabaco, más intenso que los olores a aceite de linaza y pintura en proceso de secado del estudio, me llenó la garganta—. Tú te encargarás de poner direcciones en los sobres. ¿Conoces a alguien en Núremberg?

—Ni un alma. —Dejé de escribir.

El proceso de distribución me parecía muy extraño, pero entendía la estrategia subyacente. Lisa y yo viajaríamos a Viena para enviar los panfletos a varias direcciones en Núremberg, de igual forma que los panfletos que llegaban a Múnich se enviaban de otras ciudades. No estábamos seguras de qué tanto la SS y la Gestapo sabían de la Rosa Blanca, pero el punto de emprender un viaje tan arriesgado era evitar levantar suspicacias en nuestra ciudad y dar la impresión de que el grupo era mucho más grande de lo que en realidad era. Si pudiéramos enviar más panfletos en otros lugares que nos quedaran de camino, mejor.

—Elegir nombres al azar es la mitad de la diversión —dijo Lisa—. Elige los que te llamen la atención. No importa si se trata de un doctor o de un plomero.

Me puse un dedo en los labios mientras seguía escribiendo a máquina. En la siguiente media hora terminé, revisé la copia y la puse en las manos de Lisa, que también la leyó y con cuidado puso el esténcil en el cilindro.

—Es mi turno. —Tomó la manivela, pero se quedó mirando horrorizada sus manos. Las puntas de sus dedos estaban manchadas con el negro purpúreo de la tinta; quien los viera sabría que no se trataba de nada bueno. Corrió al lavabo, que no tenía agua caliente, y trató de quitarse las manchas lo mejor que pudo con agua fría y jabón. Después de algunos minutos, regresó a la mesa y con la piel pintada de un tono gris azulado.

—Maldita sea —dijo—. No pensé que... gracias a Dios es invierno y puedo usar guantes.

Lisa había calculado que necesitaríamos imprimir unas quinientas copias del panfleto; de ellas, un gran porcentaje se enviaría a Viena y a Núremberg, algunos panfletos sueltos se depositarían en algunos escaparates austriacos y daríamos el resto a Hans y a Sophie.

Giró la manivela y las primeras hojas salieron volando y cayeron en la mesa. Recogí una con mi mano enguantada y estudié nuestra obra, satisfecha con el resultado. Un olor neutro y casi inexistente emanaba de la página. Lisa se detuvo para poner más papel en la máquina mientras yo escribía los nombres que había elegido del directorio en los sobres. Con mis finos guantes de algodón me puse a escribir en letra de molde para ocultar mi manuscrita. En una hora terminamos de imprimir hasta el último panfleto. Después, Lisa se alejó del aparato sobándose el hombro derecho y se dejó caer en la silla.

—Es un trabajo más difícil de lo que imaginé —expresó y, como ya había pasado un rato desde la última vez que había fumado, pude ver destellos de ansia en su mirada. Tomó un cigarro y me preguntó—: ¿Cómo está Katze?

—Bien. —Miré por encima de mi torre de sobres—. De hecho, es un amor. Sigo temiendo que una noche *Frau* Hofstetter irrumpa en mi cuarto y me exija deshacerme de él. No mencionó ninguna regla sobre tener mascotas cuando me mudé. Quién sabe, tal vez le gusten los gatos. Todavía no he tenido el valor para hablarle de él y Katze parece satisfecho con subirse a la cama o jugar con las borlas que cuelgan de la colcha. Afortunadamente, sus maullidos son tan quedos que dudo que pueda escucharlos, a menos que estuviera en el cuarto de al lado.

—¿Por qué Garrick te dio un gato? —Se ensortijó un mechón de cabello detrás de su oreja derecha con un dedo manchado de tinta, frunció los labios y me dirigió una mirada inquisitiva que ya había visto otras veces.

La verdad es que yo me había hecho la misma pregunta y no encontré una respuesta satisfactoria. ¿Sería porque no conocía a nadie que pudiera quedarse con el animal? ¿No tenía un hermano, una hermana ni un amigo al que le gustaran los gatos? Tal vez era cierto lo de la reacción alérgica, pero no recuerdo haber visto irritación en sus ojos. Tal vez quería sacarme de mi torre de cristal. Ciertamente, Katze no me había alejado de Garrick, todo lo contrario: su obsequio me había acercado más a él.

—No estoy segura —dije con honestidad—. No me lo esperaba, pero me da gusto que lo haya hecho. Me encanta la compañía de Katze.

—Peligroso, peligroso, peligroso —repitió Lisa como si se tratara de un mantra—. Lo que quiere es acercarse a ti.

—Detente, por favor. —Golpeé la mesa con mi bolígrafo—. Ya hemos hablado de esto. Sí, es guapo y no lo conozco, pero tampoco hay nada entre nosotros.

Mientras me declaraba inocente ante Lisa y mentalmente trataba de ignorar los avances de Garrick, en mis adentros sabía que a menudo pensaba en él y me preguntaba qué tipo de hombre era. También nos imaginaba de brazos entrelazados al caminar por la calle en un día de primavera, tal vez hasta robándonos un beso bajo un roble. Sin embargo, ninguna relación parecía posible entre mis estudios, el trabajo, mi madre y el peligro que representaba mi vínculo para la Rosa Blanca.

Mi madre tampoco ayudaba, porque esperaba que me casara con un hombre que pudiera ayudar a liberar a mi padre antes de cumplir con la sentencia completa. «Tenemos que alinearnos para salvar a tu padre, ¿qué más podemos hacer?», me decía con los ojos llorosos. «Nunca serás una nazi», le respondí con dureza, apenas conteniendo mi enojo hacia ella y hacia el gobierno que la había hecho doblegarse. Dejamos de hablar del tema porque discutirlo resultaba demasiado doloroso.

Señalé la torre de panfletos para que Lisa se concentrara en nuestras tareas.

—Las copias están listas. Puedes ayudarme a escribir las direcciones en los sobres.

—Aguafiestas —dijo mientras se ponía unos guantes de algodón—. Ya veo que no te voy a sacar más información sobre Garrick. Pon el directorio en medio de la mesa.

Lisa tuvo el buen juicio de no interrogarme más, así que trabajamos en silencio hasta casi morir del cansancio. La medianoche se acercaba y sabíamos que Dieter regresaría pronto a reclamar su estudio. Todavía necesitábamos poner estampas y sellar los sobres antes de concertar nuestro viaje a Viena.

Lisa arrastró una enorme maleta de piel que funcionaría como el depósito de nuestro envío. Levantó un fondo falso que si lo usábamos apropiadamente ocultaría las cartas y los panfletos sueltos.

—¿Qué sucederá si la policía la revisa? —pregunté—. Se darían cuenta de que el fondo está abultado, ¿no?

—Por eso tenemos que ser meticulosas al empacar —dijo—. Los sobres se deben comprimir y atar con cordeles, y los panfletos se deben apilar como una baraja.

Tomé una carta que había dirigido a *Herr* Weingarten de Núremberg. Me gustó el sonido del nombre y sospeché que aquel hombre y su familia eran judíos, aunque no sabía si era el caso. De pronto pensé que si era judío o si apoyaba a los judíos, quizá ya no estaría en la ciudad. Tal vez la familia había huido o, imaginé con un escalofrío, sufrido un destino trágico.

Al elegir los nombres, me sorprendí buscando aquellos que según yo podrían ser solidarios con nuestra causa, y si no eran los judíos, ¿quiénes podrían serlo? Tal vez mi enfoque estaba errado. ¿Debí buscar nombres germánicos, familias bávaras tradicionales? ¿Cambiarían su forma de pensar con la ayuda de una carta anónima que condenaba el Tercer Reich o solo se enfurecerían y horrorizarían por haberla recibido?

—Cuando sellé este sobre, supe que mi suerte estaba echada —dije sosteniendo una de las cartas, con la certeza de que mi destino estaba comprometido desde hacía semanas. El olor empalagoso de la tinta en el papel, las pinturas al óleo y los cigarros de Lisa me aturdió. Dejé caer la carta en la mesa y pensé que cualquier reflexión sobre mi destino estaba a salvo en el estudio de Dieter.

Un suave silbido de aire salió de la maleta cuando Lisa cerró la tapa.

—He sido una traidora desde que la Rosa Blanca me encontró... pero cuando enviemos la primera carta quedaremos condenadas. —Pasó los dedos por la tapa de la maleta—. Podríamos quemar las cartas ahora y nadie se daría cuenta.

«Alta traición».

Ese sería el cargo por nuestros crímenes. La sentencia sería la muerte.

«¿Por qué estoy haciendo esto?».

Tan pronto como me hice esta pregunta, miles de respuestas llegaron a mi mente como caballeros de armadura brillante enviados a galope para vencer mi pusilanimidad. En primer lugar, había visto lo que la SS era capaz de hacer; eran asesinos fríos y calculadores que exterminaban a cualquiera que no se ajustara al plan maestro de Hitler; en segundo lugar, mi padre estaba en prisión por leer libros prohibidos; en tercer lugar, empezaban a circular rumores de que Alemania había perdido la guerra; en cuarto lugar, unos cuantos estudiantes comunes y corrientes, pero con un valor extraordinario, habían iniciado un movimiento del que yo quería formar parte. Esperaba que mi pequeña contribución pudiera hacer que el mundo fuera menos infernal. Por todas esas razones Lisa y yo arriesgaríamos nuestras vidas y viajaríamos a Viena para enviar los panfletos de la Rosa Blanca.

Trabajamos una noche más en el estudio: cerramos y pusimos estampillas a los sobres, los atamos con un cordel (tuvimos que ocultar una navaja para cortarlo) y los empacamos en la maleta hasta que ya no le cabía uno más. Faltaron veinte cartas, así que me ofrecí a alterar el forro de mi abrigo para meterlas y quedé en ver a Lisa a la mañana siguiente en su departamento, porque quedaba más cerca de Hauptbahnhof. Planeamos tomar el tren a Viena con el tiempo justo para enviar las cartas al anochecer, distribuir los panfletos restantes y tomar el último tren de regreso a Múnich si todo salía bien.

Cuando llegué temprano en la mañana al edificio en el que mis padres y yo solíamos vivir, Lisa estaba sola. Sus padres se habían ido a trabajar. Me llevó a su recámara, donde la maleta estaba sobre su cama, con los seguros de latón de cara a nosotras.

—Mis padres desconocen esta operación por completo—dijo Lisa con orgullo—. Mi madre es un poco metiche y siempre está mirando debajo de mi cama, en busca de Dios sabe qué, con el pretexto de limpiar. —Sonrió—. Le cambié la etiqueta, mira lo que hay dentro.

Los seguros se abrieron con un tañido metálico. Adentro había un vestido azul largo, guantes de piel, una bufanda roja, un camisón de lana, varios sostenes y pantaletas; todo aquello tan doblado y planchado cubría el fondo falso de la maleta.

—Voy a visitar a mi tía —dijo para explicarme su coartada—. Y tú vas a visitar a tu futuro esposo.

—Yo no llevo equipaje.

—Tu ropa ya está en casa de tu prometido —afirmó—. Si miras a los policías con timidez, te dejarán en paz. Estoy segura de que con tu personalidad introvertida vas a convencerlos.

Miré mi vestido y zapatos sencillos, me sentí menospreciada por el «halago» de Lisa. Me había vestido para ser una alemana anodina y normal entre muchas, que pasara desapercibida en la estación del tren.

La propuesta de Lisa sobre «mi futuro esposo» me pareció absurda, pero creer con sinceridad en la existencia de un novio ficticio podría ser lo que me salvaría del arresto y la cárcel. Lo visualicé: alto, guapo, con cabello rubio, una sonrisa inteligente, hoyuelos en las mejillas... Me di cuenta de que había pensado en Garrick. Con eso bastaría.

Lisa quitó algunas prendas para revelar el fondo falso, un compartimento forrado de seda café.

—Todo está acomodado aquí abajo, incluyendo el cuchillo. —Reacomodó las prendas en su lugar, cerró la maleta y los seguros—. ¿Estás lista?

—Sí. —Mi corazón se desbocaba a medida que el peligro nos pisaba los talones. Tragué saliva y me limpié el sudor de la frente—. Tengo que permanecer tranquila... pensar en algo que no sea lo que estamos haciendo... hasta que lleguemos a nuestro destino.

—Sophie me recomendó no sentarme junto a ti en el vagón para evitar sospechas —dijo Lisa—. Podemos turnarnos para cargar la maleta a la estación, pero en las últimas cuadras yo debo hacerlo sola. Me seguirás a una distancia segura. Si me detienen, sigue como si no pasara nada y escapa de la estación. No me hables ni mires adonde yo esté.

—Me siento como una tonta. —No me sentía preparada para el viaje.

De pronto, nuestra misión tomó un encuadre doloroso y vimos a plenitud la realidad de lo que arriesgábamos.

—Guarda la calma, dudo que tengamos problemas —continuó Lisa—. La Rosa Blanca lo ha hecho con éxito antes que nosotras. —Levantó la maleta de la cama y la colocó en el piso—. Vamos a comprar los boletos por separado. Yo me voy a formar primero, deja que pasen otras personas y luego compra el tuyo. ¿Llevas tus papeles?

Asentí y le di una palmadita al bolsillo, mis dedos rozaron la tela que ocultaba las veinte cartas.

—Bien, estamos listas para irnos. —Me abrazó, levantó la maleta y la balanceó hacia la puerta de su cuarto—. Uf, si hacemos esto unas cuantas veces, vamos a fortalecer nuestros músculos.

Dejamos el departamento y bajamos por las escaleras.

—A partir de este momento no hablaremos —me ordenó Lisa mientras nos alejábamos del edificio.

Un gélido viento del norte nos escoció el rostro. Las nubes arremolinadas y de color plomizo y el aroma de la nieve intensificaban mi ansiedad. Mientras yo sudaba frío, la adrenalina impulsaba a Lisa, quien aceleraba el paso y cargaba la maleta como si fuera un bolso.

El viaje en tren hacia Viena era largo, de siete a ocho horas en un buen día, pero necesario para protegernos de las sospechas que podría levantar nuestra operación en Múnich. Teníamos la expectativa de comer en el tren y, al llegar a Viena, buscar buzones para enviar las cartas y lugares adecuados para dejar los panfletos. El último tren nos llevaría de regreso a Múnich la mañana siguiente.

Un par de cuadras antes de la estación nos detuvimos en una calle secundaria y nos deseamos suerte. A pesar del frío, las calles estaban abarrotadas de peatones y nos rodeaban edificios de piedra descoloridos. Lisa desapareció entre la multitud frente a los arcos de piedra y las vigas de hierro de la Hauptbahnhof. De tanto en tanto podía ver su cabeza, una melena rubia que oscilaba entre el gentío.

En la fila, varias personas se interponían entre ella y yo. Lista para comprar su boleto, nunca volteó a verme. Saqué mis papeles de identificación y mi *Reichsmark*. Después de comprar mi boleto, hice la fila junto con muchas otras personas para una revisión de seguridad. Traté de no inquietarme cuando Lisa pasó por la puerta, maleta en mano.

El policía de la estación, un hombre de mediana edad que se veía necesitado de un café, miró mis papeles y a mí sin comentarios. Le mostré mi boleto y sin titubear me hizo una seña para que pasara, como si fuera una alemana «común y corriente». El temor nervioso con el que había estado luchando se desvaneció por un momento, porque había logrado pasar por el puesto de control sin mayor problema. Sin embargo, este era tan solo el primer paso en una peligrosa apuesta. Me advertí a mí misma que no debía confiarme demasiado.

Seguí a Lisa a unos metros de distancia hacia el tren en espera. Abordó y sin dudar puso la maleta en el portaequipaje de un compartimento de pasajeros, después se sentó en la parte delantera del vagón. Yo me senté en medio del vagón, en el lado opuesto.

El tren resopló al salir de la estación, sus llantas chirriaban lentamente en el aire helado, los edificios apagados y los árboles desnudos desfilaban frente a mí, mientras que el humo del motor pasaba en espiral por las ventanas en una nube de cenizas.

Finalmente, la ciudad desapareció y el tren, a todo vapor, se deslizó por la campiña bávara. Alguien había dejado una revista nacionalsocialista en el asiento vacío a mi lado y la tomé. Miré las páginas con detenimiento, sin intención de leer aquellos artículos auspiciados por el Estado, pero que me servían para distraer mis nervios. De pronto, me invadió la paranoia. Mis palmas empezaron a sudar y estiré el cuello para ver detrás de mí. El vagón iba a la mitad de su capacidad, sin contar los compartimentos de atrás. Nadie se veía especialmente sospechoso ni fuera de lugar. Respiré hondo y retomé la revista, *Frauen-Warte*, que sugería maneras en que las alemanas podían ser mejores madres y amas de casa con consejos de moda, patrones de costura y recetas. Después de una aburrida media hora de mirar amas de casa felices, presté atención a la ventana y al paisaje que pronto se transformaría en las colinas austriacas. Con la vista hacia delante, Lisa parecía satisfecha y concentrada en lo suyo.

La calma que sentía se disipó en un terror silencioso cuando un guardia ataviado con un uniforme gris con verde, casco de acero y un rifle que le colgaba del hombro pasó a mi lado, se detuvo en la hilera de Lisa y le dijo entre dientes algo que no pude escuchar. Ella se levantó de su asiento con sonrisas y carcajadas. Parecía que el guardia también estaba complacido con su actitud, porque en sus labios se asomó una sonrisa mientras la acompañaba hacia el compartimento en el que había puesto la maleta.

Al pasar, en ningún momento me puso los ojos encima, pero yo sí la vi tocar el brazo del guardia con delicadeza. Me volteé, como muchos otros, para ver adónde la llevaba. Después de varios minutos que me parecieron horas, Lisa reapareció con el guardia; ambos sonreían y platicaban.

El joven se inclinó levemente ante Lisa y continuó con su camino hacia el siguiente vagón. Cerré los ojos, me sumí en el asiento, pues opté por no interactuar con nadie hasta llegar a nuestro destino. Me pregunté qué habría hecho yo si el guardia me hubiera interrogado. Se me aceleró el pulso.

Después de pasar por el control fronterizo de Austria y detenernos en Linz y otras ciudades más pequeñas, el tren llegó a Viena alrededor de las tres y media. Afortunadamente, no nos interrumpió la amenaza de un ataque aéreo, como sucedía con muchos trenes. Por lo común, esas alarmas se debían a vuelos de reconocimiento por parte de los Aliados, más que a bombardeos.

Luego del encuentro de Lisa con el guardia, me olvidé de la comida, así que después de salir del tren y llegar a una distancia segura de la estación, alcancé a Lisa y le pregunté si podíamos pasar a comer algo.

—Tienes que contarme lo que pasó —murmuré mientras nos sentábamos en una esquina apartada de una cafetería inundada con los aromas del café y el chocolate. Lisa había guardado la maleta en un casillero de la estación, para que pudiéramos caminar libres de aquella carga.

—Déjame tomar un buen café y una tarta y te cuento.

Ordenamos y en poco tiempo nos entregaron nuestra comida y bebida. La miré con ansias y engullí mi sándwich de salchicha.

—El guardia era adorable —dijo Lisa—. Le parecí atractiva, y eso siempre ayuda en estos casos.

—Sigue —le supliqué tratando de no llamar demasiado la atención.

—Fue muy simple. Un hombre que había reservado un asiento en el compartimento notó que dejé la maleta ahí y me marché. El viajero lo reportó como sospechoso. —Cortó un pedazo de su tarta de chocolate con un tenedor, se lo metió a la boca y después bebió café—. Delicioso.

—Me gustaría ser tan despreocupada como tú al respecto.

—El guardia guapo me dijo: «Dejó su maleta abandonada. ¿Por qué lo hizo?». Le dije que no quería llenar de cosas mi asiento y que pensé que estaría segura ahí porque no podía cerrarla bien. Agregué que los ladrones por lo general no viajan en compartimentos. Quiso que abriera el equipaje y por supuesto que accedí.

Mis músculos se tensaron pese a que el incidente era algo que ya había pasado.

—¿Luego qué pasó?

Lisa sonrió.

—Estuve más que feliz de hacerle caso y felicité al guardia y al viajero por ser tan observadores y por su sentido del deber hacia el Reich. Bajé la maleta como si no pesara, la abrí e invité al guardia a que la revisara. Le conté la historia de mi tía en Viena. Metió la mano en la maleta para revisar, pero tan pronto como sus dedos hicieron contacto con mi ropa interior de seda el guardia se detuvo y se puso tan rojo como una cereza. Nuestro joven héroe debe ser virgen… o un católico reprimido. Así que cerré el equipaje y eso fue todo.

Contuve una risita, pero más allá de lo divertido estaba impresionada por el ingenio y el valor de Lisa ante un posible arresto.

—Estoy aprendiendo —dije—, pero no sé si alguna vez sea tan valiente como tú.

Levantó su taza.

—Ya lo eres.

—No lo creo. —Entrecrucé los dedos sobre la mesa y miré a los demás comensales en esa tarde de principios de invierno: una pareja de ancianos envueltos con gruesos abrigos sorbía chocolate caliente en una mesa cerca de la ventana; cuatro estudiantes vestidos con botas y suéteres grandes y coloridos —se veían exactamente como Hans, Sophie, Alex y Willi cuando platicaban y discutían pasajes de libros— llenaban el café con su risa libre e inspirada. Por un instante quise ser como ellos, comunes, con una vida normal y la certeza de que la guerra y sus atrocidades estaban lejos de Viena. ¿Por qué tal escena, una visión de la vida tan serena y común como una postal vacacional se desplegaba frente a mis ojos, cuando mi vida estaba en peligro?

Lisa tomó mis manos al advertir mi mirada errante.

—Todos nos sentimos de esta forma... la mayor parte del tiempo —dijo como si leyera mis pensamientos—. Los demás también, pero algo más grande que nosotros nos impulsa... una fuerza que requiere acción.

Ambas entrelazamos las manos y un río de fuerza, una camaradería tácita fluyó entre nosotras.

—Pronto se pondrá el sol —dije—. Deberíamos irnos.

—Esa es la actitud que quiero.

Nos retocamos en el baño y nos marchamos del café. La luz se desvanecía mientras caminábamos por calles que ninguna de las dos había recorrido en la vida. Pronto la ciudad quedó cubierta por la oscuridad y solo la luz más tenue se filtraba a través de las cortinas opacas de los vecindarios ensombrecidos. Pasamos por los hogares y negocios pulcros de Margareten y Wieden en busca de un buen lugar para enviar cartas, y cuando encontramos algunos memorizamos las ubicaciones para que pudiéramos regresar después a depositar las cartas. Cuando nos aventuramos por la Mariahilferstrasse, la calle comercial más importante de Viena, notamos que unas pocas tiendas tenían recovecos por los que podíamos meter los panfletos.

Para cuando terminamos nuestra caminata eran cerca de las seis, lo que nos dejaba tres horas antes de que el último tren partiera para Múnich a las nueve. Fui a comer a otro café cerca del que habíamos visitado antes, pedí un café, un pan y me tomé mi tiempo mientras esperaba a que Lisa llegara con la maleta por la esquina contigua. Decidimos que, si ella no aparecía a la hora del cierre, a las siete, yo me iría a la estación de tren y regresaría a casa sin ella. Traté de no verme nerviosa, pero me sorprendí mirando por la ventana más o menos cada treinta segundos, leyendo el menú con detenimiento o limpiando obsesivamente mis lentes con el pañuelo. La mayoría de la gente se había marchado a sus hogares a medida que la hora del cierre se acercaba, pero yo aferraba la taza y la cuchara, preocupada de que algo malo hubiera sucedido. Pero unos diez minutos antes de nuestra hora de partida predefinida, Lisa apareció por la ventana caminando sin prisa y balanceando la maleta con la mano derecha. Pagué la cuenta, me encontré con ella en la esquina y la abracé una y otra vez, como si fuera una prima que no veía hace tiempo. Ajustamos más nuestros abrigos a la altura del cuello, porque unos copos de nieve empezaron a espolvorear nuestro cabello y empezaron a derretirse en mis lentes aún tibios.

—Lamento haberte asustado —murmuró Lisa—, pero ya envié algunas cartas cerca de la estación. —Bajó la mirada hacia su maleta que estaba cerca de sus piernas y volvió a hablar una vez que pasaron algunos peatones—. Las calles oscuras, los edificios vacíos y los buzones abandonados son buenos para hacer los envíos y aligerar el cargamento. Corté el cordel, así que todo lo que tenemos que hacer es abrir la maleta y dejar las cartas.

La nieve, el viento cortante y las calles oscuras nos facilitaron la tarea más de lo esperado para depositar las cartas en buzones de Margareten y Wieden. El único contratiempo ocurrió en Margareten, cuando un niño y su madre aparecieron de la nada y pasaron de largo sin mirarnos, al parecer para jugar en la nieve. Antes de nuestra última parada postal, nos resguardamos en un callejón donde corté la tela de mi abrigo que ocultaba las cartas y las saqué. Estaba agradecida por haberlas puesto en el buzón, porque se habían movido para un solo lado y yo tenía que hacer contrapeso.

Igualmente, casi toda la Mariahilferstrasse estaba a oscuras, con sus tiendas cerradas y las persianas abajo, aunque algunos comensales entraban y salían de los restaurantes. Nos escondimos en los puestos vacíos de un mercado de alimentos que había cerrado en el invierno. Lisa deslizó la mano en la maleta y sacó un paquete de panfletos, que doblé en el bolsillo oculto de mi abrigo. Decidimos separarnos y encontrarnos en la estación del tren alrededor de las ocho y media, y mantener nuestra distancia como lo habíamos hecho en el trayecto desde Múnich.

Recorrí Mariahilferstrasse, donde unas cuantas personas caminaban apuradas en la noche lúgubre. Una serie de pisadas se habían grabado en la nieve recién caída. Las seguí hasta que las huellas se desvanecieron en la puerta número 25, donde, pese a la oscuridad, un alto edificio de piedra reflejaba una luz pálida y amarillenta en su superficie pringosa. La puerta contigua era una joyería que tenía un hermoso escaparate lleno de relojes: redondos para repisa, de noche con manecillas brillantes, de pared, rectangulares con péndulos oscilantes y cubiertos de vidrio biselado, y más allá, en la sala de muestras, se encontraban sus majestuosos antecesores. El sonido de tantos relojes que daban las siete y media se filtró por las ventanas; mis oídos estaban encantados. La entrada parecía el lugar ideal para dejar los primeros panfletos. Busqué en mi abrigo y me preparaba para sacar cerca de una docena cuando una voz grave a mis espaldas me hizo brincar del susto.

—¿Puedo ayudarla, *Fräulein*?

Me incliné fingiendo un ataque de tos. Poco después, me enderecé y me encontré con un hombre que me miraba. En la tenue luz pude apreciar que tenía la mandíbula cuadrada y bien rasurada, llevaba un pequeño sombrero de fieltro, un abrigo negro que le llegaba casi hasta los tobillos y una banda con una esvástica justo arriba del codo izquierdo.

Mi mente se atiborró de excusas y me costó trabajo hablar.

—Casi me mata del susto —contesté por fin—. En una noche como esta, la calle está sin un alma.

—Ese es mi punto, precisamente. —Sus labios forzaron una sonrisa.

Di un paso atrás, hacia la entrada de la joyería, un poco más cerca de la puerta.

—El clima me resfrió y estaba buscando mi pañuelo cuando usted se acercó.

—¿Me permite sus papeles? —exigió y estiró su mano enguantada con brusquedad.

—Claro, pero ¿en verdad es necesario? —volví a toser y temblé por el frío y por mis nervios entumecidos.

—Sí, sus papeles por favor.

Busqué en mi abrigo y saqué los documentos. Él sacó su encendedor y lo prendió. El intenso olor a nafta se transformó en una flama parpadeante cuyo reflejo se veía en el vidrio. Leyó mis documentos con rapidez y me los devolvió.

—Una estudiante de Múnich —comentó y apagó su encendedor después de prender su cigarro—. ¿Qué la trae a nuestra hermosa ciudad?

Deslicé mis papeles en uno de mis bolsillos laterales y crucé mis brazos con firmeza frente a mi pecho, para que los panfletos permanecieran seguros en mi abrigo.

—Estoy visitando a la tía de una amiga. —Alteré mi coartada para tener una excusa para irme a la estación de tren—. Esta noche regresaremos a Múnich.

—Es un poco tarde para ir de compras. —Se volteó y sopló el humo de su cigarro al viento.

—Mi madre tiene un reloj de pared que está descompuesto. —Le di la oportunidad de estudiarme mientras señalaba los escaparates—. Extraña las campanadas, estaba pensando en regalarle uno... —Me detuve a punto de decir «para Navidad», porque teníamos prohibido celebrarla—. La tía de mi amiga me recomendó esta tienda. —Me quedé sin aliento por un instante porque yo sola había caído en mi trampa. ¿Qué pasaría si me preguntaba por el nombre y la dirección de la mujer? Apenas me sabía los nombres de las calles por las que había caminado por la tarde y fácilmente podría arrastrarme a una para que demostrara mi afirmación.

—Las tiendas cerraron hace horas y estoy seguro de que lo sabe. —Se inclinó hacia mí y sus ojos oscuros me observaban por debajo del ala de su sombrero de fieltro—. Sí, ahora es una buena tienda... Solía ser judía..., pero ya no.

—Me estoy congelando y me preocupa hablar con un extraño —dije tratando de abrirme paso hacia la calle, con los brazos aún pegados al abrigo—. ¿Debería llamar a la policía?

—Jamás la escucharán con este viento —dijo—, además, soy de la Oberabschnitt Donau. Está segura conmigo. ¿Me permite acompañarla a su siguiente destino?

Sabía lo suficiente para suponer que era de la SS, aunque no vistiera un uniforme como el de sus integrantes. Decidí rechazar su oferta educadamente, con la esperanza de que entendiera el mensaje.

—Voy hacia la estación de tren, pero no necesito compañía, puedo llegar sola.

—Yo no estaría tan seguro de eso, *Fräulein* —dijo con verdadera convicción nacionalsocialista—. ¿Una joven en la calle, en una noche como esta? Debería agregar, una joven *hermosa* detrás de esos lentes. Cerca de la esquina hay una parada de taxis.

Con una mano, me subí los lentes por el puente de la nariz con la esperanza de que él notara mi gesto de inocencia. Estiró el brazo como un caballero, pero yo disentí con la cabeza porque los panfletos seguían en reposo adentro de mi abrigo. Caminé al lado de las entradas de los edificios, mientras que él caminaba a mi izquierda. Empezó a nevar con fuerza y la aguanieve y el hielo que cubrían la calle la hacían traicionera. Cuando nos acercábamos a la esquina, resbalé con el hielo medio derretido y, al perder el equilibrio, moví los brazos hacia un edificio para no caer. Mis manos se soltaron de mi pecho, y uno de los panfletos serpenteó hacia el suelo.

El hombre de la SS, preocupado por mi caída, no notó el papel que quedó atrapado por la nieve durante unos instantes y luego se lo llevó el viento. Me apoyé en la fachada y sus manos me tomaron por detrás como si fueran pinzas.

Me quedé sin aliento, pero no por haberme salvado de caer, sino por el alivio que sentí cuando el panfleto se deslizó por la calle y, por suerte, se perdió de vista en la aguanieve. Tosí otra vez, de espaldas al hombre, y metí mi mano en el forro del abrigo para asegurarme de que no se saliera otro panfleto. Un momento después, me volteé reprimiendo un ataque de nervios y me tambaleé a su lado, en aquel atascadero de hielo, hacia la parada de taxis.

Esperamos durante varios minutos hasta que, finalmente, apareció un carro calle abajo y sus luces fracturaban la cascada de copos de nieve que descendían sobre Viena. Él le hizo la parada, nos metimos en el compartimento cálido y ambos nos quitamos la nieve de los hombros. Mis lentes habían quedado hechos un desastre por la humedad, pero no quité las manos del regazo. En diez minutos llegamos a la estación y durante el breve trayecto la conversación fue superficial. Le conté sobre mi voluntariado como enfermera en Rusia, con la esperanza de que eso ahuyentara cualquier sospecha que pudiera albergar. No me contó nada sobre él.

—Espere aquí —le ordenó al chofer cuando se detuvo. El hombre de la SS salió del carro y me abrió la puerta—. Aquí la dejo, *Fräulein* Petrovich. Ya voy demorado a una reunión. Le deseo un agradable viaje de regreso a Múnich. —Se irguió y extendió su brazo derecho para saludar a la rígida manera nazi—. ¡*Heil* Hitler! —Le devolví el gesto tratando de expresar tanto entusiasmo como él.

Después de que el taxi se marchó, caminé por la entrada a la estación, que estaba cubierta de nieve. Una vez adentro, mis rodillas flaquearon y un temblor incontrolable empezó a carcomerme. Me dejé caer en una banca de madera, con la esperanza de que mi desasosiego pasara inadvertido entre la poca gente reunida en la estación. Levanté la mirada hacia el reloj con la cabeza trémula. Eran las ocho y cinco, una media hora antes de que Lisa y yo nos encontráramos.

Minutos después deambulé hacia un puesto de revistas, compré un periódico y un té, y busqué una banca libre cerca del andén de salidas. Estaba muy consciente de los panfletos que aún se encontraban en el interior de mi abrigo, y del que había tirado.

Sin embargo, surgió otra amenaza al buscar dónde sentarme. Al menos veinte oficiales de la SS estaban parados cerca del andén y conversaban con algunos hombres vestidos como mi acompañante vienés. Parecían dirigirse a Múnich.

Algunas gotas de té se derramaron del borde de mi vaso mientras trataba de calmar mis manos temblorosas. Más que nada, necesitaba advertirle a Lisa del peligro cuando llegara a la estación, pero tendría que hacerlo con la mirada y sin palabras. Lo peor fue que cuando me senté, varios hombres me examinaron. Los ignoré lo mejor que pude sin parecer petulante. Mi viaje relajante a Múnich, que había esperado con ansias sobre todo después de mi encuentro con el austriaco de la SS, había dado un giro peligroso, al grado de que me pregunté si debíamos emprender el largo viaje a casa.

CAPÍTULO 6

Lisa llegó a la estación a tiempo, a las ocho y media, con el cabello húmedo y despeinado por la ventisca de nieve, y con la maleta bien aferrada a su mano derecha. Debió haber notado el grupo de hombres de la SS, porque optó por sentarse en la entrada, cerca del puesto de periódicos y lejos de mí. Otros viajeros ya se habían reunido, tal vez para escapar de la nieve o viajar a Múnich, no estaba segura.

Esperaba llamar la atención de Lisa, pero ella se volteó tan pronto como miré hacia donde estaba. No tuve más opción que sentarme y fingir interés en el periódico, porque la comunicación era imposible.

Llamaron a todos los pasajeros, excepto a los hombres de la SS, para una revisión de seguridad. Cuando pasé por la inspección, luché con todas mis fuerzas por mantener la calma, pues los panfletos estaban a un paso de ser descubiertos. Por fortuna, el guardia parecía aburrido por el turno vespertino y solo me vio por encima. Lisa estaba detrás de mí, pero no le presté atención.

Nuestro tren dio marcha atrás en el andén unos minutos después, con los vagones y el motor cubiertos de nieve. A causa del aire caliente de la estación, ríos blancos de agua de deshielo resbalaban por los costados del tren. Esta vez yo abordé primero y el calor del vagón fue desvaneciendo el entumecimiento de mi cuerpo, mientras buscaba un asiento alejado de la SS. El conductor nos arreó por el pasillo y señaló los asientos vacíos.

—Está nevando por todo el camino hacia la frontera.

Encontré un lugar en medio del vagón. Poco después, Lisa pasó de largo y se sentó unas pocas filas delante de mí. Llevaba la maleta, la cual esperaba que no tuviera más que su ropa. Suplicaba que ella, a diferencia de mí, hubiera podido deshacerse de todos los panfletos. El conductor me pidió el boleto, lo marcó y se siguió con Lisa. Cuando se marchó, miré hacia atrás y, sorprendida por lo que vi, me volví rápidamente. Varios hombres de la SS se habían reunido en nuestro vagón; muchos estaban en uno de los compartimentos o en la entrada del que estaba en la parte de atrás, algunos fumaban y uno le pasaba una botella a otro. Supuse que el Reich estaba por celebrar una reunión de alto nivel en Alemania, quizás en Múnich o en Berlín. Lisa y yo nos encontrábamos rodeadas de los hombres contra quienes luchábamos.

El tren se puso en marcha exactamente a las nueve y pronto dejamos la ciudad atrás, para entrar en la oscura campiña. Con la escasa luz que llegaba del exterior, las ventanas se convirtieron en espejos negros. Por un segundo vi mi reflejo: el rostro demacrado, los ojos grises y la facha de que necesitaba un baño y muchas horas de sueño. El sudor empezó a perlar mi frente a causa de la calefacción, pero no me atreví a quitarme el abrigo con los panfletos desperdigados en su interior. Me desabroché los botones de arriba y me abaniqué con el periódico, para ocultar de la SS el material traicionero. A medida que pasaba el tiempo, los párpados empezaron a pesarme y comencé a cabecear varias veces antes de despertar repentinamente y por reflejo, con los tirones de mi cuello.

Después de una violenta sacudida, mis ojos se abrieron y la adrenalina me recorrió el cuerpo. El mismo guardia que había interrogado a Lisa en nuestro viaje hacia Viena estaba en el pasillo junto a ella y sostenía la maleta. Escuché fragmentos de su conversación por encima del ruido amortiguado que las ruedas del tren hacían sobre las vías nevadas.

—Pensé que se quedaría en Viena con su tía —dijo el hombre.

Me quité los lentes y los puse en el bolsillo para mostrar un rostro diferente, y después levanté el periódico para apenas mirar por el borde.

—Ah, me recuerda —respondió Lisa riendo y tratando de restarle importancia a la situación.

Una vez más recé en silencio para que el material traicionero hubiera sido entregado. Él la fulminaba con la mirada y se inclinó hacia ella. No entendí lo que él dijo, pero Lisa respondió:

—Mi tía... su hermana... llegó de manera inesperada... no había espacio, así que decidí regresar a Múnich.

Sus ojos examinaron el vagón y yo bajé la mirada.

—Ábrala —ordenó.

No me atreví a ver. Me empezaron a sudar las manos y por un momento pensé que me desmayaría por el calor del vagón.

Los seguros se abrieron y finalmente levanté la cabeza sin poder quitar los ojos de la maleta.

Por segunda vez en el día el guardia inspeccionó la maleta. Sus brazos removieron la ropa con vehemencia. Durante la minuciosa inspección, el vestido y el camisón de Lisa pronto cubrieron el respaldo del asiento frente a mí. ¿Hacía esto para los hombres de la SS, para lucirse frente a sus superiores?

Le pidió a Lisa que se pusiera de pie, a lo que ella accedió. Él le pasó las manos por encima, de los pies a la cabeza. Satisfecho con su registro, cerró la maleta y sacó libreta y bolígrafo de su bolsillo.

—¿Cuál es su nombre?

—Lisa Kolbe... ya revisó mis papeles.

—Solo le pregunté su nombre, *Fräulein* —dijo con severidad—, le aconsejo mantener la boca cerrada. —Escribió en la libreta y después la metió en su bolsillo—. Tenga un buen viaje —agregó fríamente—. Espero no verla aquí mañana.

Lisa volteó hacia él.

—No, estaré en casa estudiando. Gracias por su diligencia, ¿*Herr*...?

—No tiene importancia. —Se volvió de manera abrupta y pasó deprisa junto a mí, camino a la parte trasera del vagón.

Lisa tomó su asiento con la vista al frente. Me volteé un instante para ver que el guardia estaba rodeado por los hombres de la SS.

No había pasado un minuto cuando uno de los oficiales de abrigo negro, cinturón ceñido y banda en el pecho caminó hacia

Lisa. Se presentó, se inclinó echándose el cabello engominado hacia atrás y habló lo suficientemente fuerte para que se pudiera escuchar lo que decía varias filas a la redonda.

—*Fräulein* Kolbe, es inusual que una joven haga un viaje de ida y vuelta a Viena en un día, en especial desde Múnich. Me gustaría saber su dirección, en caso de que deba contactarla después.

Lisa obedeció y después de eso el oficial estiró el brazo para saludar a la manera nazi, se dio la media vuelta y se marchó.

Pasamos Linz y después nos encaminamos hacia la frontera. Me acerqué a la ventana y me acurruqué en el asiento, con el periódico encima de la cara, y abotoné mi abrigo para ocultar los malditos panfletos que llevaba.

Llegamos a Múnich en algún momento después de las tres de la mañana, a una estación desierta, excepto por los guardias que ocupaban sus lugares y los trabajadores de la limpieza, que barrían y trapeaban. Los hombres de la SS se marcharon en varios Mercedes negros que se alineaban en la calle. Lisa pasó a mi lado en silencio y sin mirarme.

Pensé en tirar los folletos en el baño de mujeres, pero incluso a esa hora de la madrugada sentí que era demasiado arriesgado. Tomé un taxi a casa, donde Katze me recibió con varios maullidos. Mientras lidiaba contra el agotamiento de un día tan largo, busqué un escondite seguro para los panfletos hasta saber qué hacer con ellos. Los coloqué en un sobre y los puse en la parte inferior del cajón del tocador. Parecían seguros, rodeados de madera.

Frau Hofstetter tocó la puerta del corredor a la mañana siguiente, antes de que saliera el sol. Atontada por tan pocas horas de sueño, me puse la bata y al abrir la mujer se veía tensa, con el ceño fruncido. La única bombilla del cuarto proyectaba sombras en los pliegues de su cara flácida y su bata arrugada y pantuflas disparejas indicaban que había tenido una mala noche.

Se aclaró la garganta.

—*Fräulein* Petrovich, tienes un gato en la habitación.

Me había descubierto y era inútil fingir lo contrario. Miré hacia mi cama, donde Katze dormía calientito y acurrucado en los dobleces de mi sábana.

—Sí —respondí con resignación.

Mi casera tenía poca paciencia a esa hora de la madrugada.

—La próxima vez que dejes a ese gato solo durante el día y la mitad de la noche, avísame, de otra forma te echaré. Además, descuidaste tus deberes.

Me recargué en la puerta.

—Lo siento, *Frau* Hofstetter. Una amiga me pidió que fuera a ayudarla. Empezaré a trabajar tan pronto me vista.

Carraspeó y se rascó su cabello gris y crespo.

—No tengo ningún problema con los gatos. Yo tuve uno por muchos años. *Herr* Hofstetter lo odiaba... creo que por eso me gustaba tanto. —Se frotó las manos—. De cualquier manera, el pobrecito se sentía solo y te extrañó todo el día, así que él...

—Katze.

—Katze no se callaba. Estaré feliz de alimentarlo y quizás hasta de jugar con él, si me lo permites. —En sus labios se dibujó una leve sonrisa que desapareció de inmediato.

—Eso sería maravilloso, *Frau* Hofstetter. Me lo regalaron, el pobre animalito no tenía hogar y no suele dar problemas. No sabía que iba a estar fuera de casa por tanto tiempo. Quise contarle de él una y otra vez... pedirle permiso para tenerlo, pero... he estado tan ocupada...

Se enderezó y retomó su actitud severa.

—Espero que cumplas con mi petición. —Se dio la media vuelta, pero volteó a verme—. Puedes acompañarme a desayunar, si gustas, y después puedes lavar los trastes que se acumularon en tu ausencia. —Me señaló—. Tengo dinero para ti.

—Eso estaría muy bien —dije.

Regresó a su cuarto y yo me dejé caer en la cama junto a Katze. Acaricié el pelo blanco y sedoso de su lomo, hasta que sus ronroneos me colmaron los oídos.

—No sabes qué gato tan afortunado eres —le dije y pensé en Garrick por primera vez en días.

Lisa y yo no hablamos hasta que ambas recibimos una invitación para otra reunión en casa de los Scholl al final de la semana.

—Sentí miedo en el tren —le dije cuando estuvimos lo suficientemente alejadas de mi departamento y de cualquier oído curioso—. No supe qué pensar cuando el guardia te interrogó y después apareció el guardia de la SS.

—Sí, pudo haber salido mal, pero todo estaba en orden, así que no me preocupaba acabar en una situación incómoda —dijo Lisa, quien había interpretado la situación en su manera habitual. Supuse que sus palabras significaban que había distribuido todos los panfletos.

—¿*Incómoda*? —Le pregunté en voz alta, en el límite de mi atrevimiento. Ella negó con la cabeza como si no fuera necesaria respuesta alguna.

—¿Cómo te fue a ti? ¿Cómo estuvo la noche?

Le conté sobre mi encuentro con el hombre de la SS, el panfleto que arrastró el viento y mi camino de regreso a la estación de Viena, acompañada.

—Todavía tengo algo de material —agregué.

Hablamos de generalidades, conscientes de que alguien podría escuchar nuestras palabras.

—Tenemos que hacer algo al respecto —dijo.

La luna llena pendía sobre nosotras y nos mostraba su gloriosa faz plateada a unos días de Navidad, una festividad que la mayoría de los alemanes celebraba en privado, si es que lo hacían. El Reich había hecho todo lo posible por alterar la Navidad en su beneficio: cambió su nombre a Julfest, remplazó la estrella en la punta del árbol con una esvástica y eliminó cualquier referencia a Dios y Jesús de los villancicos.

Cuando llegamos al departamento de Hans y Sophie, me sorprendió encontrarme con que ninguno de los dos estaba ahí. En su lugar, Alex Schmorell nos recibió en la puerta. No lo había visto en meses, pero enseguida quedé cautivada con su encantadora sonrisa y buen humor tan lleno de vida. Su actitud me recordó el tiempo que pasamos en Rusia.

—Hans y Sophie están en casa de sus padres, en Ulm, por las vacaciones —dijo y nos invitó a pasar haciendo un amplio ademán con el brazo. Alex sonreía con facilidad, su esbelta figura vestía un saco oscuro, un suéter de cuello de tortuga y unos pantalones plisados—. Estamos haciendo una pequeña celebración de Julfest —dijo, me guiñó y después me rodeó con un fuerte abrazo—. Qué gusto verte otra vez. Come un poco de pastel... Hoy en día es difícil conseguirlo si no conoces a la gente adecuada.

Cuando por casualidad miré por encima de su hombro, a través del cuarto, vi que tres hombres estaban sentados en un mueble inclinado en forma de V. Los dos sentados en la parte superior de la V, el profesor Huber y Willi Graf, gesticulaban y se inclinaban uno hacia el otro, como si estuvieran enzarzados en un intenso debate, mientras que el hombre de espaldas a ellos no decía palabra. Mientras Alex me rodeaba con sus brazos, Garrick Adler volteó hacia la puerta y me miró con resentimiento.

—Sé que has estado ocupada estudiando —me dijo Alex mientras me acompañaba a la mesa en donde el pastel navideño, la repostería y varias botellas de vino brillaban a la luz de las velas—. Los estudios literarios son especialmente importantes ahora. —Tomó una vela y encendió su pipa, que desprendió un aroma especiado y leñoso en el aire. Seguí su lenguaje cifrado—. Hice hincapié en que todo el mundo supiera sobre mi ensayo, tanta gente como pude, incluso en el extranjero.

Luego, se puso frente a mí y movió los ojos hacia Garrick, que no me quitaba la mirada de encima.

—Aún es un novato, no ha pasado la prueba en lo que concierne a Hans —murmuró—. Cuídate. —Estaba agradecida de que Alex me informara de la posición de Garrick en el grupo, porque me preguntaba si Hans y Sophie ya lo habían incluido.

Asentí, me serví una copa de vino y me alejé de Alex para evitar que Garrick se viera involucrado en una situación incómoda. En lo más profundo de mi corazón sentí lástima por él, sentado en una silla retraído y solitario.

—¿Cómo está Katze? —preguntó con una voz tímida cuando me acerqué. Tomé una silla vacía y me senté junto a él.

—Está bien, es mi tesoro. No sé qué haría sin él.

—Me da gusto saberlo —admitió y mostró un atisbo de su sonrisa luminosa—. ¿Ha crecido?

—Está engordando; *Frau* Hofstetter ya sabe de él. —Sujeté con fuerza mi copa de vino porque sabía que no podía revelarle a Garrick la manera en que mi casera había hecho el descubrimiento—. ¿Aún no bebes?

Bajó la mirada hacia su pecho y tomó una pelusa de su pesado suéter, sin decir nada por un rato.

—No… No estoy de ánimo para celebrar Julfest… o, para el caso, ninguna otra cosa.

Se llevó la mano derecha a la sien y por un instante advertí que sus ojos romperían en llanto. Antes de poder preguntarle qué pasaba, el profesor Huber se levantó de su silla, caminó hacia la mesa arrastrando su pierna derecha y con una cuchara repiqueteó una copa de vino. Todo el mundo volteó a verlo.

Después de ordenar sus ideas, la mirada y los pesados párpados del profesor se posaron en nosotros. Empezó a exponer las enseñanzas de Gottfried Wilhelm von Leibniz, un matemático y filósofo del siglo XVII que formuló teorías propias sobre la armonía de la naturaleza y su opuesto, el mal. Yo ya había aprendido algo de Leibniz en la case del profesor.

Aunque no estaba particularmente interesada en el tema, que me hacía sentir como si estuviera en un auditorio universitario, estaba segura de que las palabras del profesor contenían mensajes que solo podían descifrar los integrantes de la Rosa Blanca, si me hubiera tomado la molestia de escuchar con cuidado. Lisa me contó que el profesor había estallado en furia meses antes, después de reunirse con Hans, y le había gritado que algo se tenía que hacer en torno al Reich.

Lo que cautivó mi atención fue el profesor como personaje. Su baja estatura, labios fruncidos y rostro descolorido contradecían su ferocidad como intelectual y orador. Cuando lo rebasó el ardor de la retórica, fue como si se cayera el velo que ocultaba su verdadera personalidad. El profesor se convirtió en un hombre nuevo, su cara se contorsionaba en agonía y placer, piernas y brazos se movían en sincronía y parecía que la incapacidad que lo acosaba había desaparecido. Su voz teatral retumbó por todo el departamento y su piel estaba encendida de fervor; todos estábamos hechizados, menos Garrick.

El profesor terminó su discurso sobre Leibniz e hizo una breve pausa para beber un vaso de agua antes de abordar el siguiente tema: Hegel. Garrick me hizo señas para que lo acompañara afuera. Yo estaba feliz de tomar aire fresco. Bajamos las escaleras y yo me acurruqué en la puerta frente a él mientras encendía un cigarro. El humo que salió de su boca se dispersó en el cielo negro y cristalino. Me recargué en la puerta.

—¿Qué sucede? Esta noche te ves diferente. —Me sorprendí porque *me preocupaba* su bienestar, pero también pensé que era una oportunidad para entender mejor su personalidad.

—Discúlpame —respondió—. No he estado de buen humor últimamente… He visto y escuchado cosas que no puedo creer.

Su melancolía me recordó el secreto ruso que me había agobiado durante varias semanas antes de revelárselo a Lisa, pero no me atreví a compartirlo con Garrick. Me crucé de brazos y empecé a frotarlos a medida que el aire frío se abrió camino hasta mi blusa. Observé su rostro, el resplandor de la luna era la única luz que me permitía evaluar la sinceridad de sus sentimientos.

—¿Te gustaría hablar de ello? Soy buena para escuchar.

Le dio otra calada a su cigarro, lo tiró en el sendero de piedra y aplastó la punta encendida con el pie.

—Te contaré esto solo a ti… porque sé que puedo confiar en ti… Eres mi amiga.

—Sí —dije tímidamente.

Puso su mano en mi mejilla y, cuando colocó las cálidas puntas de sus dedos sobre mi piel, me estremecí. Me volteé porque no quería dar alas a su cariño, pero, al mismo tiempo, disfrutaba el contacto. En silencio maldije al Reich y a mi timidez innata con los hombres. Un placer tan simple como tener una relación se había complicado mucho en el gobierno de Hitler. ¿Cómo podía estar segura de que Garrick era un hombre confiable, con el que podía compartir mi vida? Las emociones contradictorias en mi cabeza y corazón eran demasiado intensas y, en estos tiempos inciertos, no tenía respuestas claras para mi pregunta.

Inclinó su cabeza y susurró en una voz tan baja que tuve dificultades para escuchar sus palabras.

—*Odio* a los nazis. *Odio* a Hitler.

Sus palabras me quemaron como fueran llamas y temblé recargada en la puerta.

—¿Qué?

Repitió las siete palabras, esta vez mirándome directamente. Su sinceridad, el sentimiento atormentado que emanaba de lo más profundo de su ser, me inundó. Quise estirar mis brazos hacia él, abrazarlo, expresar empatía por sus sentimientos, pero no me atrevía, por temor a revelar hasta qué punto concordaba con él. Advertí la ironía de la situación y la gravedad de mis pensamientos hizo que me encogiera. La verdad siempre era difícil de soportar en la Alemania nazi.

—Ten cuidado —dije—. Tus palabras son desleales y podrían hacer que te arrestaran.

—Lo sé. —Se dejó caer sobre la fría pared y sacó otro cigarro, pero apenas pudo sujetarlo por el temblor de sus manos, así que lo regresó al paquete—. Podrías testificar en mi contra, lo cual podría causar mi ejecución…, pero dudo que lo hicieras… Sientes lo mismo que yo.

Exhalé. Mi aliento tibio formó una nube alrededor de mi cabeza y se disipó como si fuera niebla. Me sentí tan fría y sola como las estrellas que brillaban en el cielo. No dije nada, solo miré al cielo, tratando de protegerme de su afirmación.

—Lo siento. Tenía la esperanza de que me entendieras.

—Puedes pensar lo que quieras, pero ten cuidado con lo que dices.

Envolvió mis manos con sus manos temblorosas.

—Tengo muchas ganas de ayudar. Quiero formar parte de algo más grande que yo. —Sus ojos se dirigieron a la puerta y hacia el departamento de arriba—. Pero *ellos* no confían en mí… Estoy seguro de eso. Hans y Sophie no me aceptan, pero he hecho todo lo que he podido para demostrarles que me importa lo que hacen.

Quería ayudarlo, pero tenía que guardar la distancia.

—¿Qué hacen? No sé de qué hablas.

Garrick soltó mis manos cuando su ansiedad y enojo parecieron agravarse.

—Muy bien, no tienes que compartir nada conmigo.

—No tengo nada que compartir —dije temblando otra vez—. Entremos, hace frío.

—Me iré a casa —respondió—. ¿Podrías despedirme de ellos? —Volvió a tocar mi mejilla y esta vez permití que sus dedos permanecieran más tiempo de lo debido porque quería sentir su tibieza. Tal vez también lo había reconfortado.

—Sí —dije—. Por favor recuerda lo que te dije. —Sujeté su mano con delicadeza y la retiré de mi mejilla—. Acariciaré a Katze de tu parte.

Bajo la luz de luna, una mirada que nunca había visto en los ojos de un hombre, una mirada de ternura combinada con la promesa del amor, tocó mi corazón.

Se volteó para marcharse y después agregó:

—¿Podría invitarte a cenar el sábado?

—Eh... —Algo despertó dentro de mí pese al frío de la noche, algo que requería precaución. Pensé en todas las buenas razones por las que no debía salir con él, todas giraban en torno a mí y la vida monástica que llevaba. Sin embargo, esta podría ser la oportunidad para salir de mi aburrida habitación y aprender más sobre él. —Está bien —dije finalmente—. Llámame a las seis. Para entonces ya habré terminado de trabajar.

Me besó en la mejilla y se marchó con un cigarro recién prendido que trazaba arcos anaranjados en el aire.

Me apresuré a subir las escaleras, emocionada por contarles a Alex y a Lisa lo que Garrick me había dicho. Primero divisé a Lisa, que estaba enfrascada en una conversación con Willi, ahora que el profesor Huber había terminado su exposición. Willi y yo apenas habíamos cruzado palabra y esa noche no fue distinta. Él era un soldado tan ario que se ajustaba a la perfección a los criterios de Hitler, el cabello claro, la barbilla marcada y mirada intensa, pero les había confesado su odio al nacionalsocialismo a Hans y a Alex. Me parecía de piedra, un combatiente tranquilo y silencioso cuya expresión siempre rayaba en lo triste; sin embargo, era un hombre que jamás traicionaría a sus amigos. Nos saludamos e intercambiamos algunas palabras de cortesía, después Lisa me llevó aparte, a la mesa.

—Te estaba buscando —dijo mientras sus labios formaban una mueca molesta—, pero no quería armar un alboroto.

—Estaba afuera con Garrick. —Corté una rebanada de tarta de chocolate y me la llevé a la boca.

—Eso pensé.

—No pongas cara de fastidio —le dije, aunque ella no lo había hecho—. Fue muy amable conmigo. Voy a salir con él el sábado.

Sus ojos se agrandaron y una mirada de incredulidad le pasó por el rostro.

—Así que se está volviendo más atrevido...

Me enfurecí, pero sabía que Lisa solo trataba de protegerme, a mí y a la Rosa Blanca.

—Es solo una cena... Él fue..., ¿cómo decirlo? —Lisa sonrió con suficiencia mientras esperaba mi respuesta—. Me imagino que la mejor palabra para describirlo es «romántico». —Nos miramos fijamente por un momento y los ojos de Lisa se agrandaron aún más—. Mira —continué tratando de ocultar mi irritación—, nunca traicionaría a nadie de la Rosa Blanca, pero quiero salir con él, aunque sea una sola vez. Toda mi vida los hombres han estado en cuarto lugar, después de mis estudios, la enfermería y los deseos de mi padre. Sé que muchas mujeres no piensan así, especialmente en estos días, y quieren ser madres y amas de casa para el Reich —gimoteé de una manera amigable—. Además, no eres mi madre... ni Hitler.

Por fortuna, Lisa lo tomó por el lado amable y poco después empezó a reírse conmigo. Llenó su copa a la mitad con Riesling y le dio un sorbo.

—Lo sé, solo ten cuidado.

—Estoy tan cansada de tener cuidado, de bajar la vista en la calle y revisar si en cada esquina hay alguien agazapado, de susurrar para que nadie escuche mi voz, siempre con el pendiente de que alguien esté escuchando al otro lado de la pared del departamento. —Me exasperé—. Me estoy volviendo loca. —Lisa empezó a responder, pero la interrumpí—: Y ya sé que esta es la manera en que debemos vivir o podríamos ir a prisión, pero ¿cuánto tiempo más puede durar esta guerra? Casi estamos en 1943 y Estados Unidos ya entró al conflicto, ¿cuánto tiempo más podrá resistir Hitler? ¿Cuánta gente tendrá que morir antes de que Alemania se deshaga de este tirano?

Una mano se posó sobre mi hombro y me quedé paralizada, con los pies pegados al piso. Alex recargó su cabeza en la mía y murmuró:

—Gracias a Dios este es un lugar seguro para despotricar. Desde el otro extremo del cuarto pude advertir que no estabas nada contenta. —Le di unas palmaditas en la cabeza, él se rio y bailoteó a mi lado de una manera juguetona—. Fascinante material sobre Leibniz y Hegel, pero cansa leer entre líneas. —Ladeó la cabeza—. Huber está por marcharse. —El profesor se ponía el abrigo y la bufanda, y volvía a ser el hombre encorvado de siempre, agotado después de su diatriba. Asintió con un típico gesto profesoral, salió por la puerta y nos dejó solos a Lisa, Alex, Willi y a mí—. ¿Quieren ayudarme a limpiar? —preguntó Alex—. Hans y Sophie merecen llegar a un departamento limpio después de las vacaciones.

Todos le echamos una mano y pronto los trastes y los vasos estaban lavados y en su lugar. Willi apagó las velas mientras tomábamos nuestros abrigos.

—Debo contarles lo que me dijo Garrick —declaré cuando todos estábamos cerca de la puerta. Alex abrió la puerta para asegurarse de que nadie estuviera ahí y después la cerró—. Dijo que odiaba a los nazis y a Hitler. —La habitación se quedó en silencio y todos se quedaron inmóviles en sus lugares, digiriendo mis palabras—. Siente que Hans y Sophie lo han traicionado al no confiarle sus secretos. Él *cree* que algo está pasando y quiere participar.

Willi se abotonó la parte superior del abrigo.

—No confío en él, tiene demasiadas ganas de formar parte de nuestro grupo.

—¿Tú qué opinas, Natalya? —preguntó Alex.

Su tono de voz suave y familiar me hizo pensar que su pregunta iba más allá de solicitar mi opinión, como si me profesara un afecto sincero. Pensé en la respuesta por un momento.

—Se escuchaba sincero...

—Pero los hombres tienen facilidad para sonar sinceros —respondió Lisa—. No bajes la guardia cuando salgas con él. —Alex asintió mientras hablaba con Lisa.

—¿Salir con él? Eso cambia las cosas... Sí, mejor ten cuidado.

—Lo tendré. No es necesario que se preocupen por mí. —Me puse los guantes, lista para dar por terminada la conversación. Obviamente, nadie confiaba en Garrick.

—Seguir los dictados de tu corazón te podría llevar a la perdición —dijo Willi—. Mi corazón me guía a un lugar donde no habrá problemas.

Sin decir nada más, abrí la puerta y lideré a los demás escaleras abajo, hacia la calle. Alex y Willi se despidieron, Lisa aceptó acompañarme a caminar un poco antes de regresar a casa.

—¿Qué quería decir Willi con «el lugar donde no habrá problemas»? —pregunté mientras caminábamos bajo las sombras que los árboles proyectaban en el suelo; las ramas teñían de negro las piedras de tonos más claros.

—Es un cristiano devoto —dijo Lisa—. Cree en Dios y en el cielo, y parece que, a su manera, anhela llegar ahí más temprano que tarde. —Hizo una pausa—. Hans y Sophie también son cristianos... Debemos ser el único par de agnósticas en el grupo.

Lisa conocía mi sentir en torno a la religión, acerca de mi fe intermitente en Dios, así que me quedé callada. Me avergonzaba que algunas veces usaba a Dios cuando lo necesitaba y luego lo olvidaba. Sin embargo, por lo que a mí respectaba, ser una buena persona y rezar algunas veces para ir al cielo era radicalmente distinto a ser mártir. No podía aceptar la manera de pensar de Willi, en el caso de que Lisa juzgara los sentimientos de él de manera correcta.

Estábamos cerca de Leopoldstrasse cuando el rugido estridente y progresivo de las sirenas de ataque aéreo nos saturó los oídos. Levanté la vista de manera instintiva, pero no vi los bombarderos ni escuché el zumbido de sus motores. Sin embargo, el cielo despejado de pronto se iluminó con los reflectores de búsqueda que lo entrecruzaban.

—¡Debo irme a casa! —Me dio un beso en la mejilla y corrió a toda velocidad por la calle oscurecida.

Me apresuré hacia el norte, a mi departamento, con la esperanza de que Katze y *Frau* Hofstetter estuvieran a salvo. Cuando me acercaba a mi cuarto, una luz amarilla resplandeció detrás de mí, como el trueno de una tormenta veraniega. Vi que las bombas habían caído en las afueras del norte de Múnich, a tan solo unos kilómetros de distancia.

Después de una fulgurante explosión, me volqué hacia la casa y, por un instante, vi la figura indistinta de un hombre que estaba parado entre los arbustos cerca de mi ventana. La luz se desvaneció y la figura desapareció, pero en mis ojos su silueta imprecisa quedó gradaba en mi mente con fuego. Me pregunté si había visto o imaginado un fantasma. Llegué tambaleándome a la puerta, mientras las bombas seguían estallando a la distancia. Encontré mi llave y entré.

—Katze... Katze... —lo llamé.

El gato había desaparecido. Me agaché, miré bajo la cama y encontré a la criatura temblando en el piso helado. Cuando vio mi cara, corrió a mis brazos. Lo levanté y sentí una corriente de aire de la ventana. Era una abertura pequeña, pero lo suficientemente grande para que entrara el frío invernal al cuarto. No dejé la ventana abierta y, de hecho, estaba segura de haberla cerrado cuando me fui a la fiesta. Tal vez *Frau* Hofstetter había entrado a mi cuarto; después de todo, podía entrar por la puerta del corredor, ¿o quizá —aunque no quería ni pensar en ello— la aparición había estado en mi cuarto? Corrí al tocador y descubrí, con un suspiro de alivio, que los panfletos aún se encontraban en su escondite bajo el cajón.

Un golpe violento en la puerta interior me dejó sin aliento. En bata, *Frau* Hofstetter se tapaba los oídos con las manos y lloraba.

—Estoy... muerta... de miedo —tartamudeó—. No quiero... estar sola.

—Pase —dije y la llevé hacia el interior de la habitación.

Se arrojó a la cama y se cubrió la cabeza con mi almohada. Me senté junto a ella mientras Katze se acurrucaba en mis brazos. Mi casera levantaba la almohada de vez en cuando para tomar aire, hasta que el bombardeo se desvaneció y la alerta dejó de sonar. Se acomodó de lado y por su respiración me di cuenta de que estaba dormida. No tuve el valor de despertarla, así que Katze y yo nos metimos en la cama a su lado. Sabía que mi padre, aún en prisión, y mi madre estaban a salvo porque las bombas no cayeron cerca de ellos.

Para ser honesta, estaba feliz de contar con la compañía de mi casera, porque la imagen del hombre que estaba afuera de mi ventana me había desconcertado. Aunque lo vi solo unos segundos, traté de reconstruir su rostro, y solo uno me hacía sentido: el de Garrick Adler.

CAPÍTULO 7

La mañana del viernes de Navidad me arropé bien. En la calle, el viento era cortante e hizo que el breve trayecto hacia el departamento de mi madre fuera incómodo. Las calles de piedra y las aceras de ladrillo estaban secas, pero la escarcha había cubierto las orillas de hojas y pasto muertos, y formó un manto blanco y reluciente.

Frau Hofstetter me dio la mitad de un pollo horneado, que yo estaba feliz de compartir con mi madre, y un collar de plata finamente trenzada que ella ya no quería. Decidí dárselo a mi madre porque no tenía dinero para regalos.

Una ola creciente de tristeza me invadió cuando pensé que mi padre estaba en prisión, solo en su celda, con muy poca luz y calor para reconfortar su cuerpo. Los ojos se me llenaron de lágrimas, pero aquella Navidad, como la de otros años, prometía algo más que dolor para mi corazón: serenidad, la garantía de una vida más allá de la tumba, la creencia inalterable de que el bien triunfaría sobre el mal, de que el amor conquistaría al odio. Aquellas promesas navideñas atemperaban mi melancolía mientras caminaba en el gélido viento.

Múnich celebraba la festividad con moderación, así era desde que los nazis subieron al poder. Pese a mis dudas sobre la situación del mundo, mis conflictos con la religión y mis temores sobre las actividades de la Rosa Blanca, quería estar contenta con mi madre durante aquel día sagrado.

Cuando llegué, la encontré sentada en el sofá, traía uno de sus vestidos negros. Sin embargo, a diferencia de otros años, cuando su apariencia inmaculada concordaba con la ocasión, el vestido arrugado, las medias remendadas y los zapatos maltratados revelaban sus verdaderas emociones. Se había peinado el flequillo hacia atrás y sujetaba aquel mechón descuidado con una pinza a la altura de la coronilla de su cabeza. La falta de sueño y las preocupaciones le habían oscurecido e hinchado los ojos. No estaba de humor para celebrar la Navidad por la ausencia de mi padre y la proximidad de un Año Nuevo desolador.

Mi madre no decoró la casa, excepto por un recorte de un árbol de Navidad que coloreé de niña con tinta roja y verde. Aquellos días teníamos poco dinero para cosas adicionales, pues con mi escaso sueldo tenía que mantener a la familia. Los extras, como los cigarros, los pasteles y el vino, se podían comprar o intercambiar en el mercado negro, pero cada vez era más difícil conseguir incluso los artículos de primera necesidad. Mi madre había buscado trabajo sin éxito. Se levantó del sofá como si fuera una anciana, me abrazó y me besó en la mejilla.

—¿Cómo estás, madre? —pregunté fingiendo alegría en mi voz y tratando de aligerar el ambiente opresivo.

—Ya sabes cómo estoy —contestó con un hilo de voz—. Siento que envejecí quince años en un mes. —En su aliento se percibía el olor aséptico del vodka.

Miré hacia la cocina, donde una olla con papas hervía en la estufa; sería la única adición al pollo que había traído.

—¿Te gustaría beber algo para celebrar la Navidad? —preguntó mientras se alejaba de mí.

Miré mi reloj, solo faltaban algunos minutos para que dieran las once de la mañana. Negué con la cabeza.

—Es el de tu padre, de Rusia. Lo tenía escondido para no compartir, pero lo encontré. Era como un tesoro para él, un recuerdo del pasado que abandonamos. —Escudriñó el cuarto como si lo viera por primera vez—. Es difícil guardar secretos en un departamento pequeño.

Me quité el abrigo con el collar en el bolsillo, puse el pollo en la mesita de la cocina y regresé a la sala de estar.

Mi madre estaba parada frente al librero de mi padre, que tenía unos cuantos golpes de cuando lo tiraron. Se sirvió una buena cantidad de vodka y se tomó casi la mitad de un trago.

—Mamá, no crees que es algo temprano para estar...

Golpeó la repisa con el vaso, lo que causó que un poco de licor se derramara.

—¡No me digas qué hacer! ¡Soy tu madre! —Sus manos temblaban de coraje. Con la cara encendida se volteó hacia la ventana.

—Perdóname, solo quería...

—Solo querías ayudarme... a dejar de beber.

Su voz se había calmado, pero aún me daba la espalda, la luz gris e invernal rodeaba su silueta.

Me quedé sin palabras. El encarcelamiento de mi padre había tenido un efecto más severo en ella del que había sospechado. Nuestra familia luchaba por salir adelante con poco dinero y recursos. Quizá sí era el momento de casarme. Pensé en Garrick, pero sacudí la cabeza para borrar su imagen de mi mente. Lo que él sentía por mí era de poca importancia por el momento, dada mi situación actual. El matrimonio era un sueño para otro día.

No estaba de humor para contrariar a mi madre cuando la paz y la felicidad debían prevalecer durante el día.

—Lo que quieras hacer está bien —dije y me reconcilié con el hecho de que a pesar de mi desconcierto yo no tenía control sobre su manera de beber.

Con los ojos rojos y llorosos se volvió hacia mí, se tambaleó un poco al caminar hacia el sofá. La tomé en mis brazos y la llevé a su asiento. Recargó su cabeza en mi hombro y rompió en llanto.

—Estoy tan preocupada por tu padre —sollozaba mientras yo secaba sus lágrimas—. Dudo que vaya a sobrevivir.

De pronto, me invadió la culpa. Mis estudios, el trabajo, mis actividades disidentes con la Rosa Blanca y, si era honesta conmigo misma, mi temor de verlo en prisión, me habían mantenido alejada. Expresé las siguientes palabras a mi madre, para mitigar mi vergüenza:

—He sido desidiosa para visitar a mi padre porque he estado muy ocupada... Además, nos dijo que viviéramos nuestras vidas como si nada hubiera pasado.

Se enderezó, indiferente ante mi excusa.

—Te necesita, Talya. No podemos permitir que se consuma.

Mi madre tenía razón. Había sido egoísta y en ese mismo momento decidí a visitarlo.

—Iré cada semana después de Año Nuevo. Quizá salga antes de junio.

—Estará muy feliz de verte. —Anudó el pañuelo y se lo colocó en el regazo.

—Mañana saldré con un hombre que conocí —dije, pensando que las noticias la distraerían del tema de mi padre.

La piel alrededor de sus sienes se arrugó con una sonrisa.

—Un buen hombre, espero.

—No lo conozco tan bien, pero conoce a algunos de mis amigos.

—¿A qué se dedica? ¿No está en las fuerzas armadas?

—Se lesionó. Trabaja para la aseguradora del Reich.

—Me imagino que es un buen trabajo.

—Sí… Me dio un gato.

—¿Qué?

—Un gato. Lo llamé Katze.

—Ah…

Aquella pausa fue el punto final de nuestra conversación sobre Garrick y advertí los grandes estragos que la guerra y la vida aparte habían causado en nuestra relación. Estos días apenas nos reconocíamos.

Después de mediodía nos comimos el pollo y las papas cocidas, y hablamos de muchas cosas: de mis estudios, de *Frau* Hofstetter, de los vecinos que le habían dado la espalda a mi madre tras el arresto de mi padre. Después de comer le di a mi madre su regalo. No tenía caja ni envoltura, simplemente tomé el collar de mi abrigo y se lo entregué mientras ella estaba sentada en la mesa dando sorbos a su taza de té rebajado. Sus dedos recorrieron los finos eslabones de plata.

—Ah, es hermoso, Talya, pero no debiste molestarte, no puedes costear este regalo.

—No me costó nada —admití—. *Frau* Hofstetter me lo dio, pero pensé que tú debías quedártelo porque siempre has sido más elegante que yo.

—Lo cuidaré —prometió mientras abrochaba el collar alrededor de su cuello.

Por un momento se vio como la madre que recordaba antes de que los nazis ascendieran al poder: feliz, vibrante, divertida, risueña, una mujer que cantaba al son del fonógrafo y bailaba con mi padre sobre los pisos de madera después de cenar. El recuerdo fue breve, un destello que muy pronto se extinguió, porque su semblante afligido y sus ojos tristes regresaron.

Le ayudé a lavar los trastes y nos sentamos durante una hora o más a escuchar el fonógrafo. No pusimos villancicos, sino a Schubert y a Beethoven, la música clásica que podíamos escuchar sin temor a que nos encerraran, lo que podía suceder con Mahler, Mendelssohn o con el jazz y el swing estadounidenses. Poco después me marché porque quería llegar a casa antes del anochecer.

—Recuerda la promesa sobre tu padre —dijo cuando me iba. Le aseguré que la cumpliría.

A medida que la noche descendía sobre la ciudad, la temperatura disminuía y me apresuré a llegar a casa para encontrar al gato, ahora mucho más grande que cuando Garrick me lo regaló, acurrucado sobre la cama, su lugar favorito de descanso. Como no tenía tarea que hacer en el receso vacacional, me puse a jugar con Katze mientras escuchaba el sonido del radio que se filtraba por la puerta del pasillo y llegaba desde la sala de estar. El programa se trataba casi en su totalidad sobre las marchas militares nazis, pero el sonido al menos ayudaba a pasar el tiempo. Me cepillé el cabello frente al espejo del tocador y me alisté para meterme a la cama. Poco después mi casera apagó el radio y avanzó con dificultad por el pasillo hacia su cuarto. Me tapé con las cobijas hasta la barbilla mientras Katze ronroneaba recargado a mi lado. Estaba tan cómoda en el cuarto como me era posible, pero la preocupación me alteraba los nervios. Me preguntaba si mi estado se debía a la emoción o al miedo. En menos de veinticuatro horas saldría a cenar con Garrick Adler.

Llamó a mi puerta a las seis de la tarde del día siguiente, después de terminar mi trabajo con *Frau* Hofstetter. Por supuesto que esperaba que llegara a tiempo, lo que no esperaba es que se viera tan apuesto ni que me regalara una rosa roja. No me pasó inadvertida la ironía de que me regalara una rosa y me pregunté si sabía más del grupo de lo que decía. Además, ¿cómo había conseguido comprar una hermosa flor en pleno invierno?

Se quitó el abrigo gris, los guantes negros y la bufanda, y me preguntó si podía jugar con Katze unos minutos antes de irnos al restaurante. Accedí y, como no tenía un florero, fui a la cocina a buscar un vaso para llenarlo de agua.

Cuando abrí la llave, me recorrió la adrenalina. Mis dedos se enrojecieron por la fuerza con la que sujetaba el vaso. Recordé los panfletos, que aún se encontraban escondidos bajo el cajón del tocador, a menos de cuatro metros de Garrick. Lo imaginé examinando discretamente cada artículo de mi tocador o abriendo los cajones y luego vaciando el contenido traicionero del sobre. Me calmé y regresé a mi cuarto, donde lo encontré acariciando la panza de Katze. El gato mordía travieso los dedos de Garrick y, además, con sus garras jugaba con sus manos, como si el animal recordara quién lo había salvado de la muerte.

—Gracias por la rosa —dije y coloqué el vaso frente al espejo del tocador.

Moví la silla y me senté en un ángulo que bloqueaba el cajón de la vista de Garrick. Crucé las piernas y alisé mi vestido azul, la prenda de ropa más nueva que tenía, pero que tenía varios años conmigo. Él vestía un traje cruzado azul que realzaba su cabello rubio y favorecía su figura; sus zapatos eran azul marino y negro. Mientras jugaba con Katze se recostó en mi cama; se veía como el modelo ideal del nacionalsocialismo. Si le hubiera tomado una fotografía o si hubiera tenido el talento para pintar su retrato, la obra podría haberse usado para los carteles de propaganda nazi. Era perfecto, tal vez demasiado. Y yo me sentía mal vestida y apagada. Lo miré jugar con el gato durante unos minutos.

—¿De dónde sacaste la flor? En esta temporada del año y con el racionamiento debió ser doblemente difícil conseguirla.

—Quise traerte algo que no fuera un gato. —Se sonrojó y volvió a concentrarse en la mascota—. Tengo amigos que conocen gente, al igual que Hans y Sophie.

Cambié el tema porque no deseaba hablar de ese asunto. También lo quería fuera de mi cuarto, antes de que *Frau* Hofstetter imaginara que algo indecente sucedía en su casa.

—¿Adónde te gustaría ir a cenar? Nada caro, por favor, no estoy vestida para la ocasión.

Acarició a Katze por última vez y se levantó de la cama.

—Pensaba en Ode, que no está lejos de aquí. Con mi salario, no tienes que preocuparte por ir a un lugar costoso. —Mostró sus hermosos dientes blancos, esa sonrisa refulgente que podía iluminar una habitación.

Aunque nunca había ido, sabía por comentarios de otros que Ode era un restaurante frecuentado por universitarios, artistas y bohemios; un lugar donde un hombre como Dieter, el dueño del estudio en donde Lisa y yo imprimimos los panfletos, probablemente se reunía con amigos. Otras personas me habían dicho que la comida era buena y los precios razonables. Me imaginaba que estaría abarrotado un sábado por la noche, el día después de Navidad, y esperaba no encontrarme con Dieter, porque no tenía ganas de explicarle a Garrick por qué conocía al artista.

Nos pusimos los abrigos y dejamos que Katze disfrutara su noche solitaria. Ahora ya tomaba mejor su soledad que cuando lo dejé para irme a Viena. *Frau* Hofstetter le echaría un vistazo si hacía demasiado ruido.

La ciudad se había sacudido el letargo vacacional. Los autos pasaban zumbando por las carreteras. Los peatones, que descansaban de la amenaza cada vez mayor de los ataques aéreos, disfrutaban el clima despejado y fresco. Garrick era amigable, pero no demasiado, así que nuestro trayecto al restaurante fue cordial y agradable.

Ode, ubicado en un impresionante edificio de piedra con ventanas arqueadas y puertas pesadas de apariencia medieval, se encontraba en una esquina de Schwabing. El enorme comedor era similar al de una cervecería, con su techo abovedado, pasillos angostos y amplias mesas repletas de gente alegre que reía, cantaba y brindaba con tarros de cerveza. Una chimenea de piedra gigante, con un marco hecho de columnas decoradas con volutas y gárgolas esculpidas, resplandecía en la parte trasera. Miré por todo el restaurante para ver si me encontraba con una cara conocida, sin saber si el encuentro me provocaría terror o felicidad. La ruidosa plática de los comensales llenaba el lugar. Se trataba de estudiantes joviales, que en algunos casos reconocía de las clases, soldados con sus novias o esposas, y algunos clientes del barrio, hombres mayores y mujeres tan sonrojadas por el calor que se abanicaban con los menús de papel.

—¡Mira! —Garrick me tomó del brazo y me llevó hacia delante—. Hay un lugar vacío cerca de la chimenea. —Parecía el único, a menos que quisiéramos sentarnos en la mesa más grande, con extraños. Nos apresuramos a tomar los asientos, arrojamos nuestros abrigos sobre dos de las cuatro sillas y nos sentamos—. ¿Te parece bien? Quizá tengamos la mesa solo para nosotros.

—Está bien. —Saqué mi pañuelo del bolso y limpié mis lentes empañados. El fuego, prendido con leños de abedul, dispersó su calor por mi piel congelada. El olor ahumado de la madera quemada al principio me alegró, pero después me recordó el incendio de la sinagoga en la *Kristallnacht*. A la mañana siguiente había conocido a Garrick, cuando Lisa y yo permanecíamos horrorizadas frente a los restos de aquel lugar de culto reducido a cenizas. Aquel día, nuestras miradas se engarzaron.

Pedimos algo de beber y conversábamos sobre el menú cuando Alex Schmorell caminó hacia nuestra mesa. Con su rostro afable y caminar relajado, Shurik era el tipo de persona que se podía identificar a la distancia. Una espiral de humo de pipa pasó por su cabeza mientras se acercaba; sus botas de piel negra brillaban a la luz del fuego. Vestido con un suéter de cuello de tortuga, un elegante blázer gris y unos pantalones de vestir por dentro de las botas, se detuvo en nuestra mesa y nos saludó. Yo respondí y Garrick inclinó la cabeza con un gesto cortante.

—Qué gusto verte otra vez, Natalya. —Alex me guiñó y me dio un beso en la mejilla. Me pregunté si había bebido demasiado o si solo tenía ganas de divertirse—. Echo de menos nuestra temporada en Rusia… con Sina —agregó.

Hice un gesto de dolor, los recuerdos y sentimientos que me habían empujado a formar parte de la Rosa Blanca eran demasiado amargos para evocarlos, en especial frente a Garrick. Alex podía ser muy encantador, pero su coqueteo sutil me molestaba. Éramos amigos y nada más. Tal vez quería colmarle la paciencia a Garrick, quien me lanzó una mirada burlona, como si lo hubiera traicionado.

—No sabía que ustedes estuvieron juntos en Rusia.

—Ah, sí —admitió Alex—. Nuestras experiencias fueron reveladoras. —Contuve el aliento con la esperanza de que Alex no dijera nada más. Los leños de abedul chisporroteaban y crujían en el fuego—. ¿Les molestaría si los acompaño? Estoy solo esta noche.

Garrick se quejó en silencio, pero aceptó a regañadientes.

—Adelante. —Me pregunté si esta concesión era un esfuerzo por congraciarse con el círculo de Hans y Sophie por medio de Alex, con la intención de averiguar más de ellos. Si me quería sentir bien conmigo misma, podía inclinarme a pensar que Garrick era un caballero reticente y sus modales triunfaban sobre sus celos.

Alex levantó mi abrigo, lo puso sobre el de Garrick y se sentó junto a mí. Pidió algo de beber, se recargó en el respaldo de la silla y lanzó a la mesa su caja de cerillos mientras le daba caladas a su pipa negra.

Por un momento me quedé atrapada en el recuerdo de la estepa rusa, la casa de Sina y aquella primera noche en que nos apuntó con la pistola. Más tarde esa noche, después de demasiado vodka, todos nos reímos de la travesura de Sina. Alex y yo hablamos sobre nuestras infancias en Rusia, la migración de nuestros padres y la trágica conexión que sentimos al presenciar la guerra en nuestra patria. En nuestro breve tiempo juntos, Alex se había convertido en el amigo al que podía llamar «Shurik».

—¿Cómo va la aseguradora? —preguntó Alex.

Garrick bajó la cabeza.

—Bien.

—No quiero meterme en lo que no me importa —dijo Alex y me pidió ayuda con los ojos. Lo miré con ojos de advertencia para que no presionara a Garrick, quien cruzó las manos y las puso sobre la mesa—. Es solo que... no puedo servir... como tú lo haces, tampoco tengo la posibilidad de ir a la universidad como Natalya. —Levantó la cabeza y sus ojos se iluminaron un poco—. Pero *podría* hacer más, si la gente me dejara ayudar a mi país.

La bebida de Alex llegó en el momento más oportuno. Después de brindar por nuestra salud, Alex desvió la conversación de la participación de Garrick.

—¿Estás impaciente por regresar a la universidad? —me preguntó Alex, y colocó su mano derecha sobre mi brazo.

Garrick se levantó repentinamente de su silla, con los ojos encendidos cual chimenea titilante, al parecer indignado por la inocente expresión de afecto de Alex.

—Voy al baño —anunció con brusquedad y tomó los cerillos de la mesa. Cuando Alex comenzó a protestar, Garrick ya se había ido echando chispas.

Traté de hablar, pero Alex levantó la mano.

—Parece algo molesto... puedo conseguir más cerillos.

Volteé preocupada y vi que Garrick regaló los cerillos a una mesa ocupada por tres hombres y una mujer. Desde donde estaban, los comensales nos miraron a Alex y a mí y después siguieron comiendo. No se parecían a los demás clientes del Ode. Los hombres vestían unos trajes oscuros y la mujer estaba ataviada con un elegante vestido negro y un sombrero drapeado y adornado con plumas de faisán. Se veían demasiado arreglados, oficiosos y, aunque eran discretos, tuve la clara impresión de que nos estaban espiando. Garrick desapareció por el pasillo y me volví hacia Alex.

—Shurik, ¿conoces a las personas de la mesa al otro lado del salón, tres hombres y una mujer muy bien vestidos?

Sin tanto miedo como yo, Alex los examinó y se volteó hacia mí.

—No tengo idea, pero no están aquí para cenar—. Se quitó la pipa de los labios, frunció los labios y remedó una voz estirada—: Este lugar es demasiado común... No sirven Dom Pérignon 1934. —Dejó de parodiar—. Creo que mejor los dejo solos. Parece que no le agrado a Garrick. Pero puedes medir la verdadera estatura de un hombre en situaciones como esta.

—¿Qué quieres decir?

Se inclinó hacia mí y murmuró:

—No es un hombre calmo... es una bala perdida. —Tomó su pipa y la vació en el cenicero—. Cuando estás en nuestro negocio, necesitas tener la cabeza fría. Hans y Sophie personifican ese principio. No creo que él sea bueno para nosotros. —Tomó mi mano y le dio un afectuoso apretón—. Me dio gusto verte otra vez, fuera de... la universidad.

«La universidad» se refería a la Rosa Blanca.

—También me dio gusto verte, Shurik. —Solté su mano cuando Garrick regresó a la mesa.

Alex se levantó de su silla.

—Los dejaré cenar a solas. —Me besó la mano—. Natalya, Garrick, fue un placer verlos. Me despido por ahora.

Garrick refunfuñó.

Ordenamos la cena y un largo silencio se apoderó de nosotros hasta que llegó la comida. No quería provocar el mal humor de Garrick, que me hizo sentir incómoda y nerviosa. Me concentré en las risas del lugar, en la calidez de la chimenea y en mi copa de vino.

Una vez que se bebió el vino y comió la mitad de su cena, finalmente él habló:

—Perdón si fui grosero, Natalya, pero, después de todo, nuestra cita era de dos... no de tres.

—Me dijiste que querías conocer mejor a Alex y a los demás —dije.

—Sí, pero no cuando salgamos nosotros dos. —Suspiró—. Tal vez ahora debamos empezar desde cero.

—¿Por qué te llevaste los cerillos de Alex y se los diste a las personas de la otra mesa? Eso fue grosero. —Cuando volví a mirar, las sillas estaban vacías y sobre la mesa solo quedaban platos vacíos y servilletas arrugadas.

Cortó su carne y dijo sin asomo de culpa:

—Son amigos míos de la aseguradora. Uno de mis amigos me dijo que necesitaba fuego.

—No sabía eso.

—Bueno, tú y Alex estaban enfrascados en su conversación. Si sentiste que fui grosero, lo lamento... Alex puede conseguir más cerillos.

Terminamos de comer y ambos estábamos incómodos en nuestras respectivas posiciones. Tenía pocas esperanzas de que la noche se salvara. Garrick sugirió que diéramos un paseo por el río Isar, al norte de Englischer Garten; pese a mi deseo de terminar la cita, acepté. Nos marchamos después de tomar café y, mientras caminábamos, le dije lo que pensaba de su comportamiento.

—No vas a llegar a ningún lado con Hans, Sophie o Alex si actúas así. —Metí las manos en los bolsillos para recalcar mi indignación—. De hecho, quizá debería estar en casa con Katze...
—Me arrepentí de mis palabras tan pronto como las dije. Eran demasiado duras. Estar con mi gato era cómodo, pero no era una compañía humana, además Garrick me había ofrecido más de lo que ningún otro hombre que hubiera conocido.

Su rostro se frunció como si lo hubieran golpeado y se disculpó otra vez.

Llegamos a un amplio paraje que estaba al lado de la ribera. En el cielo, las nubes fragmentadas, neblinosas y grises pasaban sobre nosotros en un viaje apresurado hacia el sureste. El viento azotaba el río, el cual parecía un espejo de obsidiana excepto por las crestas de sus olas espumosas. Los árboles se erigían desnudos bajo las nubes y las estrellas. Aunque Garrick caminaba junto a mí, me sentía sola y algo molesta conmigo misma por haberlo criticado. Una ola de sentimientos encontrados me inundó.

Garrick entrelazó su brazo con el mío y se acercó a mí, ya fuera porque notó mi malestar o porque un sentido de deber masculino surgió en él. Las frías ráfagas de viento nos abofeteaban, pero el aire me refrescaba y me asentaba, después de la cercanía sofocante del restaurante. Me habría gustado quedarme en silencio, a solas con mis pensamientos, pero Garrick me sacó de mi ensimismamiento.

—¿Puedo decirte algo? —me preguntó.

Él sabía presentar sus ideas de una manera complaciente, que me hacía cuestionarme sobre su verdadero carácter, ¿era encantador o tímido?

—Claro.

—Para mí es difícil hablar de esto porque desde que me lesioné hace tres años, he vivido muy resguardado. Creía que las mujeres me considerarían deforme al ver mi pierna, que me considerarían menos hombre. —Se detuvo y miró a su alrededor para asegurarse de que no hubiera nadie cerca—. Los nazis y su maldita guerra me hicieron esto. No me gusta hablar de esto, pero es verdad.

Después de lo que vi en Rusia no tenía motivos para dudar de lo que decía. Sujeté su brazo y le dije:

—Continúa.

—He estado… ¿cuál será la palabra…? fascinado, supongo, contigo desde la primera vez que te vi hace cuatro años. Nunca desaparecías de mi mente después de que te vi con Lisa en el café, después de nuestro encuentro fortuito en el museo…

Me guio hacia una banca, donde nos sentamos a mirar el río, de espaldas al viento.

—Me gustaría ganarme tu confianza y, si lo deseas, que me dejaras entrar en tu vida.

—Garrick —interrumpió mis palabras con su dedo en mis labios.

—No respondas… piensa en lo que te dije. Solo quiero que sepas algo: yo solía pensar que no tenía nada de qué apresurarme, que a mi edad tenía todo el tiempo del mundo, pero ahora sé que eso no es verdad, que el tiempo es demasiado valioso para perderlo.

Mi corazón se derritió un poco. Garrick tenía sus buenas cualidades: era guapo, me había demostrado amabilidad a pesar de sus fallas y, por otra parte, la primera impresión que daba, de arrogancia y antipatía, era una máscara para su inseguridad. Tal vez podía agradarme más de lo que ya me gustaba y quizás hasta podía amarlo, pero la guerra se interponía entre esos sentimientos. Todo era muy incierto y tal vez él también lo entendía así.

—¿Has salido con otras mujeres? —pregunté.

—Sí… pero nada especial… nada que me haga regresar.

Me recargué en su hombro y la tibieza de su cuerpo se mezcló con la mía. Sopesé mis palabras con cuidado, pero quizá no lo hice tanto como debía:

—Quieres que confíe en ti, pero en estos tiempos es difícil confiar en cualquier persona. El Reich exige que todos tengamos la misma opinión.

Esta confesión era mucho más de lo que debía haber revelado. Era muy sencillo pasar al papel de traidora. Qué sencillo era hablar con acertijos.

—La gente en la mesa, mis amigos, son como yo —me dijo frotando sus manos enguantadas—. ¿Has oído hablar de la Rosa Blanca? ¿Has visto sus panfletos?

La sangre se me subió a la cabeza y mi cuerpo se paralizó ante su revelación. Metí las manos en mis bolsillos, feliz de que la noche ocultara mis emociones.

—No —mentí—. Nunca había escuchado de eso, ¿qué es?

—Debe ser un grupo... nadie lo sabe en realidad... escriben la verdad sobre el Reich. Mis amigos piensan igual que yo. Quieren conocer a Hans, Sophie, Alex, al profesor Huber y a los demás.

—¿Crees que Hans y Sophie formen parte de la Rosa Blanca? ¿De qué tratan los escritos? ¿Quiénes son los demás? —Lo acosé con preguntas para que creyera en mi inocencia.

Garrick me contó sobre dos panfletos que leyó y que, por supuesto, yo ya había analizado en el estudio de Dieter.

—No entregué los panfletos a la policía. Debí haberlo hecho, pero, en vez de eso, los destruí. Tenían fuerza... No quería que me involucraran o me arrestaran por haberlos leído. —Se enderezó en la banca—. No sé si Hans y Sophie estén en la Rosa Blanca... o si hay otros... hombres y mujeres que aman la poesía, la música, el librepensamiento y las ideas complejas que las mentes razonables deben debatir. Me alegra saber que hay gente así en Alemania.

Recordé lo que Alex me había dicho en el restaurante: «Es una bala perdida». Quería creer que Garrick estaba de *nuestro* lado, del lado correcto, pero no podía estar segura.

—Debería irme a casa —dije después de unos momentos, con el temor de que una conversación más larga revelara demasiado—. Seguramente Katze me extraña y *Frau* Hofstetter debe de estar cansada de cuidarlo. —Me puse a temblar para insistir en mi punto.

—Permíteme acompañarte a tu casa —dijo y se levantó de la banca. Su vieja sonrisa y encanto regresaron a él cuando extendió su mano hacia la mía—. Espero no haberte incomodado.

Nos apresuramos a mi departamento, el viento nos escocía bajo los abrigos y el aire glacial nos quitaba el aliento.

—¿Puedo verte otra vez? —preguntó Garrick cuando llegamos a la puerta de mi casa.

Qué difícil era ser cortés sin comprometerme. Tomé mi llave y le dije:

—Mis clases van a empezar otra vez y debo visitar a mi madre con más frecuencia. —Advertí su ceño fruncido en el portal oscuro.

—Lamento que Alex nos haya interrumpido, arruinó la noche entera. —Garrick me besó en la mejilla, dio un paso atrás y dijo—: Lo admito, me puse celoso con su intromisión, pero si tú prefieres salir con…

—Dame unos días para hacer lo que tengo que hacer. Estoy en casa los fines de semana.

Me lanzó un beso y desapareció en la oscuridad de la noche. Cerré la puerta y suspiré de alivio. Katze saltó de la cama, corrió hacia mí y restregó su cuerpo en mis piernas, su pelo blanco crepitaba por mis medias.

«¿Qué voy a hacer con Garrick?», pensaba mientras me preparaba para irme a la cama. «Nunca debí salir con él. Es como ir en una canoa que se dirige a una catarata, a sabiendas de que la caída terminará en desastre. El espíritu es diligente, pero la carne es débil. Él es demasiado peligroso para mí».

El Año Nuevo y el 1 de enero de 1943 llegaron y se fueron mientras yo pasaba por un horrible resfriado. Me tiró en la cama unos días después de mi velada con Garrick. Katze me acompañó mientras estuve en cama y *Frau* Hostetter me liberó de mis tareas mientras estuve enferma y me alimentó con caldo de pollo con las verduras que pudo encontrar.

Le agradecí su amabilidad. Aunque estaba enferma, aproveché su ausencia una tarde para quemar en su estufa de leña los panfletos que me quedaban. Revolví las cenizas con unas pinzas y tiré por el escusado los restos pulverizados.

Durante la semana, Garrick vino dos veces, pero solo tuve que aparecer en la puerta en camisón y con un pañuelo en la mano para que entendiera el mensaje.

—Regresaré cuando te recuperes —prometió y me miró a través de las cortinas translúcidas que cubrían la ventana.

Para el final de la semana, cuando mi gripe mejoró, me arriesgué a salir y cumplir con mi promesa de visitar a mi padre en la prisión.

La prisión de Stadelheim, una imponente estructura de piedra con el techo de mosaico rojo, se veía más como un edificio gubernamental que como un penal. Divisé esta adusta construcción después de que el tranvía dio la vuelta en la esquina. Mi corazón se aceleró y, a juzgar por la rigidez de mi cuerpo, estaba más nerviosa que cuando fui a Viena. Ante mí se encontraba una de las extensiones del Estado nazi, donde encarcelaban o ejecutaban a los opositores del Reich. Temía por mi padre. ¿En qué condiciones estaría? ¿Lo habrían tratado bien o lo habrían torturado para que delatara a otras personas? No tenía idea de qué esperar.

Varios guardias cercaban la reja. Las horas de visita estaban preestablecidas, así que me aseguré de llegar a tiempo. Las banderas con la esvástica se balanceaban en la brisa y el edificio rezumaba una frialdad poderosa. Pasé por las torres de control y por el patio estéril hacia la puerta principal.

Una guardia que estaba sentada detrás de un mostrador de madera y una barrera de vidrio me preguntó el motivo de mi visita.

—Vengo a visitar a mi padre, Peter Petrovich —dije.

La mujer entrecerró sus ojos de acero pálidos, abrió un libro enorme y pasó su pluma por las extensas páginas. Hizo una llamada desde el teléfono de su escritorio, habló con alguien en voz baja y después colgó.

—Tome asiento —dijo sin emoción alguna.

Durante diez minutos me senté en una banca, junto con otros visitantes. Respirábamos el olor aséptico del pasillo mientras escuchábamos las distantes voces de unos hombres y el sonido metálico y amortiguado de las puertas de la prisión que se abrían y cerraban. Un guardia que llevaba un rifle al hombro apareció al final del corredor y me hizo una seña para que lo siguiera.

Abrió una puerta al final del pasillo. Entré a un cuarto en el que había otros guardias armados y filas de largas mesas, flanqueadas con bancas. Mi padre, que vestía un sombrío uniforme de prisión, posaba las manos sobre la mesa de roble, como si estuviera rezando. Su cabello descuidado le caía sobre las orejas y levantó la vista cuando entré. Había otro guardia encorvado detrás de él que vigilaba cada uno de sus movimientos. El guardia dio un paso hacia atrás, pero estaba lo suficientemente cerca para escuchar nuestra conversación. Su rifle apuntaba en nuestra dirección por si necesitaba disparar.

Cuando me senté, mi padre acercó sus manos a las mías. El guardia resopló y mi papá retrocedió.

—Qué gusto verte, Talya —dijo mi padre.

Mi ansiedad disminuyó al verlo. Lo observé con detenimiento, nunca fue un hombre robusto, pero sin duda estaba más delgado que la última vez que lo vi. El uniforme le colgaba de los hombros, unas profundas arrugas estriaban su frente y las canas habían brotado de sus sienes.

—También me da gusto verte, papá —dije—. Lamento no haber venido antes.

Hizo un gesto con las manos como para disculparme por mi falta.

—Está bien, me han tratado bien. —Volteó hacia el guardia cuyos labios silenciosos e inmóviles formaban una delgada línea. Después se volvió hacia mí—: Para él es bueno saber que me han tratado bien. Soy el prisionero modelo, soy limpio y ayudo a los enfermos, porque sé algo de fármacos. —Sonrió mostrando sus dientes amarillentos—. Me aprecian aquí.

—Me alegra, papá. —Me invadió una profunda desesperanza. Mi padre se estaba muriendo, le habían robado el alma y el encarcelamiento había destrozado su espíritu de lucha—. Quería traerte algo, pero no está permitido.

Nuevamente hizo un gesto con las manos como para desestimar mis palabras.

—No importa. Estaré fuera de aquí y en casa en cinco meses. Entonces, podremos celebrar… ¿Cómo está tu madre?

—Bien —dije sin saber si estaba al tanto de su manera de beber.

—¿Y tus estudios?

—Bien, también. —Por dentro me deshacía de dolor, como si fuera una vela acosada por un fuego incandescente que me quitaba una capa de piel tras otra. No nos podíamos decir nada de verdadera importancia. En todos lados había oídos al acecho de una palabra o una idea que nos marcara como traidores al Reich, como seudohumanos desleales que merecían morir. Aunque lo maltrataran no podía decírmelo. Miré su rostro, su cuello y la parte del uniforme que no cubría sus brazos, pero no había marcas ni moretones a la vista. El guardia levantó tres dedos para señalar que mi tiempo estaba por agotarse.

—Dale mis saludos a tu madre y dile que le deseo lo mejor —pidió mi padre.

—Así lo haré. —No tenía nada más que decir y, de hecho, no *había* nada más que decir.

Se inclinó hacia mí.

—¡El nacionalsocialismo, Talya! ¡Aclamado sea nuestro glorioso líder!

El guardia se precipitó hacia mi padre.

—¡Deje de gritar! —Apuntó el rifle a la espalda de mi padre.

Me recargué en la banca, estupefacta por las palabras de mi padre. Nunca había sido simpatizante de los nazis. Dejamos nuestro hogar en Rusia para escapar del terror estalinista. Mi padre odiaba a los dictadores y todo lo que representaban. Los guardias debieron adoctrinarlo a fuerza de golpes.

—¡*Heil* Hitler! —Mi padre se puso de pie y estiró su brazo con rigidez hacia mí.

—¡Dije que se callara! ¡Siéntese, cerdo ruso! —El guardia movió el rifle hacia mi padre y lo golpeó entre los hombros. Él se desplomó sobre la mesa con un aullido de dolor mientras yo gritaba.

Unas manos rugosas me arrastraron de mi lugar, me levantaron de la banca y me jalaron hacia la puerta.

—¡Padre! —grité—. ¿Qué está pasando?

Otro guardia me sacó al pasillo y dio un portazo.

—Eso fue una estupidez —dijo—. Tu padre es un estúpido.

—Mi padre es un buen hombre. —Me liberé de esa mano que se aferraba a mi brazo.

Me empujó hacia el corredor y hacia fuera, frente a la mirada de otros guardias.

—¡Fuera, puta rusa! ¡Asegúrense de que esta perra desaparezca del patio!

Parecía que los centinelas estaban listos para disparar, así que me dirigí a la reja dando tumbos. Después, los barrotes se cerraron tras de mí con un sonido metálico.

Unos minutos después me subí al tranvía y me senté en la parte trasera, lejos de los otros pasajeros. Las lágrimas resbalan por mi rostro e intentaba no asfixiarme. ¿Qué había sucedido? ¿Se había convertido en un simpatizante nazi o había montado aquel espectáculo con la esperanza de que los guardias le concedieran una liberación anticipada? Tal vez mi madre que lo visitaba con más frecuencia podría explicármelo.

Al pasar por los edificios lúgubres de Múnich bajo el cielo plomizo comprendí una vez más la importancia de la Rosa Blanca. *Y no solo para Alemania, sino para mí.*

CAPÍTULO 8

Mi madre se había bebido gran parte de la botella para el momento en que llegué a su departamento. Le conté sobre el comportamiento de mi padre, pero no pudo explicarlo y, en un ataque de dolor y llanto, se derrumbó en el sillón. No quise contarle más, por temor a que fuera demasiado para su ya delicado estado emocional. Terminé la visita diciendo:

—Fuera de eso, se veía bien. Nuestra charla fue agradable. —Me expresé con una serie de clichés muy alejados de la realidad.

Cuando me despedí, mi madre dijo:

—No lo abandones, Talya. —La posibilidad de volver a visitar Stadelheim me dio escalofríos, pero le prometí intentarlo pese a lo que había visto.

Las clases empezaron poco después de Año Nuevo y pronto me vi envuelta en la ajetreada vida universitaria. Vi a Hans y a Sophie varias veces en el salón principal o en las áreas verdes de la universidad, pero guardamos distancia. Entrecruzábamos pocas miradas y aún menos palabras. Hans era tan protector con su hermana que no sabía hasta qué grado Sophie estaba involucrada con la Rosa Blanca. Por su actitud distante, inferí que algo planeaban, pero no tenía idea de lo que era, si se trataba de la redacción de otro panfleto u otra actividad secreta aún más osada que las anteriores.

Garrick fue a visitarme al departamento algunas veces, pero solo para platicar. Aunque él era un parlanchín y nos reíamos y sonreíamos en los escasos minutos que pasábamos juntos, el trabajo y mis estudios eran la prioridad. Quería salir con él otra vez, pero no se presentó la ocasión, porque Lisa me llamó para otro proyecto de la Rosa Blanca: un segundo panfleto.

Unos días después del inicio de clases, al anochecer, Lisa y yo encontramos un lugar retirado en las áreas verdes de la universidad. El aire era frío, el cielo tenía una apariencia más benigna que amenazante y una nieve ligera caía perezosamente sobre nuestros hombros. Me alegró salir de los sofocantes salones, aun si tenía que sentarme en una fría banca de piedra, bajo las ramas desnudas de un roble.

—¿Estás lista para escribir otro? —me preguntó mientras buscaba sus cigarros en el bolsillo de su abrigo—. Me muero por un cigarro.

—Sí, pero ¿de qué escribiré ahora?

—Tal vez puedas hablar de Stadelheim —propuso.

—Es demasiado peligroso, podrían rastrearme.

—Dieter nos ofrece su estudio otra vez —comentó después de encontrar su cigarro—. Creo que Hans y Alex están escribiendo un texto para otro panfleto, pero no estoy segura. Me da esa impresión... sabes a lo que me refiero.

Asentí.

—Sí, lo sé.

—Esta vez iremos al norte, haremos el envío desde Núremberg. ¿Qué te parece si nos reunimos el miércoles 13 en la noche, para empezar?

No tenía compromisos esa noche, así que acepté reunirme con ella en el estudio de Dieter. Pero ese día sucedió algo inesperado. A todos los estudiantes se nos ordenó ir al Deutsches Museum para conmemorar el 470º aniversario de la fundación de la universidad. Mientras entrábamos en tropel al museo que se ubicaba en una isla en el río Isar, circulaban rumores y habladurías.

—Supongo que cancelaron las clases por nuestras derrotas en Rusia —dijo un estudiante al que escuchamos Lisa y yo. Volteé y lo vi tallarse los ojos—. Nos mandarán a la guerra a todos los hombres y no habrá escapatoria —agregó y miró hacia la calle.

Me impresionó su franqueza, pero sus amigos no estuvieron de acuerdo y lo instaron a guardar silencio.

—Los nacionalsocialistas quieren ver quién los apoya... o, más bien, quién no —dijo otro hombre—. Esta reunión no se trata sobre la guerra.

Cuando llegamos al edificio tipo fortaleza, pasamos por la entrada en forma de rotonda. Una vez ahí, nos arrearon, junto con la mayoría de los estudiantes, hacia el enorme balcón del auditorio. Reconocí a algunos amigos de Hans y Willi, así como a un par de alumnos del profesor Huber. Ningún integrante conocido de la Rosa Blanca estaba presente. En voz baja le pregunté a Lisa la razón de su ausencia.

—Desprecian las reuniones, incluso cuando se les ordena asistir, como una cuestión de conciencia —me susurró.

Nosotras no nos habíamos comprometido a proceder de esa forma. Pronto me quedó claro el propósito de la reunión. Un cuadro de hombres de la SS, adustos y arrogantes, vigilaba las salidas. En una plataforma del auditorio, adornada con un estandarte que conmemoraba la ocasión, algunos oficiales nazis importantes, de la asociación estudiantil y de Bavaria, se sentaban uniformados, radiantes y engreídos. Me asomé desde mi asiento para ver a la parlanchina concurrencia de la parte inferior: soldados de la *Wehrmacht*, estudiantes que pronto irían a la guerra y veteranos —muchos de ellos heridos, en muletas o en silla de ruedas— que ocupaban los asientos junto a los profesores ataviados con sus togas. Entre ellos se encontraba el profesor Huber, a quien reconocí por la forma alargada de su cabeza. Esto era una reunión nazi en toda regla, pero ¿con qué objeto? La congregación se había convocado para celebrar algo más que la fundación de la universidad.

La multitud guardó silencio cuando Paul Giesler, un importante *Gauleiter* regional, caminó por el escenario cual toro que sale a toda prisa de un corral. En uniforme, su figura era imponente; su cabello peinado hacia atrás revelaba una amplia frente, su mirada era penetrante, tenía una larga nariz romana; sin embargo, el arco de cupido de su boca era demasiado pequeño y dulce para su arrogante personalidad. Desde el inicio de su discurso, Giesler se condujo de manera implacable y nadie quedó inmune a su veneno.

Empezó alabando a la universidad y su lugar en la vida alemana, pero pronto la denigró por impulsar los «intelectos perversos» y la «falsa inteligencia». Vociferó que «Solo Adolf Hitler nos transmite la verdadera vida con sus enseñanzas claras, jubilosas y llenas de vitalidad».

Aquellos que estaban por irse a la guerra o trabajaban para el nacionalsocialismo recibieron su reconocimiento, mientras que aquellos que estudiaban «sin ingenio» ni «sentido del deber» le provocaban repulsión. Dijo que la universidad no era el refugio de «hijas de buena familia» que descuidaban su papel ante el Reich.

Una agitación nerviosa invadió el balcón abarrotado. Los pies raspaban el piso; eso era una clara señal de que el discurso no había sido bien recibido entre los estudiantes. Un abucheo se escuchó a mis espaldas y enseguida se desataron muchos más. Volteé a ver a los guardias de la SS y su expresión había cambiado de sonrisa presuntuosa a un gesto de aprensión siniestra. Lisa me dio un codazo y sonrió con satisfacción al sentir la creciente resistencia hacia el *Gauleiter*.

Sin embargo, Giesler no se iba a dejar intimidar por unos simples estudiantes y se aprovechó del desasosiego creciente.

—El lugar natural de una mujer no es la universidad, sino con su familia, al lado de su esposo —gritó al balcón. Se escucharon más abucheos, incluidos los míos y los de Lisa. El ruido que los zapatos hacían en el piso casi ahogaba su discurso. Para concluir su punto, gritó que las mujeres debían darle un hijo al *Führer* cada año. Terminó su diatriba con una mueca burlona y las siguientes palabras—: Y para aquellas mujeres que no son lo suficientemente atractivas para atrapar a un hombre, con gusto les presto a uno de mis ayudantes. Prometo que *esa* será una experiencia gloriosa.

Del balcón emergió un torbellino de protestas que ahogó las palabras de Giesler. Los estudiantes provocaron un frenesí de pisadas y gritos burlones. Las mujeres que estaban detrás de nosotras se levantaron a toda prisa de sus asientos y se precipitaron a la salida, solo para verse capturadas en brazos de los hombres de la SS y de las camisas pardas.

—Es hora de irnos de aquí —exclamó Lisa.

Miré hacia la salida.

—Están arrestando a esas mujeres. —No tuvimos que esperar mucho tiempo. Otro hombre de la SS se abrió paso hasta la fila que estaba frente a nosotras y nos gritó que si no nos largábamos terminaríamos en la cárcel.

Un grupo de universitarios, todos desconocidos para mí, empujaron a los hombres de la SS que estaban arrestando a los demás y se fueron a los puños. También crujieron huesos y uno de los estudiantes se cayó al balcón, mientras trataba de contener su nariz sangrienta. Se escuchó un clamor en la parte de abajo y cuando miré hacia el lugar de la orquesta, vi que también allá se peleaban a golpes. Varios profesores estaban dispersos alrededor de los grupos de pelea y trataban de intervenir en vano. La voz del profesor Huber resonó sobre las demás llamando a la calma, pero nadie parecía escuchar.

De alguna manera, las mujeres arrestadas lograron liberarse durante los disturbios. Lisa y yo corrimos por las escaleras con ellas y salimos al jardín, donde nos encontramos con más altercados. Las sirenas que retumbaban a la distancia indicaban la llegada de más policías y brigadas militares. Nosotras sabíamos que era el momento de salir de escena.

Los grupos de estudiantes se habían fragmentado en bandas más pequeñas y nos unimos a una, con la que caminamos de regreso a la universidad. Cantábamos e íbamos tomados de las manos o de los brazos. A pesar de la confusión, a Lisa y a mí nos invadió una ligereza de espíritu porque intuimos que todo lo que hicimos y haríamos valía la pena.

—Se siente bien resistir, ser una traidora —le dije sin que, por vez primera, me importara quién me escuchara.

Lisa sonrió y me pasó el brazo por los hombros.

Pronto llegamos a Ludwigstrasse en nuestra marcha hacia la universidad, pero la policía nos esperaba con los garrotes desenvainados. Corrieron hacia nosotros blandiendo sus armas y eso nos obligó a separarnos. Nos dispersamos ante su arremetida, pero las sonrisas de otros estudiantes y el sentimiento de que habíamos logrado algo permaneció conmigo durante días, incluso cuando se declaró el estado de emergencia en Múnich.

Lisa y yo tomamos caminos distintos y aún teníamos la intención de reunirnos esa noche, en el estudio de Dieter. Sin embargo, camino a casa una espeluznante imagen empañó mi entusiasmo. Bajo el Siegestor, el arco triunfal que marcaba la entrada a Schwabing, Garrick estaba con su grupo de jóvenes amigos de la aseguradora que nos encontramos en Ode. No supe qué pensar. ¿Asistieron a la reunión, vigilaban a la policía o a nosotros? No recordé haberlos visto en el auditorio, pero el edificio estaba repleto y pudieron perderse entre la multitud.

Fingí no verlo y caminé al otro lado de la calle al pasar el arco. A pesar de todo, estaba segura de que Garrick me había visto. Sin embargo, no hizo ningún esfuerzo para alcanzarme. Él y los demás parecían indiferentes a lo que había acontecido, sus rostros no tenían las sonrisas ni el regocijo de los estudiantes.

Me recordaron a los elegantes alemanes de clase alta, ataviados con sus fracs y corbatas, y las mujeres envueltas en pieles color café y finos sombreros. Garrick encendió un cigarro, cubriendo el encendedor con la mano. El humo rodeó su cara antes de dispersarse en el viento. Inquieta, apuré el paso hacia mi departamento.

Esa noche, Lisa y yo trabajamos con energías renovadas. En las pocas horas que estuvimos separadas, ella descubrió que Hans y los demás integrantes de la Rosa Blanca no tenían idea de lo sucedido en el auditorio. Su respuesta fue trabajar en un siguiente panfleto, al igual que nosotras.

Escribí el texto en menos de dos horas. Dejé de lado el tema del *Gauleiter* y sus comentarios ofensivos porque era demasiado comprometedor, y escribí sobre la «ceguera de los alemanes», de aquellos que se comportaban como borregos mientras el país estaba al borde de la destrucción. Aunque tal «derrotismo» merecía la condena a muerte, con cada renglón veía la muerte sangrienta de Sina y sus hijos, que terminaron en un hoyo cerca de Gzhatsk. También escuché los disparates que mi padre había dicho en prisión.

Hacia las 11 de la noche terminamos, imprimimos quinientos panfletos y los dirigimos a personas cuyos nombres sacamos del directorio de Múnich. Esta vez no buscamos la aprobación de Hans y en el envío incluimos a varios profesores de la universidad a quienes quizá podríamos persuadir con nuestra manera de pensar. Acordamos reunirnos la noche siguiente para terminar de escribir las direcciones en los sobres. Lisa traería la maleta y planearíamos nuestro viaje a Núremberg como el de Viena. Dieter llegó cuando nos marchábamos y se veía somnoliento.

Mientras caminaba a casa, preocupada por los detalles de nuestro próximo viaje a Núremberg y los peligros que representaba, no presté la debida atención a mi entorno. Me sobresalté cuando una voz me habló mientras insertaba la llave en la cerradura.

—Llegas tarde esta noche. —Reconocí el timbre de voz, algo áspero y entrecortado, y la figura esbelta y musculosa que salió de entre las sombras del patio de mi casera.

—Por Dios, Garrick, me asustaste. —Me recargué en la puerta y miré mi reloj—. Es casi medianoche. ¿Qué haces aquí a esta hora?

Caminó lentamente hacia mí, sus pies de deslizaban en el pasto congelado.

—Podría preguntarte lo mismo. —Llegó a la puerta y se apoyó en el marco. Su cabello, que solía estar peinado hacia atrás, se ondulaba con el viento y sus ojos tomaron el color de la noche.

—Entra, pero no hagas ruido. No quiero despertar a *Frau* Hofstetter. Necesito alimentar a Katze.

—Gracias, es muy amable de tu parte. —Su aliento apestaba a licor.

Abrí la puerta y encendí la lámpara de escritorio. Katze nos dio la bienvenida y Garrick lo levantó en sus brazos.

—Qué buen minino es —dijo tratando de acariciar al inquieto gato detrás de las orejas. Katze arañó el abrigo de Garrick, se aventó por los aires y cayó en cuatro patas, cerca de mis piernas. Garrick se sacudió el abrigo—. Maldición, debe estar hambriento.

Saqué una pequeña lata de comida del cajón, un lujo que el gato rara vez recibía, y le serví un poco en un plato. Katze maulló y dio vueltas por el cuarto como si nunca en la vida le hubieran dado de comer. Garrick se dejó caer en mi silla. Me quité el abrigo y lo arrojé a la cama.

—Y a todo esto, ¿qué haces aquí?

—He estado celebrando y pensé en pasar por aquí.

—¿Qué celebras?

Abrió algunos botones de su abrigo y se recostó.

—¿Cuál fue tu opinión de la diatriba de Giesler? —Su cabeza se movía de un lado a otro y parpadeaba como si la luz de la lámpara le lastimara los ojos. No quise caer en la trampa de revelarle mis sentimientos sobre el tema, así que le respondí con otra pregunta.

—¿A ti qué te pareció?

—Me pareció ma... ra... vi... llo... sa. —Sus palabras se perdieron en el aire, en una neblina difusa.

—Bebiste demasiado, Garrick. Debes irte a casa. —Estaba asombrada por su estado. Nunca lo había visto tan ebrio.

—Lo notaste —dijo y palmoteó su regazo—. Ven y siéntate en mis piernas.

—No —dije resistiéndome a su oferta. Los avances de un borracho no me parecían algo atractivo.

Katze terminó de comer, lo levanté y lo escuché ronronear cual automóvil en una mañana invernal. Garrick se inclinó tanto hacia delante que por un momento pensé que se caería de la silla, pero se enderezó y dijo:

—Bueno, entonces sal conmigo el sábado en la noche. No hemos salido en tres semanas.

—Tal vez recuerdes que estaba enferma. —Ya eran pasadas de las doce y quería que se marchara de mi cuarto. Estaba dispuesta a aceptar una cita para que se fuera—. Saldré contigo si me prometes irte a casa y recuperar la sobriedad. —Siempre podía cambiar de opinión después.

—Sí... sí... hoy fue un día maravilloso. Pensé que todo el mundo debía celebrar.

Se puso de pie con las piernas tambaleantes; yo y Katze lo acompañamos hasta la puerta.

—No hagas ruido cuando salgas.

Garrick se puso un dedo en los labios y me dio un beso en la mejilla.

—Sábado... —dijo y caminó sin prisa por el sendero, como hoja al viento.

Cerré la puerta y especulé sobre lo que había dado pie a tal juerga. Su comportamiento inusual no me parecía nada simpático y reforzaba mi sentir de que nada debía interponerse en el camino de mi trabajo con Lisa, ni siquiera Garrick. Katze y yo nos metimos a la cama, listos para dormir a pierna suelta.

Lisa me recordó que nuestro viaje a la ciudad medieval de Núremberg sería como cuando Daniel entró a la guarida de los leones. La ciudad tenía una historia larga y legendaria, y no era algo menor que en los años recientes hubiera obtenido la distinción de ser sede de las multitudinarias reuniones nazis durante los primeros años del partido.

La noche posterior a que Garrick se apareciera en mi departamento, Lisa y yo terminamos el trabajo y planeamos el viaje. Nos basamos en nuestro viaje a Viena: partiríamos de la estación Hauptbahnhof de Múnich y nos encontraríamos en Núremberg, una vez que fuera seguro reunirnos. Ahí, ubicaríamos los mejores buzones para enviar los panfletos, distribuiríamos los restantes y regresaríamos a casa. Lisa llevaría la maleta y, si la interrogaban, daría la misma explicación de antes, que pasaría una noche en casa de su tía. Yo, por supuesto, iba a visitar a una amiga, cuyo nombre y dirección había memorizado del directorio de Núremberg, para respaldar mi coartada. Era una táctica más sólida que la usada en Viena. Ambas esperábamos que nada de nuestro viaje provocara ese nivel de escrutinio.

Abordamos el tren un sábado nublado a media tarde, porque el tiempo para llegar a Núremberg era considerablemente menor que para llegar a Viena. Planeamos terminar lo que teníamos que hacer más o menos una hora después de la puesta del sol y regresar a Múnich a las nueve de la noche.

Abordar el tren fue casi igual, pero en cuanto llegamos mis nervios se tensaron como las cuerdas de un piano. Seguí a Lisa y vi con disimulo cuando un guardia la hizo a un lado para hacerle una revisión aleatoria. Aguanté la respiración mientras abría la maleta y sostenía varias prendas de vestir, pero mi temor era infundado: el guardia cerró la maleta satisfecho después de la breve inspección. Otro guardia me hizo una seña para que pasara después de apenas mirar mis papeles. Nos sentamos en lados opuestos del vagón. Lisa puso la maleta cerca de ella, en el suelo, pero la cubrió con su abrigo. Poco después de marcharnos, un tercer guardia nos pidió los papeles. El joven nos echó un vistazo, pero no le pidió a Lisa que abriera la maleta. Ambas nos miramos con alivio cuando se marchó al siguiente vagón.

La campiña bávara del norte era arbolada y monótona, ni por asomo tan interesante como el paisaje del sur. Yo me removía en el asiento, mis nervios aún tensos se sobresaltaban ante cualquier sonido fuerte o voz chillona. Para la hora en que llegamos a Núremberg, el sol ya se estaba poniendo y las sombras se habían extendido a lo largo y ancho de la ciudad.

Metimos la maleta en un casillero y nos dispusimos a encontrar lo que buscábamos. Como solo una vez había estado en Núremberg, cuando era niña, me quedé cautivada con su encanto: la imponente iglesia gótica Frauenkirche en el centro de la ciudad, la torrecilla del castillo que se alzaba a la distancia, las tiendas y los restaurantes construidos con el diseño tradicional bávaro de techos inclinados y muros pintados de colores brillantes y decorados con madera. Incluso en la oscuridad, la ciudad parecía resplandecer con una belleza de antaño.

Una vez que encontramos varios buzones aislados, pasamos a una tienda por café y pan, pero no hablamos mucho porque los panfletos acaparaban nuestra atención.

Lisa regresó a la estación de tren para recoger la maleta. Acordamos vernos cerca de las puertas de Frauenkirche en aproximadamente una hora.

Pasó la hora y luego otra media hora, y yo caminaba de un lado a otro, mis pasos cada vez más acelerados, al igual que los latidos mi corazón. El centro de la ciudad estaba vacío, a excepción de unos cuantos peatones vespertinos. A medida que pasaba el tiempo, mis pensamientos se oscurecían al igual el cielo.

¿Arrestarían a Lisa? ¿Algo levantaría las sospechas de la policía en la estación de tren? ¿Lisa estaría... muerta? No me atrevía a pensarlo siquiera.

Ahuyenté aquella idea terrible y miré mi reloj, eran casi las siete. Habíamos acordado que, si algo salía mal, regresaríamos a la estación de tren, por separado si era necesario, para tomar el tren de las ocho.

Después de un ir de aquí para allá frenético por otros cinco minutos, caminé por la esquina de la iglesia, cerca de un bloque de negocios cerrados, hacia el primer buzón que habíamos identificado. La calle empedrada estaba vacía y Lisa no se encontraba por ningún lado.

El tiempo se agotaba. Corrí al siguiente buzón más cercano a la estación. Crucé el puente sobre las aguas oscuras del río Pegnitz, pasé por otra iglesia con dos largos chapiteles y me detuve en el buzón de Marienstrasse. Respiraba agitada; el viento helado horadaba mis pulmones. Miré a mi izquierda, a mi derecha y atrás de mí, pero no había señales de Lisa. Caminaba en círculos preguntándome si debía regresar a nuestro punto de reunión frente a la iglesia o dirigirme al tren.

«¿Dónde estás? Por favor, Dios, que esté sana y salva».

Me marché lentamente, con la certeza de que no tendría tiempo de ir hasta el tercer buzón y después regresar a la estación antes de que el último tren partiera. Me resignaba a hacer sola el viaje de regreso a Múnich, cuando crucé por un callejón oscuro y estrecho entre dos edificios. Por el rabillo del ojo vi que algo se movía.

Miré en la oscuridad. Un hombre y una mujer estaban entrelazados en un recoveco oscuro del callejón, se retorcían en un forcejeo apasionado de brazos y piernas. Me detuve desconcertada. ¿Me había topado con una pareja que hacía el amor en secreto?

Entonces vi la maleta abierta de Lisa a unos metros de la entrada del callejón. La mitad de la bata de Lisa estaba adentro de la maleta y la otra mitad cubría las piedras húmedas del suelo. Corrí por el callejón para ayudar a mi amiga.

—Dile que se vaya —el hombre le ordenó a Lisa con brusquedad, después de escuchar mis pasos. Con la mano le tapaba la boca para ahogar sus gritos—. Esto le hacemos a las putas que deambulan por las calles de Núremberg. —El hombre giró su cuerpo hacia mí mientras sostenía los brazos de Lisa con una mano y con la otra cubría la mitad inferior de su cara. Su voz sonaba como la de un hombre joven. Llevaba uniforme bajo su abrigo desabotonado y traía los pantalones metidos en unas botas que le llegaban a las pantorrillas. Supuse que era un hombre de la SS—. ¿Es tu amiga? Dile que se vaya o será la siguiente. —Quitó la mano de la boca de Lisa por un segundo.

—¡Vete! —gritó Lisa—. ¡Lárgate!

Me quedé parada como si mis pies estuvieran soldados al piso. Las manos y los brazos me temblaban con miedo y furia.

—¡No! Suéltala y no te reportaré a la SS.

El hombre echó la cabeza hacia atrás y rugió con una espantosa risa que hizo eco en el callejón.

—Yo *soy* la SS.

Lisa le mordió la mano. El hombre gritó, empujó a Lisa contra la pared de piedra y alcanzó la pistola que traía en su costado. Ambas nos precipitamos hacia él, ella por el frente y yo por un costado. Lo golpeé con todas mis fuerzas y, mientras forcejeaba con nosotras, la pistola salió volando, hizo un ruido sordo al caer y se deslizó entre mis pies hasta quedar tras de mí. Él me aventó y yo caí cerca del arma.

Lisa lo pateó en las piernas y en la ingle. Tomé la pistola por el cañón mientras Lisa arremetía contra los brazos del hombre. Cuando él estaba a punto de rodear el cuello de mi amiga con las manos, lo golpeé en la cabeza con la culata. Se deslizó por la pared gimiendo y cayó en el empedrado húmedo.

Miré el cuerpo del hombre, que quedó despatarrado.

—Oh, por Dios, lo maté.

Lisa tragó aire frío y se recargó en el muro de piedra para recuperar el aliento.

—Lo dudo, pero por mí está bien si lo hiciste. Un nazi violador menos en el mundo.

Con la sobrecarga de indignación y asco que me recorría el cuerpo, pateé las piernas del tipo. Mis golpes rebotaron contra las botas sin hacerles daño alguno. Miré el arma que sujetaba mi mano enguantada y me pregunté si tendría sangre. Tiré la pistola al piso y una risa nerviosa salió a borbotones de mi garganta.

—Vámonos ya, mientras esté inconsciente —dijo Lisa mientras recuperaba el aplomo y señalaba la maleta.

Corrimos hacia ella, saqué las cartas y los panfletos, y aventé la ropa adentro de la maleta. Cuando salimos del callejón, la calle estaba vacía. La suerte estaba de nuestro lado. Lisa metió los sobres en un buzón en tanto yo ocultaba los panfletos bajo mi abrigo.

Mientras caminábamos apresuradamente hacia la estación, los aventé en las entradas de casas y negocios cerrados y me aseguré de que nadie nos viera ni nos siguiera. Una emocionante sensación de libertad me invadió mientras colocaba los panfletos en aquellos lugares. Había demostrado mi valía como integrante de la Rosa Blanca y defendí a mi amiga de un ataque.

Nuestra única preocupación era salir de Núremberg antes de que nuestro atacante alertara a la policía. Nos limpiamos en el baño de mujeres antes de abordar el tren a Múnich.

Mientras miraba a los solemnes guardias que caminaban a ritmo constante por la estación, con sus rifles al hombro, mi nerviosismo se manifestó con una risa nerviosa e incontrolable.

—También podría hacerme cargo de ellos —murmuré.

—No dejes que el heroísmo se te suba a la cabeza —dijo Lisa con voz temblorosa.

—¿Él vio lo que había adentro de la maleta?

Lisa negó con la cabeza.

—Lo dudo, porque solo advirtió la existencia de la maleta cuando traté de golpearlo en la cabeza con ella. Por suerte, solo se cayó la ropa.

Unos minutos después nos subimos al tren. Como el equipaje no tenía nada más que ropa, no consideramos necesario viajar separadas. Mientras me ponía cómoda en el asiento junto a Lisa, una idea perturbadora me pasó por la cabeza. Si el hombre no estaba muerto, notificaría a las autoridades tan pronto como le fuera posible. Si la Gestapo era rigurosa en su razonamiento, como solía serlo, una llamada a los encargados de las estaciones de tren vecinas, incluida la de Múnich, pondría en peligro a dos viajeras que fueran juntas. Nos interrogarían y lo más probable era que nos arrestaran en cuanto llegáramos. Decidimos bajarnos del tren en Dachau y encontrar otra manera de regresar a casa, aunque tuviéramos que caminar.

Lisa me contó lo que había sucedido cuando nos sentamos en la parte trasera de un tranvía que recorría las afueras de Múnich. Me dijo que notó que el hombre de la SS la seguía, así que decidió no ponernos a ambas en peligro. Con la esperanza de perderlo, caminó por un largo rato, antes de terminar junto al buzón cerca de la estación de tren. Esperaba que yo la encontrara ahí. Por fortuna, el tipo estaba más concentrado en su apariencia que en el contenido de maleta; por desgracia, su sentido de superioridad nazi lo hizo atacar a una mujer sola. Llegué solo unos minutos después de que la arrastrara al callejón.

En el curso de unas cuantas horas me había transformado: había ido de la resistencia pacífica al ataque físico. Me consoló el recuerdo de cuando Hans, Willi y Alex atacaron a los guardias que acosaban a los prisioneros.

Exhaustas y felices de ser libres, nos despedimos en la Marienplatz. Sin embargo, otra sorpresa me aguardaba cuando llegué a casa, unos minutos antes de las diez.

La punta anaranjada de un cigarro brillaba cerca de mi puerta. Supe de inmediato lo que había sucedido. Corrí hacia él con los brazos abiertos, con la esperanza de limar asperezas por dejarlo plantado en nuestra cita.

—Lo siento, Garrick —le dije y en verdad lo lamentaba, pero más me avergonzaba mi estupidez por haber cometido semejante error. Intenté abrazarlo, pero él dio un paso atrás.

—¿En dónde estabas? —me preguntó con una voz contenida, pero era evidente que le hervía la sangre. El tono de su voz era claro, cortante, preciso, a diferencia de la última vez que lo vi, cuando arrastraba las palabras por el licor—. He estado esperándote durante horas.

Su ira era cada vez mayor y me asusté. A diferencia de mi encuentro con el hombre de la SS en Núremberg, mi cuerpo me instaba a huir, no a luchar.

—Estaba en la casa de Lisa —dije pensando tan rápido como pude ante su mirada maliciosa—. No se siente bien y quería compañía. Lamento haberlo olvidado, te compensaré.

Se alejó de la puerta, aventó su cigarro al piso y me sujetó del brazo.

—¡Mientes! Esta noche fui a casa de Lisa. No estaba y sus padres no tenían idea de adónde había ido. —Me agarró con más fuerza—. ¿Dónde estabas tú? —me preguntó en una voz tan alta que temí que despertara a *Frau* Hofstetter y a los vecinos. Katze sabía que algo iba mal y chillaba detrás de la puerta.

—Fuimos a ver una película.

—¿Cuál?

—Suéltame, Garrick. —Traté de zafarme.

Un miedo glacial y paralizante me corrió por las venas. Sentí que era capaz de golpearme o incluso de algo peor. Me soltó y di unos pasos atrás, tambaleándome en el sendero; no me caí porque me sujeté de las ramas desnudas de un arbusto.

—Eres como los demás —dijo con amargura—. Como Hans, Sophie y ese ruso que te agrada tanto… Con sus reuniones sofisticadas, sus ínfulas, solo dejan entrar a aquellos que aprueban, como si fuera un club secreto para niños.

—Eso no es verdad —dije queriendo apaciguar su enojo.

Una luz amarilla y cálida apareció en las orillas de la cortina opaca. Poco después, la vaporosa figura de *Frau* Hofstetter se asomó; sus rasgos titilaban con el resplandor de un quinqué.

—¿Todo bien? —preguntó tras abrir la puerta—. Escuché voces y el gato está pegando unos alaridos de tigre.

Katze salió a toda prisa y se frotó en mis piernas. Levanté al animal y lo acurruqué en mis brazos.

—Sí, todo está en orden, *Frau* Hofstetter. Garrick me acompañó a casa. Supongo que la estábamos pasando demasiado bien.

La calma se adueñó del rostro de Garrick, que era lo que esperaba que sucediera. Aplacar su ira parecía la única manera de salir de esta situación tan tensa. Mi casera le puso una mala cara a Garrick.

—Para mí no sonaba tan divertido. Entra, Natalya, o vas a resfriarte otra vez.

Garrick miró impávido a mi casera. Tomé su mano y dije:

—Ven mañana por la tarde y platicaremos. —Mi corazón desbocado se calmó y, para montar bien la escena, me incliné y le di un beso en la mejilla—. Nos vemos.

—Buenas noches, *Frau* Hofstetter —se despidió y se dio la media vuelta.

Seguí a mi casera adentro de la casa y metí a Katze en la cama. Por primera vez me dio gusto que la señora me tratara como si fuera su hija.

—*Parece* un buen hombre —comentó mientras se marchaba de mi habitación, pero por su tono sarcástico supe que no hablaba en serio.

—Sí —dije sin entusiasmo.

Caminó sin prisa hacia su cuarto, con el quinqué en mano; unas manchas de luz se movían por el pasillo, como rayos de sol que parpadean a través de la ventana de un tren.

Me aseguré de que la puerta frontal estuviera cerrada. Nunca me había dado tanto gusto estar segura y resguardada en casa. Sin embargo, la cara encolerizada de Garrick me persiguió casi toda la noche.

SEGUNDA PARTE

Traidores

CAPÍTULO 9

Febrero de 1943

Garrick se mantuvo alejado durante varias semanas y, después de nuestro último encuentro, francamente no lo extrañé. Su arrebato me asustó y de paso aclaró mis sentimientos sobre nuestra relación. La nueva determinación que sentía también les dio fuerza a mis dudas sobre involucrarme con él o con cualquier otro hombre.

Seguí con mi vida como siempre: asistí a clases, visité a mi madre y trabajé para *Frau* Hofstetter. Mi madre me animaba a visitar a mi padre, pero no había vuelto a Stadelheim después de la desagradable experiencia que tuve ahí. Mi madre me dijo que el comportamiento de mi padre era una estrategia para salir de prisión anticipadamente, pero mi lealtad cada vez más profunda hacia la Rosa Blanca me mantuvo alejada de él. Los saludos y vítores nazis me rodeaban a diario y no necesitaba escucharlos de boca de mi padre.

Lisa y yo hablábamos de la Rosa Blanca cuando podíamos. Sus escasas conversaciones con Hans y Sophie la convencieron de que algo estaba por suceder, pero ignoraba de qué se trataba. Hans se mantenía inescrutable como siempre y prefería guardarse los secretos. Lisa le contó lo sucedido en Núremberg, destacó que el envío había sido exitoso, pero que el riesgo fue aún mayor de lo previsto. Su encuentro con el hombre de la SS le había mostrado la realidad del peligro y eso se notaba en ella. Su sonrisa habitual se apagó y advertí que cambiaba el tema cuando una conversación trataba sobre hombres. También mostraba poco entusiasmo por más misiones de la Rosa Blanca. Así que decidimos dejar que nuestros esfuerzos se enfriaran por el momento, seguras de que la SS buscaba a «dos mujeres traidoras».

El lunes 1 de febrero caminé a casa después de mi clase de la mañana, me preparé algo ligero en la cocina de *Frau* Hofstetter y estaba comiendo en el tocador cuando alguien tocó la puerta y me interrumpió.

Me desanimé cuando reconocí la silueta de Garrick en la ventana. Por fin se había decidido a visitarme, pero tenía mejores cosas que hacer que discutir con él. Mis clases de biología y ciencia eran muy demandantes y necesitaba estudiar para los exámenes que estaban por venir. Por otro lado, mi madre no se sentía bien y necesitaba que fuera al mercado por ella y los platos no se iban a lavar solos. Pese a todo, una parte de mí extrañaba al hombre que creía conocer.

Su expresión seria me hizo abrir la puerta. Su abrigo cruzado color canela le ceñía el cuerpo; traía un sombrero de fieltro a juego con su abrigo, ligeramente inclinado, de una forma elegante. Sentí la «necesidad» de sonreír, como si lo esperado fuera que una mujer le diera la bienvenida a un hombre, agradecida de que la visitara. Lo miré sin descifrar lo que estaba pensando.

—¿Puedo pasar? —preguntó en un tono formal.

Otra vez sentí la «necesidad» de ser educada. Su torpe cortejo ya no era halagador, sino algo molesto. Después de mi encuentro con el hombre de la SS en Núremberg, un enojo y una suspicacia cada vez mayores me hacían resentir a casi todos los hombres, a excepción de los más benignos.

—Claro, si eres amable.

Vio mi sándwich de queso a medio comer en el tocador.

—Obviamente me disculpo por mi comportamiento. —Miró distraído por toda mi habitación—. No interrumpiré tu almuerzo. Solo tengo unos minutos.

Katze corrió hacia él y se restregó en sus piernas, pero Garrick lo alejó con el pie. Se quitó el sombrero y se sentó en mi cama.

La luz invernal que inundaba mi cuarto le dio una apariencia fantasmal y su cara se veía aún más pálida por el color de su abrigo. Katze saltó a la cama junto a él, pero Garrick no le prestó atención.

—No sé cómo decir esto sin molestarte —dijo por fin.

Apoyó las manos en mi cama con firmeza y miró hacia la puerta. Yo me quedé pegada a la silla.

—¿Molestarme? ¿Qué pasa? —Inmediatamente pensé en mis padres, en especial en mi padre, pero Garrick sabía tan poco de ellos que descarté la idea.

Giró la cabeza y en sus labios había una mueca adusta, de desdén.

—Creo que lo mejor es que dejemos de vernos.

A pesar de nuestras altas y bajas, el carácter definitivo de sus palabras me alarmó. La verdad es que no nos habíamos visto mucho, pero sus atenciones me halagaban. A veces mis pensamientos errantes tendían a imaginar cómo sería nuestra relación una vez que terminara la guerra, si ambos sobrevivíamos. Me sacudí las moronas de los dedos y puse las manos en mi regazo.

—Pensé que podíamos ser amigos, pero últimamente has estado muy enojado. Honestamente, me das miedo.

—No me gusta que me excluyan —dijo con firmeza.

—¿De qué hablas?

Volteó a verme con brusquedad, con la respiración entrecortada.

—Sabes perfectamente a qué me refiero, ¡tú y los demás!

No era necesario echar sal en la herida y en la verdad detrás de ella. Tenía razón, además, sabía muy bien de lo que hablaba.

—Se trata de Hans y Sophie, y esas reuniones tontas en las que comemos pastel, bebemos vino y fingimos tener debates intelectuales, ¿no? —pregunté tratando de no dañar más su maltrecha autoestima y de paso proclamar la inocencia de la Rosa Blanca—. No hay razones para que te molestes por eso. Solo son reuniones estudiantiles. La mayoría de la gente no querría tener nada que ver con Hans y Sophie de todas formas, los considera demasiado aburridos.

Su mirada se suavizó.

—No me parecen aburridos —dijo con la voz trémula—. Me parecen groseros, egoístas e insufribles. No tienen idea de todo lo que he pasado. Ya les conté todo lo que sufrí y de todas formas no quieren saber nada de mí.

—¿Y qué podrían hacer por ti?

—Ya te conté lo que siento en cuanto al Reich. —Bajó la mirada—. ¿Tendré que incurrir en la indignidad de la repetición?

—No —dije sacudiendo la cabeza.

Sus ojos de un azul intenso se posaron en mí; en su mirada vi algo aterrador, algo que me hizo tiritar en la silla, una ráfaga de odio absoluto.

—Algo terrible sucede con Hans y Sophie, lo sé, no quiero ser parte de eso y espero que tú tampoco lo seas.

Me quedé sin aliento. ¿Qué tanto sabía Garrick sobre la Rosa Blanca? ¿A qué quería llegar o qué quería averiguar? Mi único recurso era negarlo todo. Abrí los brazos en un gesto quejumbroso.

—No he visto a Hans en semanas y solo veo a Sophie en clase. Nosotros tres no hemos hablado.

Esa era la verdad y esperaba que mi confesión diera por terminada la conversación, pues extenderme al respecto me llevaría a mentir. Su enojo se desvaneció y un destello de calidez titiló en sus ojos.

—Me importas, Natalya. Por favor, entiende mis sentimientos, lo mejor será que tú y yo sigamos nuestro camino por separado. —Tomó su sombrero, se lo puso y acarició al gato, que se había sentado junto a él—. Adiós, Katze. Sé que cuidarán bien de ti.

Se levantó de la cama y se dirigió a la puerta. Sus palabras de despedida me conmovieron y cuando por impulso lo rodeé con los brazos, la culata de una pistola que estaba bajo su abrigo se encajó en mis costillas. Como no esperaba mi abrazo, se alejó sorprendido, como si lo hubiera golpeado. En ese breve instante, aprecié el contorno del arma que colgaba de su hombro. No era ilegal que un alemán llevara consigo ciertas armas, pero su presencia me estremeció hasta la médula. Recordé el arma que había estrellado contra la cabeza del hombre de la SS. Garrick salió por la puerta antes de que pudiera decirle adiós. Con sentimientos encontrados, lo vi desaparecer a toda prisa calle abajo, y al parecer también de mi vida.

Dos días después, *Frau* Hofstetter me gritó desde la sala de estar.
—Natalya, ven a la sala. ¡Rápido! ¡Rápido!
Corrí desde el tocador, donde estaba estudiando, y abrí la puerta de par en par. La encontré agachada sobre el radio, junto a su silla favorita. El quinqué chisporroteaba en la mesa de al lado. El fuego de la estufa era muy bajo y tirité de frío.
—Hace unos días, en la radio sonó el *Adagio* de Bruckner... para anunciar la derrota. Circulan varios rumores. —Ajustaba el volumen hasta que el sonido resonó por todo el cuarto y su chal se resbaló de sus hombros en suaves pliegues.
No tenía idea de qué «rumores» hablaba. La radiante fanfarria de las trompetas dio paso al lento golpeteo de los tambores; después, una solemne voz masculina recitó a través de la bocina: «La batalla de Stalingrado ha terminado. El Sexto Ejército, bajo el comando ejemplar del mariscal Paulus, fiel a su juramento de luchar hasta el final, sucumbió ante la superioridad del enemigo y circunstancias desfavorables...».
Imaginé los cuerpos rusos y alemanes, y mis pensamientos me regresaron al campo de guerra.
«Una nieve profunda y envolvente, tan fría que no puedes sentir tus manos ni tus pies. Entonces, tu cuerpo se enardece hasta casi hervir, antes de que la oscuridad te destruya. Abrigos enterrados bajo crestas de olas blancas, sangre congelada en cristales resplandecientes, escarlata que se torna negra en el desolador frío invernal. Cuerpos apilados sobre cuerpos, fila tras fila, como los agarrotados cadáveres que penden de una carnicería».
Aturdida, me quedé como piedra en donde estaba, se me hizo un nudo en la garganta que estalló en lágrimas y sollozos por los muertos. No lloré por la *Wehrmacht* ni por los nazis que murieron a disparos, sino por todos los muertos, sin importar el bando al que pertenecieran, en un mundo que se había vuelto loco. Pensé en Sina y en sus hijos otra vez, en los que murieron ese día, y

en los miles, los cientos de miles que morían porque un hombre creía que *él* podía conquistar el mundo. *Él* era el monstruo que había creado esa destrucción, era una hidra moderna que arrasaba con todo lo que estaba al alcance de su ponzoña. *Frau* Hofstetter se me acercó arrastrado los pies y con los ojos llorosos puso su brazo alrededor de mi cintura.

«Sin embargo, si algo puede decirse es que el sacrificio no fue en vano…». El radio seguía hablando monótonamente, pero apenas registraba sus palabras. «…la lucha más cruenta y las adversidades más dolorosas…». Múnich se encontraba acallada en el silencio invernal. Los alemanes nunca habíamos escuchado noticias de esa naturaleza durante los años de la victoria nazi. Un ataque aéreo no sería nada, comparado con el daño psicológico que causaban las noticias que daba el radio. ¿Las muertes fueron en vano? Tal vez esta derrota pondría a los alemanes en contra de Hitler. Estas muertes quizá darían más fuerza a una resistencia como la nuestra, a la gente que quería que terminara el gobierno de aquel tirano despreciable.

Me pregunté qué pensarían Hans, Sophie y Alex. ¿Estarían celebrando la derrota? No, era más probable que estuvieran furiosos. Quizá Hans estaría trabajando en el próximo panfleto o estaría por dar un paso aún más osado en su resistencia y los otros estarían tramando su propia traición.

La melancolía de Rusia. Las lágrimas de una madre al tomar las manos de sus hijos, los rifles prestos para dispararles por la espalda. Un departamento en Leningrado, hace mucho tiempo, un gato al que le encantaba que lo acariciaran, mi posesión más querida en el mundo. Rusia desgarrada por el dolor, la gente estoica en su miseria, un país afligido por la mano de un líder tan autoritario y tiránico como el que nos gobernaba ahora. Mi padre temblaba de miedo, preocupado de que por alguna razón él fuera el siguiente en desaparecer en el régimen de Stalin; mi madre enferma de tanto llorar. No tenían más alternativa que abandonarlo todo y padecer el viaje largo y desolador hacia Alemania. Como era niña, la profundidad de su tristeza me pasó inadvertida. Solo después de un viaje que parecía no tener fin llegamos a Múnich y algo de alegría regresó a nuestras maltrechas vidas. La liberación de Alemania nos dejó sonrisas agridulces. De niña amaba mi país y me entristeció marcharme. Mi viaje al Frente oriental revivió los recuerdos nostálgicos entre la tragedia de la estepa rusa.

Dejé a mi casera y regresé a mi cuarto mientras el compás de una marcha fúnebre militar sonaba en el radio: *Ich hatt' einen Kameraden*.

«Los camiones llenos de gente nunca regresaron del bosque. Ahora, cientos de miles de soldados alemanes están muertos».

Unas horas después, esa misma tarde, nos dijeron que todas las formas de entretenimiento en Alemania estarían cerradas durante tres días, incluso restaurantes y cafés. Después del anuncio, no dudé que los «verdaderos» alemanes se levantarían de su silla, dondequiera que estuvieran, cantarían el himno y extenderían sus manos para saludar. El eco de sus gritos se escucharía por todo el país, pero lo que motivaba sus gritos era distinto de lo que provocaba los míos.

Regresé a mi tocador y traté de estudiar, pero el bolígrafo resbalaba de mis dedos trémulos. Miré a la calle, el mundo estaba tan inmóvil como en Noche Buena, nadie pasaba por el camino congelado, los árboles estaban tan desnudos como las emociones que anegaban mi cuerpo. Cerré el libro.

—¿Escuchaste las noticias? —Alex arrojó su abrigo en la cama y después se frotó los brazos con las manos enguantadas para sacudirse el frío.

No esperaba visitas la noche del anuncio de Stalingrado, pero me sentía tan desalentada que me alegró ver a un amigo. Él caminaba como león enjaulado de un lado a otro, de mi tocador a mi cama, mientras los ojos verdes de Katze lo seguían por la habitación.

—Siéntate, Shurik. Me estás poniendo nerviosa. —Le ofrecí mi silla, pero decidió sentarse en mi cama después de quitarse los guantes—. Si te refieres a Stalingrado... *Frau* Hofstetter y yo lo escuchamos en el radio.

—¿Está aquí?

—Claro. Ya pasan de las siete y ella suele irse a la cama a las nueve. —El sonido del radio se filtró en mi cuarto durante todo el día, aunque mi casera bajó el volumen después del anuncio.

—No quiero que me escuche. —Se recostó, se desabotonó el saco y se aflojó la pálida corbata que le rodeaba el cuello y serpenteaba a lo largo de su camisa blanca—. ¡Qué día! No sé si reír o llorar.

—La mayoría de los alemanes está llorando.

—El profesor Huber está furioso, se encendió con la noticia de las muertes. Estoy seguro de que tiene mucho que decir y llegará hasta donde sus palabras secretas puedan llevarlo.

Sonrió y yo sabía a lo que se refería. No podíamos decir gran cosa del Reich. Nuestras conversaciones públicas habrían de tomar la forma de códigos e insinuaciones mientras Hitler siguiera en el poder. Se pasó los dedos por el cabello y una ráfaga de electricidad estática de un blanco azulado salió de la punta de sus dedos, hacia su cabeza.

—¡Auch!

Me carcajeé y me puse la mano en la boca, esperando que *Frau* Hofstetter no escuchara mi ataque de risa.

Alex se bajó de la cama y se sentó a mis pies, como lo había hecho en la cabaña de Sina. Aquel recuerdo fugaz me trajo un agradable sentimiento de calidez y hermandad con nuestra anfitriona rusa. Quise otra botella de vodka para compartirla.

—¿Cómo estás? Dime la verdad —preguntó suavemente, con las piernas dobladas bajo su cuerpo y un gesto de anhelo melancólico—. ¿Cómo está Garrick?

—No lo he visto en varios días. Me dijo que terminábamos.

Sus ojos se agrandaron.

—¿Por qué?

—Él piensa que Hans y Sophie están tramando algo terrible y no quiere formar parte de ello, pero a la vez se siente excluido porque no lo han aceptado en su círculo. Es como si estuviera obsesionado con ellos.

Alex chasqueó la lengua.

—Eso es lo que él supone y es una buena suposición, pero sus ansias nos tensan y nos hacen sospechar. No podemos quitarle los ojos de encima. —Ladeó la cabeza y la luz del escritorio arrojó un brillo dorado en su cabello.

Me incliné hacia él.

—Ya no lo veremos.

Me tomó de las manos.

—A pesar de lo que vimos y padecimos, recuerdo con cariño la temporada que pasamos en Rusia. Me habría gustado tener más tiempo para conocernos.

Nunca había escuchado tanta tristeza en su voz. Era como si esperara, o *supiera* que seríamos las víctimas de un desastre. Solté mis manos de las suyas y toqué su cara.

—¿Todo bien, Alex? ¿Tú, Hans y Sophie nos están ocultando algo a Lisa y a mí?

—Sueño con Rusia, con el pasto meciéndose como el oleaje en la tierra inmensa, con el sol que madura el trigo dorado en junio, con la nieve que cubre la tierra con su manto blanco e interminable en diciembre. Me gustaría que cabalgáramos juntos por la estepa. —Guardó silencio y trató de sonreír, pero no pudo—. No, la Rosa Blanca no les está ocultando nada, no hay nada que no se pueda decir. —Su rostro se iluminó y sus ojos titilaron con la luz de la lámpara—. Pero algo sucederá esta noche, como reacción a las noticias. —Se inclinó hacia mí, su voz no era más que un murmullo—. Vamos a pintar la ciudad.

—¿Qué?

—Hans, Willi y yo pintaremos consignas en respuesta a los asesinatos insensatos perpetrados por el *Führer*.

—¿Dónde?

—En donde podamos… tantas como podamos.

Me recorrió un escalofrío al imaginarlos corriendo de un edificio a otro, de una esquina a otra, siempre un paso adelante de las autoridades.

—Eso es una locura. ¿En plena calle? Si no les disparan ahí mismo, los arrestarán y ejecutarán.

—Es un riesgo que estamos dispuestos a tomar a favor de la verdad. —Miró su reloj—. Ya debería irme. Me reuniré con ellos en el estudio para llevar la pintura y las brochas.

—Van a necesitar que alguien vigile.

—Tú misma lo dijiste, es una locura. Pero no te preocupes, iremos armados.

La oportunidad de hacer algo después de las noticias de hoy, de manifestarnos para que nuestras voces fueran escuchadas, me llenó de alegría. Mi pulso se aceleró con la expectación; quería ir a pesar del peligro. El recuerdo de Núremberg apareció en mi mente, pero esta vez sería distinto. Ahí estuve sola con Lisa. Ahora estaría en Múnich, una ciudad que conocía, con tres hombres en los que confiaba. Me decidí:

—Voy con ustedes. Me pondré muy pesada si se rehúsan.

Me besó en la mejilla y su rostro se iluminó con una sonrisa.

—Eres una rusa demente, pero como todos los que vienen de nuestro país, sabes lo que significa pelear y sufrir. —Tomó su abrigo y sus guantes de mi cama—. ¡Vámonos!

Tomé mi ropa de invierno y salimos de mi departamento a toda prisa. Calle abajo vi la flama de un cerillo y la silueta de un hombre desapareció tras un árbol. Alerté a Alex y ambos nos detuvimos. Él incluso se atravesó al otro lado para ver mejor. El hombre no era Garrick, como sospechaba, y continuamos nuestro camino hacia el estudio donde Hans había imprimido los panfletos.

Como buenos conspiradores en la noche, planeamos nuestros movimientos por la ciudad. Decir que detrás de nuestras acciones había un plan intrincado sería una mentira; sin embargo, nuestra impulsividad nos generó una emoción que inundó el estudio de Manfred Eickenmeyer, que no estaba lejos del estudio de Dieter Frank en Schwabing.

Cuando llegamos, Hans se alejó y se sentó a la mesa con el ceño fruncido. Alex fue hacia él y durante varios minutos discutieron si yo debía formar parte de la operación como vigía. Alex estaba a favor, Hans en contra, pero al final la obstinación rusa ganó después de que Alex le recordara a su amigo que el plan de aquella noche había sido suyo. De hecho, él también había elaborado los enormes esténciles que se usarían para pintar. Willi, ataviado con su uniforme militar, estaba sentado por ahí sin decir gran cosa, pero por la expresión adusta de su rostro y la tensión de su cuerpo sabía que estaba ansioso por llevar a cabo la misión.

Los esténciles decían «ABAJO HITLER» y «LIBERTAD», y otro señalaba a Hitler como asesino de masas. Alex guardó los esténciles en una bolsa. Hans, armado con una pistola, fue elegido para ser el vigía principal. Willi se encargaría de llevar la pintura y yo, las brochas. La pintura principal era una mezcla entre verdosa y café, con una consistencia parecida a la del alquitrán, difícil de quitar y cuyo color llamaría la atención por la mañana. También llevamos pinturas de color rojo y blanco. Alex tuvo la idea de pintar esvásticas blancas y después pintarrajearlas con un rojo brillante.

Hans nos comunicó la estrategia:

—La noche será nuestra aliada, con las calles vacías y oscuras. Sacaremos el mayor provecho de la hora y pintaremos las consignas donde las vea mucha gente.

Se recargó en la mesa apoyándose en los brazos, su cabello negro estaba despeinado y, bajo la luz tenue, su rostro atractivo había tomado el tono de un vino rosado. Se veía como un joven y extraño general de la armada que de pronto termina en una batalla dirigiendo a sus tropas por primera vez. La energía del cuarto y la adrenalina me emocionaban, pero estaba consciente del riesgo y de que nuestras vidas corrían peligro.

—Usaré esta pistola solo si me veo obligado a hacerlo. Recuerden nuestro objetivo. Si nos descubren o se nos acercan, la mejor táctica será separarnos y correr. No dejen que nada los detenga, ya sea una persona o el material. —Se puso el abrigo—. Si sucede lo peor, tratemos de llegar a casa sanos y salvos.

En la puerta me armé de valor. Cuando salimos a la oscuridad de la noche, Alex y Willi nos señalaron el camino.

Hans me hizo a un lado para decirme:

—Sophie no sabe nada de esto. Le molestaría saber que tú estás aquí, ocupando su lugar.

Sus palabras no me dieron ánimo y me pregunté si Sophie se enojaría al enterarse. Cerró la puerta y, sin decir más, seguimos al resto.

La primera parada fue en un edificio de departamentos cerca de la universidad. Me quedé al lado de Hans, a la expectativa. Él tenía la mano sobre la pistola oculta en su abrigo, mientras Alex y Willi pintaban. Trabajaron con rapidez, arrojaron la pintura sobre el esténcil hasta que la palabra «LIBERTAD» quedó plasmada con pintura fresca sobre la piedra. Después, Alex dibujó una esvástica blanca junto a la consigna y Willi la estropeó con manchas rojas. Ambos metieron el esténcil y las brochas húmedas en una bolsa grande. Repetimos el proceso en un edificio cercano, agradecidos por la quietud de las calles y la ausencia de la policía.

—Deberíamos ir a Feldherrnhalle —sugirió Hans.

—No —contestó Willi—. Hay demasiados guardias.

Por supuesto que Willi tenía razón. En la Feldherrnhalle había una vigilancia armada constante, porque era un santuario nazi en honor a los soldados caídos del Putsch. No podía creer que Hans sugiriera siquiera tal acción, considerando el riesgo. Tal vez la arrogancia se le estaba subiendo a la cabeza y le obnubilaba el pensamiento.

En una esquina que abarcaba dos edificios, Alex y Willi pintaron «HITLER GENOCIDA», mientras Hans vigilaba la calle. Yo me concentré en las ventanas opacas de los departamentos cercanos. Mientras terminábamos, un hombre vestido con un abrigo negro dio vuelta en la esquina, a unas cuadras de distancia. En silencio empacamos todos los materiales y nos marchamos, aunque el hombre aún estaba lejos de nosotros.

Llegamos a la biblioteca de la universidad, donde pintaron «ABAJO HITLER» sobre la pared, con pintura verde. Teníamos los nervios crispados, pero la suerte estuvo de nuestro lado y no vimos policías ni peatones. Mucho tiempo después de haber empezado la misión, la terminamos en ese lugar.

Regresamos los esténciles y la pintura al estudio, y nos sentimos satisfechos por nuestro buen trabajo. Alex me acompañó a mi departamento y después se fue a casa de Hans, donde planeaban celebrar con una buena botella de vino. Sin embargo, su buen ánimo despertó a Sophie, quien poco después se enteró de lo que hicimos.

Mi madre me llamó contenta a la mañana siguiente. Contesté en la sala de estar de *Frau* Hofstetter, pero hablé con un hilo de voz. Mi casera se preparaba el desayuno y el olor y los chasquidos de lo que preparaba en el sartén llegaban desde la cocina.

—Las consignas están por todos lados —dijo mi madre, quien entre más hablaba más se emocionaba—. ¿Ya las viste? Todo el mundo está horrorizado, pero no cabe de la emoción. —Se detuvo para recuperar el aliento—. ¡Sé que la gente está feliz, Talya! De ver esas palabras en los caminos y los edificios en torno a… —Guardó silencio para no decir—: Hitler.

Le quise decir: «Madre, ten cuidado con lo que dices porque tu teléfono podría estar intervenido. ¡Tu esposo, mi padre, fue arrestado por leer libros ilegales! Para el Reich no importa si ahora es un nazi. Quién sabe, la Gestapo podría estar escuchando la línea telefónica de mi casera».

—No digas más, madre, me acabo de despertar. —Ella no tenía idea de que yo estaba involucrada en la acción—. Y pronto me iré a clase.

Ella ignoró mi advertencia.

—La policía está por todos lados, encima de las trabajadoras que intentan borrar la pintura. Los guardias las están tratando mal y ellas trabajan como si su vida dependiera de ello. La pintura no desaparece sin dar una buena batalla.

No previmos que habría consecuencias para las pobres mujeres de la limpieza.

—Déjame desayunar, vestirme y luego veré la razón del furor.

—Me gustaría que tu padre estuviera en casa —dijo mi madre—. Estoy contando los días.

—Yo también.

Me pregunté si mi padre volvería a ser el mismo de siempre al salir de prisión. Colgué el teléfono y me vestí para ir a clase. *Frau* Hofstetter me preguntó si todo iba bien con mi madre.

—Más que bien —le contesté—. Por primera vez en meses está de buen humor.

En menos de una hora llegué a la universidad. Un grupo de personas se había reunido en los alrededores de la entrada y los estudiantes iban de un lado a otro, caminaban en círculos y se movían como si estuvieran esperando el tren. Cuando me acerqué, lentamente, limpiando mis lentes con el pañuelo, me abrí paso para ver lo que todo el mundo estaba mirando. Claro que sabía de qué se trataba.

Cuando pude ver las palabras «ABAJO HITLER» aún legibles en la pared, reconocí el rostro de Sophie Scholl, con el cabello a la altura del hombro, ahora más largo que en otoño. Llevaba un pesado suéter gris y una falda lisa. Su mirada se concentraba en las dos rusas que tallaban la pared de manera frenética, con unos cepillos que se movían mecánicamente por todas las letras pintadas. Se trataba de esclavas que el Reich había capturado en su campaña más reciente.

Me acerqué lentamente hacia ella, que estaba de espaldas. No había guardias en el lugar, solo estudiantes que echaban un vistazo, la mayoría con un horror azorado, y unos pocos con una aflicción engreída, por la afrenta al Reich. Para mi consternación, mientras los estudiantes pasaban, Sophie les hablaba a las mujeres:

—Déjenlo, para que la gente lo lea. De otra forma, ¿por qué estaría ahí?

La tomé del hombro y la alejé de la agitada multitud. Dudaba que las rusas entendieran sus palabras en alemán o que siquiera supieran qué estaban tratando de borrar.

La brisa tiraba del cabello de Sophie, quien me miró de una forma que rompería un vaso. Nos detuvimos cerca de donde terminaba el edificio, lejos del barullo, para hablar sin interrupciones. Por un tiempo nos quedamos mirando la una a la otra, yo vestida con mi abrigo negro y ella con un suéter, como si fuéramos un par de boxeadoras que miden fuerzas antes del combate.

—Yo debí estar ahí en tu lugar —dijo en un tono muy cercano a la reprimenda—. ¿Y si hubiera pasado algo? No hay necesidad de involucrar a dos familias. Le dije a Hans que yo iría la próxima vez. Yo seré la vigía. Pero él trata de excluirme de estas cosas con todas sus fuerzas.

No podía culparla por sentirse ofendida. Por otra parte, yo quise arriesgarme y Alex había ido a verme, como parte del plan o por coincidencia.

—Ten cuidado con lo que dices —dije con un dejo de irritación en mi voz—. La muchedumbre tiene oídos. —De inmediato sentí que mis palabras estaban mal dirigidas, porque para ella eran obvias. ¿No le importaba quién pudiera escucharla? Se estaba volviendo tan imprudente como su hermano. Di un paso atrás y negué con la cabeza—. Lo siento. No debí decirte qué hacer, pero tus palabras podrían llegar a los oídos de la Gestapo.

Sophie me vio con una mirada que me atravesaba, como si observara el vaporoso paisaje de un país lejano.

—Mi hermano, Alex y Willi estaban borrachos de emoción cuando llegaron ayer a casa. Compartimos una botella de vino, pero yo quiero compartir más que la bebida; hay tan pocas cosas que nos alegran estos días. Esta mañana, las consignas pararon en seco a los alemanes de todo Múnich. La policía tuvo que destrabar embotellamientos, fue toda una hazaña.

—Solo ten cuidado.

Ella volteó a ver a la mujer que tallaba las palabras y a los estudiantes que echaban un vistazo y se escabullían, como si prestar demasiada atención los relacionara con el crimen.

—Se acabó el tiempo de tener cuidado —contestó y volteó hacia mí—. Alguien tenía que empezarlo y ahora continuará.

El viento arrugó el cuello de su suéter, ella parpadeó, se dio la media vuelta y se marchó.

La seguí hasta la entrada de la universidad, unos minutos antes de que empezara mi clase. Mientras Sophie se perdía entre la multitud, no pude evitar preguntarme qué tan lejos llegarían ella y su hermano, qué tanto desdeñarían la cautela para apuntalar la reputación de la Rosa Blanca.

Pronto lo sabría.

CAPÍTULO 10

Nadie en la Rosa Blanca sabía lo que Hans y Sophie habían planeado para el 18 de febrero de 1943. Ni Alex ni Willi, y desde luego ni Lisa ni yo.

Cuando lo pensé después, la decisión de dejar panfletos en la universidad me pareció precipitada y supuse que tenía que ver con su juventud impetuosa; pensé que era un acto de soberbia y vanidad torcidas. Así trataba de entender el sentido de sus acciones, pero era obvio que Hans y Sophie no pensaban así. La Rosa Blanca había logrado evadir la autoridad; sin embargo, Hans sabía que lo seguían y quizá sospechaba que el tiempo se acababa. Tal vez esa fue la razón por la que él y su hermana estaban tan decididos a no involucrar a otras personas en el asunto.

Antes del día funesto, Alex me contó que ellos habían salido un par de noches más a pintar consignas en Múnich y que incluso plasmaron la de «ABAJO HITLER» en la Feldherrnhalle, que Hans sugirió la noche que yo los acompañé. Nunca me enteré cómo la lograron pintar a plena vista de los guardias que vigilaban aquel santuario nazi, porque lo sucedido el 18 de febrero frustró nuestros planes.

La calidez del sol me recibió esa mañana al salir de mi departamento. Katze brincó al alféizar como solía hacerlo cuando me iba a clase y le lancé un beso. El aire canturreaba con una brisa agradable y arrastraba hacia mí el intenso aroma de la tierra descongelada. El fin del invierno parecía inminente y me animaba la promesa de una primavera anticipada. Ese día no tuve premonición alguna ni sentí temor; de hecho, el brillo del sol alimentó mi buen humor mientras caminaba hacia la universidad. Mi actitud optimista continuó durante el día, a pesar de que los álamos aún desnudos bordeaban la calle y el aire frío permanecía a la sombra.

Lisa y yo intercambiamos saludos en el enorme atrio del Lichthof, con su amplia galería abierta y escalinatas, y nos dirigimos a nuestros respectivos salones que estaban juntos, en el segundo piso. Ese día la clase de biología era particularmente aburrida y yo estaba más concentrada en disfrutar el buen clima que en escuchar al profesor, que hablaba de la formación del cigoto en los animales. Cuando sonó la campana y se abrieron las puertas del salón, me encontré con Lisa en el corredor de la galería junto con otros estudiantes bulliciosos que se dirigían a su siguiente clase.

Un áspero rugido se escuchó entre el alboroto generalizado cuando nos acercamos a la balaustrada. «¡Están arrestados!», el hombre gritó otra vez mientras un choque eléctrico me recorrió el cuerpo. Lisa me agarró de la mano y miramos a lo largo de la galería, hacia la escalera, donde lo que vi me crispó los nervios y me revolvió el estómago. Lisa debió haber sentido lo mismo y tuvimos que ocultar nuestras emociones del resto de los estudiantes. Un cuidador, a quien había visto antes en el edificio, les apuntaba y gritaba a dos personas inmóviles en las escaleras. Vimos con pavor que Hans y Sophie Scholl eran el blanco de la ira del hombre.

Hans llevaba una maleta grande y Sophie estaba a su lado. Hasta donde Lisa y yo alcanzábamos a ver, nuestros amigos permanecían en calma y declaraban su inocencia con voces sofocadas. Su cuerpo se veía rígido, pero de alguna manera relajado, como si hubieran practicado esa postura en caso de arresto.

El hombre gritó: «El pasillo está cerrado. No pueden escapar, saben bien lo que hicieron. Acompáñenme», recogió y mantuvo aferrado en la mano uno de los muchos panfletos que se dispersaban por el suelo del Lichthof. Supuse que los habían lanzado desde la galería de arriba.

Los estudiantes empezaron a hablar en voz baja mientras el cuidador arreaba a Hans y a Sophie escaleras arriba, hacia la oficina del rector. La puerta se cerró y perdimos de vista a nuestros amigos.

Lisa tembló y nos miramos. El miedo anegaba sus ojos, pero sabíamos que no *podíamos* ni *debíamos* hablar por temor a incriminarnos. Sin decir nada, nos abrimos paso por la multitud hacia el patio interior, donde miramos los papeles desperdigados. Un estudiante recogió un panfleto, leyó algunas líneas y después lo soltó como si estuviera en llamas. Otros guardaron distancia de los papeles desparramados, que también se encontraban afuera del salón y en los regazos de las estatuas de mármol que ornamentaban el pasillo.

Leí las primeras líneas del panfleto en silencio: «Compañeros estudiantes, nuestra nación debilitada y destrozada se ha visto confrontada por los hombres caídos en Stalingrado. La acertada estrategia de nuestros irresponsables soldados de la Primera Guerra Mundial llevó a 330 mil alemanes a una muerte sin sentido. ¡Te lo agradecemos, *Führer*!».

No leí más porque las puertas se abrieron de golpe y un mar de policías y agentes de la Gestapo inundó el lugar. Lisa asintió y se alejó de mí al suponer que lo más seguro era estar separadas. Los agentes se abrieron paso entre todos nosotros con su mirada impávida y nos escudriñaron sin desdén ni arrogancia; sin embargo, su inspección fue tal que me hizo sentir culpable de los pies a la cabeza. Supuse que hacían eso para que alguien, además de Hans y Sophie, admitiera el crimen, pero nadie confesó ni se entregó; su presencia acalló a la multitud apiñada. Metódicamente dos agentes de manos enguantadas reunieron los panfletos del piso, de los regazos de las estatuas y de las puertas de los salones. «Dennos todos los que tengan», gritaron a los estudiantes. Algunos se acercaron avergonzados y entregaron los papeles a los agentes.

El pánico me rebasó y traté de sofocarlo con todas mis fuerzas. Sin querer, mis tensas manos se transformaron en puños de dedos enrojecidos. Cientos de preguntas, o al menos eso me pareció, pasaban por mi mente. ¿Qué pasaría con Hans y Sophie? ¿Qué sucedería conmigo? Si me arrestaban, ¿los agentes perseguirían a mis padres? Imaginé que la Gestapo arrastraba a mi madre fuera de su departamento, que los guardias golpeaban a mi padre para que confesara la culpabilidad de su hija traidora. ¿Qué sería de Alex, Willi y del profesor Huber? ¿Qué pasaría con Garrick y el resto de los involucrados en la Rosa Blanca, sin importar lo nimio de su papel?

No podía soportar estos oscuros pensamientos y los arranqué de mi cabeza. Respiré lentamente para calmarme y me volteé para no ver a los demás estudiantes.

Mientras trataba de contener las lágrimas, la policía y los agentes continuaron con su trabajo, hasta que la puerta del rector se abrió y vi asombrada que Hans y Sophie salían esposados. Los agentes de la Gestapo, con sus largos abrigos, rodeaban a mis amigos y los empujaron entre la multitud. Ambos tenían la mirada al frente y no miraban a ningún conocido. Los guiaron hacia la puerta y a un carro que los esperaba.

Esa fue la última vez que posé la mirada sobre Hans y Sophie Scholl.

Mucho tiempo después nos dejaron salir del vestíbulo. Pasé sobre un mosaico de la cabeza de Medusa rodeada de estrellas, por las puertas de Lichthof, bajo los arcos de piedra y hacia el sol. Era extraño sentir calidez sobre mi piel después del frío que me había llegado hasta la médula. Los estudiantes que no pudieron entrar se reunieron y fueron testigos involuntarios del arresto de Hans y Sophie. Lisa pasó a mi lado sin mirar ni decir palabra y se dirigió hacia el sur, a Leopoldstrasse, seguramente para asimilar con tristeza el arresto, como habría de hacerlo yo, aturdida por lo sucedido.

Entre la multitud vi a Alex Schmorell, alto y distante. Por lo visto presenció cuando se llevaron a Hans y a Sophie. Era peligroso llamar su atención, así que guardé mi distancia. Desapareció como el sol tras una nube; yo me quedé con los recuerdos de Rusia y Sina, del tiempo que pasamos juntos en el departamento de Hans, de la confrontación con Garrick en Ode, de la impetuosa noche en que pintamos consignas antinazis y me pregunté si alguna vez lo volvería a ver.

La desesperación me invadió. Por mucho que odiara pensarlo y por mucho que deseara que todo fuera como antes, tenía que aceptar que todo se había terminado.

La Rosa Blanca se derrumbaba a mi alrededor.

Tuve una noche inquieta, apenas pude dormir y solo me reconfortaba Katze. Cada corriente de aire que tocaba la puerta, cada sombra que se deslizaba por las cortinas me helaba la sangre. Esperaba que la Gestapo llamara a mi puerta en cualquier momento. La idea de escapar me pasó por la mente, pero ¿adónde iría? Mi conciencia no me permitía abandonar a mi madre; además, viajar era difícil a pesar del clima casi primaveral, mis amigos no podían ayudarme y lo mejor sería mantenerme alejada de Lisa. Mis familiares más cercanos estaban en Rusia y un viaje a Leningrado era imposible, si es que aún seguían con vida para recibirme.

En la mañana me miré en el espejo del baño. La imagen que me devolvió fue la de una mujer mayor, con el cabello negro despeinado, unas ojeras color ciruela bajo el armazón de los lentes y un ceño fruncido que no podría deshacerse tan solo con buenos deseos y oraciones.

En el desayuno no le dije nada a *Frau* Hofstetter, más allá de algunas frases que seguramente no le hicieron mucho sentido.

—Es posible que me vaya por un tiempo. ¿Podría cuidar a Katze en mi ausencia?

—¿Qué? —Su rostro se arrugó—. ¿De qué se trata esto? No puedes dejarme con tu gato. ¿Cómo voy a hacerme cargo de todo lo que debe hacerse aquí?

—Mi madre no está bien —inventé como excusa—. Regresaré en cuanto pueda.

—Bueno, es mejor que lo hagas o te quedarás sin un quinto.

Le aseguré que no la abandonaría, pero le sembré la duda, en el caso de que tuviera que irme de Múnich.

Me vestí y fui a tomar la clase del profesor Huber. Él merodeaba por el auditorio con el ceño fruncido, mostraba mucho menos vivacidad y entusiasmo que en las sesiones pasadas. Me pregunté qué pasaría por su mente ahora que se habían llevado a Hans y a Sophie. Después de la clase, los estudiantes comentaron en el pasillo sobre el estado físico y mental del profesor. No fui la única que notó el cambio en su semblante.

Caminé hacia mi cuarto con un abatimiento que nunca había sentido. Puse la llave en la cerradura y me sorprendió encontrarla abierta. Sujeté el picaporte y lo jalé hacia mí.

Él estaba sentado en la silla de mi tocador, al final de mi cama, con el pie enfundado en una bota que posaba en mi colcha. Había abierto las cortinas opacas y, cuando abrí la puerta por completo, la luz iluminó su cabello rubio. Katze no estaba por ningún lado, pero algo oscuro y metálico llamó mi atención. Era una Luger que reconocí por su peculiar empuñadura curva. Cerré la puerta. Mis nervios se tensaron al unísono y mis piernas se agarrotaron cuando vi que mi cuarto estaba sin pies ni cabeza.

—¿Cómo te fue en clase? —preguntó Garrick sin emoción. Se meció hacia atrás y la silla quedó suspendida en las patas traseras. Encendió un cigarro—. ¿Tienes un cenicero?

—Sabes que no fumo.

—Este vaso servirá —dijo y señaló mi tocador.

El que usé para la rosa que me dio aún seguía ahí. Caminé hacia mi tocador y me quedé pasmada con lo que vi. Los cajones estaban abiertos y su contenido en el piso, mis cuadernos y papeles de la escuela estaban rotos, sus fragmentos dispersos entre la ropa y los artículos de tocador.

Tomé el vaso y se lo di. Mi cama estaba en un estado igualmente deplorable, las sábanas enrolladas y arrugadas después de una revisión exhaustiva, las almohadas rasgadas y sus escasas plumas apiladas en el piso.

—¿Dónde está Katze? —pregunté pensando lo peor. Temblando, me quité el abrigo y me senté en mi cama saqueada, a un brazo de distancia de la Luger.

—Está seguro con tu casera. —Sonrió y cruzó las piernas—. Espero que no te importe que fume, aunque supongo que a estas alturas da igual. *Frau* Hofstetter no tuvo objeción. —Le dio una calada al cigarro y señaló la pistola—. No sabes todo lo que tuve que hacer para conseguirte ese gato. Busqué como en quince callejones antes de encontrar a una madre con gatitos. —Levantó su mano derecha y formó la silueta de una pistola con su índice y pulgar—. *¡Bum, bum, bum, bum, bum!* —exclamó mientras sus dedos repetían la acción de cada una de sus palabras—. Cuando terminé, uno seguía vivo. Me pregunté si debía eliminar a Katze hoy y terminar con su agonía. De seguro fue un gato muy infeliz por vivir con una «traidora», pero supongo que no pudiste llenar su cabeza con ideas disidentes. Consideré despellejarlo y dejar su cadáver colgado de la puerta, pero no soy tan cruel.

—Tú no… —tartamudeé al caer en cuenta de algo horrible—. No… pudiste….

—¿No pude qué? —Garrick quitó los pies de la cama y se inclinó hacia mi derecha—. ¿No pude haber matado a un gato? ¿No pude amarte?

Me apreté el pecho porque por un momento dejé de respirar.

—Cálmate. Ya tendrás tiempo para pensar en tu traición al Reich. Supongo que te estarás preguntando si Hans y Sophie te delataron. Ya hablaremos de eso después, pero primero hay un asunto pendiente entre tú y yo. —Aplastó su cigarro en el vaso y encendió otro—. La verdadera ironía de esta situación es que en verdad me importas, pero nuestra relación empezó mal desde el principio. Fui sincero cuando te dije que ya no podíamos vernos más. No quería verme involucrado en algo que no me dejara dormir.

Mi mano se arrastró hacia la Luger. ¿Estaba lo suficientemente exaltada para pelear por mi vida cual animal acorralado?

—Adelante, dispárame. —Tomó la pistola, puso mi mano derecha alrededor de la empuñadura y colocó mi dedo índice en el gatillo—. Todo lo que tienes que hacer es jalar. —Guio mi mano hacia su cabeza, hasta que la boca del arma quedó al centro de su frente—. Mátame, pero si lo haces, morirás. Te sirvo mucho más vivo que muerto.

Apunté el cañón hacia abajo. Qué sencillo habría sido poner una bala en su cerebro. Pero él se sabía ganador de este juego; si disparaba, me cazarían y exterminarían. Quizá mi padre y mi madre morirían también. La situación era un callejón sin salida. Solté el arma, que cayó sobre la cama sin causar daño.

—Sabia decisión. —Garrick me dio unas palmaditas en la mano y retomó su postura relajada sobre la silla.

—Hans y Sophie nos contaron todo.

—¿Nos?

—A la Gestapo, por supuesto. No te hagas la tonta, Natalya. Desde el momento en que entraste por la puerta, lo sabías.

—Lo sabía, pero no quería creerlo.

También quise decir, «No te creo. Hans y Sophie jamás traicionarían a sus amigos», pero eso bastaría para incriminarme. Miré hacia la puerta pensando en que podría escapar.

—No te molestes —dijo—. Afuera hay dos agentes más, esperándote. —Tamborileó los dedos en sus muslos—. Por Dios, cómo odio hacer esto. Quería que las cosas fueran diferentes. En todos los meses que traté de infiltrarme en ese grupo tuve la esperanza de que te convirtieras en una persona de mi confianza, en una informante que pudiera delatarlos por sus actividades desleales. ¡Imagina a Hans, a Sophie y a Christoph Probst escribiendo y distribuyendo aquellos terribles panfletos! Probst era un extraño. Nadie sospechó de él hasta que arrestaron a Hans y a Sophie. Puras mentiras de alemanes que se aprovecharon de todas las oportunidades que generosamente les dio el *Führer*: educación, prestaciones sociales... —Levantó el vaso con la colilla adentro y lo estudió en la luz—. Si observas con detenimiento, puedes ver un arcoíris. La luz del sol se desintegra en sus componentes. Se *desintegra*, justo como Hans, Sophie y supongo que Alex. Estoy seguro de que también está involucrado, pero desapareció. No puede escapar, está tan acorralado como tú. La Rosa Blanca es un castillo de naipes a punto de desplomarse.

—No sé qué han estado haciendo Hans y Sophie. Nunca me contaron nada. Y ¿quién es Christoph Probst? —Las palabras me fallaban, mi protesta era débil e insignificante al considerar la evidencia que seguramente se acumulaba en contra de Hans y Sophie.

—Conque afirmas no conocerlo... Cuando lo interrogaron en la universidad, Hans trató de destruir y engullir la siguiente diatriba de Probst. No lo logró y logramos identificar la escritura. —Me miró con desdén—. Hasta tu defensa es patética. Deberías contármelo todo. También podrías guardarlo para el juez, pero, de estar en tu lugar, preferiría confesar aquí mismo. El juez tiene reputación de obtener la verdad de aquellos que se presentan ante él sí o sí.

Katze maulló en la sala de estar al final del pasillo, su llamado era el único sonido en la casa.

—¿Por qué no me arrestas? —pregunté con las manos trémulas mientras hablaba—. Termina ya con esto si eso es lo que quieres.

—No es lo que quiero. Tú lo provocaste.

—No tengo nada más que decir.

—Pero yo sí. —Se levantó de la silla y la arrastró por el piso hasta el tocador—. Espero que a tu casera no le importe lo que hicimos con sus muebles. Puede limpiar el desorden, la mantendrá ocupada mientras se prepara para recibir a una nueva inquilina. —Aplastó el cigarro dentro del vaso y lo volvió a colocar en el tocador—. ¿Cómo lidiará tu madre con el hecho de que las dos personas que más quiere estén en prisión? Será difícil para ella, tan duro que quizá la destroce.

Me levanté de la cama y me precipité hacia él.

—¡Deja en paz a mi madre! Ya ha sufrido mucho y no sabe nada de esto.

Me empujó a un lado y di un traspié. Caminó lentamente hacia mí, hasta que estuvo a unos centímetros de mi cara.

—¿Y sigues insistiendo en que no sabes nada? Bueno, he aquí lo que yo sé —me dejé caer en la cama, temerosa de que me golpeara—: No hace mucho hubo un incidente en Núremberg. Se distribuyeron panfletos y dos mujeres atacaron a un guardia de la SS. De hecho, lo dejaron inconsciente. Tuvo suerte de despertar sin nada más que una herida y un dolor de cabeza. Hizo una descripción de las mujeres y la envió a Berlín y a Múnich, junto con los panfletos que encontró.

Se me cerró la garganta y sentí mi lengua seca pegada al paladar. Garrick se inclinó hacia mí, sus labios formaban una sonrisa cruel.

—Recuerdo esa noche vívidamente a pesar de haber bebido mucho *schnapps*. Teníamos una cita y no llegaste. Cuando vi el panfleto y la descripción de las dos mujeres, no fue difícil desentrañar el misterio, sobre todo porque mentiste sobre el lugar donde habías estado con Lisa Kolbe.

—No mentí.

Antes de mi arresto, nunca había estado en el Palacio Wittelsbacher, el cuartel general de la Gestapo en Múnich, en Brienner Strasse. Mientras el auto serpenteaba por la avenida, hacia el inmenso edificio de ladrillo con ventanas abovedadas de catedral, no sentí nada, ni frío ni calor ni el humo del cigarro de uno de los agentes. La radio crepitaba, pero ninguna de las palabras me hacía sentido. El mundo estaba a la deriva, como si estuviera en un pequeño bote en el río y observara la costa a través de un cristal ahumado.

Uno de los agentes, a quien solo conocí como Rohr, me agarró del brazo derecho y bajamos frente al edificio. El otro agente se fue con el auto a toda velocidad y Garrick se quedó atrás. Me sentí intimidada tanto por la formidable estructura renacentista como por la muchedumbre que revoloteaba alrededor de una procesión interminable de sospechosos. Tal vez esta gente era parte de un plan de la Gestapo, una táctica para amedrentar a los prisioneros. No se escuchaban abucheos ni siseos, solo había ojos suspicaces, miradas penetrantes y el sentimiento de que en cualquier momento me podían atacar por haber ofendido al Reich.

Entramos al cuartel general. Me hicieron subir deprisa por las escaleras que conducían al segundo piso, donde me indicaron que debía sentarme en una banca de madera hasta que Rohr estuviera en disposición de verme. Un soldado hacía guardia, aunque mostraba poco interés por cualquier otra cosa que no fuera el rifle que pulía con un pañuelo. Sentía el palpitar de mis manos esposadas, me dolía la espalda y el desagradable y frío aire del salón me estrujaba la piel. Hacia mi izquierda, en otra banca, un grupo de hombres y mujeres jóvenes estaban sentados y se veían aturdidos. No reconocí a ninguno de ellos, pero me pregunté si la red para capturar a la Rosa Blanca se había lanzado en un amplio mar. La mayoría tenía la cabeza baja, se decían poco o nada y sus rostros tenían una expresión de pavor.

Me senté incómoda por unos veinte minutos, antes de que una mujer alta con un bloc de notas y un bolígrafo abriera la puerta del agente y me acompañara adentro. Rohr se había quitado el abrigo y se había sentado detrás de su largo escritorio de

Me tomó de los hombros y me sacudió.

—¡Estás mintiendo ahora!

Me soltó, dio un paso atrás y señaló la puerta.

—Hay dos agentes afuera, listos para llevarte al cuartel general. No van a ser tan amables como yo. ¡Habla! ¡Sálvate!

Miré al piso, incapaz de hablar.

—Ya arrestaron a Lisa Kolbe. Va en camino a la prisión de Stadelheim.

—No te creo. Quieres hacerme confesar algo que no hice.

Se volteó hacia mí, con el rostro encendido de ira. Su cuerpo se henchía de poder, como un hombre que da latigazos a una bestia en el campo.

—¿Conoces a un hombre llamado Dieter Frank?

Con esa pregunta se evaporaron todas mis esperanzas de escapar de las garras de la Gestapo. Claro que conocía al artista en cuyo estudio elaboramos los panfletos. Me di cuenta de que no podía defenderme de sus acusaciones. Lisa, yo y el resto de la Rosa Blanca estábamos acabados. Negué con la cabeza sin mirarlo a los ojos.

Me agarró del brazo con rudeza y me jaló hacia la puerta. Mis pies se deslizaron por el piso, mi mirada recorrió la habitación que había sido mi santuario desde que me mudara de casa de mis padres, y mis apuntes y mis cosas estaban tirados en el piso como si fueran basura. Lloré cuando me entregó a los brazos de los dos agentes de la Gestapo que me esperaban y uno de ellos aprisionó mis manos con esposas.

Miré hacia atrás un instante. Garrick tomó la pistola y no le dijo nada a *Frau* Hofstetter, quien se encontraba cerca de la puerta abierta del pasillo, con Katze en los brazos. La mirada verde del gato estaba concentrada en mí y los ojos de mi casera estaban rojos e hinchados.

Los hombres me guiaron por el camino, me metieron en el asiento de un sedán, cerraron la puerta y en segundos estaba camino al cuartel de la Gestapo.

La casa, *Frau* Hofstetter y Katze se desvanecieron.

roble. Su broche del partido nazi, colocado en la solapa de su traje café, brillaba en todo su esplendor. Era un hombre de talla mediana, cabello negro, rostro ovalado y la piel rosada de un recién nacido, el característico tono rubicundo bávaro. Me costó trabajo analizarlo, era un hombre inescrutable que apenas expresaba emociones. Usaba lentes al igual que yo, pero tenía el desagradable hábito de ponérselos y quitárselos distraídamente, como si fueran parte de la utilería que apuntalaba su ego y estatus oficial. Tomó sus lentes con torpeza, se pellizcó la nariz y me dijo:

—Tome asiento.

La mujer, una secretaria, tomó su lugar en una esquina oscura y empezó a registrar nuestra conversación en su bloc. Ella sería testigo de todo lo que sucediera ahí.

—¿Cuáles son los cargos en mi contra? —pregunté con impulsividad, aunque no me había permitido hablar.

Tomó un bolígrafo y dio unos golpecitos en la enorme pila de documentos frente a él.

—Yo haré las preguntas y usted contestará.

Asentí.

—¿Hace cuánto tiempo conoce a *Herr* Adler?

Pensé en la *Kristallnacht*, cuando se detuvo a nuestro lado frente a los restos humeantes de la sinagoga. La voz de Garrick se filtró en mi mente como un recuerdo distante «Las SA la incendiaron con gasolina y después intentaron arrojar al rabino a las llamas. Quería salvar los rollos de la Torá. Todos esos son unos perros. Hicieron que arrestaran al rabino. Seguramente acabará en Dachau. ¡Cerdos!». En ese momento pensé que se refería a las SA, pero ahora me percataba de que sus palabras de odio eran para los judíos y el rabino. Me había deslumbrado un hombre bien parecido que los nazis usaban para su beneficio.

—Nos conocimos hace cuatro años, pero nos tratamos desde hace unos meses.

—*Herr* Adler me informó sobre su investigación de la Rosa Blanca y su *asociación* con usted. —Se metió a la boca el tapón del bolígrafo, por un momento lo succionó y después se quitó los lentes—. Creo que usted sabe más de lo que dice… y nos quedaremos aquí sentados hasta que la verdad salga a la luz.

Me senté erguida en la silla, el hambre me roía el estómago y era consciente de que Rohr tenía la intención de que este proceso fuera largo.

Tomó un documento de su escritorio, lo abrió y puso dos hojas de un blanco resplandeciente bajo la lámpara de su escritorio, luego se puso los lentes en el puente de la nariz.

—Los cargos en su contra son: «Intento de asesinar a un agente del Reich; *traición* por actos subversivos, lo que incluye la escritura y distribución de material disidente, especialmente en Núremberg, y asociación con traidores e inadaptados». ¿Tiene idea de lo que esto significa para usted y su familia? Su padre ya ha sido condenado a prisión por sedición. Si tienen suerte, les tocará una celda contigua. —Sus labios se quebraron en una sonrisa frívola.

—Visité a mi padre una vez desde que lo aprisionaron. Juró lealtad al *Führer*. —Esperaba que el agente no escuchara en mi voz la decepción que me invadía—. Él no sabe nada de estos cargos que levantaron contra mí. Soy inocente.

Me miró como si fuera una niña desobediente.

—No respondió la pregunta. ¿Sabe lo que significan estos cargos? Un *Sippenhaft*, un castigo colectivo. —Giró la lámpara hacia mi cara y de pronto el salón se volvió tibio e incómodo—. Y podría aguardarle algo más letal: la ejecución. ¿Sabía que el presidente del Tribunal Popular estipula que a la pena máxima corresponde la guillotina? —Se detuvo para que yo asimilara sus palabras—. Sin embargo, él se encargará de darle una sentencia o dispensa si lo considera apropiado.

Me retorcí en el asiento tratando de mitigar el dolor que sentía por traer las esposas, mientras imaginaba el destello de la navaja de metal sobre mi cuello. Un violento escalofrío estremeció mi cuerpo.

Rohr advirtió mi incomodidad y se dirigió a su secretaria.

—Quítele las esposas, por favor, para que podamos seguir. No se va a ir a ningún lado.

La mujer se levantó, fue por la llave y regresó unos minutos después. Se inclinó sobre mí, tomó mis manos y las retorció hasta que las esposas se abrieron y cayeron. Sentí un alivio enorme en los brazos y los hombros cuando la presión cedió. Me masajeé la piel enrojecida de las muñecas mientras ella regresaba a su asiento.

—Estoy seguro de que podemos tener una conversación civilizada sin temor de que intente escaparse, ¿o no, *Fräulein* Petrovich? —Sacó una caja de roble con una insignia nazi y la puso al otro lado de su escritorio para que quedara frente a mí—. ¿Un cigarro?

—No fumo.

Sonrió.

—Yo tampoco, pero algunas personas se relajan con ellos... se abren. Estos días es difícil conseguir cigarros. —Regresó la caja a la esquina de su escritorio y se recargó en el respaldo de su silla, su cara desapareció en el resplandor—. Cuénteme los hechos relacionados con los cargos que leí. Le advierto que sabré si está mintiendo.

Entrecerré los ojos por la luz.

—Son falsos. Estuve en Núremberg de niña. Pasé por ahí en tren desde Berlín, cuando regresé de mi servicio de enfermería en el Frente oriental.

—Ahora sé que está mintiendo. Su amiga Lisa Kolbe cuenta una historia muy distinta. Usted la acompañó a Núremberg.

Miré el resplandor, decidida a ocultar el miedo que me agarrotaba el cuerpo. Estaba segura de que Rohr me trataba de engañar para que yo admitiera los crímenes. Lisa jamás me traicionaría. Habíamos jurado protegernos entre nosotras y todos en la Rosa Blanca habían prometido hacer lo mismo. Sin embargo, una parte de mí se preguntaba si la habían torturado; tal vez se había quebrado con los duros golpes de la Gestapo.

El sudor empezó a escurrir de mi frente por el calor. Pensé en los días veraniegos, en las rosas en flor, en los días de campo con mis padres en el Englischer Garten, en los bancos del Isar, cualquier cosa para alejar mi mente de la figura sombría de Rohr y sus preguntas. Permanecí en silencio.

—Todos sus amigos están aquí o en camino a la prisión. —Sus manos salieron del halo y se posaron en la mesa, con los dedos entrelazados—. Hans Scholl, Sophie Scholl, Christoph Probst, Willi Graf. Sabemos que hay más... como su amigo Alexander Schmorell.

—Ninguno de ellos hizo nada…

Se inclinó hacia delante y quedó fuera de la luz. Su cara rosada había tomado un tono escarlata brillante del enojo.

—¿Cómo lo sabe? ¡Estoy perdiendo la paciencia! Mi generosidad tiene un límite cuando se trata de traidores. Pronto su cabeza quedará en vilo. Piense en eso por un tiempo, mientras almuerzo.

Rohr se levantó de su silla a trompicones, metió el archivo a su escritorio y cerró el cajón. La secretaria lo siguió afuera y cerró la puerta al salir.

Estaba sola en el salón cerrado y, por primera vez desde que me arrestaron, mi determinación empezó a resquebrajarse. ¿Y si Rohr decía la verdad? Si Hans, Sophie y los demás estaban arrestados y sometidos a los interrogatorios de la Gestapo, ¿qué esperanza tendría yo? Nos condenarían con el *Sippenhaft* del que habló Rohr, y mi madre, que de por sí había quedado frágil por el encarcelamiento de mi padre, sería interrogada y quizás hasta sentenciada a prisión porque su hija era un peligro para el Estado. Me removía en la silla, el estómago me dolía y sentía que mi cabeza flotaba por la falta de alimento.

Rohr no me ordenó permanecer sentada, así que me puse de pie y caminé hacia la ventana. Estaba enrejada y al menos había diez o quince metros hasta la calle, así que era imposible escapar. Las nubes se habían dispersado, por lo que el sol salpicaba a la multitud de abajo. Temblorosa, me senté y observé el mobiliario formal de la habitación, el enorme escritorio de roble, el secante de fieltro verde, el calendario de pared que marcaba con unas X rojas el paso de los días, las persianas opacas enrolladas, las sobrias cortinas que colgaban desde lo alto de la alta ventana hasta el piso, las sillas, algunas de piel color rojo, otras con una tela dorada ornamentada con esvásticas negras. La habitación estaba en consonancia con la Gestapo y su opulencia no me dio consuelo alguno. Estaba sola sin nadie que me ayudara.

Con la cabeza baja lloré, tratando de que mi voz no se convirtiera en un grito lastimero. Traté de ocultar mis lágrimas lo mejor que pude y me limpié los ojos con el dobladillo del vestido.

Pasaron dos horas antes de que Rohr regresara acompañado de su secretaria. Se sentó en su silla de roble macizo, pero esta vez bajó la pantalla de la lámpara para que la luz no me deslumbrara. La tarde se prolongaba y mi estómago estaba hecho un nudo, mi hambre se había convertido en recelo.

—Parece que ha estado llorando, ¿está lista para hablar?

Negué con la cabeza.

—Muy bien. Tuvo una oportunidad. Su silencio demuestra que usted es culpable. —Se volteó una vez más hacia su secretaria—: Llévesela.

La mujer se me acercó con las esposas y no dijo nada mientras Rohr me sostenía las manos tras la espalda. Una guardia me acompañó a una celda en un sótano que tenía una pequeña ventana. Me quitó las esposas y me dijo que otro guardia vendría pronto para que llenara unos formatos. Agregó que no tendría visitas.

Me dieron varias órdenes: que me vistiera con la ropa de reclusa; que completara los formatos con mi nombre, dirección y demás información personal; que no hiciera ruido; que las luces estarían encendidas toda la noche. Un guardia trajo un pequeño almuerzo de pan y queso, el sol se puso y las luces refulgían en mi celda. Me arrastré hasta la cama y me tapé la cabeza con la sábana, en un intento por aislarme de la iluminación constante. Me tomó varias horas dormir y cuando lo logré, soñé con mis padres, con Lisa y con la Rosa Blanca. Las pesadillas eran horribles visiones de sangre y muerte, gritos antes de que la navaja de la guillotina cayera y cortara cabezas que caían en un balde de metal, imágenes demasiado terribles para concebirlas, demasiado horribles para dormir. Varias veces me desperté en la noche bañada en sudor, con los brazos y las piernas entumecidos por la tensión, convencida de que iba a morir.

CAPÍTULO 11

Rohr me interrogó durante horas el sábado y el domingo, e incluso me echó en cara lo mucho que el *Führer* había sufrido por los violentos ataques perpetrados por quienes no creían en su visión de Alemania bajo el Reich.

—No tiene idea de lo mucho que ha sufrido nuestro amable y benévolo líder por aquellos que a cada momento intentan socavar su autoridad —despotricó con una voz rebosante de indignidad—. Devolverle el patrimonio a nuestra gente, liberar a nuestro país de quienes lo contaminan, estos son los objetivos que persigue nuestro bondadoso *Führer*. Solo mediante su voz y sabiduría podremos construir una Alemania mejor.

Una y otra vez me interrogó sobre la Rosa Blanca, también me informó que los juicios de Hans, Sophie y Christoph se llevarían a cabo el lunes. Hacia el final de la tarde del domingo anunció con regocijo que Ronald Freisler, presidente del Tribunal Popular, se encargaría de enjuiciarlos. Con rapidez se pasó un dedo a lo ancho del cuello, como si fuera un cuchillo.

—Ya es de noche y estoy cansado. Usted regresará a su celda y pensará en lo que le dije. Mañana estaré ocupado en el Palacio de Justicia. Su juicio y el de Lisa Kolbe serán el martes, a menos que confiese. —Recogió mi expediente y lo puso bajo su brazo—. Deseo que pase una buena noche. Como no tuvo nada que decir en tres días, dudo que agregue algo. —Tomó sus lentes y me miró entrecerrando los ojos—. Su juicio se llevará a cabo… Créame.

Él y su secretaria se marcharon de la oficina y me dejaron en compañía de una guardia que me esposó y me guio a la celda.

Exhausta y entumecida, me desplomé en el catre, con la esperanza de que pronto comería la sopa fría y el pan duro que me habían servido las últimas noches, casi incomibles, pero eso era mejor que morir de hambre. Pese a que tenía la sensación de que no estaba en la Tierra y que quizá me encontraba en un planeta distante concebido en un sueño, me sentía orgullosa de no haber cedido en el interrogatorio de Rohr. No sabía qué había sido de mis amigos de la Rosa Blanca, pero permanecí muda durante la mayor parte del tiempo y me pregunté si Lisa habría hecho lo mismo.

Rohr estaba en lo cierto. Solo unos guardias y empleados me visitaron el lunes. Tuve muchas horas para contemplar aquel cálido día de febrero; me puse de pie para recibir los brillantes rayos de sol que atravesaban mi pequeña ventana. Por supuesto que no pude salir de mi celda para disfrutar el clima de principios de primavera y, a medida que el sol se movía y se ocultaba por el oeste, mi ansiedad aumentaba en mi mente y mi pecho, presionaba mis costillas contra un costado y hacía que sintiera que mi cráneo estaba a punto de estallar. Cuanto más se acercaba la devastadora noche, más se convertía la tensión en abatimiento.

Alrededor de las seis de la mañana, una mujer que nunca había visto entró en mi celda después de que un guardia la dejara entrar. Era de complexión y altura medias, tenía el cabello color castaño y era algo bonita. Pero lo que más me impresionó fueron sus ojos. Una amable suavidad emanaba de ellos, a pesar de que estaban rojos de llanto. Su mirada parecía celestial, pero por su ropa supe que también era una prisionera.

—Me gustaría sentarme contigo, si no tienes inconveniente —dijo y se sentó en la orilla de mi catre—. Los guardias vendrán por mí en veinte minutos.

De inmediato me puse a la defensiva. ¿Quién era esta mujer y por qué me visitaba? ¿En verdad era prisionera o era una agente de la Gestapo que intentaría forzar la confesión de una reclusa derrotada?

Me encogí en el fino colchón, con la espalda recargada sobre la fría pared de piedra, muy cansada para pelear con esa mujer.

—¿Quién eres?

—Lo siento. —Sacó un pañuelo de su manga y se tocó los ojos con delicadeza—. Ha sido un día complicado para mucha gente, yo incluida, porque no todos son malos aquí. —Estiró la mano—. Soy Else Gebel. Trabajo en la administración y me encargo de procesar y archivar. Esas son las tareas que les atribuyen a los presos políticos.

Como no sabía si su historia era cierta, no quise estrechar su mano y ella la retiró.

—Estoy aquí para inspeccionar tu celda... para asegurarme de que no puedas suicidarte.

—No te preocupes —dije tirando de la sábana y la cobija—. No me puedo colgar de la ventana.

—No, no puedes y no creo que lo hagas... —Bajó la mirada al frío piso de piedra—. En días pasados conocí a Sophie Scholl. —Hizo una pausa y su cuerpo se hundió, como si sus palabras la hubieran vaciado.

—¿Qué te hace pensar que conozco a Sophie... Scholl? ¿Así se llama?

Levantó la cabeza y su mirada aún irradiaba la amabilidad de antes.

—Los agentes hablan y los rumores corren por el cuartel general. Sophie era poco más que una niña, pero tenía una madurez inmensa y un valor inquebrantable.

Me desplomé en el rincón y jalé la cobija sobre mis piernas, mientras esperaba atemorizada a que ella continuara.

—Está muerta —le explicó Else con los ojos llenos de unas cuantas lágrimas que después surcaron sus mejillas sonrojadas y se convirtieron en manchas negras al caer sobre su vestido gris de reclusa.

—Muerta... Sophie muerta... No puede ser verdad —gemí con un grito gutural y apenas audible por el dolor que anudaba mi estómago.

Else temblaba de tristeza, se inclinó hacia mí y tomó mi mano.

—Llora... Es todo lo que tenemos. He llorado durante horas.

«Sé fuerte, sé fuerte», me repetía una y otra vez, mientras me resistía a la tentación de sucumbir ante la agonía y me obligaba a no colapsar en la cama. Respiré profundamente y traté de calmar mi alma agitada.

—Fue muy rápido... fue muy pronto... ¿Condenada y ejecutada en un día?

Else soltó mi mano.

—Condenada en horas, no en un día. Nadie escapa del «juez verdugo» de Hitler. Los otros también están muertos.

Me tapé las manos con la boca y reprimí un grito. Quise que Else Gebel fuera un sueño, un ángel de la muerte de mirada afable que vino a tentarme y a envolverme con mentiras. Si cerraba los ojos, ¿se iría? Lo hice, pero cuando los abrí de nuevo seguía ahí, con el rostro y el cabello congelados bajo la luz refulgente de la celda, y una sombra se esparcía por la cama y el suelo.

—¿Quiénes son los demás? —pregunté con un hilo de voz.

—Hans Scholl, Christoph Probst... a todos los guillotinaron esta tarde. —Se secó los ojos— Hoy la prisión parece vacía. En vez de los sonidos de tanta gente que va y viene en estos días, hay silencio. Después de las dos recibimos la funesta noticia de que los tres estaban sentenciados a muerte.

—¿Hablaste con Sophie?

—Yo era su compañera de celda, me pusieron ahí para evitar que se suicidara... Y ahora ya no está.

Guardamos silencio en nuestra tristeza, pero el tiempo de Else se estaba agotando.

—Sophie me hizo jurar que contaría su historia y voy a cumplir mi promesa. Ayer tuvo un sueño. En un día hermoso y soleado llevaba a un niño ataviado con un largo vestido a que lo bautizaran. El camino a la iglesia pasaba por una montaña escarpada, pero ella cargaba al niño con seguridad y firmeza. De manera inesperada se abrió ante ella una grieta en un glaciar. Tenía el tiempo suficiente para poner al niño en el otro lado sano y salvo, antes de que ella cayera en el abismo. Interpretó el sueño de la siguiente manera: «El niño en el vestido blanco es nuestra idea, prevalecerá pese a todos los obstáculos. Se nos permitió ser prisioneros, pero debemos morir jóvenes en nombre de esa idea».

Mi corazón se regocijó ante la fuerza profética del sueño. La idea y nuestro trabajo prevalecerían a pesar de nuestra muerte, la muerte de miles de personas, y la visión de la Rosa Blanca sobreviviría al Reich.

—El agente que interrogó a Sophie quedó conmovido con la experiencia. Lo vi cerca de las cuatro y media. Estaba inmóvil con su abrigo y sombrero, blanco como una hoja. Le pregunté cómo había tomado la sentencia Sophie y si había podido hablar con ella. Con una voz cansada, él me contestó que Sophie fue muy valiente, que habló con ella en la prisión de Stadelheim y se le permitió ver a sus padres. Con temor le pregunté si existía la posibilidad de pedir clemencia. Él miró el reloj de pared y dijo con una voz queda y apagada: «Pues piensa en ella durante la siguiente media hora, pues para entonces su sufrimiento ya habrá terminado».

Else cerró el puño como si fuera un garrote y golpeó el catre.

—Tres personas buenas e inocentes murieron porque se atrevieron a sublevarse contra una cuadrilla organizada de asesinos, porque querían que terminara esta guerra sin sentido. Me gustaría gritar estas cosas a todo pulmón, pero me tengo que quedar aquí sentada y en silencio. Lo único que puedo pensar es «Dios, ten piedad de ellos. Cristo, ten piedad de ellos. Señor, ten piedad de sus almas».

La puerta de la celda tembló con un duro golpe y la voz severa de una mujer se escuchó por encima del ruido.

—¡Else! ¡Se acabó el tiempo! Te necesitan en la recepción.

Se levantó del catre y me abrazó.

—He estado aquí por más de un año y no tengo esperanza de salir antes de que la guerra se termine. Déjame abrazarte. Que Dios te acompañe. Recuerda estas ideas, las mismas que le compartí a Sophie: «Regresaste a la luz. Que el Señor te conceda descanso eterno y que su luz perpetua brille para ti». Te traeré salchichas, mantequilla y café de verdad en la mañana. Trata de dormir. Mañana será un día difícil.

Else salió deprisa hacia el pasillo. La puerta hizo un ruido sordo al cerrarse y una vez más me quedé sola. Conmovida y aturdida por sus palabras, me dejé caer sobre el colchón y me hice ovillo. Quise llorar, pero no me salieron las lágrimas. Todo lo que sentí fue una desesperanza agobiante, causada por una combinación opresiva de depresión, dolor, aislamiento y hambre.

Mi juicio estaba planeado para el día siguiente y no me declararía culpable. Sin embargo, los oídos de Freisler no aceptarían mi «inocencia», menos si tenía la oportunidad de acabar con la Rosa Blanca o con cualquier enemigo del Reich. Else tenía razón, mañana sería un día difícil, pero por gentileza no mencionó que el martes 23 de febrero podría ser mi último día en la Tierra.

Las palabras que Else me dijo sobre Sophie me reconfortaron. Me pregunté si me había visitado un ángel.

Else regresó a las siete de la mañana, lo cual demostró que era una persona de carne y hueso. Más allá de una breve charla sobre cómo dormí y mi agradecimiento extremo por las salchichas y el café de verdad que pudo conseguirme, tuvimos poco tiempo para hablar. Nos interrumpió mi abogado.

Él levantó su brazo con brusquedad, para saludar a la manera nazi, antes de siquiera presentarse. Un guardia trajo una silla para que pudiera sentarse. Else sonrió con tristeza, se despidió y se marchó de mi celda.

—Soy Gerhart Lang —dijo el hombre con frialdad y un dejo de desdén en la voz—. La corte me designó para llevar tu caso.

No se parecía a su nombre, Lang, porque era más bajo que alto. Me dio la impresión de que le gustaba la buena comida y el buen vino, lo cual confirmaba su vientre abultado y sus voluminosas extremidades. Su enorme abrigo apenas le cerraba en la barriga. Sin embargo, su rostro no mostraba la rubicundez típica de los bávaros; más bien, su tez era pálida y exangüe, como si pasara la mayor parte de su tiempo entre libros y en oficinas mal iluminadas, mientras cultivaba un saludable desprecio por la gente, en especial por los traidores.

—Solo tenemos unos minutos —dijo y plantó con firmeza sus gordas manos en los muslos. Llevaba un portafolio sin documentos, lo que indicaba que me consideraba culpable—. ¿Qué tienes que decir? ¿Cómo te vas a declarar?

—Inocente, por supuesto.

Chasqueó la lengua en los dientes y sacudió la cabeza.

—Mi niña querida, ¿para qué prolongar mi agonía? Vi los documentos de la corte, escuché las confesiones. El presidente del Tribunal Popular podría ser menos severo contigo si te declaras culpable.

Mi desayuno se enfriaba a mi lado, lo cual aumentó mi irritación hacia *Herr* Lang.

—No me soporta, ¿verdad?

Se inclinó hacia mí, con su rostro fofo y descolorido, y me pregunté si se caería de la silla. Sus labios temblaron con una furia contenida.

—¡No soporto a los *traidores*! —Se acercó más y su aliento tibio y agrio me envolvió—. No los viste caminar hacia la muerte, ¿verdad? Qué buenos chicos eran, con el paso firme hacia la guillotina, tan seguros de sus convicciones desleales. Eran tan solo unos niños con ideas torcidas y perversas que pensaron que podían salirse con la suya. ¡Querían derrocar al Reich! El concepto mismo es risible. Su resistencia no sirvió de nada, pero sus actos perjudicaron los esfuerzos de guerra de la patria. ¡Traidores! ¡Cobardes! Eso eran. Así le pagaron a la tierra que los vio nacer, los educó y apoyó sus sueños soldadescos. Pero bueno, el Reich tuvo la última palabra sobre sus actos de traición. Debiste ver la manera en que la sangre chorreaba de sus cuellos, cuando cortaron sus cabezas.

Me encogí de miedo ante la imagen que forzó en mi cabeza y me puse a temblar sobre mi catre. Las lágrimas me anegaron los ojos, pero no estaba segura de que su causa fuera el miedo o la furia.

—Veo que sí tienes *algo* de cordura —dijo alejándose de mí—. No desperdicies tus lágrimas en la escoria.

—Salga —dije conteniendo mi enojo—. No tengo nada que decirle a un hombre que ya decidió que soy culpable.

Casi ni me miró cuando se levantó de la silla.

—Te veré en el juicio. —Ya estaba por salir cuando se detuvo, volteó hacia mí un instante y dijo—: Que el juez tenga piedad de tu alma.

Tocó la puerta de la celda y un guardia entró deprisa para dejar salir a *Herr* Lang y retirar la silla. La puerta se cerró de golpe detrás de ellos. El plato de salchichas con un toque de mantequilla y la taza de café estaban en el borde de mi catre. Miré la comida, un plato que cualquier otro día habría disfrutado, ahora me parecía una burla, como la Última Cena lo fue para Jesús.

Mi determinación se resquebrajó y rompí en llanto. Con la esperanza perdida, sepulté la cabeza bajo mi fina almohada y sollocé hasta que alguien más llamó a mi puerta. El golpeteo sonaba distinto, era compasivo y denotaba preocupación, si es que los sonidos pueden transmitir esos sentimientos. La puerta se abrió lentamente y un hombre vestido con un traje negro y raído entró a mi celda. Su sonrisa empática le dio algo de confianza a mi espíritu abatido y lo miré a través de mis lágrimas.

—Estoy aquí para ayudarte —dijo y se arrodilló ante mí—, para ofrecer consuelo a tu espíritu.

—Creo que llega muy tarde... padre... —No podía llamarlo de otra forma, aunque no estaba vestido como un padre y, para el caso, como ningún religioso que hubiera visto en la vida.

—No soy padre... ni rabino... ni pastor. Soy de todas las religiones. Soy lo que necesites que sea. Llámeme capellán.

—Gracias —dije y me sequé los ojos con la orilla de la colcha—. Necesito comer.

—Adelante, tu juicio empezará en unas cuantas horas, tal vez antes, si el juez así lo desea. —Señaló las salchichas—. Se ven buenas. Come. Puedo hablar o escuchar, lo que tú quieras.

Levanté el plato.

—Hable. —Mordí un pedazo y lo mastiqué, los jugos tibios de la carne bajaban por mi garganta y bendije a Else por conseguir esta comida.

—¿Qué tanto sabes?

—Que están muertos. —El capellán inclinó la cabeza y rezó una oración tan rápida y quedamente que no pude escucharla—. Rece por mí —sentí a Dios más cerca que nunca, era más sencillo sentir su presencia ahora que la muerte me rondaba.

—Llevo rezando varios días. Primero recé por sus cuerpos, ahora rezo por sus almas. —Se levantó del piso en el que estaba arrodillado y se sentó en las piedras que estaban cerca de mi catre.

—Siéntese aquí, por favor —le di unos golpecitos al borde de mi colchón.

—Así estoy bien, Natalya. De hecho, lo prefiero. Estoy más acostumbrado a la dureza fría de la iglesia que al lujo. En estos años, el frío me ha calado hasta el alma y he luchado contra él con todas mis fuerzas. —Su sonrisa estaba llena de una tristeza que reflejaba el tono de sus ojos azules. Se rascó la parte superior de la cabeza y se removió los escasos mechones de cabello negro. —Tu posición es precaria, estoy seguro de que lo sabes bien, pero haré todo lo que esté en mis manos para ayudarte, lo cual quizá no sea suficiente para salvarte de la muerte.

El capellán inclinó la cabeza una vez más, incapaz de verme. Ya no tenía hambre, así que bajé mi plato y le di un sorbo al café. La aflicción que emanaba del hombre que estaba sentado a mi lado era palpable. Sentí como si el dolor de su alma desembocara en la mía. Quería levantar su barbilla suavemente con mi dedo, como una madre al cuidado de un niño herido.

—Sophie, Hans y Christoph... todos están muertos —murmuró y levantó la cabeza—. Hans rompió el borrador de un panfleto que llevaba cuando lo arrestaron en la universidad. La Gestapo lo reconstruyó y reconoció la escritura de Christoph. Fue cuestión de tiempo para que lo atraparan. También arrestaron a Willi, pero por ahora está vivo. —Sus palabras se convirtieron en susurros—. La Gestapo y la SS quieren obtener toda la información posible de *Herr* Graf. El Reich se dedica a arrestar y a ejecutar. Cualquier palabra o frase que no les agrade implica un arresto. Boicotear la confianza de nuestras tropas es una ofensa punible con la ejecución. En el Reich la negatividad no tiene cabida.

Coloqué la taza junto al plato con las salchichas a medio comer. Quise preguntarle si habían arrestado a Alex y al profesor Huber. Cada fibra de mi cuerpo quería confiar en el hombre sentado a mis pies, pero jamás traicionaría a ningún integrante de la Rosa Blanca. Tal vez la Gestapo envió a este «cura» para engañarme y era una treta para incriminar a otros. No le revelaría ningún secreto, aunque me moría por saber si mis amigos seguían vivos. Sus ojos azules me perforaron el alma.

—Yo les di la comunión a Hans y a Sophie. Rezamos juntos antes de que se los llevaran. Un cura bautizó a Christoph como católico, recibió su primera comunión y después la extremaunción. Ayer Dios demostró tener sentido del humor... o de la ironía, dirían algunos. Sophie fue la primera en entrar al edificio donde se encontraba la guillotina. Su vida terminó unos minutos después de las cinco. Fue la primera porque enfrentó el juicio y la ejecución con serenidad. Aceptó su destino con una dignidad que admiró incluso a sus captores. Después fue el turno de Christoph, quien le dijo a Hans y a Sophie que los vería en la eternidad. También mencionó que no sabía que morir fuera tan sencillo. Al final pasó Hans. Lo peor debió haber sido esperar y ver a los demás partir antes que él. Tal vez por eso fue el último. Antes de que la navaja bajara, gritó: «*Es lebe die Freiheit!*», larga vida a la libertad. Después todo terminó. Stadelheim se quedó en silencio una vez más, pero por siempre al acecho, como las fauces de un tiburón a la espera de su presa.

—Por favor no me torture más con sus muertes. —Le rogué—. La mía me abruma.

Se levantó y enderezó el cuerpo.

—Mereces saber que encararon su destino con dignidad y gracia. El mundo entero merece conocer su historia cuando pueda contarse. ¿Te gustaría rezar conmigo y recibir la comunión?

Negué con la cabeza porque me sentía indigna de la atención de Dios. Sentía que después de haberlo ignorado y relegado al fondo de mi mente, orar sería un insulto.

—No. No he ido a la iglesia en un tiempo.

—Un edificio nunca es la respuesta, Natalya. Tu fe te abrirá paso en el cielo.

—Le agradezco haberme contado sobre Hans y Sophie, pero ahora necesito estar sola y pensar en lo que voy a decir en el Tribunal Popular.

—Sé valiente. —Me tomó de las manos—. Si tienes suerte y te condenan a prisión, tal vez se olviden de ti. Algunas veces los prisioneros se enteran de lo que sucederá con ellos un año después o más. —Se volvió hacia la puerta—. Rezaré por ti y espero en el Señor no encontrarte en el camino hacia el cielo.

—Si nos encontramos, podremos orar juntos.

Llamó a la puerta y se deslizó por una estrecha abertura antes de que esta se cerrara. Me quedé a solas en la luz resplandeciente.

Poco después de las nueve de la mañana, un guardia me escoltó afuera del cuartel general de la Gestapo y me condujo a un auto que me esperaba para llevarme al Palacio de Justicia. Me pusieron las esposas nuevamente cuando salí del Palacio Wittelsbacher por primera vez en más de tres días. El aire me heló la piel, pero mi cuerpo y alma se deleitaron por la breve libertad. Este placer se vería atenuado por lo que estaba a punto de encarar.

Después de un trayecto corto, el Palacio de Justicia se erigió frente a mí. Era un enorme edificio de piedra adornado con una serie de estatuas clásicas, columnas corintias, puertas abovedadas y un domo prominente. La estructura me miró por encima del hombro con una fría indiferencia, su fachada era tan sombría como mi estado de ánimo.

Los guardias me ignoraron, tal vez porque era una entre muchos prisioneros que debían transportar. Me sacaron del auto y me llevaron a toda prisa por las escaleras, las columnas interiores y los arcos. Uno de ellos, un hombre pulcro de mirada perniciosa, me empujó para que me sentara en una banca y me dijo que me quedara quieta mientras me revisaba. El sonido amortiguado de unas voces se filtraba desde una puerta grande a unos metros de distancia. Eran los murmullos de los desconocidos que me juzgarían. Por diez minutos me quedé escuchando las pisadas en las escaleras, el eco de las puertas que se abrían y cerraban, los pasos apresurados del prisionero que se retiraba.

Por fin entré a la sala en donde me enjuiciarían. Un policía armado, ataviado con un sobrero prusiano sin punta y un tieso uniforme decorado con medallas y botones dorados, me guio a una banca. En la sala había filas de oficiales nazis de alto rango uniformados, que me juzgaban abiertamente y con severidad. Me senté junto a alguien que no esperaba ver.

Lisa y yo nos quedamos mirando por unos segundos, los suficientes para que le susurrara «No dije nada». Ella sonrió y apartó la mirada cuando un policía se interpuso entre nosotras para que no habláramos. Con solo una mirada, me di cuenta de que la habían maltratado. Trasquilaron su cabello rubio casi al ras de su cabeza y me recordó a las prisioneras de guerra polacas que alguna vez vi desde el tren. Unos moretones violáceos salpicaban sus mejillas y bajo el ojo izquierdo tenía una costra. ¿Por qué me había salvado de aquel trato? ¿La Gestapo intuía que Lisa sabía más de la Rosa Blanca que yo? ¿De alguna manera Garrick Adler había intervenido para que mi encarcelamiento no fuera tan severo? Mi enojo contenido se convirtió en desesperanza y mi cuerpo y ánimo empezaron a hundirse al dejar de ver a Lisa. Cualquier intento de expresar mi ira o de dar rienda suelta a mi furia contra los policías, los oficiales nazis y los agentes de la Gestapo ahí reunidos sería extinguido con severidad.

Los hombres estaban sentados en la galería a nuestra derecha, el estrado del juez se ubicaba a nuestra izquierda. Ninguna persona en el público nos apoyaba a Lisa ni a mí, no teníamos amigos, familiares o aliados que mediaran en nuestro favor. Nos oponíamos al estado alemán, al Tercer Reich, y estábamos solas ante una fuerza mucho más tenaz que un culto o una tribu. Los hombres que nos perseguían estaban pasando un buen rato a costa nuestra: mientras Lisa y yo temíamos por nuestras vidas, ellos platicaban sobre el clima, se reían de nuestro predicamento, se acomodaban el uniforme almidonado, admiraban sus medallas, intercambiaban historias de guerra y comparaban sus invitaciones a un juicio que tenían el privilegio de presenciar, gracias a la codiciada convocatoria del «juez verdugo» de Hitler.

La puerta en el extremo más alejado de la sala, a nuestra izquierda, se abrió para que Ronald Freisler hiciera su entrada triunfal. Aunque otros lo seguían, su presencia y arrogancia atrajeron todas las miradas. Se movía en la sala como un actor en escena, la toga escarlata revoloteaba a su alrededor y traía el águila nazi prendida en el lado derecho de su pecho. Un sombrero ovalado del mismo color se posaba en su cabeza. El presidente del Tribunal Popular me recordó a un personaje de una ópera wagneriana.

A lo largo de los años había visto a muchos oficiales nazis, pero este hombre los superaba a todos en genio y figura. El sadismo que emanaba de él se expresaba en su mirada de ave de rapiña y en la crueldad de su rostro.

La corte de aduladores se puso de pie cuando Freisler entró. Hizo el saludo nazi que los asistentes le devolvieron. Se sentó detrás del estrado, en la silla de en medio y miró la sala. Las arrugas que trazaban una curva desde su nariz hasta su mandíbula y sus ojos de halcón realzaban su apariencia severa y siniestra. A causa de la pomposa y vehemente entrada de Freisler no advertí que mi abogado, Gerhart Lang, un segundo juez, un juez auxiliar y otro hombre ya ocupaban su lugar en la sala. Supuse que el hombre sentado al lado de Lang era el abogado de Lisa. Freisler levantó las manos para silenciar la corte.

—Esto solo debería tomar unos minutos —dijo y sonrió ante las carcajadas generalizadas del público—. Obviemos las formalidades, pues ya presenciaron el mismo espectáculo perverso ayer, cuando los otros traidores fueron condenados. —Apuntó su dedo fino y largo a los hombres que estaban sentados en la galería—. Sabemos cuál será el resultado, ¿no es así?

Un coro de «*Ja*» se escuchó en la sala. Lisa y yo nos miramos consternadas. Yo sabía que mi suerte estaba echada antes de poner un pie en la sala de audiencia. Quienes me advirtieron que enfrentaría una farsa judicial tenían razón. Freisler abrió el archivo que estaba frente a él.

—Ambas acusadas informaron a sus abogados que se declaran inocentes.

Gran parte de los nazis que ahí se encontraban se rieron con disimulo o refunfuñaron, mientras que otros abuchearon. El juez desestimó su reacción con un gesto que hizo con la mano.

—A pesar de que todos sabemos la verdad, no nos dejemos llevar. Acusadas, pónganse de pie.

El policía hizo que nos levantáramos de la banca. Todos los ojos dejaron de ver a Freisler y se posaron sobre nosotras.

—Lisa Kolbe y Natalya Petrovich, ¿cómo se declaran?

—Inocentes —contestamos al unísono, mi voz más alta que la de Lisa.

—¡Eso es ridículo! ¡Siéntense!

Nos sentamos tal como nos ordenó y todos volvieron a poner la mirada en el juez.

—Los cargos en su contra son: intento de asesinar a un agente del Reich, traición por actos subversivos, lo que incluye la escritura y distribución de material disidente, especialmente en Núremberg, y asociación con traidores e inadaptados. —Cerró el archivo, lo levantó y luego lo azotó sobre el estrado—. En efecto, traidores e inadaptados. ¡Mírenlas! Las arrancamos de raíz como a una plaga. ¡Deben pagar por sus crímenes, por perjuicios al Reich!

La exigencia de justicia resonó en la sala, hasta que el juez golpeó el martillo para silenciar a la corte.

Entonces Freisler leyó un documento que listaba los crímenes y la indagación que respaldaba los cargos. Soltó una perorata de media hora que acompañó con ademanes ostentosos, grandilocuentes y furiosos, hasta que se detuvo y recuperó las fuerzas para su siguiente exabrupto. Después de una breve pausa, leyó más páginas que resumían las acusaciones en mi contra, con la misma indignación con que había leído los cargos en contra de Lisa.

Después de una hora, llevaron a la mesa de la corte el mimeógrafo, los esténciles para imprimir y las copias de nuestros dos panfletos como evidencia. Todos los que estaban en el estrado, a excepción de Freisler, se tomaron unos minutos para examinar los objetos. La mayoría de los hombres, e incluso nuestros abogados, miró los panfletos y luego nos volteó a ver con una mirada de repugnancia. Me sentí fatal al considerar el destino que debió haber padecido Dieter Frank, el artista en cuyo estudio produjimos aquel material. ¿Estaría en el cuartel general de la Gestapo, en prisión o muerto? ¿Qué pistas siguieron los investigadores para llegar al estudio y a la evidencia? Ignoraba si alguna vez sabría la respuesta.

Todo el peso de lo que nos esperaba a quienes estábamos vinculados con la Rosa Blanca me cayó sobre los hombros. Traté de contener mis emociones cuando pensé en mi madre, que ahora tenía a una hija en circunstancias aún más complicadas que las de su esposo. Cuando me uní a la resistencia, sabía que este día llegaría. Sin embargo, una vive con la esperanza de que lo impensable nunca ocurra. Un sinnúmero de rostros desfiló por mi cabeza, Sina y sus hijos masacrados en Rusia, el rabino de la sinagoga calcinada, los judíos víctimas de la *Kristallnacht*, los prisioneros «subhumanos» que las tropas alemanas golpearon y torturaron, los solados de la *Wehrmacht* congelados en la nieve en las afueras de Stalingrado. Todos murieron por órdenes de un loco. Aquellas caras importaban más que la mía.

—¿Tiene algo que decir en nombre de Lisa Kolbe? —Freisler le preguntó al abogado.

El hombre de mediana edad entrecerró los ojos, se puso de pie y dijo:

—Presidente, Lisa Kolbe se declara inocente, pero la evidencia presentada por la corte claramente demuestra su culpabilidad. Pido clemencia porque la acusada es joven, tan solo tiene veinte años, y obviamente fue hipnotizada por las acciones disidentes de los demás.

—¡Hipnotizada! —Freisler enfureció tanto que su rostro tomó el tono escarlata de su toga—. ¡Esta mujer es una traidora! Su culpabilidad es tan evidente como mi nariz. ¿Qué querría para ella, que saliera libre?

El hombre inclinó la cabeza.

—Cadena perpetua —dijo con un hilo de voz.

—¡Ja! La insolencia acompañada de la estupidez... —Freisler frunció el ceño y señaló a Lang, mi abogado—. ¿Tiene algo sustancial que agregar a este proceso, que las acusadas han convertido en una burla?

Lang despegó de la silla su cuerpo carnoso y se dirigió al presidente.

—Con permiso del tribunal... No —dijo de forma engreída y se volvió hacia mí con una sonrisa forzada.

—Usted es un hombre sabio —agregó Feisler mientras Lang se sentaba—. La acusada Lisa Kolbe puede tomar la palabra, pero solo si jura decir la verdad.

El policía la llevó por la galería y le dijo que debía pararse exactamente frente al presidente. Él la miró con sus ojos depredadores, que la examinaban como un ave rapaz que se abate sobre un roedor. Lisa empezó a hablar lentamente, con poca emoción en su voz.

—Me golpearon para obligarme a decir la «verdad».

Los abucheos retumbaron por toda la sala.

—Déjenla hablar —El presidente golpeó con el martillo hasta que los hombres se callaron—. ¡Mentira! Tú, una traidora ruin, ¿acusas a los hombres nobles que custodiaron tu miserable cuerpo de agredirte? Es más probable que tus heridas sean autoinfligidas para obtener la compasión de la corte. —Colocó sus manos en el estrado y sonrió—. Dejen que diga más mentiras.

—Sé lo que dijeron quienes pasaron por esta sala antes que yo: que alguien tenía que empezar, que la Rosa Blanca solo hizo eco de lo que muchos piensan del Reich, pero nadie se atreve a expresar.

Freisler se levantó del estrado. Su martillo se balanceaba en su mano, como si estuviera a punto de golpear a mi amiga.

—¿Cómo te atreves a pronunciar tales palabras en esta corte? *Tú* eres la traidora y se te aleccionará con severidad cuando recibas tu condena.

Lisa caminó hacia adelante y el policía se abalanzó hacia ella para alejarla del estrado.

—¡*Usted* es el culpable! *Usted*, el presidente del Tribual Popular, quien mata con sed de venganza. Como dijo Hans Scholl antes de morir: «¡Larga vida a la libertad!».

De manera violenta, Freisler estiró su brazo hacia el abogado de Lisa y los pliegues rojos de su toga caían como si fueran cortinas.

—¡Haga que se calle! ¡Cállela antes de que ordene que la ejecuten en esta sala!

La galería explotó en vítores y Lisa gritó por encima de la conmoción:

—Si lo que quiere son culpables, ¡entonces *soy* culpable! ¡Soy la responsable de todo!

Frenético, Freisler movió los brazos, en un intento por suscitar más indignación de la que había escapado de sus palabras. No estaba segura de que siquiera hubiera escuchado la «confesión» de Lisa. Alentada por el valor de mi amiga e impulsada por el ansia y el miedo, me puse de pie y le grité a los hombres: «¡Soy culpable!». Ninguno pareció escucharme en medio del griterío, pero no podía permitir que Lisa se quedara sola en su valentía.

El presidente dejó caer los brazos a sus costados y la corte guardó silencio. Todos los hombres que se habían puesto de pie para gritar sus objeciones regresaron a sus asientos, a excepción de dos que se quedaron cerca de una puerta, en la parte posterior de la sala. Se dirigieron al estrado con un paso calculado. Al primero lo reconocí de inmediato, y el rostro del segundo pronto irrumpió en mi memoria y agregó más tensión a mis nervios ya crispados.

Garrick Adler atravesó la galería, traía el abrigo colgado del brazo, su cabello rubio resplandecía por la luz y sus ojos nunca se despegaron de la mirada del presidente. El hombre que lo acompañaba, el oficial de la SS que había atacado a Lisa en Núremberg, caminaba a su lado.

Freisler reconoció a Garrick y lo llamó a comparecer.

—¿Tiene algo que decirle a la corte, *Herr* Adler?

Garrick se inclinó ante el presidente, hizo una pausa y dijo:

—Lisa Kolbe, como lo declaró, es culpable de todos los crímenes. Ella es la responsable de todo. *Untersturmführer* Sauer, de Núremberg, testificará que lo que digo es verdad. Natalya Petrovich es inocente.

Un silencio anonadado descendió sobre la sala y nadie se movió del asiento. Freisler entrecerró los ojos, apretó los labios y me señaló.

—Adler, ¿le estás pidiendo a la corte que crea que esta subhumana, esta *alemana* de ascendencia *rusa* es inocente?

—Yo soy la culpable —Lisa dijo otra vez—. Actué sola.

—Lisa Kolbe le está diciendo la verdad a la corte —agregó Garrick.

Me pregunté adónde quería llegar y me quedé callada por un momento. El presidente frunció el ceño y llamó a los dos hombres al estrado.

—Cuánto alboroto ha provocado, Adler. La corte tomará un receso privado con usted para considerar esta cuestión.

Todos se pusieron de pie cuando Freisler, Garrick y Sauer abandonaron la sala para ir al despacho del presidente. El policía le indicó a Lisa que se sentara en una silla cerca del estrado. Ella miraba en mi dirección de vez en cuando con el rostro inexpresivo, pero sus ojos me pedían que me quedara callada y que no dijera nada sobre mi «culpabilidad». Ante la insistencia de Lisa, me dispuse a aferrarme a mi única posibilidad de sobrevivir.

Durante una hora vi a los oficiales pasearse por la sala. Inspeccionaban el mimeógrafo como si fuera el arma secreta más reciente de la *Wehrmacht*, leían los panfletos con expresiones de horror o sonrisas sarcásticas y murmuraban sobre el proceso. Imaginé que esas conversaciones se referían a Lisa, a Garrick Adler y a mí.

Poco después, el presidente entró seguido de Garrick y el oficial de la SS. Todos se pusieron de pie. Cuando los asistentes se sentaron, Freisler ordenó:

—Acusadas, pónganse de pie.

Lisa y yo obedecimos. Él inclinó algunas páginas transcritas frente a su cara y leyó:

—Después de una cuidadosa reflexión, la corte, en nombre del pueblo alemán, declara en este día, 23 de febrero de 1943, que Lisa Marie Kolbe, de acuerdo con el juicio celebrado el día de hoy, ha sido encontrada culpable de atacar a un oficial del Reich, escribir y distribuir panfletos en tiempos de guerra, sabotear los esfuerzos bélicos, llamar al derrocamiento del nacionalsocialismo, ayudar al enemigo y vulnerar la seguridad nacional. Por estos cargos será castigada con… —Hizo una pausa y con unos ojos que echaban chispas miró a Lisa que estaba frente a él— la muerte. Perderás tus derechos y privilegios como ciudadana de hoy en adelante. —Los murmullos que aprobaban la sentencia se propagaron por la sala—. Como se te ha declarado culpable, estás obligada a sufragar los gastos de la corte.

Lisa bajó la cabeza, pero no volteó a verme. Antes de que pudiera decir cualquier cosa, un policía me tomó del brazo y me llevó frente al estrado. Un policía que estaba al lado de mi amiga se la llevó por una puerta lateral. Esa fue la última vez que la vi. Enfrenté sola al juez de Hitler.

—Natalya Irenaovich Petrovich, en nombre del pueblo alemán, en este día, 23 de febrero de 1943, has sido considerada *inocente* de todos los cargos, excepto el de juntarse con traidores e inadaptados, lo que te llevó a esparcir mentiras derrotistas a un costo terrible para los esfuerzos de guerra, a ayudar al enemigo y a llamar al derrocamiento del nacionalsocialismo... —Su mirada severa me atravesó—. Por lo tanto, se te castigará con cinco años de prisión que empezarán el día de hoy. Como has sido declarada culpable, estás obligada a sufragar los gastos de la corte. —Golpeó con su martillo una vez más—. Este juicio ha terminado.

Casi no recuerdo nada de lo que sucedió después del fallo porque mi mente aturdida se quedó en blanco. Intenté encontrarle sentido a lo que había sucedido en la sala y, solo al pensarlo después, entendí que Garrick y el oficial de la SS habían influenciado la decisión de Freisler. Me aterró el hecho de haber visto que sentenciaban a mi amiga. La euforia que debí sentir por mi sentencia de cinco años de prisión se convirtió en culpa y vergüenza por los que morían por la resistencia. Cinco años para alguien joven es toda una vida, sin embargo, yo iba a vivir. Me recorrió un torbellino de emociones, me daba vueltas la cabeza, mientras que el mundo se había detenido momentáneamente después del juicio del presidente.

Un policía sujetó mis brazos como si fueran tenazas y puso bruscamente las esposas en mis muñecas, aunque yo no tenía el deseo ni la fuerza para luchar. No había manera de escapar del Palacio de Justicia. Solo alcancé a ver que Garrick y el hombre de la SS salían de la sala por la puerta por la que entraron, sin decirme palabra.

Una camioneta cuadrada me esperaba en la calle. El día se había tornado gris y más frío, el aire olía a lluvia. ¿Cuánto tiempo pasaría antes de que saliera otra vez? ¿Adónde me llevarían? Tuve la absurda idea de que me transportarían al departamento de mi madre para avisarle a qué lugar me llevarían.

—¿Adónde vamos? —pregunté a través de la red de alambre que me separaba del chofer. Los guardias no me habían dicho nada.

—A Stadelheim —respondió sin despegar los ojos de la calle frente a él.

Me encarcelarían en la misma prisión que mi padre.

CAPÍTULO 12

Piedra sobre piedra, ventanas cuadradas con remates triangulares descendentes en la parte superior, lluvia que escurre del techo de mosaico rojo. Estas eran las características de Stadelheim el día en que se convirtió en mi hogar. Mientras que algunos prisioneros estaban confinados en celdas con ventanas, fui desafortunada en ese sentido. Después de mi adoctrinamiento, me encerraron en una celda que parecía subterránea, separada de mi padre y de Lisa Kolbe.

Sola.

En lugar de lamentarme y llorar por mi infortunio, hice todo lo que pude por mantenerme positiva durante los interminables días y traté de recordarme que en vez de una sentencia de muerte iba a estar en prisión. Pero en la soledad de la oscuridad, mucho después de la medianoche, los miedos se enzarzaban en mi mente, primero lentamente, como si descendiera en una pesadilla, y después estallaban en terribles visiones que me atormentaban.

¿Qué tan distinto sería el mundo en cinco largos años? ¿Los Aliados triunfarían sobre Hitler y el nacionalsocialismo? ¿Múnich, la cuna del movimiento nazi, seguiría en pie? Estas preguntas eran meras generalidades. ¿Qué sería de mi vida? Me pasaba las noches en vela preguntándome si sobreviviría a mi condena, a sabiendas de que en cualquier momento me podían arrastrar hacia la guillotina. No supe qué fue de Lisa ni de mi padre, y aún pensaba en lo que Garrick y el hombre de la SS le dijeron a Roland Freisler para salvarme de la muerte.

A medida que los días y las noches se sucedían, encontré un poco de consuelo en las palabras que el capellán me dijo en el cuartel general de la Gestapo. «Tal vez se olviden de ti»; me dijo que pudrirme en la cárcel era preferible a morir.

No tenía idea de cómo sería la vida en prisión, porque no tenía una experiencia previa más allá de la visita que le hice a mi padre. Mis momentos favoritos bajo la luz del sol se desvanecían cuando las noches avanzaban en una procesión metódica; el tiempo parecía pausado, como el lento tictac de un reloj.

Recién llegué a Stadelheim me dieron un nuevo vestido de reclusa de color gris y algodón, que remplazó el que me dieron cuando me arrestaron. Este vestido tenía un detalle distinto, un triángulo rojo que apuntaba hacia arriba, en vez de hacia abajo. Según lo que me explicó la matrona, con un tono objetivo que me remitió a cuando una se prueba ropa en una tienda departamental, ese distintivo se asignaba a espías y traidores. También me entregó un desgastado abrigo color café, que fue un gran consuelo en mi fría celda. Cuando me preguntó por los trabajos que podía desempeñar, le dije que tenía algo de experiencia como enfermera. Me dijo que el área médica no era un lugar para prisioneros porque no podíamos tener acceso al equipo y a los fármacos. Entonces me enviaron a la cocina para preparar comida y lavar trastes.

Si bien la cocina estaba vigilada, al menos me acompañaban otras prisioneras. No estaba permitido hablar ni intercambiar ningún tipo de información, a excepción de las órdenes entre guardia y reclusa. Una vez que recibíamos una orden, se esperaba que la ejecutáramos en un tiempo y forma precisos. Cualquier falla por nuestra parte podría ocasionar un golpe en la cabeza con una mano o con algo más duro, por lo común metálico. Muchas mujeres deambulaban por la cocina con moretones en el rostro y para escuchar tenían que poner la mano en su oído en forma de concha, a causa del daño que les había provocado tanto golpe.

Nuestro día empezaba al amanecer, cuando sacábamos la bacinica. Una vez que la puerta se cerraba, nos alimentaban con un pan seco y oscuro, y un café rebajado. Después nos sacaban y marchábamos en filas alrededor del recinto. Si alguien se caía, no lo volvíamos a ver.

Después, nos poníamos a trabajar. Algunos prisioneros trabajaban afuera de Stadelheim los lunes y los jueves. Al principio pensé que esos hombres y mujeres eran afortunados, pero al final del día solo regresaban algunos. En la cocina, los rumores hablaban de golpes, transferencias a otras prisiones y ejecuciones. El asesinato de los prisioneros por razones desconocidas por lo general ocurría los martes y los viernes.

Ciertos días arrojaban una pequeña pieza de salchicha o algún otro tipo de carne en la sopa. Algunos prisioneros decían que nos estábamos comiendo la carne de las víctimas de los nazis. Como trabajaba en la cocina, sospeché que eso era mentira, aunque nunca supe de dónde venía la carne.

Después de algunas semanas en confinamiento solitario, estaba ansiosa por conversar con quien fuera, guardia o prisionero. Un día en la cocina, intenté hablarle a una delgada joven cuyo vestido le quedaba tan grande que parecía un saco de papas. La característica distintiva de aquella tela desgastada era que llevaba un triángulo negro y nuevo. Ya había visto a esta mujer en el trabajo. Por las sonrisas tímidas que me dirigía, esperaba que fuera confiable. Por supuesto que conocía el riesgo de hablarle a otra prisionera y el peligro de exponer a alguien más a tal acción prohibida. No me importó; no solo estaba desesperada por hablar, sino por obtener información sobre la prisión.

Estábamos sobre el fregadero pelando los nabos almacenados durante el invierno. Este vegetal se iba a preparar para los oficiales y los guardias, no para las bocas de los prisioneros.

Una guardia estaba sentada a unos metros de distancia. Se trataba de una mujer mayor que llevaba el cabello peinado hacia atrás, en un chongo apretado. Nos dejó muy claro que no tenía inconveniente en matar a los prisioneros que usaran los utensilios de cocina como armas.

—¿Cómo te llamas? —le susurré a mi compatriota mientras mantenía la mirada en el nabo que sostenía con la mano izquierda.

Su cabeza se giró un poco y sus ojos, del color del brandy, titilaron y observaron la habitación tanto como le fue posible sin que fuera obvio para nadie más que para mí. Tal vez había estado en prisión por mucho tiempo, parecía experta en ser sigilosa.

—Llámame Reh —me dijo con voz baja y movió su hombro izquierdo hacia la mujer armada—. Ten cuidado con Dolly, es una de las malas.

Continué pelando el nabo, alegre por el sonido de otra voz humana que hablaba *conmigo*. Sin embargo, una vez que nuestra conversación empezó, no estaba segura sobre cómo proceder. Pensé que con obtener más información sobre la prisión sería suficiente.

—¿Cuánto tiempo llevas aquí?

—Casi dos años.

Sentí escalofrío ante la idea de estar encerrada en Stadelheim por tanto tiempo. Si mi padre había enfrentado tantas dificultades por una sentencia de seis meses, dos años me parecieron un lapso imposible, y en mi caso tenía que sumarle tres años más. Había optado por rezar cada noche para que nos liberaran los Aliados.

—¿Y tú? —me preguntó Reh. Su nombre significaba «venado» y me recordaba a una cierva frágil, con un cuerpo y piernas delgados, ojos cafés y acuosos, y movimientos elegantes y cautelosos.

—Poco más de un mes. Mi sentencia es de cinco años.

—Te fue bien. A mí me dieron diez. —Aventó el nabo pelado en una cubeta y tomó otro de la encimera—. ¿Cómo te llamas?

—Natalya. —También terminé de pelar el mío, lo puse en el contenedor y tomé otro—. ¿Qué significa el triángulo negro? —Me sentí incómoda por preguntar qué representaba ese símbolo.

Reh soltó una breve risita.

Alarmada, miré a Dolly, quien se inclinó hacia delante en la silla, colocó su dedo en el gatillo de la pistola y nos miró con unos ojos que echaban chispas.

—Silencio —murmuró Reh y volví a concentrarme en mi tarea.

Trabajamos calladas durante varios minutos, antes de que otro grupo de prisioneros apareciera en la cocina y nos hiciera a un lado para lavar los trastes en el fregadero. El olor de los restos del guisado de res y las salchichas emanaba de los platos y tazones sucios.

El estrépito permitió que Reh y yo continuáramos con nuestra conversación en una parte más alejada de la encimera.

—Me gustan los hombres —continuó ella— y el *schnapps* de durazno. —No estaba segura del significado de lo que me decía—. La corte me consideró «antisocial» porque era adicta a ambos. Me dieron cinco años por cada transgresión. Usé mis mejores encantos femeninos para seducir a la corte, pero no funcionó, maldito nazi anciano.

—¿Alguna vez piensas en salir de aquí?

—Si te refieres a escapar, nunca hablo de eso con nadie. —Levantó la mano y se acomodó el cabello corto y café de la frente hacia atrás—. De todas formas, es imposible. Es muy difícil llegar afuera y aquellos que lo logran no duran mucho. Eso es lo que he escuchado. No, estoy resignada a cumplir mi sentencia aquí... a menos que ocurra un milagro... o me muera.

Solté mi pelador y me masajeé la mano izquierda, que se me había acalambrado con el movimiento repetitivo.

—No creo durar cinco años —dije después de deshacer los nudos que sentía en los dedos.

Reh tiró otro nabo en la cubeta.

—Todos pensamos así al principio, pero imagina cómo sería la vida afuera: estarías siempre a la fuga. Cada agente de la Gestapo, hombre de la SS y policía local peinaría cada colina y valle, y tocaría todas las puertas solo para encontrar tu débil y agotado cuerpo. Además, ¿en dónde te esconderías? No puedes recurrir a tus padres, a tus familiares ni a tus amigos. —Miró mi insignia roja—. También correrían peligro y serían sospechosos de traición. La única manera de salir de aquí es cumplir con la condena o morir en una camilla. Ahora que pasó mi *delirium tremens*, me doy cuenta de que aquí todo está muy bien, tengo comida, un lugar donde dormir y no tengo que preocuparme de que me hagan pedazos. Los Aliados no bombardean prisiones y créeme que saben dónde están. —Hizo una pausa—. Algunas mujeres que conocí se volvieron locas y las transfirieron a un manicomio. Tal vez allá esté mejor.

Tomé uno de los nabos que quedaban. Pensé en ser audaz y preguntarle a Reh sobre las ubicaciones de las entradas y las salidas de la prisión cuando me tomó por sorpresa un duro golpe en la cabeza. Vi estrellas. Una vez que me recuperé y ubiqué, me di cuenta de que estaba sobre la encimera y de que mis lentes se habían caído a la cubeta de los nabos.

—¿No sientes que ya hablaste lo suficiente, *traidora*? —La voz de Dolly desbordaba furia—. Sigue hablando y te golpearé la cabeza con algo más que llaves.

Fulminó con la mirada a Reh y se marchó mientras yo me restregaba la sien derecha, mi cabeza palpitaba y la sangre manchaba mis dedos de rojo. Reh me pasó mis lentes sucios.

—No la hagas enojar —susurró con un hilo de voz—. Te golpeó porque eres nueva, yo recibí muchos trancazos.

Lavé mis lentes con rapidez, me los puse y me retorcí de dolor cuando la varilla derecha me arañó la herida. Continué trabajando con la cabeza maltrecha y no le dirigí la palabra a Reh por el resto de la tarde.

A pesar de la presencia de Dolly y otros guardias, Reh y yo hablábamos a murmullos cuando podíamos. Sin embargo, cuanto más tiempo pasaba en Stadelheim, más evidente era la imposibilidad de escapar a la eficiente organización nazi que la gestionaba.

Entre el confinamiento de mi celda y mis obligaciones tan estructuradas, mi vida se vio limitada de una manera que jamás imaginé posible. La primavera se convirtió en verano y el calor de la cocina se volvió insoportable: una cámara de tortura de olores fétidos, humedad infernal y sudor. Muchas de las mujeres que trabajaban conmigo se desmayaron por las temperaturas tan altas y nunca regresaron al trabajo. Nunca supe si las transfirieron o las mataron porque simplemente dejaron de ser útiles. Las prisioneras recién llegadas las remplazaron.

Por la noche, sola en mi celda, mis pensamientos degeneraban y se convertían en tierra fértil para imágenes perturbadoras, en su mayoría centradas en mi cautividad y la imposibilidad de escapar. Sabía que Freisler podía cambiar de opinión en cualquier momento, por alguna «evidencia» real o sembrada, y esa posibilidad no ayudó a atemperar mi depresión cada vez mayor. La caminata ocasional por el jardín del recinto, en la que tomaba aire fresco sin importar el buen o mal clima, me levantaba el ánimo por unos momentos, hasta que me consignaban a la cocina o a mi solitaria celda. Sin embargo, rezaba para que la corte en efecto se hubiera olvidado de mí. Era una paradoja insensata que mis alternativas fueran morir o pudrirme, como me explicó el capellán. Estas ideas me volvían loca; mis nervios crispados se deshebraban todos los días y agravaban mi estado mental.

Una abrasadora tarde hacia el final del verano, un visitante llegó a mi celda.

Garrick Adler había venido para honrarme con su compañía. Por salud mental, pensé en rehusarme a hablar con él, pero quizás él pudiera contestar las preguntas que me habían asolado durante meses.

Estaba vestido con un uniforme de la SS, un signo claro de su lealtad al *Führer* y que también significaba un alejamiento del estilo menos militarista de la Gestapo. Se veía «bien conservado», esas fueron las palabras que me vinieron a la mente cuando lo vi. Su saco y sus pantalones habían sido planchados con esmero, sus botas negras estaban boleadas y brillaban. Un guardia trajo una silla y se marchó.

Se quitó el sombrero y tomó asiento.

Yo estaba sentada al borde de mi cama, frente a él.

Su expresión era reflexiva y curiosa. No sonreía, no tenía el ceño fruncido, era como si quisiera conocer las condiciones de vida en la prisión. Me pregunté qué pensaría de mí, despatarrada en mi cama, vestida con ropa de reclusa y desaliñada. Cuando habló, sentí en el estómago una aversión inmediata.

—Supongo que esto es una sorpresa —dijo como si invadiera mi confinamiento solitario. —Lo miré sin saber qué decir, con un enojo que empezaba en mi estómago y me llegaba hasta la garganta—. Si no deseas hablar, me iré, pero te traigo noticias que quizá quieras escuchar.

Mis labios temblaron al igual que mi voz.

—Me sorprende que algo te importe lo suficiente para estar aquí. ¿Qué quieres?

Me miró y supe lo que vio: mis manos ásperas, mi corte de cabello hecho en prisión, mi vestido manchado, mis lentes sucios. Me pregunté si sentiría pena ajena por mí, como yo la sentía por haber confiado en él. Garrick, quien alguna vez me había declarado su cariño, ahora se sentaba a un brazo de distancia, tan guapo como siempre en su uniforme ruin.

—¿Te están tratando bien? —Me carcajeé y después escupí hacia donde estaban sus pies. Él movió sus botas boleadas lejos de mi saliva—. ¡Cómo te atreves! —Quitó el sombrero de su regazo y lo tomó entre sus manos—. No quise ofenderte. Si te están tratando mal... tal vez podría recurrir a mis contactos.

—Déjame en paz —dije y bajé la cabeza—. No quiero tus favores. ¿Qué no conseguiste lo que querías, destruir la Rosa Blanca?

Levantó mi barbilla con su dedo y después apuntó a la cabeza de la muerte: al cráneo y a las tibias cruzadas en su sombrero.

—Hice un juramento al *Führer* y al Reich. ¿Crees que puedo ignorar esa promesa sin que haya consecuencias para quienes me conocen? Mi familia, otras personas que conozco y quiero, hasta tú, estarían en grave peligro si renunciara a mi juramento hacia el Reich. —Puso el sombrero en su regazo otra vez—. *Yo te salvé*.

Así confirmaba lo que había pensado durante meses. Garrick admitía que me había salvado de la sentencia de muerte. La pregunta que necesitaba formular era ¿por qué? Él sabía lo que yo estaba pensando, limpié mis lentes con mi manga y asentí como una señal de aceptación.

Garrick miró la pared a mi espalda, sus ojos se concentraron en las piedras, como si pudiera ver a través de ellas, hacia el jardín del recinto, al cielo azul y al ardiente sol. Agarró su sombrero con tanta fuerza que pensé que lo rompería, pero entonces, con un estremecimiento, lo soltó.

—Porque... porque creí que...

No pudo continuar y yo tenía mi respuesta. Aún tenía poder sobre él, cosa que él admitió hace mucho tiempo.

—¿Qué querías decirme? —pregunté con menos antagonismo—. Veo que te ascendieron.

Ladeó su cabeza.

—Sí, fue una especie de ascenso. Ahora soy SS y estoy fuera de la Gestapo. No hago tanta investigación como solía hacer. —Me miró—. Tu padre está en casa, lo pusieron en libertad en la fecha estipulada; yo tuve que ver con eso, intercedí por él.

Cierto alivio me inundó. Supuse que lo habían liberado, pero no pude confirmarlo mediante los rumores de la prisión ni por cualquier otro medio. Tristemente, los guardias eran una tumba en cualquier aspecto relacionado con los prisioneros, en especial los desaparecidos.

—Gracias. No lo sabía. Mis padres no han venido a verme.

—No puedes tener visitas. Solo puedes hablar conmigo. —Arqueó una ceja—. Pero puedes hablar con *otros* en Stadelheim.

Mi agradecimiento se convirtió en indignación cuando entendí el significado detrás de sus palabras.

—Quieres que espíe a otros prisioneros, ¿no? Quieres saber lo que me cuenten los demás.

—Sí, cuéntame. Es un pequeño favor…, unas por otras.

—Por eso estoy viva, ¿no? Porque quieres que acabe con otros traidores, por eso estoy en confinamiento solitario, para que anhele la oportunidad de hablar con quien sea.

—El Tribunal Popular desintegró la Rosa Blanca, pero al Reich le preocupa que la resistencia aún no esté muerta. La Gestapo y la SS siempre están a la caza de quienes socavan al *Führer*. Si me ayudas a encontrarlos y a llevarlos ante la justicia, quizá las cosas sean más sencillas para ti y tu familia.

«Nunca. Ni en mil años traicionaría a otras personas en nombre del Reich. Demasiados han muerto y han sido asesinados por los sueños faraónicos de un demente. Soy una más que eligió un bando». Me dejé caer contra la fría pared. Él frunció el ceño al levantarse de la silla.

—Es suficiente por hoy. —Se puso el sombrero y tocó la puerta de la celda. Se abrió con un rechinido. Me volteé porque no quería verlo—. Natalya, se te está acabando el tiempo. Te hice una advertencia que espero que consideres. Debes encontrar a los traidores potenciales del Reich o tu utilidad se habrá terminado. El presidente Freisler accedió a esto cuando te sentenció, pero su paciencia tiene un límite, como pudiste observar. Mi insistencia en tu cooperación es la razón por la que tu padre está fuera de prisión y tu madre está a salvo. La situación es desafortunada, pero ahora está fuera de mis manos.

Me negué a verlo.

—Nunca tuviste una lesión en la pierna, ¿cierto?

—No, la Gestapo protege a los suyos. Si necesitas hablar conmigo, notifícaselo a los guardias, ellos tienen órdenes precisas al respecto.

La puerta se cerró detrás de él, pero su voz se escuchó a través del pasillo mientras se alejaba.

—La traidora Lisa Kolbe fue ejecutada con la guillotina la misma tarde del día de su juicio. No sufras el mismo destino. —Se detuvo como si esperara que gritara furiosa ante sus palabras—. Alex Schmorell, el ruso, y el profesor Kurt Huber murieron el 13 de julio, después de su juicio en abril. La razón por la que el soldado Willi Graf sigue vivo ya te quedó clara.

Contuve mis lágrimas mientras sus pasos se desvanecían. Cuando el pasillo se quedó en silencio, enterré mi cara en la almohada y me solté a llorar.

CAPÍTULO 13

Garrick Adler vino a verme unos meses después, a finales de octubre de 1943, aún con la expectativa de arrestar a traidores que nunca pude descubrir. No tenía nada que reportar, pero le pregunté los detalles sobre la manera en que capturaron a Alex, al profesor Huber y a Willi, a quien habían ejecutado unas semanas antes.

Mi amigo Alex, a quien vi por última vez en la universidad cuando arrestaron a Hans y a Sophie, huyó de Múnich y se ocultó en un campo de prisioneros de guerra ruso en el sur de Alemania, con el objetivo de viajar a Suiza neutral. Llevaba documentos falsificados, pero la reunión que tenía planeada en Innsbruck se vino abajo cuando la persona que debía ver nunca apareció. Regresó a Mittenwald, donde alguien lo reconoció y se vio obligado a huir a las montañas, pero las tormentas invernales lo pararon en seco. No tenía la comida ni la ropa adecuadas para un viaje tan arduo. Tristemente regresó a Múnich para refugiarse en un búnker en Schwabing, durante el ataque aéreo del 24 de febrero. Ahí una vieja amiga lo identificó como un forajido y, exhausto como un antílope al que persiguen los leones, fue arrestado por la Gestapo.

Dos días después de Alex, a las cinco de la mañana, arrestaron al profesor Huber. Cuando su hija de doce años abrió la puerta, tres agentes la hicieron a un lado y a rastras sacaron al profesor de su cama. Su esposa no estaba en casa y por fortuna se libró del terror de aquella madrugada. Como el profesor Huber había ideado el contenido del panfleto que Hans y Sophie llevaron a la universidad, su sentencia de muerte era un hecho. Todo el esfuerzo que el profesor invirtió en quemar libros y evidencia incriminatoria no sirvió para nada.

La captura de Willi fue la menos dramática de las tres. El soldado llegó a casa por la noche del día en que se llevaron en custodia a Hans y a Sophie. Él y su hermana platicaban cuando los arrestaron. Desconocía lo que había pasado con sus amigos y la Gestapo sabía dónde encontrarlo.

El segundo juicio de la Rosa Blanca se llevó a cabo el 19 de abril. Juzgaron a catorce hombres y mujeres. De todos ellos, Alex, el profesor Huber y Willi, fueron sentenciados a la pena de muerte. Un Freisler burlón le gritó a Alex que era un traidor, antes de enviarlo a su asiento. Willi fue el segundo en comparecer ante el presidente del Tribunal Popular, quien fue indulgente y le dijo que casi se salía con la suya. Freisler reservó gran parte de sus vituperios para el profesor Huber, a quien llamó «holgazán» y lo reprendió por su diatriba política contra el Reich.

Ejecutaron a Alex y al profesor Huber con la guillotina, escasos meses después de sus juicios. A Willi se le dejó en prisión con la esperanza de que le diera a la Gestapo más información sobre otros traidores. El 12 de octubre de 1943 su vida terminó porque no reveló nada nuevo sobre las actividades sediciosas en la *Wehrmacht*. Sentí tanto dolor como pude por todos ellos, pero no logré llorar porque quedaba poca emoción en mí.

—El silencio de Willi terminó con su vida —declaró Garrick—. Síguelo intentando, Natalya, por mí, por lo poco que hubo entre nosotros.

—No hubo nada —respondí cual criatura patética que intenta mantener su dignidad.

—Pero yo sentí algo... pudo haber pasado algo entre nosotros.

—Tú estás del lado de Hitler y yo no. —Sus ojos se cerraron y su rostro se endureció.

—Conozco tus convicciones políticas, pero piensa en tu familia, en que podrías hacer la diferencia para ellos. Una clave, una pista, un paso que lleve a otro es todo lo que yo… *nosotros*… necesitamos.

—Lo intentaré —dije y suspiré. Creía en mis palabras tanto como creía que Garrick y yo volveríamos a estar juntos algún día. Era una treta, una estrategia para ganar tiempo.

—Te volverás loca aquí, Natalya, ¿quieres que te transfiera a un manicomio?

Se marchó con esa pregunta, pensando que por fin me tenía entre sus garras.

Después de la visita de Garrick esperaba que la muerte me visitara en cualquier momento de mi rutina monótona y solitaria. El otoño se convirtió en invierno y el invierno en primavera, pero casi no advertí el cambio estacional. Los meses fríos debilitaron a Reh y un día desapareció para jamás volver, como muchos otros. Yo subsistía con las cáscaras de papa y nabo que complementaban la exigua comida que recibía, consciente de que si me veían robándolas me apalearían. Con el paso de los meses me di cuenta de que escapar de Stadelheim era imposible. Moriría aquí, olvidada o por mi propia mano.

La pregunta de Garrick sobre mi transferencia a un manicomio me rondaba y recordé lo que Reh me dijo sobre los prisioneros que transferían a aquellas instituciones. Tal vez sería más sencillo escapar de ahí. Como último recurso, decidí enloquecer, un plan fraguado por pura desesperación.

Casi todos los que estábamos en Stadelheim enloquecimos a finales de abril de 1944, cuando los Aliados lanzaron una gran ofensiva aérea sobre Múnich. En la prisión, todas las operaciones cotidianas se detuvieron y por primera vez me alegré de tener una celda subterránea. La tierra retumbaba a nuestro alrededor y, aunque las bombas cayeron en la cercanía, la prisión no sufrió ataques directos. El olor de la tierra y madera quemadas llenaba el aire que se filtraba hasta las profundidades de la prisión. Remojé con agua el borde de mi cobija y la puse sobre mi boca para poder respirar. En algunos momentos durante el ataque, que se llevó a cabo durante la noche y el día siguiente, el eco de los gritos se escuchaba por los pasillos y temí que estuvieran ejecutando a los prisioneros, encubiertos por la caída de las bombas.

Estaba preocupada por mi seguridad, pero también pensé en mis padres, en *Frau* Hofstetter y en Katze, y me preguntaba si los habrían evacuado de sus casas o si habrían muerto a causa del ataque. La idea era demasiado horrible para contemplarla, pero no tenía alternativa más que encogerme en un rincón y soportar el ruido sordo de las explosiones.

Enloquecer fue más sencillo con los ataques incesantes.

«Sin pluma, papel ni nada que me permita registrar mis pensamientos, yazco en mi cama e invento voces en mi mente. Enloquecer es fácil, es más difícil convencer a quienes controlan mi destino de que soy una lunática. Con todas mis fuerzas, intentaré hacerles creer que estoy loca, pero ¿qué pasará si triunfo en mi locura? ¿Me enviarán al manicomio o me clasificarán como una "indeseable" prescindible? Tal vez digan que estoy fingiendo y me refundan más.

»Dios, las noches son largas y los días deprimentes, a menudo pienso que la muerte sería preferible a pasar otra hora en esta fosa séptica, pero luego pienso en mis padres y albergo una mínima esperanza de verlos otra vez. Hasta Katze aparece ante mí con sus ojos verdes, acaricio su pelo tibio y piel rosada, mis oídos embeben sus ronroneos. Lo que daría por pasar una mañana con *Frau* Hofstetter y disfrutar un desayuno en su cálida cocina, lavar los trastes, lavar su ropa e incluso escuchar las marchas militares en el chirriante radio de su sala de estar.

»Pero por todos los cielos, caigo en la desesperanza al pensar en hombres como Garrick Adler, que están libres, vivos, respiran aire fresco, arrancan la hierba fresca y disfrutan el aroma de una lila. Me traicionó y lastimó mi corazón. Señor, ¿por qué me abandonaste? ¿Por qué mi familia y yo sufrimos cuando las bestias merodean en libertad? ¿Dónde está la justicia?

»Si me obsesiono con mi dolor, voy a desintegrarme y mi locura será real.

»Piensa, Natalya, piensa... Recuerda tu capacitación de enfermería... ¿Qué estado psicológico te beneficiaría más? ¿Qué desorden mental haría que te transfirieran de Stadelheim?

»Depresión, ansiedad y comportamiento antisocial no son lo suficientemente fuertes.

»¿Psicosis? ¿Muy fuerte? Una ruptura con la realidad... ¿esquizofrenia?

»Tengo semanas para pensarlo y meses para planearlo, a menos que recuerden que estoy aquí».

—¿Qué demonios te pasa? —preguntó Dolly y me mostró los dientes con una mueca despiadada. Tomé el cuchillo de carne de la encimera y le di unas vueltas con mi mano, describiendo un círculo brillante bajo el resplandor de las luces de la cocina—. ¡Deja ese cuchillo! —Dolly sacó su pistola y me apuntó a la cabeza.

—¿Cuál es el problema? Siempre te había caído bien. —Puse el cuchillo en la encimera y caminé hacia el fregadero de la cocina, donde me encorvé sobre una torre de platos sucios.

—Nunca me caíste bien, perra traidora —refutó—. Vengan a ver lo que sucedió con la que da puñaladas por la espalda. —Dolly llamó a las otros guardias, dos mujeres y un hombre de la SS que se pusieron a su lado y me estudiaron como si fuera el fenómeno de un espectáculo de circo.

Ella y los demás tardaron en notar cualquier cosa, porque el cambio fue gradual, con el paso de los días. No quise que el proceso fuera repentino, porque eso habría sido muy obvio. Me arranqué el cabello, un acto horrendo y doloroso que me hizo llorar tanto que me puse la colcha en la boca para no gritar. Quedaron expuestos trozos de mi cuero cabelludo sangrante, al principio eran pequeños. Bajo el colchón guardaba los mechones que me había arrancado para otro propósito. Tejí una cruz de cabello porque la religión suele ser una alternativa segura para la locura, ya fuera en términos de santidad o maldad. Elegí la ruta de la santidad porque quizás apelaría a los sentimientos religiosos reprimidos de los nazis. La táctica era más fiable que invocar a Satanás. Lo que necesitaba era una imagen creíble de la Virgen y los apóstoles para completar mis alucinaciones religiosas.

Con cuidado, rasgué mi vestido con las uñas, deshilaché el textil para insertar pedazos de desechos. Cabello, tierra, pedazos de papel, hojas, vidrio, madera, papel de baño, cualquier cosa que pude añadir al vestido, la puse. El efecto me transformó en un bote de basura con piernas. Me rasguñé con el vidrio después de haber limpiado el filo. Las cortadas eran superficiales, pero emanaban una fina película de sangre que pronto se coaguló. Cuando me eché un vistazo, me asusté. Era la imagen andante de una paciente del manicomio. La transformación me tomó días y la mejoraba cuando era posible, pieza por pieza. Parecía que solo ahora que la imagen estaba terminada, mi horrenda metamorfosis los había impactado.

—No la quiero cerca de mí —se quejó una de las reclusas—. Está loca y apesta, ¿no la escuchan gemir en la noche?

Dolly se rio y los otros guardias le hicieron segunda.

—No la escuchamos y no queremos escucharla.

La guardia rolliza se me acercó. Sus trenzas rubias se sacudían mientras avanzaba con especial arrogancia. Claramente, ella era la jefa del grupo y hasta trataba con prepotencia a los hombres de la SS. Se apretó la nariz cuando estuvo a un brazo de distancia, escupió en mis pies y me lanzó una mirada asesina, como si yo fuera la peor plaga.

—Me das asco. —Me estudió de los pies a la cabeza, sus ojos se movían sobre mí como si me barrieran con lentitud—. Me pregunto si en verdad estás loca, tal vez solo quieres hacernos creer que lo estás.

—Te vi anoche —dije y me empecé a pellizcar el cuero cabelludo.

Ella me pegó en las manos para que me las quitara de la cabeza.

—¿Me viste adónde?

—Con nosotros, en la mesa.

Sacudió la cabeza y levantó la mano como si fuera a pegarme.

—¡Lo que dices no tiene sentido, puta rusa! ¿Qué mesa?

—Cenábamos con Jesús y los apóstoles.

Las risitas nerviosas de los otros guardias estallaron en carcajadas. Dolly le bajó la mano.

—¿Ya vieron?, ¿qué les dije? —exclamó la reclusa que había hablado en mi contra—. Debería estar encerrada.

—Cállate —exigió Dolly con brusquedad y aventó a la mujer hacia atrás—. Esta será *tu* última cena si no pones de tu parte. ¡Aquí no hay flojera ni ociosidad! No lo voy a tolerar. Si estás loca, no te importará si te mandan a la guillotina. Esa será la verdadera prueba.

—Cenaste mucho y Jesús tuvo que detenerte. —Noté que iba a abofetearme y no lo pude evitar. Me golpeó con fuerza en la mejilla, caí hacia el fregadero y me corté con el cuchillo que puse en la encimera. Lancé mi mano hacia su cara, pues la sangre escurría de mi palma—. Mira lo que has hecho. Pensé que te agradaba. Cenaste conmigo.

—¡Maldita perra rusa!

El hombre de la SS interrumpió la sarta de maldiciones que Dolly estaba por despotricar.

—¡Escuchen!

Les hizo una seña a los guardias para que se reunieran alrededor del radio, en el fondo de la cocina. Siempre estaba a un volumen bajo, era un zumbido constante que se desvanecía después de horas de escucharlo. No me quedaba claro qué decía, pero los ojos de los guardias se agrandaron mientras se miraban con una consternación que pronto se convirtió en algo que rayaba en el horror. Estaba por terminar la tarde del 6 de junio de 1944. Había comenzado la invasión de Normandía, Francia.

Mis intentos por fingir locura fallaron casi en su totalidad, y no por falta de esfuerzo. Los administradores y los guardias de Stadelheim no lo toleraban. Supongo que habían visto esas conductas antes. Al igual que Willi, permanecía viva en la prisión porque Garrick y la Gestapo me dejaban vivir hasta que ya no les fuera de utilidad.

Conservé la demencia en mi cabeza y gran parte de los días era sencillo permanecer en ese estado. De hecho, me asustaba lo sencillo que había sido caer en la oscuridad, lo que se convirtió en una batalla emocional por mantener a raya la locura. Ese acto de equilibrio entre la cordura y el delirio me dejaba exhausta.

Si me deprimía hasta el punto de no decir palabra, Dolly o alguna de las otras guardias me abofeteaba por diversión, hasta que me obligaban a hablar, sin importar que las palabras que salieran de mi boca carecieran de sentido. Cuando los golpes eran más rápidos y duros, y el dolor rugía dentro de mí, optaba por hablar antes de que me pegaran hasta matarme.

Si me sentaba en mi celda sin querer moverme, las guardias me sacaban a rastras. Ese esquema también falló, porque los golpes en la cabeza y los puñetazos en la espalda no se detenían hasta que me paraba erguida y contenta en mi lugar en la cocina.

Mi vida estaba estancada, pero el mundo seguía su curso. El sentimiento de que no había logrado nada, más allá de pelar nabos y dormir en la cama de una prisión, era el peor de todos.

Las visitas de Garrick se acabaron. La corte me olvidó. Escapar era imposible. Mantenía los ojos abiertos, siempre en busca del momento y lugar correctos para liberarme. Monitoreaba las puertas de la cocina cuando podía, estudiaba las rutas de los guardias, me aprendía de memoria la ubicación de los pasillos y las ventanas, siempre en busca de una oportunidad, pero la vigilancia armada era muy fuerte y determinada, y eso frustraba cualquier intento por fugarme.

Me vi obligada a replegar mi locura porque mi farsa causó poco efecto, más allá de causarme dolor adicional por el acoso de las guardias y el aislamiento de las otras reclusas. Incluso me deshice de mi «cruz» de cabello porque Dolly y los demás la ignoraron. La guardia rolliza solía dejarme pasar casi sin verme. Me convertí en una presencia fantasmal después de la partida de Reh; me obligaban a comer, a trabajar y a dormir como si nada importara, ni la guerra; todo me era ajeno menos los bombardeos de los Aliados. Me acostumbré a vivir como un espectro. Mis padres no podían visitarme y nunca fueron a Stadelheim.

Tuve la horrible idea de que quizás habían muerto en su departamento bombardeado.

Hacia el final del verano, la atención de los oficiales de la prisión giraba en torno a lo que decía el radio y el ánimo de Stadelheim se volvió tan lúgubre como el invasivo clima otoñal. Las hojas anaranjadas y cafés cubrían casi todo el patio, después el viento se avivó en un frío hiriente y los primeros copos de nieve espolvorearon el aire a mediados de octubre. Me envolví en el abrigo café que me dieron al entrar a esta prisión. De no ser por él, me habría congelado en mi celda durante las largas y heladas noches.

Noté un cambio evidente en pleno otoño de 1944, uno que solo pude atribuir a los infortunios bélicos que enfrentaba Alemania. Aunque nadie me decía nada y a los reclusos no se nos permitía escuchar las emisiones nazis, supuse que las cosas no iban bien para la *Wehrmacht*. Dolly y los demás guardias lograron hacer de nuestras vidas un modelo de organización y disciplina, pero su humor oscilaba entre la esperanza y el desaliento, según las noticias de guerra del día. Aparentemente, la máquina propagandística del Reich estaba fracasando para levantar el ánimo del país, que iba en picada.

Un día especialmente sombrío, cuando el frío parecía haber penetrado hasta la calidez de la cocina y los guardias estaban al pendiente de las emisiones matutinas, un hombre uniformado y de alto rango de la SS apareció en la puerta. Una presencia oficial de ese calibre era algo excepcional. La rigidez de su paso militar me dio escalofríos y me pregunté si finalmente había llegado mi último día sobre la Tierra.

El hombre se llevó a Dolly aparte, le susurró algo y le entregó un documento doblado. La mujer robusta sonrió e hizo una reverencia servil antes de abrir el papel y leerlo. Su exagerado fervor me dio asco, pero no pude quitarle los ojos de encima. Después de leer la notificación, Dolly me señaló.

El oficial volteó hacia mí y yo desvié la mirada, como una defensa tardía que seguramente advirtió. Mientras se acercaba, sus tacones resonaban en el piso de piedra. Los demás reclusos lo esquivaron; yo cerré los ojos y recé unos segundos por mi liberación. Al igual que Hans, Sophie, Alex y los demás integrantes de la Rosa Blanca, creí que había llegado mi hora.

El poderío obvio de su cuerpo me abrumó, aunque solo se me había acercado por la espalda. Nunca había sentido este tipo de vigor y la sensación de aquella supremacía opresiva me aterrorizó.

—¿*Fräulein* Petrovich? —preguntó en un tono que sonaba más como una acusación que como una pregunta. —Volteé sin decir nada. Sus ojos fríos y grises me observaron y un gesto de repulsión le atravesó el rostro antes de que lo remplazara un semblante dictatorial—. Debe venir conmigo.

Me agarró del brazo y me jaló hasta dejar atrás a los guardias. Dolly sonreía satisfecha, mientras que los demás se quedaron sorprendidos de que me marchara por la puerta de la cocina.

—¿Adónde me lleva?

No dijo nada, pero siguió sujetando mi brazo con firmeza. Chillé de dolor cuando me jaló por las escaleras hacia una habitación bien iluminada con vista a los muros de la prisión. El oficial me empujó hacia adentro y un guardia armado cerró la puerta. El espacio estaba desnudo y sin muebles, a excepción de una mesa de madera y cuatro sillas. El único rasgo redentor del cuarto eran las ventanas que dejaban entrar la luz ceniza. En un día de primavera o verano, la luz del sol inundaría el cuarto, lo cual sería suficiente para alegrar a cualquier prisionero.

—Siéntese —me ordenó y tomé asiento frente a la ventana. La mínima oportunidad de mirar al exterior me consolaba y evitaba que pensara en la guillotina. Nos quedamos sentados en silencio por varios minutos. Él me observaba como si yo fuera un espécimen de interés científico o alguna especie nueva. Sacó un cigarro del bolsillo de su abrigo, lo prendió con su encendedor dorado y sopló el humo hacia un cenicero redondo de cristal que estaba sobre el escritorio.

El tiempo pasaba lentamente y por fin la puerta se abrió. Giré mi cabeza para ver que mi madre entraba al cuarto, su rostro se veía pálido y preocupado, sus manos blancas se aferraban a su bolso negro como si fuera un escudo.

Mi corazón dio un vuelco de emoción, aunque mi madre era la sombra de la mujer vibrante que alguna vez fue y que vestía impecablemente para ir de compras; ahora se veía como una ama de casa común y corriente con su vestido desgastado y su sombrero raído. Quería correr hacia ella, pero el hombre de la SS sintió mi alegría y me sujetó del brazo para que me quedara sentada.

Ella arrastró los pies hacia la mesa. El oficial me soltó e hizo una seña para que mi madre se sentara en la silla junto a él. Una vez que tomó asiento, me vio con angustia y las lágrimas se le salieron de los ojos.

—Me da mucho gusto verte, Talya, tu padre y yo hemos estado preocupados por ti desde hace mucho tiempo.

Sobrepasada por la sorpresa, me hundí en el asiento mortificada por mi apariencia. Mi cabello había empezado a crecer otra vez, pero aún quedaban algunas partes en las que el cuero cabelludo estaba al descubierto. Mi vestido estaba sucio y tenía los restos de basura que había entreverado en la tela. La vergüenza me encendió el rostro. De ninguna manera estaba presentable para una madre que me había criado con meticulosidad. Empezaba a responder cuando el guardia levantó su mano.

—No tenemos tiempo para cordialidades. Diga lo que vino a decir, *Frau* Petrovich.

Mi madre se secó las lágrimas y después bajó la mirada como si sufriera por la vergüenza que sentía.

—*Herr* Adler vino a vernos a mí y a tu padre —empezó con voz temblorosa—. Le presentó a nuestra familia una suerte de propuesta por parte del cuartel general de la Gestapo en Múnich. —Levantó la mirada y me examinó con tristeza—. Lo más sabio sería aceptar. *Herr* Adler nos dijo que estabas enferma y que si no recibías tratamiento podrías... —Tiritó violentamente y su cuerpo se quebró en sollozos.

—De hecho, *Herr* Adler insiste en eso —interrumpió el oficial, ya sin paciencia con mi madre—. Vengo como intermediario de la Gestapo. Lo que su madre trata de decir, *Fräulein* Petrovich, es que mañana, a primera hora del día, la internarán en Schattenwald. Ahí recibirá tratamiento por su enfermedad mental hasta que se le considere apta para reintegrarse a la sociedad. —Aplastó su cigarro en el cenicero, se inclinó hacia mí y entrelazó las manos sobre la mesa—. Sin embargo, hay una condición para que reciba el generoso cuidado del Reich.

Estudié el rostro frío e implacable del oficial de la SS y me pregunté si Garrick había convencido a la Gestapo de que yo podía ser útil para erradicar a los traidores, esta vez desde un manicomio. Ya había escuchado sobre Schattenwald. Antes de los nazis tuvo fama de ser un agradable lugar de descanso, pero estaba segura de que esa serenidad emocional había desaparecido.

—¿Soy esquizofrénica? ¿Psicótica? ¿Simplemente estoy loca? ¿Qué pasa si me niego a ir?

—Usted sabe mejor que yo qué tan enferma está —respondió el oficial con las cejas levantadas—. Es interesante… Como tiene experiencia en la enfermería, usted, más que otras personas, debería saber cómo se manifiestan estos padecimientos mentales y cuáles son sus síntomas. Pero más allá de estos hay una cuestión más importante que debe considerar. No ha cumplido con su compromiso, con su promesa al Reich, según *Herr* Adler. ¿Quién cree que la ha mantenido con vida desde febrero de 1943? Después de todo, conoce el castigo infligido a los otros integrantes de su organización traicionera. —Volteó hacia mi madre—. Al igual que sus padres… pero su tiempo se acaba.

Negué con la cabeza, renuente a decir algo que pudiera incriminarme.

—Lo estipulado es que *sirva* al Reich descubriendo traidores. De mañana en adelante estará a la caza constante de los infiltrados, impostores y agentes extranjeros que pululan por los pasillos de Schattenwald y desean el fracaso de los esfuerzos bélicos del nacionalsocialismo. *Herr* Adler cree que tiene la capacidad de hacerlo, a pesar de su… padecimiento. Y una vez que haya cumplido con su deber ahí, le asignaremos a otros… lugares. ¿Cree que el Reich tiene recursos interminables para apoyar amablemente a quienes se aprovechan de nuestro Estado, a quienes viven de una manera improductiva?

Quería escupirle en la cara, porque había visto de primera mano la forma en que los nazis procedían con las desapariciones y las muertes de aquellos que no podían trabajar o no producían según lo que el Estado esperaba. Por supuesto que no tenía intención alguna de traicionar a los internados en el manicomio, fueran o no traidores. La sola idea era ridícula.

—Nunca...

Antes de que pudiera terminar, mi madre tomó mis manos con el terror cincelado en el rostro.

—Natalya, te ruego que pienses antes de hablar. Lo que digas va a tener consecuencias duraderas para tu padre y para mí. Es muy difícil *vivir* en estos días.

—*Frau* Petrovich dice la verdad. Hay consecuencias para toda acción e... *inacción*.

Como había sucedido muchas veces el año pasado, mi enojo se transformó en una especie de carga en los hombros que me hundía en la depresión. Si quería salvar las vidas de mis padres, no tenía más opción que acatar las exigencias de la Gestapo. Cuando intenté ser más audaz que ellos, me pagaron con la misma moneda y me acorralaron en la farsa de mi locura. ¿Cuánto tiempo sobreviviría en Schattenwald? ¿Cuánto tiempo me quedaba? Sabía que, si no traicionaba a nadie, mis días estarían contados. La poca determinación que me quedaba vaciló cuando consideré de qué manera encarar esta terrible situación.

—Necesito su respuesta, *Fräulein*. Mi tiempo es valioso. —Con una sonrisa retiró las manos de mi madre de las mías.

Asentí, incapaz de argumentar mi objeción. Mi madre me miró con los ojos abiertos de par en par.

—Haré lo que piden.

—Bien. ¿Se da cuenta de lo sencillo que es remediar las circunstancias adversas? Lo único que uno tiene que hacer es ceder... y cumplir con su promesa.

Se levantó de la silla y por un momento nos dejó a mi madre y a mí solas en la mesa. Ella me susurró:

—Gracias —y después agregó—: Tu padre te manda cariños y disculpas...

Puse sus dedos en mis labios y los besé. El oficial tocó la puerta.

—*Frau* Petrovich, llegó el momento de dejar a su hija. En verdad espero que haga lo que debe de manera satisfactoria. Si no lo hace, no le irá bien a usted ni a ella. —Me miró—. Será transferida a Schattenwald mañana al amanecer.

Mi madre pasó tambaleándose frente a mí cuando llegó un guardia. Ella y el oficial desaparecieron al final del pasillo y me regresaron a mi celda. Me quedé sorprendida ante la rapidez con que el destino de una persona puede cambiar en el Reich, cómo no importaban las expectativas y el proyecto de vida de quienes se oponían a Hitler. Después de mi raquítica cena de esa noche me dejé caer en la cama y pensé que esta sería mi última noche en Stadelheim. Me quedé despierta muchas horas, consciente de que el manicomio era mi última oportunidad de sobrevivir.

A la mañana siguiente un guardia me arreó a las duchas de la prisión. Disfruté la limpieza a pesar del frío. Me dieron un vestido que estaba en un estado considerablemente mejor que el que había alterado. Mi triángulo rojo ahora era negro y significaba «enfermedad mental». Los guardias me dejaron quedarme con mi abrigo café.

La camioneta de la policía me llevó a Schattenwald con el primer rayo del alba, todo un homenaje a la eficiencia y puntualidad nazis. Di un último recorrido por el jardín estéril y eché un vistazo final a los muros y a la puerta de la prisión, hasta que me empujaron dentro de la camioneta. Nadie fue a despedirse de mí, ni siquiera Dolly fue a verme partir, y cualquier razón para continuar con mi actuación de «loca» se desvaneció cuando dejé atrás Stadelheim. El Reich sabía la verdad detrás de mi comportamiento y sospechaba que, si no actuaba como se esperaba en el manicomio, mi muerte llegaría en unos meses, si no es que antes. Mientras me balanceaba en la camioneta, formulé un plan para quedarme callada y sumisa, así como mantener un perfil bajo hasta que descubriera la manera de escapar de Schattenwald, si eso era posible.

El trayecto al manicomio duró menos de media hora. Se trataba de una estructura imponente ubicada en un área boscosa cerca de Karlsfeld, al sur de Dachau. Sabía sobre aquel campo de concentración gracias a Lisa, aunque era casi imposible confirmar los rumores que escuchamos. De todas formas, sospechaba que había una conexión entre los «negocios» que se hacían en Schattenwald y la cercanía del campo de concentración.

Después de serpentear por las afueras de Múnich, la camioneta pasó por villas y bosques antes de llegar a la puerta principal del manicomio vigilada por dos hombres: uno vestía una bata de doctor y el otro el uniforme estándar de la *Wehrmacht*. La camioneta se detuvo en la caseta de los guardias y, después de que el militar hablara con el chofer por unos momentos, la puerta se abrió y se cerró detrás de nosotros. Noté estos detalles con la sombría determinación de un detective, con la esperanza de que me sirvieran en un futuro.

La puerta era pesada y automática, quizá de unos cuatro metros de alto, sin aberturas en la parte de arriba, que tenía forma de pico. A pesar del sol matinal, el bosque que rodeaba al manicomio arrojaba oscuras sombras a su alrededor y me daba la extraña impresión de que pasábamos por un túnel. Las espesas arboledas de robles y hayas eran una bendición y una maldición a la vez, porque sería fácil ocultarse entre ellas, pero sus ramas, maleza y arbustos secos dificultarían el escape. Por la ventana de la camioneta observaba los destellos de luz y sombra, y vi una cerca de piedra de al menos tres metros de alto que rodeaba la propiedad. Mi ánimo decayó cuando acepté que mis posibilidades de escapar eran nulas.

Después de que transcurrieran unos tres minutos por una carretera angosta y sinuosa, la camioneta llegó a Schattenwald, un edificio barroco cuyo exterior consistía en columnas ornamentales, ventanas abovedadas y torretas con cúpula que me recordaron una catedral. Sospeché que alguna vez fue el hogar de una familia adinerada. La luz del sol se reflejaba en el exterior de piedra de la estructura, la cual tomaba un tono rosado que la dotaba de una falsa apariencia de alegría. Dos largas alas de tres pisos se extendían hacia el este y el oeste del edificio principal, hacia los confines de los sombríos bosques. Parecían un añadido a la construcción original.

El chofer dejó el motor de la camioneta encendido, se bajó y abrió las puertas traseras. Una ráfaga de viento frío azotó mi cara, mezclada con el humo exiguo del vehículo. Dos hombres corpulentos me sujetaron de los brazos y me sacaron.

—Puedo caminar sin su ayuda —les dije, pero no hicieron caso a mi objeción.

—Buena suerte con eso..., ¿estás tan loca como dices? —me dijo con escarnio un hombre de brazos gruesos—. Los doctores cuidarán *bien* de ti. —Se carcajeó mientras él y su compañero me jalaban por la puerta, por un vestíbulo de esplendor marchito, con su tapiz de motas doradas y un candelabro opaco, hacia una oficina a la derecha de la entrada.

El olor a desinfectante y amoniaco se desvaneció y fue remplazado por el aroma áspero del papel viejo y el humo de tabaco. Los hombres me indicaron que me sentara en una silla de cuero rojo frente a uno de los escritorios de roble más grandes que he visto en mi vida. Una enorme ventana abovedada, decorada con vides en volutas de filigrana, se asomaba a las espaciosas áreas verdes. Los libreros abarrotados de volúmenes y archivos médicos bordeaban cada pared, a excepción de la que estaba detrás del escritorio. Ahí se encontraba una chimenea en desuso, la piedra de la cámara estaba ennegrecida y la repisa de mármol, manchada por el humo.

Sin embargo, el punto focal de la habitación era un impresionante cuadro que abarcaba la mitad del espacio sobre la chimenea. No estaba segura si la pintura debía inspirar horror o sobrecogimiento, pero concluí que se trataba de Prometeo, quien, en la mitología, estaba atado a una roca mientras un águila enorme devoraba su hígado cada día, luego el órgano se regeneraba y otra vez era devorado. Era un castigo de Zeus por dar el don del fuego a los mortales. En el cuadro, el titán semidesnudo se retorcía en su agonía mientras el ave picoteaba su carne.

El nombre del artista y la fecha de la pintura estaban escritos con una letra muy florida, pero no pude descifrar la inscripción ni siquiera con ayuda de mis lentes. Me pregunté si la habrían alterado recientemente, porque había una esvástica pintada en cada ala del águila. ¿Prometeo simbolizaba las conquistas de Hitler o más bien a los pacientes de Schattenwald?

Una sombra apareció detrás del cristal opaco que abarcaba casi toda la puerta de la oficina. Un hombre distinguido que me pareció de poco más de cincuenta años entró a la habitación. Su cabello negro y canoso en las sienes estaba peinado hacia atrás. Vestía pantalones negros, una camisa blanca almidonada y aderezada con un corbatín negro. También llevaba una pipa y un cuaderno forrado de cuero. Podría pasar por un profesor, si no fuera por la bata de laboratorio.

Sus ojos me observaron mientras rodeaba el escritorio y sacaba su silla. Percibí un leve aroma a alcohol de curación cuando se sentó. Encendió un cerillo y con él su pipa. La calada que le dio arrojó algunas chispas en el escritorio, que extinguió con sus dedos. Al abrir su cuaderno dijo:

—*Fräulein* Petrovich, soy el doctor Werner Kalbrunner. Bienvenida a Schattenwald.

Me removí en el asiento, sin saber cómo responder a su saludo formal, indecisa sobre permanecer callada o hablar. Bajé la vista a mis manos agrietadas sin decir nada. Mi renuencia no hizo que el doctor dejara de observarme. Su mirada iba y venía de mi cintura a la punta de mi cabeza. Su escrutinio me hizo sentir tan incómoda que quería exigirle que se detuviera, pero no estaba en posición de hacerlo.

—Conozco tu historia —dijo el doctor con una voz autoritaria desprovista de emoción—. También sé identificar cuando alguien padece una deficiencia mental. —Hizo una pausa mientras yo seguía mirando mi regazo—. Mírame —ordenó como si le hablara a una niña.

Obedecí. Él se recargó en el respaldo de su asiento, le daba caladas a su pipa y enviaba esferas de humo que navegaban sobre su cabeza y hacia el desdichado Prometeo.

—Bien. Conversemos. Por favor, no te quedes con nada.

Lo miré a los ojos para intuir su carácter y fui incapaz de ir más allá de su mirada. Sus pupilas cafés parecían incapaces de mostrar emoción alguna.

—¿Qué quiere que le diga? ¿Qué soy culpable de los crímenes?

—¿Estás loca? ¿Eres culpable? —Una vez más temí que un paso en falso me enviaría a la guillotina más rápido de lo previsto, así que me quedé callada. Él abrió su cuaderno y movió unos papeles deprisa—. En esta habitación te puedes relajar, *Fräulein*. Muchos salones en Schattenwald se monitorean por medio de dispositivos de espionaje, pero esta oficina y los quirófanos no. El doctor König y yo nos aseguramos de eso. Necesitamos privacidad en ciertas habitaciones para llevar a cabo nuestras entrevistas. —Posó su pipa en un cenicero grande que estaba en el escritorio y miró por la ventana—. Parece que el día de hoy será hermoso. Días como estos son una bendición antes de que el invierno entre de lleno.

También miré el césped, el sol se alzaba sobre las copas de los árboles de tal manera que enviaba centellas de luz hacia el pasto helado. Algunos camilleros con uniforme blanco caminaban por los jardines, para aprovechar el calor. Volteé a verlo, me preguntaba si había sinceridad en su opinión sobre el clima. Un rayo de esperanza iluminó mi mente.

—Dígame lo que sabe de mí.

Abrió un cajón, sacó un par de lentes y se los puso.

—Eres rusa, de Leningrado, ciudadana del Reich, fuiste enfermera voluntaria en el Frente oriental. Tus padres viven en Múnich, actualmente con dirección desconocida por los bombardeos de los Aliados. —Pasó el dedo por la parte inferior de la hoja—. Tu compañera, Lisa Kolbe, fue ejecutada por atacar a un oficial de la SS, por escribir y distribuir textos sediciosos, y por asociarse con el enemigo, la Rosa Blanca. —Me miró por encima de sus lentes—. Las autoridades de Stadelheim reportan «serios problemas mentales», pero dudan de su autenticidad. A mí me pareces una persona cuerda.

Al parecer mi farsa no había engañado a este hombre. El doctor se quitó los lentes, los metió a su escritorio y se rio entre dientes. —Stadelheim no sirve para nada... son administradores de prisiones y guardias. ¿Qué van a saber del estado mental de los reclusos? Lo que sucede es que enloquecen a más gente de la que rehabilitan. En la mayor parte de los casos, la cura de Stadelheim es el degolladero.

—Sabe mucho de mí, pero ¿cómo sabe que estoy cuerda?

—En primer lugar, un loco jamás haría esa pregunta. En segundo lugar, tan solo de verte... Además, ciertos hombres de la Gestapo *nunca* te consideraron demente y fueron lo suficientemente inteligentes para concluir que intentabas que te internaran en un manicomio. ¿Buscabas una manera más sencilla de librarte de tu cautiverio? —Suspiré y volteé a la ventana—. Créeme, te guardo el mayor de los respetos por haber sobrevivido a Stadelheim, pero escapar de Schattenwald es igual de difícil, si no es que más. Como puedes ver estamos en medio del bosque, por decirlo así, lejos de cualquier edificio, tiendas, restaurantes o iglesias en los que pudieras resguardarte. No hay salida, es un hecho.

—¿Qué quiere de mí? —pregunté resignada a que mis últimos días pasaran con rapidez, sin necesidad de reportar nada a la Gestapo.

—Me parece que te han asignado una tarea formidable, una que, si no llevas a cabo de manera satisfactoria, te conducirá a la muerte… Pero el doctor König es mi igual aquí… Tomamos decisiones en conjunto, con base en nuestros diagnósticos. —Sonrió cuando un rayo de sol atravesó la ventana y llegó hasta el parqué—. Schattenwald puede ser muy frío en invierno. ¿Quieres una taza de té?

Consideré su ofrecimiento.

—Sí, eso me gustaría. —El té disolvería el frío de la mañana; sería mi primer sorbo de una infusión en más de un año.

—Bien, ordenaré uno. Después te hablaré de las labores que desempeñarás mientras estés aquí.

—¿Labores?

—Eras enfermera, ¿cierto? —Levantó el teléfono de su escritorio para pedir el té.

—Sí. —Me recorrió un escalofrío al acomodarme en la silla.

—Bueno, entonces me ayudarás a tratar a los enfermos.

CAPÍTULO 14

Como Schattenwald estaba atestado de pacientes, compartía habitación con una joven que se pasaba la mayor parte de los días hecha un ovillo en su catre. El doctor Kalbrunner me dijo que era sordomuda y no reaccionaba a la mayoría de los tratamientos, por lo que sus días en el manicomio estaban contados. Me había brindado esta información de una manera objetiva y clínica, como si yo formara parte del personal.

—Tendrás el privilegio de compartir el cuarto con una paciente que no puede hablar ni escuchar, por lo que no habrá necesidad de ocultar sentimientos… ni secretos. No es común que lleguen pacientes capacitados que puedan ayudar, así que usaremos tu conocimiento para nuestro beneficio. Sigues siendo una prisionera y me gustaría advertirte que no debes encariñarte con los demás pacientes.

No era necesario que me lo recordara. Extrañamente, su actitud hacia mí un día me provocaba malestar y al otro calma. De alguna manera, yo era «parte» del personal y sentía que el doctor Kalbrunner me estaba «preparando», pero no sabía para qué.

Desde el primer día el doctor me había llevado a los llamados consultorios de tratamiento, en la parte posterior del edificio, donde se llevaban a cabo los procedimientos médicos «necesarios». Me indicó el lugar en donde los suministros se guardaban bajo llave. Me guio hacia otras habitaciones y, en una en particular, hombres y mujeres, jóvenes y mayores, con una apariencia cansada y demacrada sin importar su edad, deambulaban por lo que probablemente había sido un gran salón de baile. También se sentaban mirando al enorme jardín, a través de las ventanas enrejadas. No sabía nada de sus historias, más allá de que algunos se veían medicados, mientras que otros parecían maniáticos con sus voces y extremidades temblorosas. La única compañía que los pacientes disfrutaban en su confinamiento mental eran las ardillas y los pájaros que retozaban en el pasto, camino al bosque.

Los pacientes comían en una sala común con vista a otro bosque. La comida no estaba mal, pero los trabajadores determinaban la porción de comida en cada plato o tazón. Pronto advertí que los pacientes en peores condiciones recibían menos comida; su avena era más rebajada y menos nutritiva que la que les daban a quienes teníamos esperanza de «curarnos». En otras palabras, los «afortunados» desempeñábamos algún papel que beneficiaba a los nazis.

Mis obligaciones, tal como las prescribió el doctor, eran tediosas y mecánicas. Principalmente consistían en fregar los pisos del quirófano después de las cirugías, vaciar las bacinicas y limpiar el muladar que dejaban los pacientes más nerviosos. Algunas veces me llamaban para sujetar a un paciente e incluso ayudé a alimentarlos, pero nunca presencié un procedimiento médico ni usé mi verdadera experiencia como enfermera. Mis días y noches eran tan largos e interminables como los que pasé en prisión.

Al principio de mi estadía me pregunté por qué el doctor Kalbrunner me trataba con tal «amabilidad». No tuve una respuesta inmediata, pero sospeché que su preocupación por mí era una trampa.

Los demás integrantes del personal nazi eran indiferentes, diligentes y puntuales en su trabajo, y se veían menos amenazantes que los guardias de Stadelheim. En Schattenwald, la gente aparecía y desaparecía, pero el hacinamiento dificultaba advertirlo a ciencia cierta. La mayoría de los pacientes no podía hablar por su padecimiento o por los efectos del medicamento. A otros, como yo, se les advirtió que debían guardar silencio. Al parecer, Schattenwald era la última escala en el trayecto de la vida de los pacientes, una institución fuera de Múnich de cierta forma olvidada por los bombardeos de los Aliados. Los doctores, las enfermeras y los camilleros debían sentir el carácter final del lugar, sabían cuál era su papel y llevaban a cabo su trabajo como correspondía.

El doctor König era igualmente inescrutable. Era algo mayor que el doctor Kalbrunner y parecía un abuelo con su barba gris, su calva y sus enérgicos ojos azules. Con su paso ligero parecía bailar por el salón y una sonrisa engalanaba su rostro siempre que lo veía. Demostraba una gran agilidad, destreza y fuerza poco comunes para una persona que debía de superar los sesenta años. Su broche del partido nazi brillaba orgullosamente en la solapa de su traje y, a diferencia del doctor Kalbrunner, el doctor Köning rara vez usaba su bata blanca.

A medida que mi tiempo en Schattenwald se alargaba de unos días a un mes y nos acercábamos al invierno, más me inquietaba la cuestión del tiempo que me quedaba de vida. Una noche me reí en mi cuarto al pensar en mi «obligación» de encontrar traidores y conspiradores entre los pacientes. Hasta donde alcanzaba a ver, cada hombre y mujer que trabajaba en el manicomio era un nacionalsocialista comprometido y los residentes no tenían cabeza para la política ni la más lejana idea de la guerra que arrasaba con todo a su alrededor. Mis días contados me tenían nerviosa, alterada e insomne, incluso en la oscuridad total con que me envolvían las cortinas opacas de mi habitación. Planes de fuga que invariablemente terminaban en un caos catastrófico impregnaban mi duermevela, en vez de estrategias ejecutadas con cuidado.

Encontré un pedazo de gis en el quirófano y lo usé para registrar el paso de los días con unas marcas que hacía debajo de mi cama. Mi compañera de habitación dormía frente a mí, casi siempre sin advertir mi ir y venir.

Habían transcurrido catorce días de diciembre de 1944 cuando el doctor Kalbrunner abrió mi puerta poco después de la medianoche, la madrugada del 15. Mi compañera de cuarto se removió en su cama y miró al doctor adormilada antes de volverse a acostar. Él estaba de pie en medio de las sombras, las luces del pasillo lo rodeaban con una luz blanca y refulgente.

—Necesito tu ayuda, Natalya.

Me destapé, me levanté del catre y me sobé las sienes en un esfuerzo por deshacerme del cansancio.

—¿Mi ayuda? ¿Para qué? —Me pesaban las piernas y me pregunté si lo había escuchado bien.

—Ven conmigo... y guarda silencio. No quiero despertar a los demás.

Me puse el abrigo sobre el vestido, porque los corredores de Schattenwald eran fríos a finales del otoño. Nada se movía en aquel pasillo estéril, flanqueado por dos hileras de puertas blancas. Atrás de ellas los pacientes dormían, algunos amarrados, otros en un sueño profundo inducido por su estado narcotizado y unos más clamaban suavemente por su libertad. Sin decir palabra, el doctor Kalbrunner me guio escaleras abajo. Un camillero y un guardia armado hablaban al final de las escaleras. Al ver al doctor asintieron sin decir nada, al parecer estaban acostumbrados a ver al personal importante acompañado de pacientes en la mitad de la noche.

El doctor aceleró el paso después de que dejamos atrás a los hombres; nos movimos con rapidez por el salón común hasta que nos detuvimos frente a una puerta cerrada en la pared más alejada. Era una entrada al quirófano que ya había visto antes. Abrió con su llave y entramos a un largo corredor que en cada lado tenía compartimentos pequeños. Cada entrada tenía una pequeña ventana que permitía que los visitantes miraran hacia dentro. Los cuartos eran estériles como laboratorios, con mosaico blanco, correas y estribos colgados de la pared, jeringas, escalpelos y otros instrumentos médicos colocados ordenadamente en charolas plateadas, al lado de mesas quirúrgicas metálicas lo suficientemente macizas para soportar el peso de un cuerpo humano.

El olor del corredor me recordó la tienda donde se llevaban a cabo las operaciones en el Frente oriental, sin el beneficio de una ventilación adecuada. El aroma dulzón de los blancos amarilleados, del alcohol de curación y la piel herida saturaba el ambiente. Reprimí el deseo de vomitar.

—¿Estás bien, Natalya? —preguntó el doctor al notar mi incomodidad. Me coloqué la mano en la boca y asentí—. Nos detendremos en el último quirófano. Nadie tiene permitido entrar a menos que el doctor König o yo demos permiso. En un momento verás por qué.

Llegamos a otra puerta al final del pasillo. El doctor sacó una segunda llave de su bolsillo y abrió. El espacio era oscuro, excepto por un foco que generaba una fabulosa luz azul desde una lámpara ubicada sobre nosotros.

El cuarto era el doble de amplio que el resto y tenía anaqueles con equipo médico, contenedores con fármacos en polvo y solución de varios tamaños y colores, y una mesa quirúrgica en la que cabían dos cuerpos juntos. Gran parte de la pared estaba cubierta con una tela acolchada que amortiguaba el sonido de las operaciones que se realizaban aquí.

Sobre la mesa que expedía un brillo azul metálico bajo la luz, una joven, atada de una mano y un tobillo con correas, yacía boca arriba. Su piel tenía el tono cadavérico de los muertos, su cabello parecía de color negro azabache y sus dedos y uñas se veían fluorescentes bajo la extraña iluminación. A excepción de sus brazos y pies, su cuerpo estaba cubierto por una sábana. La imagen y el frío húmedo del cuarto me revolvieron el estómago y la cabeza, me apreté el abdomen y grité:

—Voy a vomitar.

El doctor señaló una de las paredes acolchadas, donde había un lavabo de porcelana empotrado.

—Si es inevitable...

Corrí hacia él y vomité la sopa rebajada que cené. Mi espalda se arqueó varias veces hasta que ya no hubo nada que devolver. Los fríos dedos del doctor se posaron lentamente sobre mi hombro.

—Se *pondrá* peor. Tienes que armarte de valor para encarar estos horrores. ¿Puedes caminar?

Me quedé sin aliento.

—Necesito un minuto.

—Pero solo un minuto —dijo y caminó hacia la mesa quirúrgica.

Sentí un espasmo intenso y me incliné sobre el lavabo, pero solo salió espuma. Cuando abrí la llave, un chorro de agua helada salió del grifo. Me salpiqué la cara y tomé un poco para tratar de calmar mi estómago. Después de unos momentos, mi respiración se normalizó y pude ver al doctor.

—Te enseñaré de qué manera puedes ayudarme. —Caminó hacia la pared y movió un interruptor que apagó la luz azul y sumió al cuarto en la oscuridad, antes de que unas luces blancas la remplazaran. Regresó a la mesa y de la bandeja de al lado tomó una jeringa llena de un líquido transparente—. Esto tiene fenol. Inyéctaselo al corazón y morirá. —Me la entregó.

—¿No está muerta?

Caminó atrás de mí y colocó sus manos sobre mis hombros.

—No, se le administró un sedante. Nunca sabrá lo que hiciste, morirá en paz mientras duerme.

Mi mano temblaba y la jeringa se balanceaba en la palma de mi mano.

—Ten cuidado. No quiero que se desperdicie una sola gota de esta valiosa medicina. —Me sujetaba con tanta fuerza que no podía voltear a verlo. La idea de encajarle la aguja me pasó por la mente, pero un ataque de ese tipo habría terminado con cualquier posibilidad de escapar de Schattenwald. La guillotina me estaría esperando. Me guio hacia el cuerpo. Pude ver con claridad el rostro de la mujer bajo la luz blanca. Se veía bonita con su cabello negro y corto, sus ojos con pestañas negras estaban cerrados en un sueño inducido—. Adelante —me dijo con escarnio; como un cazador anima a un novato a matar a una bestia, él me animaba a matar a la joven frente a mí.

—¿Cuál es su crimen? ¿Qué hizo para merecer la muerte?

—Es una judía comunista, es escoria, el Reich debe librar al mundo de esta plaga.

Intenté escaparme de sus manos, pero él era demasiado fuerte. Sus dedos se clavaron más en mis hombros.

—¿Así es como pago por mis crímenes contra el Reich, asesinando? —Empujé la jeringa hacia atrás, hacia el doctor, pero él me tomó de la muñeca y me empujó hacia la mesa. Lo encaré—: Nunca voy a matar a una patriota que se opone a un dictador asesino. —Tiré la jeringa en la mesa—. ¡Usted es el *valiente*, doctor! ¡Adelante! Quiero ver cómo mata a esta mujer para que se vaya al infierno como todos los demás. Y después puede matarme también.

Una mano agarró mi abrigo. Grité y pegué un brinco para alejarme de la mujer que se había levantado sobre los codos. El doctor Kalbrunner me veía con frialdad y juzgaba mi reacción, mientras que la mujer se liberaba de las correas y bajaba las piernas de la mesa.

—Lamento haber hecho esto, pero yo… nosotros… necesitábamos saber si compartías la debilidad de los nazis por asesinar a los indeseables —se disculpó el doctor—. Si la tenías, tu tiempo aquí habría terminado esta noche. —Vio a la mujer y su ojo clínico se transformó en una mirada de alivio—. Todo está bien, Marion. No habrá ejecución esta noche.

La sábana se resbaló de su cuerpo y dejó expuestas unas piernas delgadas y un pecho hundido. Con su fragilidad de mujer mayor, caminó y extendió su mano hacia mí a manera de saludo. Sujeté sus dedos congelados cuando ella me sujetó como una persona débil que se aferra a un bastón.

—Estoy bien, doctor —dijo Marion—, siempre que pueda apoyarme en Natalya.

Desabroché mi abrigo, lo abrí y ella se arrimó hacia mí. Mi gesto de confusión motivó al doctor a hablar:

—Esta habitación está protegida, pero escucha esto y escúchalo bien. Lo que voy a contarte solo se puede decir una vez y no habrá vuelta atrás si quieres vivir. Marion y yo creemos que debes conocer nuestro plan porque no tendrá éxito sin ti. Nuestra resistencia, tu resistencia, es demasiado importante para dejarla morir. Debes continuar.

Marion tembló y pegó su espalda huesuda, cubierta con un fino vestido, a mis costillas. El doctor tomó la jeringa y la volvió a colocar en la bandeja.

—Tal vez tu juicio de que voy a irme al infierno sea correcto, porque soy un asesino, pero solo de quienes sufren, de quienes no tienen esperanza de escapar a la condena del Reich. —Calló y miró la bandeja—. Debes entender que no tengo alternativa, como todos los que vivimos en el mandato de Hitler… Salvo a quienes pueden hacer una diferencia. Vale la pena salvarlas, a Marion y a ti.

—Vale la pena salvar todas las vidas.

—Si en verdad crees eso, estás tan desconectada de la realidad como los nazis. —Se nos acercó con unos pasos calculados, era un hombre tan seguro de sus convicciones como Roland Freisler, del Tribunal popular—. Piensa, Natalya, sal de tu torre de cristal. Yo también tengo una familia que quiero. Pese a que se descartó la orden para matar a los deficientes mentales y el programa Aktion T4 terminó en 1941, el doctor König, los demás, y sin duda la Gestapo y la SS, *quieren* continuar. Tu lealtad se cuestiona si *no* lo haces. Así que… mataré a los que están medio muertos, pero no porque quiera… Soy egoísta… Quiero salvar mi vida y la de mi familia, y al hacerlo puedo salvar otras vidas. —Inclinó la cabeza como si su espíritu se hubiera hecho pedazos—. Supongo que lo que dije no tiene sentido, pero si estuvieras en mi lugar, lo entenderías.

—El doctor Kalbrunner me está salvando —explicó Marion, aún refugiada dentro de mi abrigo—. Soy una judía comunista, una vez fui integrante de lo que la Gestapo llama la Orquesta Roja. Me encarcelaron y me enviaron aquí porque estaba vinculada con alguien del grupo. No tuvieron evidencia suficiente para condenarme a muerte, pero tengo más conexiones de las que los nazis sospechan y estoy ansiosa por continuar con mi resistencia contra el Reich. El doctor Kalbrunner es nuestro salvador. König no sabe nada de esto; él está de parte de los nazis.

—Lo que planeamos es complicado, Natalya —continuó el doctor—, y confiamos en ti por tu vínculo con la Rosa Blanca, pero antes teníamos que saber si tu ser, tu alma, se opone a los nazis. Sé que no *quieres* matar, pero antes de que termine esta guerra tal vez tengas que hacerlo. —Señaló el extremo final del cuarto—. Déjame enseñarte lo que resta de Schattenwald. —Marion se salió de mi abrigo mientras seguíamos al doctor que caminaba hacia una enorme puerta de metal—. Siempre está cerrada, pero hay una llave adicional en el estante bajo esta caja de blancos. —La levantó y el metal brilló bajo la luz—. Solo yo, el doctor König y algunos fotógrafos de la SS tienen permitido entrar a este cuarto. La razón será obvia cuando entren.

El frío nos azotó en la cara cuando entramos a un espacio grande de tipo industrial, sin ventanas y con las paredes cubiertas con estantes. Un foco de luz pálida ardía en el techo y dejaba en penumbra la mayor parte del lugar. No había suministros médicos ni medicinas. En su lugar, los tesoros de los muertos nos aguardaban. Aunque los cuerpos no estaban a la vista, el cuarto tenía el olor a podredumbre característico de la muerte. El doctor jaló una caja de un estante, la abrió y me quedé sin aliento. Estaba lleno de empastes de oro, había cientos o incluso miles. Numerosas cajas que almacenaban más de estos trabajos de odontología tapizaban el lugar del suelo al techo. Él procedió con más hileras de abajo, donde cada contenedor tenía dádivas de los muertos: relojes, anillos, brazaletes, collares, cabello, hasta que llegamos a los artículos demasiado grandes para guardar en cajas: violines, flautas, libros, cuadros pequeños, marcos dorados, maletas costosas... los tesoros de quienes se aferraron a lo que pudieron llevarse de sus casas en el último minuto, las posesiones de los hombres, las mujeres y los niños exterminados por los nazis.

—¿Qué pasó con los cuerpos? —pregunté.

—Hay un crematorio en Dachau, cerca de aquí —respondió—. Por lo común llevan ahí a sus propios muertos, pero también llevamos los nuestros. —Nos llevó al final del lugar—. Este es el punto más austral de Schattenwald. Si atraviesas esta puerta, llegarás al exterior. Está cerrada por fuera y escapar no es tan sencillo. La puerta se encuentra bloqueada y los guardias hacen rondas de vigilancia por el edificio, así que la sincronización debe ser perfecta.

Agobiada y exhausta, me recargué en los estantes que tenían instrumentos musicales.

—¿Qué quiere que haga? —Jalé a Marion hacia mí para que su delgado cuerpo recibiera el calor del mío.

El doctor estaba al lado de la puerta y la examinó antes de hablar.

—Sé leal y no nos traiciones. No fue casualidad que te pusieran con la muda. La mujer de tu habitación ocupará el lugar de Marion para morir y su registro será falsificado. Estamos planeando el escape por esta ruta que te estoy enseñando.

—Eso es una locura —dije.

El doctor se irguió.

—No lo entiendes. Yo *necesito* un cuerpo. El cuerpo tiene que estar *muerto* para entregarlo a Dachau. Marion tomará el lugar de la paciente que está en tu cuarto hasta que pueda salir sin riesgos. Tal vez tengas que pasarle comida a escondidas, ayudarla cuando lo necesite, porque tendrá que quedarse en cama. Tú serás la siguiente en ser intercambiada por otra paciente. ¿Entiendes cómo debe funcionar esto?

—La vida de Marion no debería implicar el sacrificio de una mujer que rara vez se levanta de cama, nunca habla y no puede escuchar palabra. Las cartas estaban en su contra desde el principio. Sus padres querían que muriera desde el momento en que nació porque estaba *defectuosa*. Son nazis fanáticos que en el régimen encontraron la manera de cumplir su deseo.

Marion me miró con unos ojos de desolación que bajo la luz tenue se veían más hundidos.

—Nunca te pediría esto si no pudiera hacer la diferencia, si no pudiera luchar contra el mal que ha consumido a Alemania. —Puso sus delgadas manos sobre las mías—. Natalya, sé que voy a morir tarde o temprano, pero te ruego que me dejes pasar mis últimos días luchando… no pudriéndome en este lugar. Déjame morir con honor y en paz con mi consciencia porque lo intenté, porque debemos oponer resistencia… como tus amigos lo hicieron.

Sus palabras me quebraron. ¿Por qué una vida valía más que otra? ¿Las personas que los nazis consideraban «fenómenos» no merecían vivir? Pese a todas mis dudas, era difícil discutir con el doctor y Marion, más porque entendía lo que le esperaba a la mujer que vivía en mi cuarto. Su muerte, como la mía, se acercaba a pasos agigantados, y ella tenía los días contados. Si podía salvar a alguien como Marion, y con ello ayudar a derribar al Reich, entonces tal vez… no habría vivido en vano. La decisión me hizo temblar. Hitler estaba detrás de las decisiones que tomaba la gente, y siempre eran cuestiones de vida o muerte. Después de considerarlo unos momentos, acepté con el corazón oprimido.

—Por desgracia, no hay más alternativa. —Los ojos del doctor echaron chispas de impaciencia—. Bien, procedamos porque no tenemos mucho tiempo y no quiero levantar sospechas. Si por alguna razón nuestro plan falla, debes salvarte, recuérdalo. Hay una linterna detrás de esta maleta. —Levantó la maleta de cuero y me mostró la linterna—. Será necesaria en la oscuridad del bosque. —Señaló dos cables que serpenteaban alrededor de la puerta y salían de una caja de metal que estaba en la pared, uno era rojo y otro azul.

—Recuerda el azul, porque conecta la puerta a la caja de la alarma. Debes arrancarlo, romperlo o cortarlo como te sea posible, quizá puedas usar el escalpelo de la charola quirúrgica. La alarma sonará si no la desconectas. Schattenwald tiene forma de cruz. Este lugar sería su punta, como si se tratara de unas manecillas que marcan las doce en la carátula de un reloj. —Asentí y observé el contenido horroroso de la sala—. Caminen hacia el sur, por unos cien metros. Un arroyo pasa por ahí, ahora podría estar congelado. Deben seguir la orilla hasta que lleguen a una ubicación equivalente a donde las manecillas marcarían las nueve horas. Verán una roca grande que sobresale unos metros al este del riachuelo. Busquen una grieta en el peñasco, ahí hay ropa escondida para que remplacen su ropa de reclusas. Conserva tu abrigo, vas a necesitarlo.

Mi cabeza estaba saturada de información, pero el doctor continuaba.

—Durante mis caminatas por las áreas verdes me aseguré de que todo estuviera en orden. —Se recargó en un estante y Marion y yo quedamos frente a él. —Esta puerta no se vigila tanto como las demás porque solo los doctores tienen acceso a ella. —Miró su reloj—. La comida y las provisiones llegan a las siete de la mañana a la entrada principal. Esa es la hora en que los guardias están más ocupados y distraídos. Sin embargo, cruzar la reja para salir al exterior es lo más complicado. Algunas veces los guardias tienen perros, en especial en invierno, cuando hay menos luz. Caminen contra el viento, para que los animales no perciban su olor. El turno cambia a las ocho de la mañana, la hora en que sale el sol en esta época del año. Su única ruta de escape es por la reja. La cerca que rodea las áreas verdes no tiene aberturas y la parte de arriba está electrificada, así que ni siquiera consideren treparla.

—Suena imposible —dije.

—Es difícil, mas no imposible —contestó el doctor.

—Hay otra cosa que es necesario recordar —dijo Marion—: el número cien.

—¿Sí? —pregunté sin saber a qué se refería.

—Memoriza esta combinación: 32, 56, 12, estos números suman 100.

Repetí los números hasta que se quedaron grabados en mi cabeza.

—Son los números de las calles que tienen refugios en Múnich. Podrían salvar tu vida, así que nos los olvides. Blumenstrasse, Uhlandstrasse, Streinstrasse, BUS. —Marion asintió mientras yo repetía los nombres varias veces.

—Ya nos tomamos mucho tiempo —me dijo el doctor—. Primero te llevaré de regreso y después volveré por Marion. —Puso las manos en sus delgados hombros—. Debes tomar tu lugar en la mesa en el caso de que alguien entre de manera inesperada. —Se dirigió a mí otra vez—. Actúa como si estuvieras medicada. Mira al piso, no hagas contacto visual y cojea de vez en cuando mientras te guío.

Regresamos al quirófano, donde la mesa quirúrgica aguardaba a Marion. Ella se subió, el doctor Kalbrunner le puso las correas en muñecas y tobillos, sin cerrarlas, y la cubrió con una sábana. Me dio una jeringa con fenol.

—En caso de que sea… necesario.

—¿Para matar? —pregunté y la guardé en el bolsillo de mi abrigo.

—No. —Sus ojos se desenfocaron—. Para suicidarte.

Me despedí de Marion y le deseé lo mejor. De regreso pasamos delante del guardia, quien ya no estaba acompañado por el camillero. Seguí las instrucciones del doctor y no le dije nada al guardia; él tampoco abrió la boca mientras yo renqueaba por las escaleras. El doctor me dejó en mi habitación y yo oculté la jeringa bajo mi colchón. Ya fuera por la presencia de la aguja o la promesa de escapar, por primera vez en muchas semanas dormí profundamente.

El doctor me había revelado su plan para Marion la mañana del viernes. Para el amanecer del lunes aún no sabía nada de él ni de Marion. Me sorprendí caminando de un lado a otro en mi pequeña habitación, con los nervios crispados y al borde del colapso, mientras la mujer a mi lado ignoraba mi angustia, así como su inminente desaparición.

Independientemente del paradero de ambos, tuve que seguir con mis labores en Schattenwald como si nada fuera de lo común hubiera ocurrido. Esto incluía asistir al desayuno del lunes con el resto de los pacientes que tenían la suficiente lucidez para comer por sí mismos. Almorzamos en un amplio salón, del lado opuesto al salón común. El cielo estaba cubierto de nubes de un color gris perlado y los pálidos nubarrones absorbían los esporádicos rayos del sol que escapaban del cielo encapotado.

Masticaba una dura corteza de pan y bebía un té rebajado cuando divisé a dos oficiales de la SS que se pavoneaban en el césped, después de salir por la puerta que conducía al ala del manicomio donde yo vivía. Luego vi que cuatro de estos hombres beligerantes dejaban el edificio y que en el centro de su grupo estaban el doctor Kalbrunner y Marion. El doctor llevaba pantalones negros y una camisa blanca abierta. Marion cojeaba a su lado como si se hubiera lastimado la pierna derecha.

Me dio un vuelco el corazón porque era claro que algo había salido mal. Al pasar, el doctor giró su cuerpo hacia las ventanas, entonces vi su camisa ensangrentada y su rostro y pecho con verdugones y moretones. Uno de los oficiales empujó al doctor con una parte de la palma de su mano, como si no quisiera ensuciarse por tocar al prisionero. Marion se tambaleó hacia el bosque con la cabeza baja y la mirada en el piso.

Poco después desaparecieron entre las sombras del bosque. Tiré el pan en mi plato, al borde del colapso nervioso. Había llegado el momento, si era posible precisarlo, en que podía alegar locura, me estaba hundiendo en una oscuridad que nunca había sentido, ni cuando me enjuiciaron. Me cubrí la cara con las manos y me puse a tiritar sobre el plato, pues toda esperanza relacionada con mis amigos estaba perdida. Una enfermera me dio un empujón en la espalda.

—¿Qué pasa? —me preguntó con brusquedad.

Ese no era el momento de llamar la atención del personal.

—Nada —dije, me descubrí la cara y me enderecé en la silla—. Sentí la necesidad de rezar.

Frunció el ceño.

—Nada de rezos aquí. Si lo vuelves a hacer, te reportaré. —Por no perder la oportunidad, me pegó en la nunca con la mano—. ¡Come!

Me llevé la taza hacia los labios. A la distancia, el sonido amortiguado de unos disparos hizo eco en el bosque, cuatro tiros en secuencia rápida. Era imposible confundir el sonido. Unos minutos más tarde los cuatro hombres de la SS salieron del bosque y sonreían y reían mientras pasaban por la ventana del comedor.

No pude escuchar lo que decían, pero tenía idea de lo que había sucedido. El doctor Kalbrunner y Marion estaban muertos, y los oficiales de la SS dejaron los cuerpos en el suelo, como el de Sina y sus hijos. Unos momentos después, cuatro camilleros salieron del edificio y caminaban indiferentes cerca de los ventanales. Dos de ellos llevaban bolsas para cadáveres en las manos enguantadas.

Me terminé el pan y el té, y escuché el cuarteto de cuerdas de Schubert que alguien puso en el tocadiscos. Creo que era *La muerte y la doncella*. Algunos pacientes se levantaron de la silla y se movieron al ritmo de la música. Difícilmente podría decirse que bailaban, pero era la imagen más positiva que había visto desde el inicio de mi estancia ahí. Una apatía paralizante se instaló en mi cuerpo y por la ventana vi el cielo nacarado y el espeso bosque. Me sacudí el aletargamiento del cerebro, con el consuelo de que nadie notaría mis delirios de «lunática».

La muerte me acechaba en una esquina, me miraba maliciosa, se reía con su aliento gélido y podía sentir sus manos heladas alrededor de mi cuello.

Así las cosas, cualquier escapatoria de Schattenwald tendría que suceder por mis propios medios.

CAPÍTULO 15

No tuve que esperar mucho para saber qué me deparaba el destino. Alrededor de las seis de la mañana del 21 de diciembre, en el solsticio de invierno, el doctor König vino a mi habitación. Cuando la llave entró en la cerradura, apenas tuve el tiempo suficiente para sacar la jeringa de su escondite y guardarla en el bolsillo de mi abrigo. No le dije nada al doctor sonriente y él tan solo me indicó que lo siguiera. Le pregunté si era necesario ponerme el abrigo, porque hacía frío en el edificio. Él estuvo de acuerdo y me guio afuera de la habitación.

Caminamos por la misma ruta que recorrí con el doctor Kalbrunner, bajamos las escaleras, pasamos por el salón común, fuimos hacia la puerta del fondo, pasamos por larga hilera de quirófanos hasta que llegamos a la sala donde conocí a Marion. De los dos camilleros que estaban en el corredor, uno abrió la puerta para que pudiéramos entrar.

Las luces resplandecían en el cuarto. El doctor König soltó mi brazo y les dijo a los hombres que cerraran la puerta y esperaran afuera hasta que los llamara. El espacio acolchado se cernía imponente en mi memoria y yo lidiaba con un miedo que amenazaba con desbordarme. Respiré hondo con la esperanza de calmarme. No quería colapsar en frente del doctor nazi.

El recuerdo de la mesa quirúrgica para dos personas en la que vi a Marion aquella vez estaba grabado en mi memoria con fuego y me desbocó el corazón. Una mujer de mediana edad yacía en la plancha de metal con el cuerpo extendido, sus muñecas y tobillos estaban atados con correas de cuero.

Con rapidez, presté atención a mi entorno. Todo era casi igual que en la ocasión anterior, pero las bandejas quirúrgicas en ambos flancos de la mesa llamaron mi atención. En la que estaba más cerca de la mujer había un escalpelo y unos fórceps ensangrentados; la del lado vacío tenía el mismo equipo sin usar y que brillaba bajo la luz. Advertí que en esa bandeja había una botella café.

El doctor me sujetó del brazo y me llevó alrededor de la mesa, lo que me permitió ver a la mujer desde otro ángulo. Las canas le teñían el cabello y me preguntaba si su envejecimiento era natural o si Schattenwald la había despojado de su juventud. La piel de sus brazos y piernas expuestos se extendía flácida sobre la mesa, como si hubiera perdido mucho peso.

La fina bata de la mujer se arrugaba en su ingle, donde su sangre describía una V. El vital fluido salía de ella como un riachuelo que recorría sus piernas hasta llegar a un canal al borde de la mesa, donde lo drenaba una manguera que desaparecía en el piso.

—*Hace* frío, pero no vas a necesitar tu abrigo —explicó el doctor mientras tocaba su barba gris—. Relájate, por favor. Schattenwald es un modelo de eficiencia y práctica médica ejemplar, nuestra higiene y saneamiento son puntos de referencia para otras instituciones. —Hizo una pausa. A diferencia del doctor Kalbrunner, que era alto y delgado, el doctor König era de estatura media, pero sin duda más fornido. Era un hombre fuerte para su edad, sus poderosos brazos se tensaban bajo el saco. —Cuelga tu abrigo en el gancho—. Señaló la pared al otro lado del cuarto—. Después toma tu lugar aquí. —Tamborileó los dedos en la parte desocupada de la mesa quirúrgica.

Arrastré los pies hacia la pared, con mi costado izquierdo hacia él y tomé la jeringa de mi abrigo. La sujeté con la mano ahuecada para mantenerla fuera de su vista; la aguja se extendía unos centímetros más allá de mis dedos enroscados. Recé para que aquel engreído doctor no la notara al acercarme.

—Estoy seguro de que escuchaste las desafortunadas noticias sobre el doctor Kalbrunner —dijo cuando regresé—. Ahora, yo seré tu doctor. Ponte cómoda en la mesa.

—¿Qué le hizo a esta mujer? —Le pregunté para distraerlo. Me subí a la mesa y oculté la jeringa en los pliegues de mi vestido. El metal frío me dio una punzada que me caló la piel y me hizo temblar. Sentí como si estuviera subiendo a un ataúd.

—Quítate los zapatos y recuéstate. Lo que le hice a ella es irrelevante para ti, pero lo mejor para el Reich es garantizar que los desafortunados no puedan tener descendencia.

La esterilizó.

—¿Eso es lo que planea hacer conmigo? —Tiré mis zapatos al piso, me recosté en la mesa y me aseguré de tener la jeringa a la mano. En ese momento quise clavarle la aguja en el cuello, pero los camilleros estaban afuera de la puerta.

—No, querida, pensamos en algo distinto para ti. Todo está escrito en este cuadernito. —Alzó una pequeña libreta encuadernada con cuero rojo y la abrió en una página específica—. Tu nombre es Natalya Petrovich, ¿no es así?

Él sabía mi nombre; esto era un juego.

—Sí.

—Estabas asociada con la Rosa Blanca, ¿cierto? —Colocó el cuaderno en la bandeja de los instrumentos.

—Sí. —Coloqué con rapidez mis dedos sobre la jeringa.

—Se te ordenó encontrar a aquellos que en Schattenwald pudieran traicionar al Reich, ¿es correcto? —Se inclinó sobre mi cuerpo, sus vigorosas manos amarraron mi muñeca y mi tobillo derechos. La yugular sobresalía de su cuello; si yo inyectara esa vena fuerte y rebosante de sangre con el fenol, lo paralizaría y mataría en un instante. La calidez de su cuerpo y el aroma medicinal que emanaba de su ropa me saturó la nariz. Pese a todo, los hombres seguían afuera.

—¿No has tenido éxito en erradicar a los traidores y conspiradores contra nuestro glorioso *Führer*?

—Ninguno. Parece que la SS ha tenido éxito donde yo fallé.

Acercó la bandeja del instrumental hasta que quedó a un pulgar de distancia de mi brazo izquierdo.

—Me gusta tu sentido del humor, Natalya, pero se trata de obligaciones importantes que tienes que cumplir… —Alguien llamó a la puerta y lo interrumpió—. No te vayas a ir a ningún lado —dijo con una sonrisa astuta mientras se giraba hacia la puerta.

Sabía que se iría tan solo unos minutos, pero eso significaba una oportunidad de sobrevivir. Estiré mi brazo libre tanto como pude hacia la izquierda, para sujetar el borde de la bandeja, a pocos centímetros de distancia. Le di un fuerte tirón a las correas, me torcí el brazo y la pierna derechos con tal fuerza que casi grito, pero pude acercar la bandeja con la punta de mi dedo para que quedara a mi alcance.

Los camilleros le informaron al doctor que debían irse a atender a otros pacientes. El doctor König les ordenó retirar a la mujer que yacía a mi lado y regresar en una hora. Mientras el doctor y los hombres hacían todo lo necesario para llevarse a la mujer, levanté mi cabeza y miré el cuaderno abierto. La página se dividía en dos columnas y una de ellas decía «muerte». Mi nombre estaba al final de la lista. Mi tiempo en Schattenwald había expirado. Me recosté y el terror que me invadía me dio claridad: «La aguja es inservible a menos que pueda clavarla en su corazón o en su cuello. La botella café puede tener éter, pero tengo que destaparla». Los camilleros levantaron el cuerpo desfallecido de la mujer y lo colocaron en una camilla. El doctor los acompañó a la puerta.

—Asegúrense de dejarla en el cuarto que le corresponde —dijo mientras los veía marcharse.

Casi sin mover el cuerpo, puse mis dedos en la tapa de la botella y la desenrosqué. Temerosa, me recosté en la mesa glacial sin quitarle los ojos de encima al doctor Köning. Él cerró la puerta y volteó a verme con una mueca macabra. El olor mentolado del éter llegó a mí, era un olor que el doctor seguramente notaría.

Tenía tan solo unos segundos.

Todo sucedió en cámara lenta; mis extremidades, incluso las que no estaban atadas, parecían soldadas a la mesa. El doctor se movió hacia mí, su mueca se amplió en una sonrisa mientras rodeaba la mesa, sus movimientos de brazos y piernas eran precisos, como los de un autómata. Su sonrisa se desvaneció cuando se acercó a la bandeja, olfateó y quiso tomar la botella café. Pero yo tomé la botella antes de que el anonadado doctor pudiera alcanzarla y le arrojé su contenido. El tapón salió volando y chorros de líquido transparente fueron a parar a su rostro. Gritó, pero nadie lo escuchó porque la habitación estaba construida para contener el ruido. Se arañó los ojos, incapaz de ver, se tambaleó hacia la bandeja y la aventó hacia la mesa.

Se desplomó en el piso como un bulto, gimió y después quedó inmóvil. Aguanté la respiración para escapar al vapor del éter. Tenía que actuar con rapidez. Las correas estaban muy ajustadas, pero tenía un escalpelo al alcance. Corté la que ataba mi mano derecha. El cuero se desprendió. Me levanté a toda prisa para desatar la correa de mi tobillo.

Salté de mi lecho de muerte y con torpeza tomé una mascarilla de cirujano que estaba en la bandeja. Me la coloqué en la cara, respiré y el aire filtrado empezó a llenar mis pulmones. Recogí la jeringa que había rodado hacia el canal que estaba al borde de la mesa. El doctor Kalbrunner me advirtió que quizá tendría que matar para sobrevivir.

El doctor König yacía en el suelo sobre su costado izquierdo, hecho ovillo. Sus rodillas estaban dobladas como las de un niño dormido y la yugular una vez más quedó expuesta e invitante. Dejé de mirarlo por unos momentos, miré el cuarto y pensé en lo que había sucedido en ese terrible lugar. Recordé a Lisa, a Hans, a Sophie, a Alex, a Willi y a los demás que murieron por oponerse al régimen. Presencié la ejecución del doctor Kalbrunner y de Marion. Jamás olvidaría las cajas llenas de empastes de oro, la joyería ni las posesiones personales de las personas que saqueó y asesinó el doctor König.

Pinché el cuello del doctor con la aguja, empujé el émbolo e inyecté el fenol. Su cuerpo se estremeció por un segundo, después su pecho se contrajo, un siseo salió de su boca y su respiración se detuvo.

Así daba por terminada la época de resistencia pacífica y pasiva. Había matado a un hombre. Una insensibilidad sorda me invadió y no sentí remordimiento. Mi voluntad de vivir arrasaba con cualquier emoción como aquella.

Todo lo que me explicó el doctor Kalbrunner sobre la manera de escapar de Schattenwald me inundó la cabeza. Corrí al otro lado del cuarto, tomé mi abrigo y me puse los zapatos, porque cada segundo era valioso. La llave plateada que abría el último cuarto estaba bajo la caja de blancos, justo como el doctor me lo había indicado. Abrí la puerta, tomé la linterna y la prendí para iluminar la salida.

«Azul… recuerda el azul».

Coloqué la linterna en el piso, tomé el cable y me incliné hacia atrás con la ayuda de mi peso corporal. El cable se rompió y caí sobre el piso frío, supuse que se escucharía una alarma, pero no se escuchó sonido alguno.

Una corriente de aire frío se precipitó hacia mí cuando abrí la puerta y eché un vistazo. No había guardias a la vista. La noche invernal era profunda e inmóvil, las nubes oscurecían las estrellas y la nieve espolvoreaba el aire. Cerré la puerta y corrí como un rayo hacia el bosque.

El doctor Kalbrunner había dicho que caminara cien metros por el bosque. Seguí su indicación y pronto encontré el arroyo que describió. Encendí la linterna por unos segundos y me aseguré de no apuntarla hacia Schattenwald. El agua corría clara y fría, con pedazos de un hielo plateado que reflejaba la luz de la linterna. La apagué y cerré los ojos para que se adaptaran al entorno. Cuando los abrí otra vez, las siluetas desnudas de los troncos, las ramas y los arbustos aparecieron ante mis ojos.

Como había estado en la habitación una media hora, tenía otra media hora antes de que los suministros matinales llegaran a Schattenwald. Estaba segura de que los camilleros a los que el doctor König había ordenado encargarse de la mujer esterilizada estarían de regreso a las siete sin demora, como se les indicó. Lo más probable es que esperaran afuera del cuarto hasta que su curiosidad fuera más fuerte, lo que me daría el tiempo suficiente para escapar por la reja, como lo había planeado.

Di vuelta a la izquierda y seguí el arroyo, las zarzas se aferraban a mis piernas y mis pies resbalaban por las raíces de los árboles. Cuando me acercaba a la ubicación que marcaba las nueve en un reloj, un peñasco apareció en la oscuridad. Ahí, del lado este, encontré la fisura que tenía dos vestidos, una bufanda y guantes. Me quité el vestido de reclusa y lo metí en la estrecha grieta que se entreabría en la roca. El gélido viento del norte sopló entre los árboles, agitó las ramas desnudas y me provocó escalofríos mientras me ponía el vestido nuevo, de un color tan oscuro como la noche. Me resguardé en un costado de la roca, para protegerme de la severidad del viento, y me puse la bufanda y los guantes.

Cuando llegué a Schattenwald, me esforcé por memorizar las características de la entrada. Los arbustos, desnudos en invierno, eran abundantes y estaban cerca de la reja. Si pudiera ocultarme a unos metros de esta, tendría posibilidades de escapar. La suerte estaba de mi lado en cuanto al viento del norte, que me protegía de la nariz de algún pastor alemán, y mi abrigo se camuflaría entre las ramas desnudas.

Dejé la linterna atrás, salí de la grieta y seguí el riachuelo hasta que sus aguas heladas y burbujeantes desaparecieron en un túnel custodiado por una rejilla de acero. La sacudí, pero los cerrojos no cedieron. Mi pie resbaló y casi me caigo de la orilla al agua fría.

El camino que me habían indicado seguir se curvaba hacia la entrada. Me arrastré entre los árboles mientras escuchaba el ronroneo de los motores en la cercanía. El bosque clareaba y me vi obligada a refugiarme detrás de los arbustos que bordeaban las paredes interiores. Me ajusté el abrigo lo más que pude, corrí agachada hacia la pared y caminé por la tierra helada de espaldas al muro de piedra.

En unos minutos estaba lo suficientemente cerca para ver que varios camiones, camionetas y una ambulancia militar entraban y salían por la reja alumbrada. Mi vida estaba a merced del destino y del guardia que vigilaba la entrada. Su perro estaba encadenado y parecía concentrado en el equipo que iba y venía en un flujo constante. El viento boreal soplaba y arrastraba grandes nubes de humo de escape hacia Schattenwald.

Un Opel Blitz, muy parecido al que había llevado a los rusos a la muerte, se movía con pesadez desde el manicomio. Tenía una plataforma de madera detrás del compartimento del chofer. Tres soportes de metal cruzaban la plataforma y sostenían un toldo para proteger a las tropas de las inclemencias del clima.

La camioneta estaba vacía, pero lo que más me interesaba era el estribo del vehículo.

En ese momento, una camioneta grande se detuvo a la entrada mientras el Opel renqueaba a un lado del sendero más cercano a mí, y ambos tendrían que detenerse.

Ese era mi momento.

Ambos vehículos pararon y esperé a que el guardia inspeccionara el Opel. El chofer se volteó hacia la caseta y se puso a platicar con el hombre.

No había tiempo que perder.

Me eché a correr desde los arbustos, hacia la llanta trasera derecha y me agaché al lado de ella. El pequeño estribo bajo la puerta sería mi salvación. Me acerqué lentamente a él, aún agazapada, me levanté en silencio sobre el borde de metal y sujeté la manija con mis manos enguantadas.

Unos segundos después el chofer se despidió y nos pusimos en marcha por el camino. El vehículo giró hacia la izquierda, hacia Karlfeld, lo cual me protegía de los ojos del guardia.

Por primera vez desde que me llevaron a la prisión de Stadelheim respiraba libertad. La sensación del viento frío se intensificaba por la velocidad a la que iba la camioneta y me arañaba el cuerpo, pero poco me importó. Las estrellas brillaban en el cielo oscuro del amanecer y el camino estaba libre de tránsito detrás de nosotros. El chofer se detuvo en una intersección a las afueras de Karlsfeld, para girar a la derecha hacia Dachau. Brinqué del estribo, crucé una zanja y me refugié en un matorral seco. Todo a mi alrededor era bosque y silencio invernal que solo se veía interrumpido por el rugido ocasional de algún vehículo que pasaba en las inmediaciones.

Las iniciales BUS me llegaron a la mente, así como el número cien que mencionó Marion. Si tan solo hubiera podido recordar la combinación numérica. Las calles estaban grabadas en mi mente, pero no podía evocar los números. Tenía que llegar a Múnich, a doce kilómetros de distancia, sin que me descubrieran. No tenía dinero para transportarme y tenía hambre y frío. Sería una larga travesía hacia un refugio, pero el solo hecho de hacerla me impulsaba y animaba mis pasos.

Cuando vi que el Opel desaparecía, salí del arbusto y crucé el camino. Me mantuve tan cerca de la arboleda como me fue posible, en caso de que tuviera que ocultarme. El cielo estaba gris, a punto del alba, y me topé con una senda rural que se dirigía a Múnich en dirección al sur. Alrededor de las ocho el sol salió por el horizonte con unos brillantes rayos rojizos.

Al caminar me imaginaba la escena en Schattenwald: los camilleros abrieron la puerta del quirófano y encontraron el cuerpo del doctor König al lado de la mesa de operaciones. Se llevaría a cabo una búsqueda intensiva en el edificio, para encontrar a la perpetradora, Natalya Petrovich.

Ahora era una peligrosa enemiga del Reich, no solo una traidora, sino también una asesina. Enviar un mensaje a mis padres era imperativo. ¿La Gestapo los arrestaría o esperaría a que yo me apareciera por su departamento? De cualquier manera, mi madre y padre estaban en peligro.

Hitler mismo exigiría que se hiciera justicia.

La suela de mis zapatos se había desgastado durante mi estancia en Schattenwald y no eran aptos para un viaje largo. Me salieron ampollas en los pies y cada paso que daba se convertía en una agonía cuando la tela áspera me raspaba la piel. Para distraerme del dolor me puse a recordar cada palabra dicha por Marion, segura de que la última calle era 12, y me dispuse a reconstruir los otros números lo mejor que pude.

El bosque que me protegía empezó a clarear cuando llegué a las afueras de Múnich. Las casas, los edificios de departamentos y las calles atestadas remplazaron a los árboles, y a su manera también me proporcionaban un refugio. Siempre que me fue posible evité a la gente. Mi única comida fue la mitad de un sándwich que un hombre abandonó en la banca de un parque.

Llegué al número 56 de Uhlandstrasse alrededor de las cuatro de la tarde, con los pies adoloridos, las piernas temblorosas y los lentes manchados y sucios. El sol estaba a punto de ocultarse cuando toqué la campana de un edificio que se veía más bien común y corriente, de piedra gris y ventanas oscuras, segura de que esa era la dirección correcta. La mujer que abrió la puerta me escudriñó con ojos de águila y frunció el ceño. Su desagrado fue evidente cuando aferró sus largos dedos al borde de la puerta.

—¿Aquí es el número 56 de Uhlandstrasse? —Pregunté, aunque la dirección estaba marcada con números cafés, atornillados sobre la puerta.

—Sí, ¿qué quieres?

—Estoy buscando al doctor Kalbrunner —dije para justificar mi intrusión.

Sus ojos brillaron y cambió la posición de sus pies.

—Aquí no hay ningún doctor, vete.

—¿Marion está aquí? —pregunté desesperada por sentirme a salvo, con la esperanza de que la mujer reconociera el nombre.

Sus ojos echaron chispas de exasperación cuando la alteraron mis preguntas.

—¡No! —Aventó la gruesa puerta de roble hacia mí—. Tienes la dirección incorrecta. Nunca regreses aquí.

Aturdida, di un paso atrás cuando me cerró la puerta en la cara. ¿Me había delatado? No tenía opción más que ir a la siguiente dirección, el número 32 de Blumenstrasse. Buscar a mis padres o a *Frau* Hofstetter era impensable.

Aunque la distancia era corta y la oscuridad de la noche me daba cierto consuelo, una fatiga insoportable me agarrotaba el cuerpo. Me sonaban las tripas, el frío atravesaba mi abrigo con total impunidad y no podía concentrarme. Me quedé sorprendida cuando llegué a un edificio de piedra compacto pero sólido, cuya entrada abovedada estaba rodeada por columnas dóricas.

Los bombardeos habían agujerado el techo y sus paredes blancas tenían cráteres por todos lados. No se veía ninguna luz a través de las cortinas opacas, pero llamé a la robusta puerta de todas formas. Nadie abrió. Frustrada, me senté en la escalera de la entrada y me froté las sienes. Pensaba en abandonarme al fracaso cuando la puerta se entreabrió y un hombre se asomó. Para no delatarme, me levanté e hice la misma pregunta que en la dirección anterior.

—¿Está el doctor Kalbrunner? —La oscuridad cubría su cara y no vi más que una sombra. Movió el dedo, me invitó a pasar y entré a un frío vestíbulo.

—¿Quién eres? —preguntó mientras su aliento formaba unas volutas congeladas.

Me dejé caer en la pared mientras él me miraba en la penumbra. Una espesa luz amarilla se filtraba hasta donde estábamos.

—No le puedo decir quién soy, solo que vine por instrucciones del doctor Kalbrunner y una mujer llamada Marion.

La respuesta pareció satisfacerlo y se acercó a mí.

—¿Cómo están?

Le di las trágicas noticias.

—Están muertos.

Respiró con fuerza e inclinó la cabeza.

—Lo siento, ¿cómo los conociste?

—En Schattenwald.

—Ya veo —dijo y se refugió en las sombras.

—Necesito comida, ropa y un lugar seguro para quedarme.

Se recargó en la pared frente a mí y encendió un cigarro. El resplandor reveló un rostro expresivo, largo, con algo de barba y ojos oscuros. Me pareció que este hombre debía de estar en la treintena.

—Atraviesa la calle y ve al número 33. Este número se da como dirección señuelo… por si las dudas…

—Gracias. Número 33. —Por fin había encontrado a alguien que sabía sobre los refugios—. ¿Quién eres tú? —pregunté para confirmar la impresión que tenía del hombre.

—Mi nombre tampoco es importante. Más allá de aquellas puertas abiertas —señaló una entrada que apenas se podía distinguir en la oscuridad— está el escenario de uno de los tesoros más valiosos de Múnich, un teatro de títeres que tiene más de cien años de antigüedad.

Nunca había estado adentro, mi padre pensaba que el teatro era una frivolidad costosa.

—Yo no debería estar aquí —dijo con una voz que tenía un tono de melancolía triste—. El gobierno me prohibió trabajar como titiritero por mi orientación política. Viajo por Alemania para ganarme la vida como puedo. A veces vengo aquí cuando necesito un techo.

Le dio una calada a su cigarro y extendió su mano en señal de amistad.

—Pregunta por Gretchen… Dile que vienes del teatro, pero no menciones nada de mí… Olvida que hablamos. —Se movió como un gato sigiloso hacia la entrada—. Buena suerte —murmuró mientras cerraba la puerta.

Atravesé la calle y me dirigí al edificio de tres pisos. Al lado de la entrada de piedra había una lista de nombres impresa y a cada uno le correspondía una campana para llamar. Busqué el de Gretchen y solo un nombre me hizo sentido: G. Geisler. Toqué la campana.

Arrastré los pies y miré hacia las ventanas que daban a la calle. Todas estaban oscuras, el edificio se encontraba en un reposo silencioso. Al igual que el telón de un teatro de títeres, la puerta tardó en abrirse. Cuando lo hizo, una mujer delgada en bata gris apareció frente a mí, sin señal alguna del desprecio que encontré en la primera dirección.

—¿Gretchen? —pregunté. Ella conservó una actitud tensa e indiferente y permaneció sin hablar ni hacer ningún gesto—. Vengo del número 32.

Sin decir palabra, me guio escaleras arriba, hacia su departamento, en el edificio de enfrente. En la sala de estar había una lámpara con una pantalla de cristal morado sobre un viejo piano vertical pegado a la pared. Su extraña luz se difuminaba por algunos metros a la redonda. A la derecha había una pequeña cocineta, a la izquierda, un cuarto un poco más grande, y ambos estaban a oscuras, excepto por la vela que brillaba suavemente en cada habitación.

Gretchen señaló un sofá cubierto con grandes mascadas orientales que estaba en el centro de la habitación. Me sentí feliz de descansar los pies. Ella se acomodó en el banco del piano y un halo de luz morada la rodeó.

Nos quedamos mirando. Tenía el miedo metido en el cuerpo porque era incapaz de descifrar su semblante misterioso. No tenía idea de si estaba contenta, molesta o indiferente porque toqué a su puerta. Necesitaba su ayuda con desesperación.

—Las bombas caen de vez en cuando y hay un refugio calle abajo —por fin empezó—. El jefe de la cuadra nos guiará a un lugar seguro. —Metió los dedos en el bolsillo de su bata, sacó una caja de cigarros, encendió uno y aventó el cerillo a un cenicero que estaba arriba del piano—. ¿Cuánto tiempo planeas quedarte aquí?

—Supongo que eso depende de ti. —Me quité el abrigo y me recargué en el sofá. Sentí la frescura de la seda en los brazos y el ambiente acogedor del departamento empezó a relajar mi tensión nerviosa, aunque no lograba mitigar el dolor de mis pies—. Necesito comida y un refugio... cualquier cosa que puedas darme será bienvenida. También necesito alertar a mis padres de que estoy viva y ellos están en peligro.

—Todos estamos en un baile con la muerte, a la espera del momento en que escuchemos nuestro nombre. —Le dio una calada al cigarro y el humo descendió a su alrededor como si fuera una corona funeraria de color gris—. ¿Cuál es tu verdadero nombre?

Dudé, pero ya había puesto mi vida en sus manos.

—Natalya Petrovich. Vengo de Leningrado, pero soy ciudadana alemana. He vivido en Múnich desde niña. Fui enfermera voluntaria para el Reich...

Ella levantó la palma de su mano para detener mis palabras.

—No quiero saber nada más que tu nombre. No puedes ser Natalya... los nazis... saben quién eres. Escoge otro nombre y después te transformaré en otra persona, con un color de pelo distinto y un aspecto diferente. ¿Puedes ver sin los lentes?

Mis lentes eran parte de mí al grado que nunca los había considerado una seña de identidad.

—Los necesito para leer y ver de cerca. Supongo que me los puedo quitar cuando camino.

Cruzó las piernas y se inclinó hacia delante, el cigarro se balanceó entre los dedos índice y medio de su mano derecha.

—No vas a ir a ningún lado hasta que te haya cambiado la identidad. La regla aquí es «guardar silencio y salvar vidas». Esto quiere decir que no saldrás hasta que el proceso esté terminado. —Dio otra calada al cigarro y sopló el humo hacia mí—. Puedo intentar cambiar el armazón, pero sería mejor que los usaras solo en el departamento.

Tenía muchas interrogantes. Me preguntaba si ella quería saber sobre el doctor Kalbrunner y Marion, pero por su renuencia a hablar me imaginé que entre menos dijera, mejor.

—Hay un poco de sopa en la estufa. Caliéntala, toma un baño y ocúpate de tus pies. Te daré otro par de zapatos. La cama es mía, tú puedes dormir en el sofá. No habrá preguntas. Yo no quiero saber de tus asuntos y no quiero que sepas de los míos. Si hay un ataque aéreo, cúbrete la cara tanto como te sea posible hasta que termine tu cambio de apariencia; usa tu bufanda, después de todo hace frío. —Apagó el cigarro—. No hay mucho espacio en esta pocilga. Una vez que hayas cambiado de identidad podrás buscarte un espacio y continuar con tu trabajo. Recibirás identificaciones nuevas y falsificadas... Después de eso seremos un par de extrañas. —Gretchen pasó a mi lado para irse a su cuarto y después se volteó—. Una cosa más: recuerda que no eres la única persona que sufre bajo el mandato de Hitler. Si alguien más importante que tú llega, tendrás que marcharte. —Guardó silencio—. Se trata de una orden jerárquica, nada es personal cuando se trata de la guerra.

Se fue a su habitación y cerró la puerta. Después de todo lo que había pasado, su severidad me irritó, pero entendía sus razones. Me comí la sopa, consentí mi cuerpo adolorido con un baño, me dejé caer en el sofá y soñé con mis padres.

En el transcurso de una semana bajé las escaleras para tomar una bocanada de aire fresco, un día de invierno no tan frío. Disfruté la brisa fresca que recorría la calle por unos momentos y después me regresé corriendo por las escaleras, sin llamar la atención. Con el paso de los días mis pies sanaron hasta que pude caminar sin tanto dolor.

Sin embargo, mi cuerpo estaba debilitado por el estrés que sufrí en la prisión y el manicomio. Por primera vez en dos años me sentía lo suficientemente segura para dormir sin miedo a la muerte. Durante varios días me hice ovillo en el sofá y dormí durante horas. A menudo, Gretchen me despertaba cuando el sol se ocultaba y me decía que me había perdido de uno o dos visitantes, así como de la comida. Cenaba y me volvía a dormir.

Mi preocupación más grande eran mis padres, y se lo dejé claro a Gretchen. De todas formas, ella fue muy inflexible en cuanto a que debía permanecer alejada de ellos, hasta que cambiara mi identidad, o hasta que estuviera en un refugio por mi cuenta. Ella no me apresuró, pero por sus respuestas cortantes era obvio que no quería poner a nadie en peligro, mucho menos a ella misma.

La Navidad de 1944 y el Año Nuevo de 1945 pasaron sin pena ni gloria, sin regalos, sin árboles ni decoración. Nuestra única celebración consistió en beber un traguito de brandy francés de una botella que Gretchen guardaba en su clóset. Más allá de eso no había mucho que celebrar porque, para todos, sobrevivir era la prioridad.

Algunos días Gretchen desaparecía durante horas y solo regresaba a dormir. Nuestras conversaciones se limitaban al clima, a los ataques aéreos que ocurrían con una frecuencia mortífera y a los hombres que parecían agradarle. En el curso de la semana desapareció por una noche o dos, solo para regresar desaliñada a la mañana siguiente.

Pese a todo, con el tiempo Gretchen logró un pequeño milagro: mi transformación. Mi cabello era oscuro como el de ella, solo que sus mechones caían bellamente ondulados en ambos flancos de su cara. Mi cabello era corto desde Schattenwald y lo mantuvimos así. Su proceder ante mi apariencia de reclusa fue darme una peluca rubia con un corte a la última moda. Tiñó mis cejas para que combinaran con la peluca y me enseñó la mejor técnica para polvearme la cara y blanquear mi tono de piel. Practiqué mi caminar sin los lentes.

Llegó una serie de documentos con el nombre de Gisela Grass, un apellido común entre los alemanes. Por mi edad, mi registro aún era el de una estudiante universitaria de la licenciatura de biología. De esa manera, si me interrogaban, tendría idea de lo que hablaba.

Cuando los bombardeos de los Aliados cayeron sobre la ciudad, huimos a un refugio en un sótano durante una hora o dos.

Seguí el consejo de Gretchen y solo me presenté con el encargado de la cuadra. El resto del tiempo me quedé en una esquina oscura y me cubrí casi toda la cara con la bufanda.

Con el tiempo adopté los ademanes de mi nueva identidad. Cambié mi manera de caminar por un paso más fresco y relajado; de vez en cuando fumaba; minimizaba mi carácter tímido y estudioso; coqueteaba con los hombres y disfrutaba la vida lo más que podía en las terribles circunstancias en las que estábamos. Como parte de mi imagen pública, hacía el saludo a Hitler y alababa al *Führer* siempre que se presentaba la oportunidad. Por eso me odiaba a mí misma, pero estaba atenta de aquellas personas que en un instante revelaban su desdén con una mueca en los labios o con un destello de cinismo en la mirada, ante la posibilidad de que yo pudiera revivir la promesa de la Rosa Blanca. Encontrar a personas que pensaran como yo y comunicarme con ellas resultó mucho más difícil de lo que pensé, en parte por mi paranoia de que me aprisionaran nuevamente. La cautela disuadía mi tendencia natural a acercarme a la resistencia y los malos recuerdos obstruían mis esfuerzos. Además, siempre pensaba en mis padres.

Sin embargo, otros factores pasaron a primer plano a principios de 1945. Mucha gente rumoraba sobre el fin de la guerra y el fracaso de Hitler y la *Wehrmacht*. Las habladurías se multiplicaban. Hombres y mujeres estaban cada vez más preocupados y cansados de los bombardeos constantes, la pobreza, las raciones raquíticas y, más que cualquier otra cosa, la muerte de inocentes. Parecía que cada familia había sufrido una pérdida en la guerra: un padre, un hijo o un hermano en la *Wehrmacht*; mujeres, niños y padres en los bombardeos. Aquellas muertes no incluían las ejecuciones y asesinatos por manos de la SS y la Gestapo. Alemania se estaba devorando viva bajo el mandato de un demente.

Casi a mediados de enero Gretchen me dijo que su labor conmigo había terminado y que un hombre con acceso a miembros de alto rango de la Gestapo necesitaba ocultarse en la clandestinidad. Yo tendría que irme para que él tomara mi lugar. Ella no dijo nada sobre los planes del recién llegado, aunque el hombre en cuestión debía ser invaluable para la resistencia. Acepté mi destino, pues sabía que no podría quedarme por siempre bajo su techo, aunque no tenía idea de adónde iría.

—Me gustaría pedirte un favor antes de marcharme. —Me senté en uno de los bordes del sofá. Gretchen ocupaba el otro con su cigarro habitual en mano—. Es parte de un plan que hice desde que regresé a Múnich.

—Sí —respondió con un tono de reserva.

—Quiero ver a mis padres… saber si están vivos… y me gustaría que tú los contactaras o que enviaras a alguien, porque para mí es imposible ir.

Se echó a reír, cosa que pocas veces la vi hacer.

—Es imposible. Si están vivos, la Gestapo estará sobre ellos como una garrapata en un perro. Y por favor, no me digas que tú eres la única persona en Múnich que ha sufrido una pérdida. La ciudad está rebosante de tragedias. —Se opuso a cualquier objeción que pude haber tenido al levantar su mano hacia la ventana.

—Entiendo e incluso sé quién podría ser esa garrapata, pero no les puedo hacer llegar ni un mensaje. *Tú* podrías hacerlo… con tus contactos.

—Tus padres están muertos.

Di un manotazo en el sofá.

—¡No, no estaré satisfecha hasta que lo averigüe por mí misma! *Necesito* saber. —Tomé aire—. Por favor… Te agradezco todo lo que has hecho por mí, he hecho todo lo que me has pedido… solo quiero saber si están vivos. Es posible que los hayan matado por mi culpa. —La miré—. Me transformaste en una persona distinta, pero sigo siendo la misma persona que los ama.

Me miró con frialdad.

—Eres una sentimental tonta, pero de cierta forma envidio tu determinación y devoción, aunque sea errada. No tengo a nadie a quien querer, más allá de mis recuerdos. Todos se han ido. Están muertos por la culpa de un hombre que ojalá arda en el infierno por toda la eternidad. Honro a mis padres y hermanos con el trabajo que hago. —Dejó de hablar e inclinó la cabeza a un lado. La mitad de su cara se veía amoratada bajo la luz púrpura y una lágrima recorrió su rostro antes de que hablara—. Hay un alemán de Rusia que tal vez sepa algo. Lo voy a contactar.

Como sabía que mi tiempo con Gretchen estaba por terminar, me pasé varios días buscando un departamento. Una tarde, después de horas de estar de pie, la encontré en su pequeña cocina, donde freía una papa y una zanahoria. Tenía una espátula en una mano y en la otra un libro empastado con un cuero que se veía costoso. Parecía salido del cuartel general de la Gestapo donde me habían detenido. Me senté en una de las sillas de la mesa.

—No es sencillo encontrar departamento, muchos están dañados o en ruinas.

Asintió y continuó leyendo.

—Es bueno que estés buscando. Tu sucesor llegará en un par de días. —Puso el libro en la mesa y estiré la mano hacia él—. No, por favor —dijo apuntándome con la espátula—. Es mejor que no sepas nada de este asunto.

Retiré la mano mientras ella seguía friendo los vegetales.

—Hoy caminé por un mercado vacío y pasé por el Antiguo Jardín Botánico. El aire está frío y las bancas, vacías —dije y Gretchen volteó a verme—. Nada se ha librado del desastre, las librerías y la Hauptbahnhof se parecen a los restos de la casa que un niño haría con las ramas de un árbol. La gente está agazapada sobre las paredes desnudas de sus hogares destruidos.

—Ahora no hay mucho que ver —comentó ella, apagó la estufa, dejó que la comida se cociera a fuego lento en la grasa y caminó hacia los fragmentos de la pálida luz invernal que se filtraban por las ventanas hacia el piso.

Me paré junto a ella y vi a los hombres y las mujeres abrigados en la banqueta de abajo. Teníamos suerte de que este edificio se hubiera salvado de los bombardeos.

—Múnich es la sombra de lo que fue —dijo—. Todo lo bello desapareció.

—No todo —protesté.

Inclinó la cabeza como solía hacerlo, sus ojos grises brillaban.

—Tus padres están vivos. —Me quedé helada, pasmada con las noticias—. Mi informante los encontró, se mudaron de Schwabing a una dirección cerca del Englischer Garten.

—Gracias —dije casi sin poder hablar—. Estoy tan feliz.

—Es increíble que quede gente viva —exclamó y señaló al gentío que se movía de un lado para otro—. Mira a esos tontos miserables, salen durante el día para encontrar comida, refugio y lo que necesitan para vivir, solo para refundirse en la oscuridad y padecer noches desdichadas de bombardeos. Es como si hubiéramos retrocedido en el tiempo y nos hubiéramos convertido en hombres de las cavernas o en insectos, y quien nos quiere muertos nos aniquila y ya... Retiro lo dicho... Eso es un insulto para los neandertales y las hormigas; somos como gérmenes a punto de ser erradicados. —Entendí lo que quería decir y sujeté su mano por un momento, antes de que ella la retirara—. No seas tonta, Gisela. La guerra no ha terminado, a pesar de lo que escuchamos. Los rumores no significan nada. Habrá más muertes y la tuya será una más si usas el corazón en vez de la cabeza.

—No tengo más razón para vivir que mi corazón.

—Es un lindo sentimiento, pero... —Hizo una pausa, como si cualquier conversación sobre el amor fuera innecesaria—. Mañana tus padres estarán sentados en el jardín de Schwabinger Bach, frente al parque Leopold. Estarán ahí por media ahora, de las 12 a las 12:30 del día, no más, pero quizá menos. No les hables, no los sigas, no hagas nada que pueda ponerlos en peligro. Sus vidas y la tuya dependen de eso, en caso de que la Gestapo los esté vigilando. Pasa por ahí... Míralos... Eso es todo lo que puedes hacer.

—¿Saben cómo me veo?

—Han sido informados al respecto.

Asentí.

—Una vez que los hayas visto, tu tiempo aquí habrá terminado. Espero que te marches para el fin de la semana.

Gretchen me dejó sola junto a la ventana, caminé de regreso a la cocina y coloqué dos platos en la mesa.

El día fue ventoso, con una amenaza de lluvia a cántaros proveniente de varias nubes fragmentadas. Envuelta en mi abrigo, mi bufanda y mis guantes dejé el departamento. Mi cuerpo hormigueaba por mis nervios crispados. El recelo me invadió porque no podía descartar la posibilidad de que la SS, el mismo Garrick u otro miembro de la Gestapo estuviera siguiendo a mis padres. A pesar de mi miedo y del peligro decidí confiar en Gretchen y en su informante.

Les escribí una nota en ruso donde les decía que los quería y tenía la esperanza de que, de alguna manera y en algún momento, pudiéramos escapar de Múnich juntos. No ofrecí más detalles, solo el esfuerzo honesto de idear un plan. Guardé la nota en mi bolsillo y me pregunté, mientras caminaba, si mi padre habría renegado de las odiosas palabras que me había dicho en la prisión.

La amenaza del mal clima había vaciado las calles normalmente atestadas. Dejé el departamento cinco minutos antes de las 11:30, me di un tiempo adicional para ir a pie al Englischer Garten.

El Múnich que había amado, la ciudad que conocí desde que era una niña, ahora había cambiado, incluso más que en el momento previo a mi captura y juicio. Su energía y vitalidad habían desaparecido entre el humo y la ceniza, y las remplazó la desolación. El ambiente estaba cargado de desánimo y, nosotros, los que quedábamos vivos, lo respirábamos a cada segundo de nuestras vidas. Las tiendas y los restaurantes tan familiares parecían desgastados y apagados bajo el cielo de enero.

A medida que me acercaba al parque me preguntaba si había cometido un error. En primavera, el jardín estaría lleno de gente que disfruta el sol. En invierno, las ramas estaban desnudas, el pasto, de color café, y las bancas, vacías. Si seguían a mis padres, esta sería la oportunidad perfecta para que la Gestapo detectara una actividad sospechosa y los arrestara. Tal vez Gretchen tenía razón, quizá lo mejor que podía hacer era verlos de lejos. La sola idea desbocó mi corazón con anhelo e inquietud.

Pasé por la universidad, por el Siegestor y di vuelta a la derecha en Ohmstrasse hasta que llegué a las aguas poco profundas del Schwabinger Bach. Crucé el puente peatonal cerca de una curva del arroyo y miré a ambos lados en busca de una banca. Miré el reloj de pulsera que me dio Gretchen y vi que había llegado con cinco minutos de antelación.

Hacia el norte vi que una pareja de ancianos apareció en el sendero. Me giré hacia ellos pensando en que debía tratarse de mi madre y mi padre, aunque el vestido de ella y la manera lenta de caminar y arrastrar los pies de ambos hacían que se vieran mucho mayores que mis padres. De manera disimulada encontraron una banca de cara al arroyo y cruzaron sus brazos, como si esperaran a que pasara el tiempo o a que apareciera alguien. Me pregunté si era seguro mirar a mi madre y a mi padre.

Caminé hacia ellos y luego reduje la velocidad de mis pasos, porque otra silueta apareció adelante. Se trataba de un hombre que me resultaba familiar. Me envolví la bufanda alrededor de la nariz y la boca, para cubrir gran parte de mi cara. Él llevaba un abrigo largo, que yo recordaba. Bajo el sombrero reconocí el rostro de Garrick algo envejecido. El miedo me erizó la piel. Él pasó por donde estaban mis padres y se siguió de largo hacia mí.

Me concentré en el horizonte, porque mirar a Garrick me traicionaría. Recé para que pasara sin verme como lo había hecho con mis padres, y para que mi peluca rubia, mi maquillaje y la ausencia de lentes ocultaran a Natalya Petrovich.

Pasamos cerca y él me miró de reojo, pero siguió caminando. Mantuve el paso mientras miraba al piso y observaba el perfil de mis padres, hasta que quedé a la misma altura que su banca. Mis padres habían envejecido considerablemente desde la última vez que los vi, sus arrugas eran más profundas, el cabello de mi papá era más escaso sin un sombrero que lo abrigara y las piernas huesudas de mi madre sobresalían del abrigo.

Obviamente cualquier conversación, gesto con la mano, sonrisa o el hecho de pasarles una nota era impensable. Mi única concesión fue voltear la cabeza con rapidez. Ambos me miraron a los ojos, la mirada triste de mi padre se llenó de lágrimas y el gesto de mi madre suplicaba por un abrazo o un beso en la mejilla. El significado de su mirada era claro, había perdido a su única hija y cada día lejos de ella la estaba matando. Al menos sabía que yo estaba viva.

—Natalya —dijo mi padre al inclinarse hacia delante, en la banca—. Te amo... Dije esas cosas para salvarnos. Perdóname, por favor.

Miré sobre mi hombro unos instantes. Garrick no podía escucharnos, aunque su cuerpo apuntaba hacia donde estábamos mis padres y yo. Mi madre tomó el brazo de mi padre y se sujetó de él como si fuera un salvavidas que le impedía ahogarse.

—Los sacaré de Múnich —dije y apuré el paso, a sabiendas de que era más fácil decir esas palabras que cumplirlas.

La euforia que sentí cuando Gretchen me dijo que podría ver a mis padres se desvaneció en la frialdad del viento. Di un último vistazo a la izquierda al cruzar otro puente peatonal que me llevaría de vuelta a la ciudad. Mis padres se levantaron de la banca y caminaron hacia Garrick Adler.

Él estaba fumando, con la espalda recargada en un sauce. Cuando mis padres pasaron junto a él, los siguió.

CAPÍTULO 16

Con tantos hogares destruidos por los bombardeos, mis esfuerzos por encontrar departamento fueron infructuosos. Gretchen me dio algo de efectivo para sobrevivir mientras podía encontrar trabajo y me fui con todas mis pertenencias, que cabían en una pequeña bolsa. Todo el tiempo me cuidaba de la SS y la Gestapo; sentía que caminaba al borde del abismo y trataba de no cometer ningún error. La discreción y la desconfianza gobernaban mi vida. La normalidad podía regresar si los Aliados ganaban la guerra. Si los alemanes vencían, mis días estarían condenados por siempre.

En un momento de pánico, consideré buscar asilo en la casa de *Frau* Hofstetter, pero sabía que era demasiado peligroso. Entonces, los refugios contra ataques aéreos y las ruinas de los departamentos bombardeados se convirtieron en mi hogar. El dinero y la comida escaseaban por doquier, y varias noches me alimenté con las sobras que cocinaba sobre las llamas que encendía en un bote, como otras víctimas de la guerra.

Un día decidí caminar por la casa de *Frau* Hofstetter solo para echarle un vistazo a su viejo vecindario. Las casas de varias cuadras a la redonda estaban en ruinas o severamente dañadas. Su residencia seguía en pie, aunque se veía mucho más deteriorada que cuando yo vivía ahí, con las paredes agrietadas y las ventanas selladas. Sin embargo, un par de ojos amigables me miraron al pasar. Se trataba de Katze, ya del tamaño de un gato adulto, que me vio desde el alféizar de la ventana de mi antiguo cuarto. Dudé que me reconociera, pero me alegró ver sus brillantes ojos verdes y sus características manchas de color blanco y anaranjado. A *Frau* Hofstetter no se le veía por ningún lado.

Al día siguiente regresé a casa de Gretchen, desesperada por comida caliente y un baño. Refunfuñando por mi «estupidez», me sirvió pan rancio y las sobras de la carne del desayuno. Mi situación era pésima. No podía hacer casi nada por ayudar a mis padres, mi dinero estaba por acabarse y no tenía dónde vivir.

Estaba husmeando en la mesa de la cocina cuando alguien tocó la puerta del departamento. Entró un hombre, el que había tomado mi lugar, o eso pensé. Era mayor que yo, quizá estaba a la mitad de la treintena, tenía la cara ovalada y una mata de cabello negro. No era especialmente guapo como Garrick, pero la ternura de su mirada y la bondad que emanaba me atrajeron desde el principio. Vestía ropa de trabajo y las botas de un comerciante.

Me fui al sofá, para que ellos pudieran conversar a solas. Cuando regresaron a la sala de estar, unos minutos después, yo seguía pensando en qué hacer. Le di unos golpecitos a mi bolsa.

—Solo me queda maquillaje para unos días, no hay trabajo ni departamentos.

Gretchen frunció el ceño, mi situación no le preocupaba.

—¿Qué hay de Streinstrasse 12? —Miró su reloj, lo cual era señal de que ya le había quitado mucho tiempo.

Nunca se me había ocurrido visitar el último refugio que mencionó Marion.

—Paso por ahí camino al trabajo —dijo el hombre—. Puedo llevarte.

—¿Ya terminamos con nuestro asunto? —preguntó Gretchen con un dejo de amargura en la voz.

—Sí —contestó el hombre—. Regresaré en un par de días si todo sale bien.

Él caminó hacia el sofá, sujetaba una llave en la mano derecha y me hizo señas para que me levantara. Como no tenía adónde ir, acepté su oferta y al salir me disculpé con Gretchen por importunarla.

Caminamos hacia un camión destartalado cerca de un montón de escombros que habían terminado en la calle. El vehículo se parecía al Opel que había utilizado para escapar de Schattewald, pero sin la plataforma de madera. Él me abrió la puerta del copiloto y tomé el asiento de cuero frío. Se subió atrás del volante y encendió el camión.

—Esperemos hasta que la cabina se caliente —dijo con un poco de timidez—. Es un desperdicio de gasolina, pero esta carcacha está llena de agujeros.

Me ajusté el abrigo y tirité mientras me preguntaba cuánto tiempo nos tomaría llegar a Steinstrasse.

—Supongo que no debería preguntar, pero ¿tú eres el hombre que me remplazó?

Él arrugó la frente.

—No creo. He sido amigo de Gretchen por varios años. Nos comunicamos cuando es necesario... No me habla de sus otros asuntos. —Se frotó las manos enguantadas, me miró y me preguntó con el aliento helado—. ¿No tienes dónde quedarte?

Me quedé pensando en qué tanto podía decirle, pero sospeché que si tenía negocios con Gretchen era amigo de la resistencia.

—No. He estado buscando, pero es difícil encontrar un cuarto. Tampoco tengo mucho dinero... Bueno, de hecho, no tengo nada. He estado viviendo en la calle como tantos más.

Asintió, acercó con vehemencia su mano derecha y estrechó la mía con fuerza.

—Soy Manfred Voll. Qué gusto conocerte.

—¿Cómo conociste a Gretchen? —pregunté.

Miró a través del parabrisas a unos seres sombríos que iban de un lado para otro en la calle, como si fueran fantasmas en un día invernal, frente a los edificios colapsados a nuestro alrededor y el tejido social de la ciudad que se desintegraba con cada hora que Hitler permanecía en el poder.

—De la misma forma que tú, al trabajar en favor de las causas justas y en contra de las injustas.

No esperaba que sus palabras fueran tan directas tan pronto, pero quizá reconoció en mí cualidades como la fuerza y la resiliencia, que yo también creía que formaban parte de él. Mi confianza y gusto por él fueron algo inmediato, pero con todo lo que había pasado me resultaba difícil hablar con honestidad.

—Soy Gisela Grass.

—Ese no es tu verdadero nombre —dijo como buen conocedor de las tácticas de Gretchen.

—No, pero ya sabes que no podemos ser...

—Claro. —La cabina se había calentado y puso sus manos en el volante—. ¿También necesitas un trabajo?

Sorprendida, volteé hacia él.

—Sí, ¿sabes de alguno?

—Donde trabajo, en Moosburg, un campo de prisioneros de guerra de los Aliados, necesitamos ayuda. —Se detuvo—. Así es como conozco a Gretchen, si atas cabos. —La conexión me pareció muy clara. Ella se hacía cargo de un refugio y ayudaba a quienes se oponían al Reich. Si Manfred trabajaba con los prisioneros de los Aliados, debía estar relacionado con mucha gente hostil a Hitler. Entre los prisioneros, él podría cultivar las relaciones que fueran más útiles para la resistencia. Sin embargo, no sabía cuál era su vínculo con Gretchen en lo personal—. ¿Te gustaría darle una oportunidad al trabajo? El sueldo es miserable, pero tendrás un lugar seguro donde quedarte, los Aliados no van a bombardear su campo de presos políticos y podrás conectar con quienes hacen la diferencia. Soy supervisor, así que puedo pasar tus papeles sin grandes dificultades.

No me tomó mucho tiempo decidirme. Mis opciones eran encontrar albergue temporal en un refugio, vivir por mis propios medios en la calle o hacer un poco de dinero en un campo de prisioneros de guerra. Solo esperaba que Garrick y la SS mantuvieran vivos a mis padres, al anticipar que en algún momento iría por ellos.

—Lo intentaré.

—Bien. —Giró el volante lejos de la acera y el camión resopló por las calles hasta que salimos de Múnich y emprendimos el camino hacia Moosburg.

Manfred me contó sobre Moosburg mientras manejaba por el campo. Yo, al igual que muchos otros, no tenía idea de que Stalag

VII-A, como se llamaba el lugar, estaba a una hora de Múnich en auto.

El campo de prisioneros abrió seis años atrás y asilaba a los polacos encarcelados a raíz de la invasión de Hitler en 1939. A partir de ese momento soldados de todo el mundo entraron por sus rejas. Se trataba principalmente de oficiales y hombres y mujeres reclutados que procesaban y enviaban a otros campos para que ahí murieran. Prisioneros británicos, franceses, rusos, griegos, belgas, holandeses, sudafricanos, australianos, italianos y estadounidenses, entre otras nacionalidades, habían pasado por ahí. Cuanto más avanzaba la guerra, más se incrementaba el número de barracas y presos. En un principio el lugar solo iba a albergar a diez mil prisioneros.

—No sé cuántos hay ahora —dijo Manfred—, pero muchos están durmiendo en tiendas y algunos hasta en las tuberías del alcantarillado que no se han instalado.

Pasamos por la tierra de cultivo cuadriculada y por tramos de altos pinos y píceas que daban forma a las colinas. El sol se abrió paso entre las nubes y extendía su gloriosa calidez por todo el camión.

—El flujo de prisioneros ha disminuido. Muchos fueron capturados en los avances de los Aliados —continuó Manfred—. La SS y el comandante del campo no sabían qué hacer con esa cantidad de hombres.

—Cuéntame lo que sabes, he estado lejos durante mucho tiempo —dije agradecida por la compañía de Manfred, el calor del sol y la bendición de otro día.

—Debes contarme tu historia.

—Después. Mi historia es demasiado... dolorosa. —La luz del sol cayó en fragmentos sobre mi hombro y me deleité con la luz y el color que invadían mis sentidos.

Me sentí más viva que en años, aunque Manfred y yo nos dirigíamos a un campo de prisioneros.

Me habló sobre los avances y retrocesos de los Aliados, los rumores de la cruenta batalla que se libraba en las Ardenas, con un terrible número de bajas en ambos bandos, el último estertor de la milicia alemana.

—Cada vez que creo que está acabado, Hitler sale con una sorpresa —explicó Manfred—, pero siento que el final está cerca. Solo nos queda rezar.

—Espero que tengas razón. —Me vino a la mente una preocupación más inmediata que el fin de la guerra—. ¿Qué haré en el campo?

—Mi personal y yo hacemos que las tuberías fluyan y la electricidad funcione, especialmente en las barracas de los guardias que están cerca de la sección principal. Nos mandan a donde nos necesitan, pero con tal flujo de prisioneros todo el mundo se queja por la cantidad de trabajo que hay, incluso el personal de la cocina que guisa para demasiados hombres. Los trabajadores son civiles como yo, muchos de ellos son nacionalsocialistas y otros no admiran tanto a Hitler. Debes encontrar a tus amigos y mantenerlos cerca. Puedo guiarte al principio, pero tómate el tiempo necesario para conocer a la gente.

Sin duda había cosas peores que cocinar y lavar trastes para los prisioneros de los Aliados. Al considerar los horrores que padecí en los últimos dos años de mi vida, un periodo de relativa estabilidad me parecía maná del cielo. Sin embargo, la idea de resucitar las estrategias de la Rosa Blanca parecía difícil en Stalag VII-A. Habría demasiada gente alrededor, ningún área segura para escribir y hacer panfletos y nada de tiempo para distribuirlos. No era necesario repartirlos en el campo, porque los lectores ya estaban de mi parte.

—¿Dónde dormiré? —pregunté.

—Podría haber espacio en las barracas de los guardias o con alguna de las mujeres que viven cerca de Moosburg.

—Quizá eso sería lo mejor —dije considerando la preparación cosmética que aún necesitaba para mantener mi identidad secreta.

—También podrías quedarte conmigo —Manfred propuso con despreocupación—. Así no tendrías que ocultarte.

Su oferta inesperada me tentó. El riesgo de que me descubrieran sería menor si me quedaba con Manfred y el plan era mucho mejor que buscarme la vida en las calles de Múnich. Pese a todo, no estaba segura.

—No sé nada de ti. No sé si puedo confiar en ti.

—Puedes preguntarle a Gretchen si soy de fiar —dijo con una sonrisa.

Le sonreí de vuelta y sentí que ese hombre me estaba diciendo la verdad. Cruzamos por el río Isar de camino al pueblo, el agua debajo de nosotros era de un azul brillante y cristalino, los árboles desnudos que bordeaban el río se mecían en el viento y unas columnas idénticas, al parecer de una iglesia, se erigían a la distancia.

—Es hermoso —dije mientras él manejaba—. Somos afortunados, nos libramos del mal clima.

El camión renqueaba por el pueblo y se dirigió al norte, por los pocos kilómetros que quedaban de camino antes de llegar a la terracería del campo. Cuando él dio la vuelta en una curva por la tierra de cultivo, divisé la torre de vigilancia del Stalag. Me aferré al brazo de Manfred presa del pánico—. ¡Detente!

Él orilló el camión a un lado del camino y apagó el motor. Abrí la puerta, me bajé del asiento y me dejé caer en un área de pasto café cerca de una zanja. Traté de hablar, pero solo salía saliva, seguida por los restos del desayuno que comí en la casa de Gretchen. Escupí la bilis que me quedaba y me limpié la boca con la manga del abrigo. Todo lo soportado en los dos años pasados me cayó de golpe: mi arresto, mi juicio, mi encarcelamiento en Stadelheim, mi roce con la muerte en Schattenwald, el asesinato que cometí. Manfred se inclinó sobre mí, con la preocupación incrustada en los ojos.

—¿Estás bien?

Fue muy difícil recuperar el aliento, tragué bocanadas de aire frío y me puse las manos sobre el pecho para calmar mi corazón desbocado.

—Creo que sí... La torre de vigilancia... me recordó la prisión y después el... —miré otra vez la estructura que se levantaba a la distancia.

Me ayudó a levantarme del pedazo de tierra helada.

—No mires al campo de refugiados. Mira hacia Moosburg, es una imagen agradable. Recuerda que ya no eres una prisionera.

—Me recargué en él. Sonrió con una expresión de preocupación y consternación, a juzgar por su carácter. Tenía razón sobre la vista: el pueblo y las estructuras que estaban detrás de nosotros plasmaban su perfil en el horizonte y me invitaban a recordar cuando miraba maravillada la Frauenkirche en Múnich, con sus chapiteles que hendían el cielo. Un sentimiento de paz me invadió mientras veía los edificios serenos. Múnich y sus bombas me parecieron lejanos.

—No puedo llegar tarde —dijo mirando su reloj de pulsera—. Es casi mediodía y los nazis usarán cualquier excusa para interrogarnos.

Me llevó de regreso al camión. Tomé asiento y bajé la ventana porque el aire tibio de la cabina, antes reconfortante, me revolvía el estómago.

—Entraremos por la puerta principal —explicó—. Trata de relajarte cuando nos detengamos. Te presentaré al guardia. Todos me conocen, pero te pedirá los papeles para revisarlos. Agradécele y dale lo que tienes, no ofrezcas más información. Si te hace una pregunta, contesta con una voz serena y agradable. Una vez que entremos te presentaré con la jefa de cocina. Le dará gusto tener ayuda. Diría que está de nuestra parte, pero ya sabes cómo es la gente. Refunfuñan en voz baja sobre Hitler y la guerra, pero ante las incitaciones del ministro de Propaganda no dudan en tomar las armas contra los Aliados.

Respiré profundamente y me afiancé al asiento. La puerta se acercaba a pasos agigantados. Pasamos por un riachuelo y pronto llegamos a la entrada principal. El camión llegó a una barrera y los guardias de la torre nos miraban mientras un centinela se acercaba desde una caseta. Manfred hizo una versión modificada del saludo a Hitler al levantar su mano derecha con la palma hacia arriba, hacia el guardia. Hice lo mismo cuando los dos hombres intercambiaron saludos.

—¿Quién es ella? —preguntó el guardia—. Nunca habías traído a una mujer.

—Es Gisela —dijo Manfred—. Va a trabajar en la cocina. Necesitan ayuda con urgencia, todo el mundo aquí me lo ha dicho, hasta el coronel Burger.

El guardia sonrió mostrando los dientes manchados por el humo del cigarro.

—Es bonita —escuché que un guardia murmuró—, pero tiene que…

Abrí mi bolsa, saqué mis documentos falsificados y se los pasé al guardia que estaba del lado de Manfred. Pensé que era todo menos bonita con mi cara sucia, mis lentes manchados y una peluca rubia que necesitaba que la lavara y la peinara.

Revisó los documentos durante unos momentos antes de regresármelos. Me recargué en Manfred, para dejar claro el mensaje. El guardia nos miró, nos ordenó salir y revisó debajo de nuestros asientos. Satisfecho con su inspección, le dijo a Manfred:

—Ah, ya veo, una mujer de Múnich, una estudiante. —Alzó su pulgar bajo su cinturón de balas—. Mejor aquí que allá. En Moosburg hay poco que levantar.

—En todos lados hay poco que levantar estos días —bromeó Manfred y rio.

Regresamos al camión y el guardia nos dio el paso por la reja. El campo de prisioneros estaba construido en un amplio terreno pantanoso entre los ríos Amper e Isar, un aspecto que se consideró para dificultar el escape a los prisioneros. Una estación de tren bordeaba el lado oeste del campo, donde desembarcaban a los prisioneros para que los procesaran o, con la misma facilidad, los transfirieran a otros campos. Al principio, lo que más me llamó la atención fue su tamaño, el lugar se extendía hacia las colinas boscosas al este y hacia el sur, tanto que parecía que Moosburg estaba incluido en sus confines. Había más barracas bajo el sol de las que podía contar.

El camión se movía con pesadez por una vía angosta llamada Lagerstrasse. Pasaba por hileras de barracas austeras, donde varios grupos de hombres caminaban por corredores rodeados de alambre de púas, con uniformes militares desgastados. Otros caminaban con su chaqueta de aviador, sin nada que les cubriera la cabeza. La ropa les colgaba de sus cuerpos escuálidos. A pesar de la delgadez de sus cuerpos y expresiones taciturnas, aprovechaban ese extraño día de enero y se asoleaban recargados en las paredes de las barracas.

Manfred subió la ventana y me dijo que hiciera lo mismo mientras nos movíamos lentamente por el camino.

—Hiciste lo correcto al inclinarte hacia mí. Ojalá se me hubiera ocurrido. —Redujo la velocidad hasta avanzar a paso de tortuga—. No dije en serio eso de que «hay poco que levantar», tenía que hacerlo reír.

—Bueno, he tenido días mejores —contesté en tono burlón, aunque no podíamos darnos el lujo de perder el tiempo hablando de trivialidades como la belleza—. Con tantos prisioneros, ¿qué tan difícil sería empezar un levantamiento y vencer a los guardias?

—No es tan sencillo como crees. ¿Estos hombres que toman el sol serán unos mil a lo mucho? Ellos, junto con los demás prisioneros, dan una ilusión de fuerza, pero son oficiales que provienen de muchos países, no una unidad cohesionada. También hay muchos enfermos aquí, pero no puedes verlos. Este lugar es un cuchitril, pese a lo que los altos mandos nazis puedan decir. No soy capaz de ayudar a los prisioneros tanto como quisiera porque estoy asignado a las barracas de los guardias, donde las condiciones son mejores. Aquí la comida es asquerosa y no se puede hacer gran cosa con los suministros que recibimos. La desnutrición es una plaga y los hombres están infestados de piojos y pulgas, lo único que ayuda es el frío. He visto a los prisioneros quitarse la ropa y enterrarla en la nieve para matar a los piojos. Luego, después de una hora se vuelven a poner los uniformes y regresan a sus frías barracas. Las letrinas son algo espantoso, su peste no te deja respirar y los hoyos cercanos están atestados. A los mandamases no les importa que se limpien las letrinas, pero las condiciones insalubres solo propagan enfermedades.

—Yo era enfermera. Quizá sería más útil en el hospital.

Manfred frunció el ceño.

—Te delatarías, es muy sencillo rebuscar el pasado de una enfermera que aparece de manera inesperada en el hospital de un campo de prisioneros. Además, no quieren que los civiles ocupen esas posiciones. Usan asistentes franceses y polacos bajo la supervisión de los doctores alemanes. Mejor quédate en la cocina.

—¿Y nadie puede escapar?

Señaló las hileras de vallas de alambre de púas que se extendían entre las barracas y las colocadas por duplicado en el lejano perímetro del campo.

—Setenta mil hombres, quizá más, comparten tu deseo por la libertad, pero si tienes un plan realista para escapar de aquí, házmelo saber. Hay dos mil guardias armados que patrullan adentro y el mismo número lo hacen afuera, con armas que vencerían sin problemas a un hombre desarmado.

Nos detuvimos cerca de la cafetería de madera del Stalag. Manfred se recargó en el respaldo del asiento—. ¿Escuchaste lo que sucedió en marzo del año pasado? El rumor llegó hasta el campo.

Negué con la cabeza. Escuché poco del mundo exterior mientras estuve en Schattenwald.

—Los prisioneros de guerra construyeron un túnel en Stalag Luft III. Setenta y tres prisioneros fueron capturados en unos cuantos días y cincuenta fueron ejecutados por orden directa de Hitler, por haber violado el Convenio de Ginebra. Después pusieron carteles por todo el campo que decían «Escapar ya no es un deporte». —Inclinó la cabeza—. He hablado con Gretchen y otras personas sobre la posibilidad de meter armas de contrabando, pero revisan los vehículos con frecuencia, como sucedió hoy. Las únicas armas que podría meter serían unas pocas pistolas y su capacidad no tiene comparación con la de una MP40, que puede disparar treinta y dos veces a la velocidad de la luz. Ayudé a tres oficiales a escapar; dos de ellos murieron después a manos de la SS. Nunca soltaron palabra sobre quién los ayudó. Eran hombres honestos, decentes y honorables. La probabilidad de escapar de Stalag VII-A no es alta, pero he arriesgado mi vida por oponerme a la tiranía. —Sus ojos me miraban fijamente—. Algunos prisioneros ganan dinero, los que trabajan fuera del campo tienen una vida que creen que continuará una vez que los liberen. ¿Para qué enfrentarse con la *Wehrmacht*, la Gestapo y la SS ante la posibilidad de que te maten a ti y a tus hombres cuando la vaga promesa de la liberación te llena la mente? Incluso si muchos hombres escaparan, ¿dónde se ocultarían en un país asolado por la guerra? Estos hombres recuerdan lo que sucedió en Stalag Luft III.

Todo lo que decía Manfred tenía sentido.

—Si escapar es imposible, ¿cuál es tu vínculo con Gretchen? ¿Qué ofreces a quienes se resisten a Hitler?

—Me aseguro de que los oficiales de inteligencia de alto rango salgan de Stalag VII-A. Cuando no estoy haciendo eso, hago todo lo que está en mis manos para asegurarme de que los prisioneros no mueran. Los hombres y las mujeres que luchan por su libertad merecen vivir. Por eso estás conmigo ahora. —Abrió la puerta del camión—. Permíteme presentarte con la jefa de cocina. Es una anciana exigente pero justa. Te dará buena comida. Pasaré por ti después de que acabe mi turno, a las ocho.

El camino de tierra compacta crujía bajo mis pies. El campo, con barracas que se extendían por los cuatro puntos cardinales, era enorme en comparación con la pequeña cafetería. Seguí a Manfred hacia la puerta y, una vez que la abrió, los agradables aromas del pan horneado y las salchichas fritas me hicieron agua la boca.

—Gracias por traerme —expresé cuando él cerró la puerta.

—Por aquí. —Señaló una larga encimera llena de ollas y sartenes.

Inga Stehlen, baja y fornida, era dura como el significado de su apellido: acero. Su cabello canoso estaba peinado hacia atrás en un chongo; sus piernas, que descendían de una falda lisa, eran como dos troncos de árboles; sus pies ágiles iban de un lado a otro en unos zapatos negros. Inga supervisaba cada detalle de la cocina; me recordaba a Dolly de Stadelheim, pero sin la crueldad que mi torturadora demostraba a la menor provocación.

Manfred nos presentó con rapidez y se marchó diciendo que pasaría por mí a las ocho. Como no era una persona que perdiera el ritmo con formalidades, Inga fue directamente al grano.

—¿Qué puedes hacer?

—Casi todo —dije sin querer descalificarme en el trabajo de cocina.

—Puedes empezar por aquí —dijo y señaló un fregadero y una encimera para colocar lo lavado—. Tendrás tus manos en agua caliente diez horas al día para empezar, fregarás ollas, sartenes y utensilios para hornear. Si eres buena, tal vez deje que saques las manos del fregadero, pero ya veremos. —Frunció las cejas—. Dudo que tengamos este trabajo por mucho tiempo más.

No supe qué quería decir. ¿Insinuaba que la victoria de los Aliados era un hecho o que Alemania conquistaría a sus enemigos de alguna manera? No estaba en posición de debatir el asunto. Empecé por la encimera, pero ella me jaló hacia ella—. ¿Eres amiga de Manfred? —Un indicio de perversidad brilló en su mirada. —Asentí—. Él es un buen hombre y merece a una buena mujer.

—Sí —contesté renuente a hablar sobre mis oportunidades románticas con un hombre al que acababa de conocer.

Pasó rozándome y tomé mi lugar en el fregadero. Trabajé al lado de una mujer que apenas me miró hasta que anunció que era momento de su descanso.

—A Inga no le gusta que hablemos —dijo.

Cayó la noche y yo seguía tallando y lavando platos, enormes cazuelas y sartenes hasta el agotamiento, pero no me quejé porque vi que miles de hombres sostenían sus tazas y latas de hojalata y se formaban para recibir comida mientras la temperatura descendía. Les servían una sopa de cebada diluida, algunas pequeñas papas hervidas, pan negro, al que se le había añadido aserrín, y té. Algunos afortunados lograron sentarse en el suelo de la cocina, pero la mayoría comía afuera en la intemperie.

A las ocho, Manfred entró por la puerta. Otros trabajadores llegaron para tomar mi lugar y, mientras me iba, Inga me informó que me esperaba a las ocho de la mañana para un turno que duraría hasta las seis. Dijo que mis únicos días libres serían los domingos. No me tomó mucho tiempo descubrir que ella era el motor detrás del movimiento de la cocina y la cafetería. Gobernaba su territorio con mano de hierro y nadie la hacía enfadar.

—¿Puedo llevarte a mi casa? —me preguntó Manfred mientras caminábamos una distancia corta hacia su camión.

—Sí —dije con una voz quebrada por la fatiga—. A cualquier lugar donde haya una cama caliente.

Dejamos el campo de prisioneros por la puerta de Lagerstrasse después de que nos revisaran los guardias nocturnos y él condujo en silencio durante varios kilómetros. Me relajé en el asiento, el movimiento suave del camión casi me arrulló después de estar de pie todo el día. El camino nos llevó alrededor de Moosburg hasta que llegamos a una pequeña granja al sur del pueblo, cerca del Isar. Manfred puso el camión en punto muerto y lo colocó frente a una reja de alambre.

—Supongo que debería hacer esta pregunta —dije mientras él ponía la mano sobre la manija—: ¿Estás casado?

—No —respondió sin emoción.

—¿Tienes novia?

Negó con la cabeza.

—Bueno, tal vez una. —Se bajó del camión y se puso frente a la reja, donde la luz de los faros enmarcó su silueta—. ¡Schütze! ¡Ven aquí!

Una mancha oscura saltó desde la parte trasera de la casa, brincó y dio vueltas al lado de la reja con gran felicidad.

—Ha estado afuera todo el día y está feliz de verme. —Abrió la reja y una perra saltó y corrió hacia el camión, donde me saturó de besos.

Salí y la impaciente perra brincó tras de mí. Me quedé de pie en el aire helado, agradecida pero recelosa ante la hospitalidad de un extraño. ¿En qué me estaba metiendo? Schütze daba vueltas a mi alrededor mientras esperaba a que Manfred estacionara el camión cerca de la casa y la verja. Caminó con la llave en la mano.

—No es gran cosa.

La vivienda estaba construida con piedra y madera, con techo voladizo y a dos aguas para deshacerse de la nieve y lluvia bávaras. Una vez adentro encendió una lámpara y después la estufa de leña. Pude sentir las generaciones de espíritus que residieron en ese modesto hogar. Sus fotos colgaban de la pared en marcos hechos con cajas de puros. Las almohadas y fundas de los muebles, bordadas elaboradamente, estaban en un lugar que les había sido designado durante años; no eran del gusto de un hombre, pero él no las había movido en señal de respeto por las mujeres que vivieron ahí antes que él.

Colgó su abrigo en un gancho que estaba en la puerta y llamó a la perra a la cocina. Después de que le dio de comer, Schütze acomodó con sus patas una alfombra bordada frente a la estufa hasta que la convirtió en una cómoda cama.

Me dejé caer en la silla, me quité la peluca y le marqué las ondas para que no se viera tan mal. La tetera hirvió en la estufa y Manfred regresó con tazas de té para ambos; su mano derecha aún estaba enguantada.

—¿Cómo lo conseguiste? —pregunté.

El té era difícil de conseguir. Se sentó frente a mí en un pequeño sofá y la perra quedó entre los dos. La agradable sala de estar, la mascota y el fuego cálido hacían que todo fuera cómodo, tan cómodo que de pronto tuve el deseo de huir de la casa y hacia la oscuridad. ¿Por qué me había abierto las puertas de su casa? Las pérdidas sufridas hacían que me fuera difícil confiar en alguien.

Él me miró con preocupación, como si se diera cuenta de mi malestar.

—Así que no eres rubia. Lo sospeché. Te ves bonita con el cabello corto. —Sonrió y yo me sonrojé mientras él le daba unos golpecitos a la taza con los dedos—. Consigo té del mercado negro del campo de prisioneros. Los paquetes de la Cruz Roja les llegan a los oficiales. Puedo conseguir café, algunas veces chocolate, también cigarros, si quiero, a cambio de comida horneada fuera del campo. En otras palabras, hogazas de pan sin aserrín. —Dio un sorbo y colocó la taza en una pequeña mesa de madera a su derecha—. No confías en mí, ¿o sí? ¿Qué pasaría si te dijera que conozco la Rosa Blanca?

Sus preguntas directas me tomaron desprevenida. Miré a Schütze hecha un ovillo frente a la estufa.

—Si te soy honesta, no. ¿Por qué debería hacerlo? Nos conocimos hoy y, más allá de saber que tienes algún tipo de relación con Gretchen, no sé nada de ti. Incluso podrías ser agente de la Gestapo o un miembro de la SS. Tal vez hasta trabajaste en Stadelheim o Schattenwald. Mucha gente sabe sobre los panfletos de la Rosa Blanca.

Se quitó el guante de la mano izquierda, se subió la manga de la camisa y dejó expuesto su brazo. La parte superior de su mano estaba agujerada y llena de cicatrices, como si estuviera quemada. En ambos lados de su brazo y hasta el codo le faltaban varios pedazos de piel y la epidermis restante era de un tono rosado por la falta de pigmentación.

—Esto es lo que me pasó durante la invasión francesa del Reich. Nunca estuve a favor de la guerra, nunca fui integrante del partido, nunca apoyé a Hitler, pero claro, me vi obligado a servirlo y tomar un proyectil que casi me arranca el brazo. Las heridas tardaron meses en sanar por las operaciones y las infecciones. Después de eso dejé de serle útil a la *Wehrmacht*, pero el partido me ubicó y amablemente me obligó a trabajar en Stalag VII-A.

Si yo hubiera trabajado en Francia, lo habría tratado con cuidado.

—No tengo sensibilidad en la mano izquierda, mi cuarto y quinto dedos no funcionan porque me cortaron los tendones. Por suerte soy diestro. —Levantó el brazo herido—. Es casi completamente inútil, excepto para mantener el equilibrio y sostener un vaso de cerveza... También puedo sujetar palas y pinzas si es necesario. —Se inclinó para acariciar a su mascota—. Me sorprendió que ocuparan Francia tan fácilmente. Hans Scholl me dijo lo mismo un día.

Me quedé sin aliento.

—¿Conociste a Hans Scholl?

—Estuvimos juntos en servicio. Era un buen hombre. Quizá demasiado para este mundo. Habría sido un excelente doctor.

—Yo también conocí a su hermana, Sophie, ... y a Alex... y a Willi.

—A la Rosa Blanca —dijo Manfred.

Un leño crujió en la estufa y una débil columna de humo llegó hasta el cuarto, al salir de una grieta de la caja de combustión. Schütze se asustó, levantó la cabeza y nos observó a Manfred y a mí con sus ojos atentos y cafés.

—Ella le hace honor a su nombre —continuó Manfred—. Es la mejor perra guardiana que he tenido. —Se bajó la manga de la camisa y se recargó en el respaldo del sofá—. Entonces puedes confiar en mí, de otra forma será un largo invierno... ¿Quién eres?

Cerré los ojos, pesados por el alivio que invadía mi cuerpo. La idea de confiar en alguien me reconfortaba el alma. Me quité la peluca del regazo y la miré, asqueada de lo que significaba.

—Soy Natalya Petrovich, una rusa que vivía en Múnich. Fui enfermera voluntaria en el Frente oriental... Me arrestaron por

traidora… Sobreviví a Stadelheim y Schattenwald, y ahora tengo un trabajo en Stalag VII-A, gracias a la bondad de un extraño.
—Mis ojos se entrecerraban; me esforzaba por mantenerme despierta. Dormiría bajo un techo, segura y calientita, por primera vez desde que me fui de casa de Gretchen, y ese maravilloso sentimiento alimentaba mi somnolencia.

—Puedo esperar a que me cuentes el resto de tu historia —dijo Manfred—. ¿Te gustaría irte a dormir?

Sus palabras me despertaron.

—Estaré bien en el sofá.

—Es pequeño, tiene protuberancias y cuando el fuego se apaga es muy frío —contestó—. Yo dormiré en él.

—No, prefiero estar aquí… con la perra. Estoy acostumbrada a dormir sola, además eres muy alto.

—Bueno —accedió mientras sus ojos azul claro me observaban—. Ya me he quedado dormido en él antes.

—Esta noche somos *amigos* —dije.

—Sí, por el tiempo que lo desees.

Manfred hizo una cama con almohadas y frazadas cómodas, y en cuestión de segundos ya estaba dormida. Me desperté con la luz gris del amanecer que se filtraba por las cortinas opacas. Él estaba en la cocina preparando el desayuno y poco después se acercó a mí con una sonrisa y una mirada cálida. Sin embargo, se nos hacía tarde y no quería que mi nueva jefa en Stalag VII-A me interrogara. Me envolví con la frazada y me dirigí al baño.

Hacia mediados de marzo de 1945 mi rutina en el Stalag estaba completamente establecida. Inga me cambiaba de funciones en la cocina como si yo fuera una pieza de ajedrez. Primero, lavar trastes, luego trapear y fregar, y después cocinar y hornear el pan negro «fortificado» con aserrín. Las mujeres locales usaban semillas de alcaravea en sus panes, así resultaban más apetitosos para los prisioneros y más redituables en el mercado negro.

Como circulaban rumores de la caída definitiva del Reich, el campo de prisioneros mantenía la moral razonablemente alta. Los suboficiales prisioneros a menudo trabajaban en Múnich, así que escuchaban noticias sobre el estado de la ciudad, casi por completo en ruinas. Ellos retiraron los escombros de la calle, llenaron los cráteres hechos por los bombardeos y repararon las vías del tren dañadas. El trabajo era duro, mas no insoportable, y parecía que los trataban bien, en primer lugar porque los guardias eran hombres mayores reclutados para hacer el trabajo.

La relación con Manfred se convirtió en un vínculo amistoso; después de unas semanas yo llamaba hogar a su granja. Al principio negué cualquier atracción entre nosotros, porque la guerra hacía que todo fuera incierto. Finalmente dejé el sofá, sin que Manfred tuviera que convencerme, y dormimos juntos en su cama, pero nunca hicimos el amor. Por la mañana, a menudo despertaba acurrucada en su pecho desnudo. Al principio me inquietaba, pero a medida que nos fuimos conociendo nos sentimos más cómodos. Cuando nos separábamos, lo extrañaba y deseaba estar con él.

Las veces que platicábamos por la noche permitían que nuestro lazo se hiciera más profundo. Le conté mi historia, incluso sobre mi voluntariado en Rusia, mi trabajo con la Rosa Blanca, mis aprisionamientos y mi estancia con Gretchen.

—¿Qué hay de ti? —le pregunté a Manfred una noche sentada en una silla.

—Ah, he tenido una vida muy emocionante. —Se quitó las botas, las colocó en el suelo frente a la estufa para que se secaran y tomó su lugar de siempre en el sofá. Se reclinó satisfecho y estiró su brazo izquierdo por la tela—. Nací en esta tierra. Hay maneras más sencillas de ganarse la vida que cultivar la tierra, en especial desde que los nazis tomaron el poder. Mi padre murió hace unos diez años. Creo que las dificultades de hacerse cargo de una granja y el ascenso de Hitler al poder lo mataron. Mi madre murió unos años después, más o menos cuando Alemania invadió Polonia.

—¿Extrañaba a tu padre? —pregunté.

—Sí, la guerra no la mató. Murió de dolor, ella quería estar con su esposo... al menos se liberó de su tristeza y soledad.

—¿Vivía sola aquí?

—Yo tenía trabajo en Moosburg y renté un pequeño cuarto detrás de una casa. Venía a la granja a ayudar siempre que podía, pero resultó demasiado trabajo para nosotros dos. Al final tuvimos que vender el ganado y los escasos cultivos que cosechábamos, papas casi siempre. De todas formas, los nazis tomaron todo lo que teníamos. Una vez que empezó la guerra y después de que me enviaran a Francia regresé aquí a vivir... solo.

La llama encendida del quinqué crepitó, brilló y después se estabilizó.

—Trabajé en la granja e hice trabajos de todo tipo, de electricidad, carpintería y plomería. Me hice cargo de las cosas que necesitaban reparación. Cuando los nazis vinieron a buscar trabajadores, les dije lo que podía hacer y así terminé en el Stalag. No tuve opción. Después conocí a Gretchen y decidí ayudar a la resistencia mientras trabajaba en el campo de prisioneros.

—¿Alguna vez tú y Gretchen...? —No terminé la pregunta, segura de que Manfred sabía por dónde iba.

Él se rio entre dientes.

—No, Gretchen es demasiado cuidadosa para involucrarse con alguien que trabaja con ella. —Puso las manos en el sofá—. Ella busca hombres que no quieren una relación, y hay muchos de esos. —Me miró y la luz de la lámpara titilaba en sus ojos. Yo me retorcí un poco en la silla, no por incomodidad, sino por el cariño que crecía dentro de mí por ese hombre, una sensación que nunca había experimentado.

Señaló una habitación.

—Mi familia es católica. Todo lo relacionado con la religión está guardado en ese cuarto, junto con los rosarios de mi abuela, la Biblia familiar y el crucifijo. Esos adornos no pueden estar a la vista. ¿Qué hay de tu familia?

—De la iglesia ortodoxa, pero no son practicantes. Mis padres dejaron la religión unos años después de que llegamos a Alemania, se alejaron de la iglesia. Yo rezo de vez en cuando.

Schütze se levantó de su lugar de descanso frente a la estufa porque al parecer le había dado mucho calor, dio una vuelta por la habitación y se sentó frente a Manfred.

—¿Has tenido novias? —pregunté.

—Algunas; una relación seria por un tiempo, pero ella quería más de lo que un granjero pobre podía ofrecerle. Después de mi accidente me dejó y se comprometió con un oficial de la *Wehr-*

macht. Fue enviado por mar a Stalingrado. Me imagino que está muerto. A ella no la he vuelto a ver.

—¿Qué harás cuando termine la guerra? —pregunté.

Me miró con un vago anhelo. La luz color ámbar de la lámpara de aceite se mezclaba con el resplandor rojo de la caja de combustión de la estufa.

—Supongo que me quedaré aquí. Esta casa es todo lo que tengo y no puedo imaginarme renunciando a ella por nada. —Miró a la perra que tomaba una siesta a sus pies—. Schütze está feliz aquí… ¿Tú qué harás?

De cierta forma, temía hablar del futuro. ¿Quedaba algo que desear? Incluso, de encontrar la felicidad, ¿qué tanto nos tomaría replantear nuestras vidas? ¿Cuánto tiempo me llevaría encontrar a mis padres? ¿Cuánto tiempo se invertiría en reconstruir la ciudad y en encontrar un trabajo remunerado? Entre más pensaba en ello, más me daba cuenta de que en verdad *pensaba* en el futuro y que Manfred formaba parte de mis esperanzas y sueños silenciosos.

—Tal vez regrese a la universidad, para acabar mi licenciatura, pero primero quiero encontrar a mis padres… —No pude terminar de hablar porque el dolor me desgarró el corazón.

Se levantó del sofá y se arrodilló frente a mí.

—Te ayudaré a encontrarlos. Nunca había conocido a una mujer tan leal y valiente como tú. Una mujer hermosa que defiende sus convicciones. —Tomó mis manos—. Todos los que formamos parte de la resistencia estamos tratando de sobrevivir. Te daré todo lo que necesites. Me hiciste compañía… Me diste una razón para creer en el amor… Estaré ahí sin importar lo que decidas, solo espero que de tu corazón nazca quererme.

Me incliné y lo besé. Se levantó, me abrazó y besó, mientras tocaba mi rostro y mi cuello con sus manos. El afecto que sentía por él se convirtió en un deseo que ardía en mi corazón.

—Hay tanto que pensar —dije para terminar el beso con suavidad—. Todo está en el aire. Me importas mucho, pero necesitamos esperar a que esto se termine.

Se hizo hacia atrás y acarició a Schütze, quien se recostó de espaldas y movió la cola. Era evidente que Manfred estaba decepcionado, pero su sonrisa era de esperanza.

—Hoy estuve trabajando en una llave que tenía una fuga —dijo y relajó el ambiente—. ¿Viste el cazabombardero?

—No. —Estuve en la cocina todo el día.

—En estos días han pasado varios, estadounidenses y británicos. No nos están bombardeando, pero dicen las malas lenguas que Moosborg sigue en la mira. Creo que estaremos seguros hasta que esto acabe.

—Eso es bueno —dije dudando que nuestra suerte durara.

—Escuché rumores sobre el comandante Burger —continuó Manfred—. No les está siguiendo el paso a los oficiales nazis, lo que es peligroso para él, pero es bueno para nosotros.

—¿Qué quieres decir?

—¿Qué va a pasar en el campo cuando lleguen los Aliados? —Se regresó al sofá—. Los prisioneros de otros campos llegaron aquí porque Hitler no quería que cayeran en manos enemigas. Si presionan a Hitler, él podría hacer que su gente instituyera la política de «tierra quemada», de destruir todo y a todos.

El horrible recuerdo del camión que entraba en el bosque ruso irrumpió en mi mente, la ejecución que nunca había podido desaparecer de mi memoria. ¿Estos exterminios podrían suceder aquí y en los otros campos que se evacuaran? No tenía respuesta, pero me aterraba la idea.

Tres semanas después, la SS llevó a cabo una inspección inesperada en Stalag VII-A, en un día lluvioso. Los hombres y las mujeres de la cocina tuvimos que hacer una fila, que Inge encabezaba, para pasar lista. Ya no usaba la peluca en casa de Manfred, pero aún me la ponía para ir a trabajar.

Los cuatro oficiales de la SS se veían adustos y enérgicos con sus chaquetas húmedas. Recorrieron la fila de derecha a izquierda. Me quité los lentes, que necesitaba para trabajar, y los puse en el bolsillo del vestido. Estaba en medio de la fila, con las manos a los costados, y traté de permanecer calmada mientras cada oficial me observaba y estudiaba.

Cuando el último oficial dirigió su mirada hacia mí, me quedé paralizada del terror. Frente a mí se encontraba Garrick Adler.

CAPÍTULO 17

Sentí que mi corazón se detenía, pero logré que mis piernas se mantuvieran firmes.

Garrick me miró con sus ojos empañados y opacos como los de un pescado muerto, con las comisuras de los labios hacia abajo. Había envejecido desde que lo estudié de cerca, un año y medio antes, en Stadelheim. Todos habíamos envejecido, pero quizá no éramos más sabios. Su sonrisa encantadora había desaparecido y las arrugas fracturaban su rostro en un gesto de crueldad.

Parpadeó y se siguió de largo, avanzó lentamente por la fila. Aunque me miraba todo el tiempo, tal vez mi disfraz había logrado engañarlo. Después de la inspección, los cuatro hombres de la SS se reunieron cerca del centro de la habitación. Nos quedamos formados y a la espera de que nos dieran permiso para retirarnos, sin atrevernos a interrumpir la conversación de los oficiales. Unos minutos después, Garrick llamó a Inga y habló con ella mientras que los otros oficiales salieron. Ella me señaló y dejó ir a los demás.

—El oficial que está junto a la puerta quiere hablar contigo —dijo ella con las cejas levantadas.

Con la visera del sombrero de la SS cubriendo su rostro, Garrick me dejó salir primero. Una fría lluvia golpeteaba el piso, así que nos refugiamos bajo el voladizo. Él estaba bien abrigado con su chaqueta gris y yo temblaba en mi vestido del trabajo. El viento helado me puso la piel de gallina en brazos y piernas. Garrick escudriñó el entorno, algunos prisioneros fumaban acurrucados en las paredes de las barracas cercanas.

Sacó una cajetilla de cigarros de su bolsillo, le dio unos golpes con la palma de su mano izquierda, sacó uno y lo prendió con su encendedor plateado. El viento se llevó el humo que se alejaba en forma de espiral, pero no antes de que él pudiera aspirarlo hasta las profundidades de sus pulmones. Mientras me estudiaba, sus ojos perdían algo de opacidad y el humo se arremolinaba en su nariz. Los otros oficiales de la SS pasaron rápidamente por Lagerstrasse y después desaparecieron en las barracas.

—¿Cómo te llamas? —preguntó.

Estaba segura de que me había reconocido, pero continué con mi farsa, en el remoto caso de que no lo hubiera hecho.

—Gisela Grass.

—Gisela... Gisela... ese nombre no me parece conocido. —Tocó un rizo de mi peluca—. Me recuerdas mucho a alguien que conocí... ¿Yo te recuerdo a alguien conocido?

Mi intuición me dijo que lo mirara de la misma manera en que él me veía, sin bajar la vista ni demostrar temor, pero titubeaba, rendirme implicaba menos esfuerzo que vivir la tensión constante de ocultarme. Sin embargo, una voz insistente en mi mente me decía que me aferrara a vivir, que no me diera por vencida.

—No —dije—. No lo conozco. ¿Eso era todo lo que quería saber, mi nombre? Hace frío y me gustaría entrar adonde hace calor.

—Yo te indicaré en qué momento podrás entrar, Natalya. —Tirité y me crucé de brazos, renuente a darle más información bajo el techo que no dejaba de gotear. Puso el dedo en mi nuca y levantó la peluca que estaba prendida de mi cabello ya crecido después de que me lo cortaran al ras—. El cabello y el polvo que blanquea tu cara no pueden ocultar quién eres —dijo. Luego se recargó en la pared mientras su rostro tomaba la apariencia inexpresiva de la resignación—. Te he buscado durante meses y ahora que te encuentro no sé qué hacer contigo.

Una parte de mí esperaba que me golpeara o me arrastrara a un auto para llevarme a la guillotina o a la horca.

—Ese no eres tú, Garrick —dije para reconocer que me había descubierto—. Mataste a una gata y a sus gatitos indefensos para infiltrarte en la Rosa Blanca, ¿por qué habría de esperar un castigo menor? Vamos…, llévame. —Puse mis manos frente a él.

—Te tengo una sorpresa, Natalya. —Le dio una calada a su cigarro y miró hacia la lluvia que se acumulaba en grandes charcos sobre el camino lodoso—. No maté a esos gatos, ya estaban muertos; todos, menos uno, Katze. Esperaba asustarte para que confesaras. De hecho tenía la absurda idea de que te unirías a mí para erradicar a los demás traidores…

—No te creo —dije y bajé las manos—. Me querías muerta, todo lo que dijiste era mentira, hasta tus declaraciones de afecto y preocupación.

Se sacudió el agua de la chaqueta.

—Al contrario, te quería viva porque me importabas. Ahora veo que se trataba de una ilusión tonta, porque es una maniobra engañosa deshacerte de un doloroso amor no correspondido. La obsesión puede ser mortífera, en especial para quien la alberga en su corazón. No me importa si me crees o no. Te estoy diciendo la verdad. —Su sonrisa resplandeciente y risueña permanecía oculta, el fulgor de sus ojos azules estaba acallado por el fuego lento de la desesperanza y la resignación—. La guerra terminó, Natalya. Todo el mundo lo sabe, pero lucharemos hasta el final. —La curva de sus labios describió una sonrisa tímida—. En verdad me gustaría saber si Katze y *Frau* Hofstetter están vivos.

—¿Mis padres están vivos? Te vi con ellos en el parque. Pasé al lado de ti.

Se rio.

—Ah, así que eras tú… Vi que tu padre se inclinó hacia delante en la banca, pero no pude escuchar lo que dijo. Mintió cuando le pregunté, por supuesto. No sé si tus padres están vivos. Otros llevan ese caso. —Le dio otra calada a su cigarro—. No pensé que fueras tan audaz como para buscarlos, pero ahora sé que sí. Fuiste mucho más lejos. La SS te busca porque mataste al *buen* doctor. Eres una mujer poderosa, Natalya. Una mujer poderosa que quiere el Reich.

Bajé la mirada y me acerqué a la puerta de la cocina, con la esperanza de que me llegara un poco de calor.

—¿Por qué cambiaste de opinión, Garrick? ¿Tu cambio a la SS te suavizó?

—¿Eso es todo lo que vas a preguntar? —Aventó su cigarro al camino, que aterrizó en un charco y se apagó con un siseo—. El Reich te asigna adonde considera que eres necesario. Yo fui quien te mantuvo viva, como cuando a Willi se le permitió vivir unos meses extra después de su juicio porque las autoridades esperaban que hubiera más traiciones y, por consiguiente, más muertes. En tu caso me equivoqué, permaneciste firme hasta el final. Para el momento en que ejecutaron al doctor Kalbrunner ya no tenía injerencia alguna en tu caso. Fallaste en erradicar traidores; Kalbrunner era uno. Ya no podía salvarte. Mi propia lealtad al Reich quedó bajo sospecha. Se le ordenó al doctor König que terminara con tu vida... Yo me opuse... Cada argumento que presenté fue rechazado por los que estaban al mando. Tenían más rango, y eran más que yo. Tenía que dejar que salieras de mi corazón... y de mi mente.

—No tuve opción con el doctor König —dije.

—Lo sé... Admiro tu ingenio, Natalya. —Me acercó a él—. No sé si yo habría salido vivo en esas circunstancias, pero tú persististe. —Sacudió su cabeza—. König no fue una gran pérdida. Supuestamente, las esterilizaciones y la eutanasia debieron terminarse hace años, pero algunos doctores tienen una fijación incurable cuando se trata de ejercer su poder sobre los demás. Ahora lo entiendo. König nunca demostró nada más que lo sencillo que es acabar con vidas humanas. Sin embargo, a la SS no le gustó su asesinato.

—¿Qué vas a hacer conmigo? —pregunté con la certeza de que tenía mi vida en sus manos.

Se rio entre dientes.

—Los otros oficiales y yo vinimos a hacer una inspección... A ver cómo pintaban las cosas. No sé si sepan de ti o si les importes. —Se sacudió la lluvia del sombrero—. Voy a dejar que permanezcas aquí en Stalag VII-A. De cierta forma, es muy parecido a estar en la cárcel, tanto para ti como para los prisioneros de guerra que viven en Lagerstrasse. Además, tienes que hacerte pasar por Gisela, ¿no es así, Natalya? No hay vuelta atrás.

Suspiré con alivio porque Garrick iba a dejarme vivir, pero él tenía razón. No podía escapar del campo, porque no tenía adónde ir, excepto a casa de Manfred. No podía revelar mi verdadera identidad porque me podrían reconocer los oficiales de la Gestapo o la SS. Pero quizá lo más significativo era que no quería dejar al hombre que me había abierto las puertas de su hogar y corazón.

—Gracias por dejarme permanecer aquí —dije.

—No me lo agradezcas. Agradécelo a los Aliados. Llegarán aquí en dos meses, tal vez antes. Todo el mundo lo sabe. Hitler no lo cree. Despotrica contra sus generales y su equipo creyendo que de alguna manera revertirá el curso de una guerra que no puede ganar. —Sacó otro cigarro, pero no lo encendió—. Antes de que creas que soy demasiado generoso, que me suavicé, tengo que decirte algo más.

Me puse tensa para prepararme a recibir una terrible revelación. La lluvia azotaba el techo en un diluvio que provenía de las nubes moteadas.

—Estoy cansado de la muerte —continuó—. Cuando nos conocimos, no habría creído que tales palabras alguna vez salieran de mi boca, pero así es. Vi la muerte donde menos lo esperaba y me quedé maravillado ante aquellos que resistieron, ante los traidores que murieron con gracia y una dignidad serena. No perdieron la calma ni se derrumbaron, les dedicaron algunas lágrimas a sus seres amados y clamaron por la libertad. Su fuerza viene de su corazón... y de su alma. Sentí ese tipo de valor en ti, cuando te conocí en la sinagoga.

Sentí poca compasión por él, pese a lo que había admitido.

—Me engañaste, Garrick, te aprovechaste de mí y traicionaste a mis amigos. La Rosa Blanca y yo pagamos el precio de haberte dejado entrar en nuestras vidas.

Tomó mis manos.

—No te diré que lo siento porque no vas a creerme... Mis padres están muertos. Cuando vi sus cuerpos marchitos y quemados por las bombas, supe que me había equivocado y que era débil, mientras que otros fueron fuertes como tú. Ellos eran buenos alemanes, Natalya. —Suspiró—. Así que sigue con tu camino. Escóndete, vive hasta el final de la guerra, pero ten presente que la SS quiere destruir este campo y a todos sus prisioneros antes de que lleguen los Aliados. Es posible que nosotros nos hagamos cargo de esa labor. Estuvimos aquí hoy para idear una solución final al problema del Stalag VII-A.

Retiré mis manos de las de él y me recargué en la puerta, impresionada por sus palabras.

Él salió del alero, fue hacia el camino, miró al cielo y las gotas le salpicaron el rostro.

—Es maravilloso vivir en nuestro tiempo, conocer la luna y las estrellas, la salida y puesta del sol, el buen y mal clima. Atesoro cada día porque sé que se me está acabando el tiempo. Vendré cuando la SS regrese al campo. —Se volteó hacia mí, con su abrigo manchado con las gotas de lluvia—. Tal vez te vea otra vez. Haz lo necesario para protegerte.

Alzó su mano para saludar a la manera nazi y se marchó para encontrarse con sus camaradas.

Me recargué en la puerta y me quedé ahí unos minutos, mientras observaba y esperaba a que Garrick cambiara de opinión y regresara con los otros hombres de la SS. Sin embargo, poco después, un elegante sedán negro chapoteó por la Lagerstrasse hacia la entrada del campo. Su tiempo en el Stalag se había terminado y lloré mientras los veía marcharse.

Regresé a la cocina y calenté mis manos frente al horno, mientras me sacudía la lluvia del vestido húmedo. Inga y los demás no dijeron nada, pero me miraron de una manera extraña, como si hubiera regresado del mundo de los muertos. De alguna forma, eso había sucedido.

Garrick me dejó con la certeza de que la SS había prometido destruir el campo. ¿Qué podría hacer?

Esa noche le conté a Manfred lo sucedido con Garrick. Él estaba sentado en el suelo frente a la estufa de leña, junto a Schütze, y por la expresión de su cara era evidente que las noticias lo habían tomado desprevenido. A pesar de la calidez de la casa y el resplandor del quinqué, su espalda y sus hombros se hundieron bajo el peso de mi revelación.

—Me sorprende que te haya dejado ir —comentó Manfred.

—Aún alberga algo de amabilidad, o amor si así quieres llamarlo, por mí en su corazón, pero más que eso, sabe que el fin está cerca. No hay nada más que la *Wehrmacht* pueda hacer. —Dejé la silla y me coloqué en el piso junto a él, pasé mis dedos por el pelo suave de la perra.

—Amor... —Posó su mano sobre la mía—. Algunos días pienso que el amor huyó de la Tierra y solo se quedó el mal. Hoy es uno de esos días.

—Estamos sanos y salvos... por el momento.

Él posó su mano derecha en mi cara.

—Los momentos son lo único que tenemos... los momentos y nada más. —Su voz se quebró y se ahogó en sollozos.

Lo sostuve contra mi pecho y él se dejó caer entre mis brazos. Me dio gusto ofrecerle consuelo cuando él me lo había dado tantas veces a mí.

—Estoy agradecido contigo, Natalya. No quería darte las malas noticias que me dio un informante, un hombre al que apenas conozco, pero después de la visita de Garrick creo que debo hacerlo. Arrestaron a Gretchen y se la llevaron a Stadelheim. Tal vez por eso la SS vino aquí, porque encontraron algo en su departamento... quién sabe. Si ellos me conectan con ella... y luego contigo... —Dejó caer su cabeza y balbuceó—: Si me arrestan, jamás hablaré. Tus secretos morirán conmigo, pero debes cuidar de Schütze y de la granja.

Lo besé en la mejilla por su valor discreto, como el de mis amigos de la Rosa Blanca.

—Claro que lo haría, pero no hay que adelantarnos al futuro. Es igualmente probable que vengan por mí.

Nos sentamos en silencio mientras escuchábamos el crujido de los leños en la estufa y mirábamos el suave vaivén de la respiración de Schütze, con un duelo silencioso por todo lo que el Tercer Reich había destruido. Durante mi paso por el Stalag VII-A vi prisioneros estallar de ira y blandir los puños a Dios por su aprisionamiento y el acecho constante de la muerte. Su angustia y terror eran palpables. Todos, menos los nazis más insensibles que creían que Alemania ganaría la guerra, vivían en la misma aprensión agobiante. Ahora la presión aumentaba con el avance de los Aliados. Nadie sabía lo que sucedería con el campo.

Mi mente daba vueltas pensando en la manera de sobrevivir al exterminio de la SS. Finalmente se me ocurrió una idea desesperada.

—No conozco al comandante, al coronel Burger —dije—. ¿Qué pasaría si le reveláramos los planes de la SS? ¿Crees que soportaría ver el campo destruido y a miles de hombres asesinados? Si tiene un gramo de decencia, cualquier resto de bondad en su corazón, querrá asegurarse de que sus prisioneros se libren de la muerte.

Manfred valoró mi idea.

—Burger podría confrontar a la SS… No lo sé de cierto, pero no tengo una idea mejor.

—Haz una cita, creo que vale la pena intentarlo.

Se soltó de mi abrazo.

—Nunca me creería… ¿Un trabajador que por casualidad sabe que la SS planea destruir el campo y ejecutar a los prisioneros? Va a pensar que perdí la razón.

—Convéncelo, dile que los escuchaste hablar. Iré contigo.

Se dio unos golpecitos en la frente con los dedos.

—Bueno… bueno… Sí, deberías estar ahí. Querrá saber cómo adquirí esta información.

—Entonces eso haremos.

Me acercó hacia él y me besó.

—Temo que estoy enamorado de ti —murmuró y posó su cabeza en mi mejilla.

Le regresé el beso.

—No tengas miedo, hay que aprovechar el tiempo que nos queda… hazme el amor.

Se levantó del piso, apagó el quinqué y me llevó a la recámara. Nos desvestimos y nos metimos bajo las cobijas. Al principio yo titubeaba, a pesar de que ya había dormido en la cama de Manfred durante semanas. Tuve que ahuyentar la voz de mi padre de mi cabeza, que me castigaba por tener sexo antes del matrimonio. Sin embargo, las manos fuertes de Manfred me tomaron con mucha dulzura y mi cuerpo se estremeció cuando con sus dedos lo recorrió de los pies a la cabeza.

En una noche pasamos de ser amigos y compañeros a amantes; exploramos nuestros cuerpos de una manera que nunca había experimentado. Él ya había estado con otras mujeres, yo era virgen. Por supuesto que sabía de anatomía, porque la estudié y apliqué con hombres en el hospital del frente. En ese sentido estaba familiarizada con sus características sexuales.

Cuando me penetró, sujeté su espalda y acerqué su cuerpo para que embonara en el mío. Sentí en la ingle una descarga de dolor que de inmediato se convirtió en placer.

Al hacer el amor, la intimidad que surgió de la cercanía con un hombre que quería reforzó lo hermosa que puede ser la vida, en especial en tiempo de guerra. Estábamos enamorados y estábamos consumando ese amor, un acto, una emoción que trascendía nuestro pasado. El *presente* era todo lo que importaba, porque el futuro era incierto.

Pasé mis dedos por su espalda y besé sus hombros, su rostro y sus labios. Cada terminación nerviosa de mi cuerpo ardió al unísono y la recámara oscura y gris explotó en una lluvia de estrellas y oleadas de azul eléctrico que me mecieron hasta que se extinguieron y me quedé tumbada en la cama.

Manfred se pegó a mí y me abrazó por la espalda, nuestros pechos jadearon hasta que la respiración se sosegó. Después de un tiempo volteé a verlo. Puso un dedo en mis labios antes de que pudiera hablar.

—Nos tenemos el uno al otro y nadie puede quitarnos eso.

Creí en sus palabras, sin importar lo que pasara, sin importar que me persiguiera el Reich. Nos habíamos convertido en una sola persona y nuestro amor jamás se terminaría. Tomé su rostro entre mis manos, lo besé y disfruté cada segundo que pasamos juntos.

Nuestro amor se profundizó a medida que pasaban las horas y aquella noche duró para siempre.

Pasaron tres días antes de que pudiéramos ver al coronel Otto Burger. Mientras tanto, la vida en el campo continuó como desde el día en que llegué. Transportaban a los prisioneros a Múnich para que removieran los escombros de las calles y repararan las vías; el mercado negro prosperaba, en especial para las esposas de los granjeros y su comida horneada; los prisioneros se bañaban con el agua fría del grifo, apiñados en la lluvia; tomaban el sol cuando podían y pasaban el tiempo caminando por los caminos bordeados con alambre de púas.

Nunca le conté a Inga sobre mi conversación con Garrick, aunque ella y todos los demás que habían visto a los oficiales de la SS en la cocina estaban intrigados por lo sucedido. Varios pares de cejas se levantaron cuando Manfred llegó para llevarme a la oficina del coronel.

—¿Estás lista? —preguntó al marcharnos de la cocina.

—Sí. —Sentía mariposas en el estómago de los nervios.

—Déjame empezar la conversación, pero si él te hace preguntas, contéstalas. Trataré de ponerlo de buen humor. —Me estiró la mano—. Asegúrate de saludar como una buena nazi.

Tomé profundas bocanadas de aire mientras caminábamos por Lagerstrasse. Pasamos por una segunda puerta de seguridad, por el almacén de alimentos y las casetas para el equipo, hasta que llegamos a otro puesto de control. Un área de trabajo y el cuartel general del comandante estaban cerca de ahí.

Manfred nos anunció a un guardia que garabateó nuestros nombres en una tabla sujetapapeles y después abrió la puerta de la sala de espera. En aquel angosto espacio había carteles nazis y fotografías impecables de los oficiales del Reich de alto rango, por lo que era la habitación más pomposa que había visto desde que me llevaron al Palacio de Justicia. Por unos minutos nos sentamos en unas cómodas sillas hasta que otro guardia abrió la puerta del comandante y nos hizo un gesto para que pasáramos.

El coronel Burger no levantó la vista cuando entramos. Escribía sentado detrás de un escritorio grande de nogal que tenía varios papeles y libros a lo largo y ancho. La lámpara de escritorio apenas iluminaba el cuarto, porque unas cortinas rojas y pesadas cubrían las dos estrechas ventanas. Burger era un hombre de apariencia severa, su cabello estaba peinado hacia atrás, tenía los labios finos y los párpados inferiores caídos, lo que daba la impresión de que era una persona siempre con el alma en vilo, al pendiente del siguiente problema, muy parecido a los espías de las películas. Detrás de su escritorio había un retrato enmarcado de Hitler, al que le presté atención una vez y luego ignoré.

Alguien puso dos sillas cubiertas de seda frente a su escritorio. Hicimos el saludo nazi y nos sentamos como nos indicó el guardia, hasta que Burger decidió advertir nuestra presencia. Nos hizo esperar varios minutos más, su bolígrafo garabateaba en una carpeta y sus ojos recorrían el trabajo que tenía frente a él.

Finalmente, alzó la vista y dijo:

—Voll, ¿cierto?

—Sí, comandante —contestó Manfred.

Burger cerró la carpeta, bajó el bolígrafo e hizo un gesto para que el guardia saliera del cuarto.

—¿Tienes idea de lo difícil que es operar un campo atiborrado de prisioneros, cuando la mayoría son oficiales que creen que merecen un trato especial, y al mismo tiempo averiguar cómo alimentar a los miles de hombres que este campo no estaba destinado a albergar, mientras que todo debe funcionar según las estrictas directrices del Reich? —Sus ojos brillaban con la luz, su mirada nos perforaba con una intensidad estudiada.

—No, señor, no la tengo —respondió Manfred—. Debe ser un trabajo difícil, pero sé que los prisioneros aprecian todo lo que hace por ellos.

Hizo hacia atrás su silla para poder estirar las piernas bajo el escritorio.

—Qué curioso, nunca soy el destinatario de sentimientos tan buenos como esos. Solo escucho problemas, que la plomería no funciona, que la comida es bazofia, que el mercado negro está inflado o que se está devaluando la moneda del campo, dependiendo del día. No es un trabajo sencillo, Voll. —Sonrió y se recargó en su respaldo, las hombreras de su uniforme tenían un brillo verdoso y plateado—. Pero no viniste aquí para hablar de mis problemas. Me dijo mi ayudante que cuentas con información que te gustaría compartir conmigo ¿sobre la SS...?

Manfred sujetó los brazos de la silla. Le envié un silencioso deseo de aliento.

—Sí, me gustaría reportar algo que se escuchó cuando los oficiales de la SS recorrieron el campo hace cuatro días.

—Tengo conocimiento de esa visita. Procede.

—Es difícil ponerlo en palabras, señor.

—Confiesa, Voll. Créeme, lo he escuchado todo desde que empecé mi servicio militar en 1914.

Manfred tomó aire.

—La SS tiene pensado destruir el Stalag VII-A y ejecutar a los prisioneros, antes de que caiga en manos de los Aliados.

El coronel se frotó la mandíbula, tomó su bolígrafo y garabateó algo en un pedazo de papel.

—¿Por qué la SS te diría algo así? ¿Cómo es que estás al tanto de sus maniobras?

Manfred empezaba a contestar, pero coloqué mi mano sobre su brazo.

—Yo los escuché, señor. Yo sé qué dijeron.

—¿Y quién eres tú? —preguntó Burger.

—Soy Gisela Grass. Trabajo en la cocina.

Mordió un extremo del bolígrafo y pensó en lo que dije.

—¿Estabas lo suficientemente cerca para escucharlos? ¿No pudiste haber confundido sus palabras?

—No, señor, los oí con claridad. Por eso estaban aquí, para estudiar el campo e idear la mejor manera de llevar a cabo el exterminio.

—¿Sabían que estabas escuchando? —Sus facciones pálidas enrojecieron como si estuviera avergonzado o fuera de sus casillas por lo que yo decía—. Eso no puede ser verdad.

—Dijeron la verdad porque no se dieron cuenta de que los estaba escuchando.

El coronel se levantó de su silla y caminó hacia un caballete que tenía un mapa de Alemania. Como la mayoría de los oficiales nazis de alto rango, encarnaba el retrato perfecto del poder y el conformismo en su uniforme, con la lana tratada hasta quedar lisa, las botas pulidas hasta que brillaban. Se paró frente al mapa, su espalda hacia nosotros.

—Los Aliados nos están acorralando. En estos días ya no es un secreto. Todo lo que se tiene que hacer es mirar al cielo. —Volteó hacia nosotros y señaló el mapa, sus ojos ardían a la defensiva—. La Cruz Roja sabe de Stalag VII-A, porque *yo* tomé la decisión de informarles que había más de setenta mil prisioneros encerrados aquí. ¿Por qué no han bombardeado Moosburg? —Se tocó el pecho con su dedo—. Porque *yo* tuve el valor de alzar la voz.

Manfred se inclinó hacia delante.

—Le dije a Gisela que fue gracias a usted, señor, que nos hemos librado del bombardeo. Usted puede detener esta matanza planeada si se empeña en hacerlo. Miles se salvarían.

El coronel se sentó en el filo del escritorio, sus hombros se hundían bajo el peso de sus pensamientos. Supuse que sus ojos se entrecerraban al pensar que todo podía verse reducido a la nada sin importar sus innumerables objeciones ni lo mucho que había intentado salvar el campo.

—No puedo hacer tanto —dijo—. Mientras, debemos seguir. —Se separó del escritorio y caminó hacia nosotros—. Creo, jovencita, que lo más sabio sería alejarse de la SS para no escuchar lo que dicen. No toleran a los espías.

Me levanté de la silla.

—Sí, pero siempre estaré del lado de lo que es correcto.

—Es una idea noble, pero es más sencillo decirlo que hacerlo —contestó el coronel, indiferente a mi audacia. Estrechó la mano de Manfred y luego la mía. Para seguir con la farsa, Manfred y yo saludamos el retrato de Hitler antes de que el coronel nos acompañara a la puerta.

—¿Crees que nos haya creído? —le pregunté a Manfred mientras caminábamos de regreso a la cocina.

—No sé —contestó—. El coronel podría saber más de los planes de la SS de lo que reconoce.

En ese momento escuchamos el lejano zumbido de aviones y levantamos la vista para ver oleadas de bombarderos estadounidenses que surcaban el cielo en línea recta, como si fueran saltamontes negros. En el campo, todo el mundo dejó lo que estaba haciendo para mirar al cielo. Todo lo que podíamos hacer era rezar para que el día de nuestra liberación llegara pronto.

CAPÍTULO 18

Últimos días de abril de 1945

El campo tomó un tono gris y deprimente durante las lluvias primaverales que transformaron la tierra helada en un lodazal. Todo y todos estaban empapados y abatidos. Cuando podíamos ver más allá de las nubes, al cielo frío y azul, casi siempre estaba atiborrado de aviones de combate y bombarderos. Manfred identificó sus lejanas figuras con base en su conocimiento de aeronaves «enemigas»: las P-15, P-47 y B-17 surcaban los cielos. Estos números no significaban nada para mí, pero, después de que él me instruyera con minuciosidad, también pude identificar los aviones.

A veces estos pilotos sobrevolaban el campo y saludaban a los prisioneros con una amigable inclinación de las alas. Ante tal gesto, los guardias nazis se escabullían para tomar sus armas, pero siempre llegaban demasiado tarde. Los ayudantes de cocina a menudo corrían a la ventana para ver lo que sucedía.

Los rumores sobre el avance de las armadas roja y estadounidense se propagaban a diario por el campo. Por su parte, los guardias parecían indecisos entre desquitarse con los prisioneros por el fracaso de la *Wehrmacht* o simplemente escapar mientras tuvieran tiempo. Por su parte, los presos permanecían envueltos en la miseria y la carencia, pero su liberación les infundía una fe apenas perceptible bajo sus sonrisas melancólicas.

En las semanas posteriores a la visita de Garrick hice un esfuerzo por platicar con la mayor cantidad posible de prisioneros que hablaban alemán. Establecí una buena relación con los que se formaban en la fila para recibir comida, lo que nos llevó a charlar y compartir cosas personales. Los hombres me contaron lo que tenían que soportar, pues, aunque Stalag VII-A tal vez estaba en mejor estado que otros campos, los prisioneros padecían condiciones deplorables. La desnutrición, la enfermedad, la depresión y la desesperanza acechaban el campo y nadie sabía lo que el futuro nos deparaba.

El sábado 28 de abril por la noche, el rugido de equipo militar estremeció la granja, a pesar de que estaba a medio kilómetro de la calle principal. Manfred, Schütze y yo salimos por la reja y caminamos hasta que divisamos un convoy de camiones y tanques alemanes que, con las luces apagadas, saturaban el camino que salía del campo.

La silueta oscura de un avión de combate estadounidense sobrevoló la zona y nos resguardamos en la casa, atemorizados de convertirnos en las víctimas involuntarias de un bombardeo, pero no disparó ni arrojó proyectil alguno.

La casa estaba casi completamente a oscuras, ya habíamos bajado las cortinas opacas y la sala solo estaba iluminada por el quinqué. Un escozor nervioso me recorrió el cuerpo. Me senté en el sofá mientras Manfred se acurrucaba conmigo.

—Tampoco me gusta —dijo—. Es como un día de verano en que el calor tiñe de negro las nubes y el mundo parece condenado a terminar en un aluvión de rayos y centellas.

—Eso es muy poético —exclamé, sorprendida por su elección de palabras.

—Mi madre solía hablar así de vez en cuando —contestó—. Le encantaba la poesía y la recitaba cuando se sentía feliz o triste.
—La perra dio vueltas alrededor de nuestros pies—. No expreso a menudo lo que siento, pero ¿quién lo hace estos días? Todos somos estoicos, tememos admitir que Hitler nos tomó el pelo.
—Sujetó mi mano—. Nunca pude ir a la universidad.

El fragor de los vehículos militares continuó, eso también molestó a Schütze, quien finalmente se sentó frente a nosotros, con la lengua de fuera en un jadeo nervioso. Miré a Manfred, que me devolvió la mirada, y la perra nos vio a ambos. Los tres nos sentíamos desamparados ante la avasalladora fuerza de la guerra.

—Tenemos que dejar de compadecernos —dijo Manfred—. No podemos hacer nada. Tal vez las fuerzas alemanas están evacuando, eso debería darnos esperanza. ¿Quieres una cerveza?

Negué con la cabeza. Se levantó, caminó hacia la cocina y regresó con un vaso lleno de un líquido ámbar.

—Toma un trago —me propuso.

Lo rechacé.

—Es hecha en casa.

—No. —Una idea irrumpió con fuerza en mi mente—. Debemos ir al campo mañana. Si los Aliados están tan cerca, la SS intervendrá. ¿Qué…?

Me interrumpió el zumbido de unos aviones que volaron cerca de la granja y después se alejaron. Confundida, miré a Manfred. Me tiró al piso y puso su cuerpo sobre el mío.

—Dos, uno estadounidense y otro alemán, puedo identificarlos por el sonido del motor.

Su aliento me cosquilleaba en la nuca.

—Bájate. —Intenté levantarme del piso en un esfuerzo por quitármelo de encima—. No voy vivir esta guerra sin ti.

Schütze, al pensar que se trataba de algún tipo de extraño juego humano, nos lamió las caras. Manfred la hizo a un lado y se retiró, pero seguía abrazando mi espalda.

Unos proyectiles estallaron a la distancia con una fuerza tremenda. Uno explotó quizás a un kilómetro de la casa, su luz fragmentada brilló con un tono amarillento y traspasó la cortina opaca, también sacudió las paredes y el techo, y nos llenamos de polvo. Schütze aulló y corrió deprisa a ocultarse debajo de la cama.

La artillería duró solo unos minutos, luego se desvaneció en un silencio espeluznante. El convoy continuó con su camino y los combatientes desaparecieron.

Nos levantamos del piso, nos sacudimos la ropa y regresamos al sofá.

—Ha sido un largo día —dijo Manfred—. Estoy cansado.

—¿Puedes dormir a pesar de esto? —le pregunté.

—Nos tenemos que levantar temprano si queremos ir al campo de prisioneros. Dormiré bien si estás conmigo. —Bebió su cerveza y puso el vaso en el piso—. Tal vez haya una batalla. Debes quedarte aquí.

—No. —Tomé su mano—. Iremos juntos.

Cerramos la casa y caminamos con cautela hacia la cama. Me quedé despierta por varias horas mientras Manfred dormía a mi lado. Me pregunté si soñaba o si estaría en la serena inconsciencia del sueño profundo.

Después de unas horas de descanso, ambos nos despertamos con una sensación de recelo. Manfred levantó un tablón y sacó un bulto envuelto en tela. Contenía la pistola de su padre, que pretendería meter a escondidas al campo.

—Tengo la corazonada de que necesitaremos esto —dijo mientras ocultaba el arma en su abrigo—. Es más probable que revisen al camión que a mí.

Como numerosas tropas alemanas pasaron la noche anterior en retirada, el camino estaba desierto en la oscuridad antes del alba. Mientras íbamos en el camión, el cielo se aclaró y el sol se abrió paso entre las nubes de la mañana.

—Es necesario que te resguardes y ocultes si la guerra llega al Stalag VII-A —continuó Manfred, con las manos aferradas al volante—. Mi pistola no es una gran arma si la comparas con una automática, pero puede derribar a algunos miembros de la SS.

Una combinación de euforia y susto me hacían temblar. Garrick me había dicho que regresaría al campo. ¿Él sería el «enemigo»? Tal vez los Aliados protegerían el campo antes de que se derramara la sangre, pero dudaba que fuera el caso.

—Tú también cuídate —dije—. No te enfrentes a la SS.

—No te preocupes por mí. Escóndete en la cocina si tienes que hacerlo. Ahí nos encontraremos si nos separamos.

Cuando llegamos, Manfred y yo intercambiamos saludos con los adustos guardias. Los hombres, entre los que conocíamos a algunos, parecían preocupados por otras cosas, más allá de la seguridad del campo de prisioneros. Nos hicieron un gesto para que pasáramos, aunque no nos habían citado para trabajar en domingo. Varios guardias estaban en el nivel más alto de la torre de vigilancia y sus armas apuntaban al oeste, como si en esa dirección estuviera la clave del destino del campo.

Manfred detuvo el camión cerca de la puerta secundaria en Lagerstrasse y esperamos inquietos en la cabina durante unos minutos. Él puso la mano en la pistola, mientras yo me preguntaba si habíamos cometido un trágico error al ir al campo.

—Mira —dijo con los ojos fijos en el espejo lateral que estaba de su lado. Vi a tiempo que unos vehículos blancos marcados con cruces rojas pasaron por la puerta—. Espera aquí —indicó y se bajó del asiento del conductor.

Lo vi correr hacia los carros de la Cruz Roja. Dos oficiales prisioneros salieron de los vehículos y de inmediato los rodeó un inquisitivo grupo de guardias y presos. Los oficiales hablaron con los prisioneros por unos momentos y después todos se separaron deprisa.

Manfred corrió de regreso al camión.

—Los estadounidenses rechazaron la propuesta alemana de armisticio y de que los alrededores del campo fueran zona neutral —reportó casi sin aliento—. Va a estallar la guerra. La SS está atrincherada en el terraplén de la vía férrea.

—Debo alertar a Inga y al personal de la cocina —dije.

Manfred me besó.

—Me quedaré aquí. Ocúltate si empieza el combate.

Salté del camión, impulsada y aterrada por las noticias que Manfred me había dado. Abrí de par en par la puerta de cocina, con el corazón en la boca.

—Los estadounidenses están en camino, la SS está lista para enfrentarlos —grité—. ¡La guerra está aquí!

Ya fueran fervientes nacionalsocialistas o enemigos de Hitler, cada integrante del personal reaccionó a mis palabras. La mayor parte de los trabajadores se refugió bajo las robustas encimeras, mientras que otros huyeron como pájaros asustados. Inga no estaba por ningún lado. Me di la media vuelta, con la intención de correr hacia donde estaba Manfred, pero me encontré con que una Luger me apuntaba a la cara.

—No hiciste caso a mi consejo, Natalya. —Garrick bajó la pistola y la movió para que me saliera de la cocina—. Disfrutemos el aire fresco, antes de que aumente la temperatura. —Una vez que salimos por la puerta, apuntó la pistola a mi cabeza, me sujetó del brazo y me llevó a la esquina noreste del edificio. Luego me empujó hacia la pared, dio un paso hacia atrás y encendió un cigarro—. Te advertí que te protegieras.

—La guerra se está acercando a su fin. Pronto terminará, ¿por qué no te rindes?

Respiró y volteó su cabeza por unos segundos, miró hacia el sol que apenas se asomaba y se rio.

—¿Para qué? ¿Para que me aprisionen, para que me ejecuten por los crímenes que cometí contra la ciudadanía? Eso es lo que dirán y de esos cargos me acusarán si sus jueces en algo se parecen a los nuestros.

—Me dijiste que estabas cansado de la guerra. —Una extraña calma me invadió cuando lo miré a los ojos, era un hombre que se veía roto. Toda la vida y la energía de Garrick Adler habían desaparecido con la caída del Tercer Reich. Frente a mí se encontraba la sombra debilitada del hombre que alguna vez se rio conmigo y trató de cortejarme para traicionar a mis amigos y a mí. Yo era la traidora que lo venció en su propio juego. ¿Me odiaba por eso?

—Testificarás contra mí, ¿no es así, Natalya? Y firmarás mi sentencia de muerte. No tendrán piedad por un hombre que traicionó a la Rosa Blanca.

La pistola temblaba en su mano. Su uniforme, por lo común inmaculado, estaba arrugado y salpicado de lodo. Me pregunté si ya habría construido su madriguera en el terraplén de la vía férrea, a la espera de la llegada de los estadounidenses.

—Les diré la verdad —dije con calma.

En Lagerstrasse los prisioneros iban en tropel hacia la entrada del campamento, ninguno volteó hacia donde estábamos nosotros. Garrick levantó la pistola y la apuntó a mi cabeza.

—Yo soy la SS —declaró—. La SS no se equivoca, nuestro deber es librar al mundo de los subhumanos. —Repitió esas palabras con los ojos cerrados, como si fuera una oración, y con el dedo sobre el gatillo de la Luger.

—Ríndete, Garrick —dije con suavidad—. Se acabó.

—Detente —exigió una voz firme, serena, como si flotara en la pálida luz de la mañana—. Te mataré ahora mismo. —Manfred, que había rodeado una de las barracas, se deslizó atrás de mi atacante con su pistola en mano. Garrick volteó la cabeza hacia Manfred, bajó la pistola lentamente y después la tiró en el piso. Se giró hacia mí y preguntó—: ¿Este es el hombre que conquistó el corazón de Natalya?

—Sí —contestó Manfred—, y el que pondrá una bala en tu cabeza si no la dejas ir. Si quieres pelear, hagámoslo como hombres.

Garrick, con la espalda encorvada, pateó su pistola a un lado y volteó hacia Manfred.

—Hace varias semanas le dije a Natalya que la vida estaba llena de sorpresas y hubo una que me tomó desprevenido incluso a mí. —Le dio una calada al cigarro que aún sostenía y miró al cielo—. Le dije lo hermoso que era vivir la vida y recordé cuando una vez pensé que ella podría enamorarse de mí. Me aferré a esa extraña esperanza por mucho tiempo y me arruinó. El deber se interpuso en el camino del amor. —Me señaló—. Hoy esperaba que ella cediera y prometiera no mandarme a la horca. Pero no lo hizo... Ella es mucho más valiente que yo. —Arrojó su cigarro a la tierra húmeda—. *Yo* soy el traidor porque no quiero morir por mi país, de la manera en que el *Führer* lo exige. La vida es sencilla cuando tienes el poder de decidir sobre la vida y la muerte de los demás, cuando se humillan ante ti. Natalya Petrovich es más valiente de lo que jamás seré. —Caminó hacia Manfred con los brazos extendidos—. ¿Cómo podría acabar con la vida de alguien que es tan fuerte... mientras que yo soy tan débil? Supongo que eso no es sorprendente para nadie más que para mí. —Garrick bajó los brazos y suspiró—. Déjame pelear una última vez por el país en el que creía, el que condenó mi destino.

Manfred no dijo nada, pero su pistola aún apuntaba a nuestro adversario.

—Déjalo ir —dije, porque sentí lástima por aquel hombre destrozado.

—Déjanos —le ordenó Manfred—. Me quedaré con tu pistola.

—Adiós, Natalya —dijo Garrick y me miró por última vez.

Se marchó malhumorado, rodeó la cocina y desapareció entre la multitud de prisioneros. Tomé la Luger y me arrojé a los brazos de Manfred.

Alrededor de las nueve de la mañana empezó el tiroteo en el bosque que rodeaba el campo de prisioneros. Primero fue esporádico, pero luego se incrementó el estruendo de los estallidos, a medida que aumentaba la potencia del fuego de los Aliados. Las explosiones nos ensordecieron mientras los prisioneros corrían para esconderse: unos se lanzaban detrás de las barracas, algunos trepaban a los techos y las torres para tener una mejor vista del combate, otros removían la tierra frenéticamente con las manos para hacer trincheras y quedar al nivel del piso.

Manfred y yo corrimos armados por Lagerstrasse hasta que no pudimos avanzar más. Nos unimos a un grupo de oficiales británicos que estaban parapetados en el lado este de una barraca. Mientras estuvimos ahí, las balas nos rozaban, se estrellaban en la madera y astillaban las torres de vigilancia. Nos pusimos en posición «pecho tierra» mientras los balazos silbaban por encima de nuestras cabezas.

—No te levantes —me dijo Manfred, a pesar de que no era necesario. Me cubrí con los brazos y posé mi cabeza en el lodo. Un disparo pasó zumbando sobre nosotros y un oficial aulló de dolor. Atrás de mí, un hombre se estrujaba el brazo izquierdo. Pese a la objeción de Manfred, gateé hacia el oficial y, con su ayuda, rasgué su camisa y le hice un torniquete sobre la piel herida, que sangraba mucho. Como las balas no dejaban de volar, me volví a tirar al suelo.

Si el sonido de la batalla era un indicador, la SS tenía menos armas y hombres. El estruendo de los tanques estadounidenses nos saturaba los oídos, así como las ráfagas esporádicas de la artillería pesada que estaba lejos del campo. Más cerca se escuchaban los gritos de los hombres heridos y de los moribundos. Manfred y yo seguimos junto a los oficiales británicos por más de una hora, antes de que los disparos se detuvieran de manera abrupta.

Siguió un silencio mortífero, como si nada en la faz de la tierra hubiera sobrevivido al combate. Los pájaros no cantaban y el aire se sentía inmóvil y estancado, como si Dios hubiera detenido el mundo para llevar a cabo su juicio final sobre la guerra.

Algunos presos se levantaron del piso y miraron por las esquinas de las barracas, otros salieron reptando de sus trincheras improvisadas, con los ojos abiertos de par en par y maravillados como niños en Navidad.

Y después un hermoso sonido avanzó por Lagerstrasse: la estridencia agitada de los tanques que estrujaban el piso era inconfundible. Los prisioneros de guerra británicos, Manfred y yo corrimos a la calle y vimos cuando tres tanques estadounidenses destrozaron la puerta del Stalag. Uno se precipitó hacia la torre de vigilancia principal y su pesado cañón se acercó a la estructura. Con un disparo, la torre habría quedado hecha trizas, así que los guardias alemanes bajaron sus armas y levantaron las manos.

Otros tanques rugieron por Lagerstrasse y luego se detuvieron, incapaces de seguir avanzando entre la multitud de hombres que los aclamaban y sollozaban. Manfred y yo lloramos con ellos y vimos cuando se treparon a las máquinas que los liberaron, como hormigas que se abalanzan sobre un pedazo de azúcar. Estalló el caos con los prisioneros que gritaban de felicidad y se abrazaban entre sí, mientras que otros lloraban abiertamente y daban la bienvenida a gritos a los hombres que los habían salvado.

—Bájense de mi tanque, fulanos —gritó uno de los choferes para burlarse de los oficiales británicos.

—Maldito yanqui de mierda —gritó uno de los prisioneros—. Déjame besarte.

Uno de los prisioneros estadounidenses besó la oruga enlodada del tanque, como si se tratara de un amor por mucho tiempo perdido, y se abrazó al metal mientras las lágrimas resbalaban por sus mejillas.

En cuanto los estadounidenses quedaron al mando, los guardias se rindieron. Los desarmaron y los transportaron fuera del campo, ahora como prisioneros. Manfred y yo nos preguntamos qué pasaría con nosotros, como «civiles» alemanes, pero en medio de la emoción y el caos que reinaban a raíz de la liberación del Stalag nadie les puso mucha atención a dos personas que vestían ropa de calle. Deambulamos por ahí, felicitamos a los prisioneros mientras respirábamos el aire primaveral que refrescaba nuestras almas con la libertad recién recuperada.

La bandera estadounidense se izó en el campo entre vítores y unas horas más tarde otra bandera igual ondeaba en una de las torres de la iglesia de Moosburg. Cuando la elevaron sobre la ciudad, los prisioneros estadounidenses la observaron y la saludaron; sus días, meses y años de cautiverio habían terminado. Con lágrimas en los ojos miré cómo aquellos hombres saludaban a su bandera y sollozaban. Arrojé mi peluca al piso y me puse los lentes. La larga noche de tiranía y opresión había llegado a su fin.

—Debo encontrarlo —le dije a Manfred—. Quiero saber.

Vi que se llevaban a unos guardias alemanes y miembros de la SS, pero Garrick no estaba entre ellos. De haber combatido, estaría en el terraplén donde el tiroteo fue encarnizado. Exaltada de felicidad, tomé la mano de Manfred mientras caminábamos por la entrada del Stalag hecha añicos, a través del riachuelo de Mühlbach y hacia el surco al este de las vías del tren. Qué maravilloso era ser libre, caminar sin miedo a morir. Poco después llegamos al terraplén.

Ante nosotros, los cuerpos de tres hombres de la SS yacían sobre el pasto tierno de la primavera y su sangre se mezclaba con la tierra húmeda. Manfred me detuvo.

—No mires, Natalya.

—No —contesté.

Los dos primeros hombres eran extraños para mí. Sus chaquetas estaban manchadas de sangre y sus armas, al lado de ellos. Desvié la mirada, porque no quería mortificarme ni celebrar la muerte de estos soldados que eligieron el mal camino.

Sin embargo, conocía el tercer rostro.

Quise mirar hacia otro lado, pero no pude. El cuerpo de Garrick estaba boca arriba, recostado en el terraplén. El puño derecho estaba sobre su corazón; su cara, amoratada e inerte; sus ojos azules, fríos, abiertos y fijos en el cielo. La sangre se extendía por su abrigo, a la altura del pecho, y brotaba de heridas de bala en su cuello y su cabeza. Recibió al menos tres disparos de los Aliados. Su sombrero yacía volcado en el pasto, cerca de su cuerpo. No lloré mientras lo observaba. Recé por los muertos mientras Manfred me veía desde la parte alta del terraplén.

—Él no estaba armado —dijo mientras caminábamos de regreso al campo.

No respondí porque en el fondo de mi corazón sabía lo que había sucedido con Garrick Adler. Junto con los demás hombres de la SS, esperó el avance de los Aliados y, cuando la batalla empezó, se puso de pie y recibió las balas que terminarían con su vida. Esa fue su manera de demostrar que era lo suficientemente valiente para morir.

Recordé a una Natalya Petrovich más joven, que creía que no moriría, que estuvo dispuesta a sacrificar su vida por la Rosa Blanca, que mató a un hombre para salvar su vida. La Natalya que veía el cuerpo de Garrick Adler no era la misma de unos años atrás. Ella, la traidora, ahora era más sabia y consciente de la belleza frágil de la vida. Ella quería vivir.

Manfred y yo caminamos bajo el sol y las nubes esponjosas, hasta que llegamos al campo de prisioneros y nos unimos a las risas y los vítores de los demás. La celebración de la libertad se había expandido por todo el lugar.

El Reich había muerto.

CAPÍTULO 19

Al final los estadounidenses nos sacaron a Manfred y a mí del Stalag VII-A, pues tenían planeado convertirlo en un campo de reclusión para los civiles alemanes sospechosos de haber cometido crímenes de guerra.

Cuando les conté a los oficiales estadounidenses sobre mi vínculo con la Rosa Blanca, mi juicio y encarcelamiento, que pudieron confirmar a los pocos días por los registros archivados, me liberaron. Manfred recibió el mismo trato después de que testificaran en su favor aquellos que conocían a Gretchen. A ella la encontraron en prisión, a punto de morir en la guillotina, y la liberaron junto a muchas otras personas.

Un comandante estadounidense fue amable con Manfred y conmigo, y nos dio los documentos necesarios para viajar a Múnich, pasar por los puestos de control militar y buscar a mis padres. Abogué por mi caso con un militar que tenía una opinión favorable hacia mis actividades con la resistencia.

Dejamos la granja una mañana de mayo nublada y ventosa que prometía algo de calidez. Schütze brincó sobre la reja, triste porque la íbamos a dejar sola durante el día. Antes de que nos subiéramos al camión, Manfred le acarició las orejas y le aseguró que regresaríamos pronto.

El camino hacia Múnich estaba bordeado por refugiados y tropas estadounidenses. Habían desaparecido todos los símbolos de los nazis. Se me hizo un nudo en el estómago a medida que nos acercábamos a la ciudad, porque estaba llena de preguntas. ¿Estarían vivos mis padres? ¿Qué tan difícil sería resucitar a la Natalya Petrovich anterior al juicio y al encarcelamiento?

—¿Estás bien? —preguntó Manfred—. Te ves pálida.

—No sé con qué nos vamos a encontrar, si es que encontramos algo.

Pasamos por villas y pueblos, algunos se veían calcinados; otros, como si la guerra no los hubiera tocado.

—Quiero que seas feliz —dijo Manfred. Me miró por unos momentos y detuvo el camión a un lado del camino.

Nos sentamos bajo las ramas frondosas de un roble, cerca de un arroyo que fluía con rapidez. Sus aguas iluminaban las rocas con un color verdoso claro. Si no hubiera sido por mi tensión nerviosa, el sonido de la corriente de agua me habría arrullado.

Manfred me tomó de la mano y me miró fijamente.

—¿Te casarías conmigo?

Me sorprendió el momento en que me hizo esa pregunta, mas no la pregunta misma. De hecho sospechaba que me lo propondría una vez que terminara la guerra. Toqué su hombro.

—Bueno, es un poco repentino —bromeé y lo abracé—. ¿Crees que nos conocemos lo suficientemente bien?

—Sí —dijo.

—Sí —le dije y lo besé—. Me encantaría ser tu esposa.

Él sonrió y después emprendimos el camino. Recorrimos una distancia corta cuando volvimos a detenernos para que cruzara un grupo de hombres y mujeres con la ropa hecha jirones.

—¿Cuánto tiempo tardará Alemania en recuperarse? —preguntó—. ¿Por cuánto tiempo el mundo sentirá desprecio por nosotros?

No le contesté, pero sabía que a Alemania no le perdonarían sus pecados durante generaciones, si es que algún día la perdonaban.

Llegamos a la ciudad sin que nos detuvieran en los puestos de control, solo nos retrasó una revisión. Los papeles que nos dio el comandante agilizaron nuestro trayecto.

Múnich estaba en ruinas, la devastación era total excepto por algunos edificios aleatorios que habían sobrevivido al bombardeo. Muchas estructuras de edificios se erigían desnudas, como si fueran cerillos de madera carbonizados, y sus ventanas negras nos miraban como cuencas vacías. Las calles estaban llenas de piedras y ladrillos, unas vías quedaron intransitables y otras solo contaban con un carril. Las columnas del Siegestor seguían en pie, aunque con las cicatrices que habían hendido los proyectiles. El olor del humo, las cenizas y la gasolina derramada saturaban el aire, junto con la pestilencia de la muerte y los cuerpos en descomposición.

Cuando vi el nivel de destrucción, se desvaneció la esperanza de encontrar a mis padres; sin embargo, no estaba lista para rendirme.

—Vamos a Schwabing primero —le dije a Manfred y lo guie por las calles obstruidas hacia un espacio en donde nos pudimos estacionar cerca de la casa de *Frau* Hofstetter. Salimos del camión y caminamos por las calles bordeadas con desechos. Saltamos y esquivamos los escombros, y levantamos las ramas rotas y desnudas de los árboles, hasta que divisamos el que fuera mi departamento.

La parte trasera de la casa estaba reducida a un caparazón ennegrecido, con la fachada carbonizada por las llamas. Parte de la pared frontal había colapsado y debajo de esta, que había quedado a manera de cobertizo, encontramos a *Frau* Hofstetter.

Estaba hecha un ovillo bajo varias colchas. Su espalda estaba apoyada en una almohada colocada sobre los restos del tronco de un árbol. Sus ojos se entrecerraron cuando nos acercamos, claramente dudosos de nuestra identidad e intenciones, pero cuando me incliné en su hogar provisional, sus ojos se iluminaron y estiró los brazos hacia mí.

—Querida mía —dijo mientras me inclinaba para besarla—. Estás viva… Estás viva… —Me abrazó con sus brazos frágiles.

—*Frau* Hofstetter —dije—. Usted sobrevivió… Todos sobrevivimos.

—Te invitaría a mi casa, pero como puedes ver, ya no tengo. —Dio unas palmadas a una colcha para que me sentara—. ¿Quién es este joven?

—*Frau* Hofstetter, él es Manfred Voll… Nos vamos a casar.

Sus ojos brillaron de felicidad.

—Ah, estoy muy feliz por ti. Necesitamos más felicidad, más vida después de lo que sucedió. —Después, sus ojos se apagaron.

—¿Cómo está Katze? —pregunté incapaz de hacer la misma pregunta sobre el destino de mis padres.

—¿Ese gato? —Levantó las manos en un gesto de indignación—. Le va mejor que a mí. Tiene para escoger entre una gran variedad de ratones y pájaros deliciosos. Está por ahí, en algún lado, siempre regresa para hacerme compañía. Ya sabes que los gatos son cazadores. Yo y los vecinos que quedamos vivos nos alimentamos de puras sobras. Espero que los estadounidenses no nos maten de hambre.

Negué con la cabeza.

—No, *Frau* Hofstetter, no creo que lo hagan.

—Natalya, pregúntale —Manfred dijo desde afuera del cobertizo.

Se me cerró la garganta.

—*Frau…*

Acercó las manos hacia mí.

—Entiendo tu renuencia… Te tengo noticias.

—Continúe —dije con turbación.

—Natalya Petrovich, lamento decirte que tu padre murió hace varios meses. Tu madre sigue con vida, pero te advierto que no está bien, la guerra nos ha pasado la factura a todos. Por alguna razón, la Gestapo te persiguió como un perro rabioso, sin descanso. Los agentes juraron que matarían a tus padres si no te encontraban. Golpearon a tu padre y amenazaron a tu madre. Él nunca se recuperó de los golpes y la intimidación, pero ella logró vivir a pesar de su pena. Es una mujer fuerte.

La guerra me había insensibilizado hasta cierto punto, pero mis emociones se descongelaban a medida que transcurrían los días de libertad. El filo duro y dentado del dolor hirió mi corazón por la muerte de mi padre, pero no lloré, me consoló que ya no sufría más.

El asesinato del doctor y mi fuga de Schattenwald mataron a mi padre cuando yo no podía hacer nada para ayudarlo. Además, le quitaron el caso a Garrick, quien pudo haber intervenido. El odio que sentía contra los nazis durante el tiempo que pasé en la Rosa Blanca despertó.

Un maullido y un fuerte ronroneo llegaron a mis oídos. Katze salió de entre las ruinas de la casa de *Frau* Hofstetter y restregó su cuerpo contra el mío, se retorcía como todos los gatos. Me volteé, lo levanté en brazos y lo acurruqué en mi pecho.

—Por favor, llévatelo —dijo la señora—. Ya tengo suficientes dificultades para alimentarme. Considéralo tu regalo de bodas.

Miré a Manfred, quien se arrodilló para acariciar la cabeza de Katze.

—¿Crees que Schütze podrá tolerarlo? —pregunté.

—Ha convivido con gatos antes, no le agradan mucho, pero en este caso... sí.

—Gracias —dije y me incliné para darle un beso en la mejilla a *Frau* Hofstetter—. ¿Podría decirme dónde está mi madre?

Nos explicó la manera de llegar a un edificio de departamentos que estaba a varias cuadras de distancia. Al parecer, la mitad superior del edificio era inhabitable, pero los pisos de abajo permanecían en pie. Manfred estrechó la mano de la que fuera mi casera y le dijo que regresaría para ayudarla a reconstruir su hogar. Le aseguró que era bueno para esas cosas.

Nos fuimos con Katze. Parecía que el gato me había reconocido, porque se posó sobre mi hombro y no intentó escapar de mi abrazo. Después de una breve caminata encontramos el edificio. Tenía un enorme hoyo en el techo por el que la luz se filtraba y las grietas recorrían los muros de piedra de lado a lado.

—Toca la puerta —le dije a Manfred, temerosa de colapsar al ver a mi madre—. Yo sostendré al gato.

Manfred se dirigió al lugar mientras yo esperaba. Tocó, abrieron la puerta y preguntó por la señora Petrovich. El hombre que abrió desapareció y poco después mi madre, que llevaba un vestido negro y liso, apareció en la entrada y miró al desconocido.

—Madre —grité—. Soy yo.

Sus ojos se abrieron de par en par y desfalleció en la puerta. Manfred tomó en sus brazos el cuerpo tambaleante de mi madre. Ella se soltó y, con lágrimas de felicidad, corrimos la una hacia la otra, y casi aplastamos a Katze al estrecharnos.

EPÍLOGO

Pasaron muchos años antes de que mi familia y Alemania se recuperaran del dolor de la guerra. Manfred y yo nos sentimos absueltos por nuestra opinión sobre los nazis, aunque nunca la expresamos públicamente. Las emociones estaban a flor de piel y la gente se ocupaba de sobrevivir, de construirse una nueva vida, y evitaba desenterrar los recuerdos de un pasado terrible.

Mi madre vivió en la granja por un tiempo hasta que le encontramos un pequeño departamento en Moosburg. Nunca fue tan feliz en el pueblo como lo había sido en Múnich, pero ambas quisimos estar cerca durante la reconstrucción. Más que nada, extrañaba a mi padre. Ella murió en 1949, cuatro años después de que terminara la guerra. Fue una mujer que nunca se recuperó de los horrores del régimen nazi.

Manfred y yo nos casamos en diciembre de 1945, después de que las hostilidades del mundo cesaran y los alemanes tratáramos de construir algún tipo de normalidad. Nuestra boda se celebró en un día frío y nublado, fue pequeña y solo asistieron mi madre, algunos vecinos de Manfred, Gretchen, que ya no tenía que ocultarse, y *Frau* Hofstetter, quien quedó agradecida con el trabajo que Manfred hizo en su casa los fines de semana. Brindamos frente a la estufa de leña con una botella de champaña que conseguimos en el mercado negro. Para ese entonces, hasta nuestras mascotas, Katze y Schütze, ya se habían establecido en sus esquinas neutrales, en una paz conseguida a fuerza de evasión.

Tiempo después de que murió mi madre tuve una oportunidad de viajar a Múnich por tren. Los ferrocarriles ya estaban en marcha con horarios decentes. Por casualidad, en Bahnhof me encontré con una mujer que creía conocer. Como todos, había envejecido, su caminar era más encorvado y su cabello más encanecido de lo que recordaba. Se trataba de la madre de Lisa Kolbe.

Yo le hablé primero y ella volteó con los ojos muy abiertos, con una mirada tan sorprendida que rayaba en la conmoción, como si hubiera visto un fantasma, y no la culpé. Hablamos de la vida en general, y hasta del clima, antes de que llegáramos al tema de la muerte. Me contó que su esposo había muerto al terminar la guerra. Nunca mencioné la muerte de Lisa y ella tampoco tocó el tema.

—Quiero enseñarte algo —dijo—. Lo veo todos los días.

Caminamos por las calles, ahora libres de escombros, pero las ruinas seguían a plena vista. Llegamos a un edificio que no estaba lejos de donde la familia Kolbe y mis padres vivieron cuando nuestras familias se conocieron. Subimos las escaleras hacia su departamento, desde donde se veía un árbol que había sobrevivido a la guerra y estaba lleno del follaje de finales de la primavera. En días como este los recuerdos de la guerra parecían lejanos. La ventana estaba abierta de par en par y el aire fluía libre de humo y cenizas. El rumor de las construcciones sonaba a la distancia y la luz bailaba en la habitación, al ritmo de las hojas.

El objeto que quería mostrarme estaba en una pequeña mesa de madera. Era la máquina de escribir de Lisa, el metal verde estaba descolorido y descascarado por el tiempo y el uso.

—Yo escribí los panfletos en esta máquina —dije y la tristeza me invadió al pensar en nuestros esfuerzos frustrados.

—Lo sé —respondió—. Lisa nos confesó lo que había hecho unas horas antes de que la arrestaran. Fuimos muy afortunados al poder sacar la máquina de la casa y esconderla con nuestros vecinos de confianza para que los nazis no pudieran confiscarla. —Se sentó en la mesa y acarició las teclas—. Su padre y yo le enseñamos a ser independiente, a pensar por ella misma, pero nunca sospechamos que poner sus ideas por escrito fuera a causarle...

—Todos en la Rosa Blanca éramos conscientes de los riesgos —la interrumpí—. Estoy segura de que esto no va a acabar con su dolor, pero éramos ingenuos al pensar que no nos arrestarían.

—Todos los días lloro su muerte. —Me miró con los ojos llorosos y suspiró—. Me siento mejor ahora que Hitler y los que estaban de su parte están muertos o presos.

Toqué las teclas y recordé el tacto fresco del metal en la punta de mis dedos, así como las noches que pasé en el estudio de Dieter trabajando en los folletos. Los recuerdos me invadieron y tirité pese al calor de la primavera. Era un milagro que estuviera viva.

Nos separamos, pero nos prometimos seguir en contacto.

Mientras caminaba de regreso a la estación del tren llené de aire mis pulmones, disfruté cada bocanada y la ligereza de mis pasos, y pensé en un futuro que no haría más que mejorar. Estaba agradecida por Manfred, por nuestra casa, por nuestra perra y nuestro gato, y porque ambos nos libramos de ser un número más entre los millones de muertos a manos de Hitler.

Sin embargo, mi alegría se vio empañada por la desaparición de los integrantes de la Rosa Blanca, en especial la de Alex, Hans, Sophie, Willi y el profesor Huber.

Un número incalculable de personas los siguieron en su paso por la guillotina, la horca y el pelotón. ¿Valió la pena perder la vida por la resistencia? Algunos dirían que no pudimos cambiar el curso de la historia con los panfletos y las consignas que pintamos en las paredes. Yo misma me lo pregunté al mirar la máquina de escribir de Lisa. ¿Logramos algo?

Nos enfrentamos a la tiranía cuando pocos lo hacían y la gente debió haber tomado partido. El panfleto final de la Rosa Blanca que Hans y Sophie llevaron a la universidad salió de Alemania de manera clandestina, se copió millones de veces y los Aliados lo arrojaron sobre las ciudades alemanas. Seguramente algún alemán volteó al cielo a la espera de las bombas, pero en su lugar tomó el panfleto y se entusiasmó con las palabras que leyó. Eran palabras de resistencia, lucha y esperanza. ¿Fracasamos? La pregunta se respondió cuando recordé la valentía que demostraron los integrantes de la Rosa Blanca al caminar hacia su muerte, cuando en su juicio Sophie Scholl le dijo a Roland Freisler, el presidente del Tribunal Popular, que «alguien tenía que empezar».

Ella y Hans empezaron.

Continué con mi vida, siempre orgullosa, y con la promesa de jamás permitir que el mundo se olvidara de ellos.

NOTA DEL AUTOR

La Rosa Blanca ha sido el tema de una gran cantidad de libros de no ficción, así como de estudios, ensayos y conferencias académicos, y hasta de la película alemana aclamada por la crítica *Sophie Scholl, los últimos días* (2005). De hecho, la extensa bibliografía e impresionante cantidad de material de archivo sobre este caso, que sobrevivió la destrucción de la Gestapo, hizo especialmente desafiante escribir este libro desde el punto de vista de la ficción. El volumen de producción escrita e investigación histórica sobre este movimiento de resistencia es abrumador. Mi labor habría sido monumental si mi objetivo hubiera sido comparar y contrastar recuentos discrepantes.

Entonces, ¿por qué intentar escribir esta novela? Como señalé en *La catadora de Hitler*, mi novela originalmente publicada en 2018, siempre he pensado que la Segunda Guerra Mundial es un tema trágico, aterrador y aleccionador. Pese a estos antecedentes agobiantes, la guerra no solo a mí me maravilla, sino a muchas personas más.

Un artículo reciente señalaba que parte de la fascinación causada por la guerra radica en la naturaleza del conflicto mismo. Quizás esa fue la última situación bélica en la que Estados Unidos entró y salió como una nación heroica, a diferencia de los conflictos posteriores que perduran hasta el día de hoy. En opinión de algunos, tal vez se trate de la última guerra en que el bien y el mal se pudieron discernir con claridad.

Sin embargo, la Rosa Blanca no solo llamó mi atención en un sentido bélico. La historia de este movimiento de resistencia es en verdad una crónica de valentía al estilo de David y Goliat, que terminaría en una tragedia de sacrificio para la mayoría de sus integrantes. Al respecto surgen muchas preguntas. ¿Por qué intentaron distribuir panfletos incendiarios y traicioneros durante el régimen dictatorial de Hitler, cuando la probabilidad de tener éxito era casi nula? ¿Se aferraron a la esperanza de que sus panfletos lograrían cambiar el curso de la Alemania nazi y la guerra? Esas son algunas de las interrogantes más relevantes e inquietantes que me atrajeron de la Rosa Blanca.

La historia de Hans y Sophie Scholl es bien conocida en su tierra natal, pero no lo es tanto en otras latitudes. En un viaje reciente que hice a Alemania para investigar sobre *La traidora* noté algunos aspectos interesantes. Pese a que no las consideraría verdades absolutas, otras personas que han visitado el país tuvieron una impresión parecida respecto a lo siguiente:

Los Scholl y quienes formaron parte del círculo de la Rosa Blanca se convirtieron en héroes nacionales (y casi hasta de la cultura popular) y parte integral de la historia de la Segunda Guerra Mundial.

Los alemanes no miden sus palabras cuando hablan del nacionalsocialismo y de los efectos funestos que el Reich tuvo en el mundo y en su país.

Hay una gran cantidad de recordatorios sobre los horrores del nazismo, que abarcan desde placas hasta monumentos, en especial en las ciudades que sufrieron los efectos más devastadores de la guerra.

En las escuelas, los niños aprenden sobre el Reich y sus crímenes. No se ha olvidado la historia ni se ha remplazado con una narrativa falsa. En Múnich hay un museo dedicado al ascenso del nacionalsocialismo y la manera en que se relacionó con esa ciudad en especial. Es una historia aterradora y amarga que se cuenta desde el lugar que fungió como cuartel general de Hitler en Múnich.

Puedo decir con certeza que pocos europeos fuera de Alemania y los jóvenes de otros países saben gran cosa acerca de movimientos de resistencia como la Rosa Blanca y la Orquesta Roja. Su única intervención suele ser una mención superficial durante alguna clase de historia sobre la Segunda Guerra Mundial. Esta fue otra razón por la que quise escribir *La traidora*. No debemos olvidar nunca.

Aquellas personas ya familiarizadas con la Rosa Blanca conocen la historia: Hans Scholl, su hermana Sophie y Christoph Probst fueron ejecutados el mismo día de febrero de 1943; Alex Schmorell y el profesor Kurt Huber, en julio del mismo año; Willi Graf murió en octubre, solo porque la Gestapo quería que él expusiera a más integrantes del grupo. Nunca lo hizo. El corazón de la Rosa Blanca se extinguió en menos de un año. Muchos otros recibieron sentencias de duración variada por su participación y, a veces, ayuda involuntaria al grupo.

El 22 de abril de 2009, George Wittenstein, un sobreviviente de la Rosa Blanca, presentó su recuento personal del grupo, como parte del programa de la Semana en Homenaje al Holocausto que organizó la Universidad Estatal de Oregón. Ahí formuló una pregunta al estudiantado y profesorado: «¿Qué habrían hecho en relación con los nazis?». Muchos estudiantes se aventuraron a responder, pero Wittenstein los refutó sin excepción. Los teléfonos estaban intervenidos, el Estado controlaba la prensa, se necesitaban permisos laborales para todo y era casi imposible huir de Alemania porque el dinero y los recursos eran escasos para quienes necesitaban hacerlo, en el caso de que encontraran un país que los acogiera. De hecho, la resistencia de aquellos años tenía pocas opciones más allá de conformarse con el estándar del nazismo, lo que explica el nacimiento de grupos clandestinos pacíficos.

Wittenstein explicó que la comunicación era clave para los grupos de resistencia, algo que en aquel régimen era casi imposible de lograr. De acuerdo con él, en Alemania había más de trescientos grupos de resistencia, pero «no se conocían entre sí». También afirmó que la Rosa Blanca no tenía «integrantes», no tenían un número de membresía, porque los participantes eran un grupo de amigos; es decir, la relación entre ellos los hizo formar un grupo.

Por lo menos ochocientos alemanes fueron encarcelados por sus actividades de resistencia durante los años de guerra. Roland Freisler, el «juez verdugo» y de alto perfil de Hitler, cuya tarea era librar al Estado de sus enemigos, ordenó más de dos mil quinientas ejecuciones, incluyendo las de Hans y Sophie Scholl. Su método preferido era la guillotina. Irónicamente, murió en su sala de audiencia durante un bombardeo de los Aliados en Berlín, hacia el final de la guerra.

En lugar de concentrarme en la historia de Hans y Sophie Scholl, de la que se han escrito volúmenes de no ficción, decidí concentrarme en tres personajes ficticios que, en el mundo de la novela, se convirtieron en «satélites» del grupo. Lo hice por varias razones. Respeto mucho a los Scholl y a la Rosa Blanca, y no quise atribuirles palabras innecesarias. Sus diarios y los panfletos de la resistencia hablan por sí mismos. Tanto Hans como Sophie eran autores cultos y contundentes, y la escritura de Sophie a menudo estaba llena con rapsodias poéticas. Cuando una persona real de la Rosa Blanca aparece en *La traidora*, hice mi mejor esfuerzo para ser consecuente con el personaje y su sentir. No quise arruinar el legado de la Rosa Blanca al colocar a Hans, Sophie y los demás en situaciones que nunca ocurrieron.

Al igual que en mis otros libros, hice todo lo posible por vincular la ficción con la historia. Ningún suceso, nada de lo que les sucede a los personajes está fuera del ámbito de la posibilidad durante el espeluznante gobierno nazi. Las escenas sobre la Rosa Blanca, como grupo, se crearon con fidelidad a los hechos, en la medida de lo posible. Por supuesto que inventé los diálogos por necesidad, pero procuré honrar a las personas. Me tomé muy en serio esta tarea.

Los lectores a menudo quieren saber qué libros leí para llevar a cabo mi investigación. Con tan solo navegar por internet es posible encontrar una gran cantidad de materiales sobre la Rosa Blanca, pero mencionaré algunas fuentes que fueron fundamentales para la escritura de esta novela.

Annette Dumbach y Jud Newborn, *Sophie Scholl and the White Rose*, edición revisada y actualizada, Londres, Oneworld Publications, 2018.

Hans Fallada, *Solo en Berlín*, Madrid, Maeva, 2011 (es una magnífica novela sobre la resistencia de una pareja de esposos en Berlín).

Russell Freedman, *We Will Not Be Silent, The White Rose Student Resistance Movement That Defied Adolf Hitler*, Boston, Clarion Books, 2016.

Richard Hanser, *A Noble Treason, The Story of Sophie Scholl and the White Rose Revolt against Hitler*, San Francisco, Ignatius Press, 1979.

Inge Jens, (ed.), *At the Heart of the White Rose, Letters and Diaries of Hans and Sophie Scholl*, Walden, N. Y., Plough Publishing House, 2017.

Inge Scholl, (la hermana de Sophie y Hans), *The White Rose, Munich 1942-1943*, Connecticut, Wesleyan University Press, 1983.

Weisse Rose Stiftung e.V., *The White Rose*, Múnich, 2006.

Películas:

Cartas de Berlín, IFC Films, 2017 (basada en *Solo en Berlín*).

Sophie Scholl: los últimos días, Zeitgeist Films, 2005.

En Alemania hay tres excelentes museos obligatorios para quien esté interesado en el tema.

La Topografía del Terror, en Niederkirchnerstratsse, en Berlín, es un museo de historia con una sección al aire libre, que se hizo en donde fueron las Oficinas de Seguridad del Reich. El lugar también incluye una amplia sección sobre el Muro de Berlín.

En Brienner, Múnich, se encuentra la Cuna del Terror, un museo de cuatro pisos dedicado a los orígenes y la ideología del nacionalsocialismo, en la ciudad que lo vio nacer y florecer. Este museo no celebra el fascismo, es más bien una mirada educada hacia el pasado y una advertencia para el futuro.

También en Múnich se encuentra el pequeño museo Weisse Rose Stiftung (la Fundación Rosa Blanca), en la Ludwig-Maximilians-Universität, donde capturaron a Hans y a Sophie mientras distribuían su último panfleto en público.

Como siempre, agradezco a mis lectores de prueba, Robert Pinsky y Michael Grenier, a mi editor en Kensington, John Scognamiglio, a mi agente Evan Marshall y a mis correctores de estilo, Traci Hall y Christopher Hawke, de CommunityAuthors.com.

También quiero agradecer a los lectores que me han acompañado a lo largo de los cuatro libros que he publicado con Kensington. No por ser los últimos son menos importantes, ustedes me dan la fuerza para regresar al teclado y crear novelas basadas en la historia. Espero que mis libros no solo entretengan, sino que relaten historias que es necesario contar.

APÉNDICE 1

Panfleto de la Rosa Blanca. Elegí el tercer panfleto de la Rosa Blanca para incluirlo en este libro porque, entre los demás textos, este incorpora un enfoque de resistencia no violenta subjetivo y razonado contra el nacionalsocialismo. Considero que muestra las verdaderas ideas de Hans Scholl y Alex Schmorell durante esta época, así como su sentir respecto al Estado nazi.

Panfleto de la Rosa Blanca III

Salus publica suprema lex[1]

Todas las formas ideales de gobierno son utopías. Un Estado no se puede construir sobre una base meramente teórica; más bien debe crecer y madurar de manera que el individuo pueda madurar. Sin embargo, no debemos olvidar que el Estado, en su forma rudimentaria, ya se encontraba en los cimientos de la civilización. La familia es tan antigua como el hombre mismo y, a partir de este lazo inicial, el hombre estuvo dotado de razón y creó para él un Estado fundado en la justicia, cuyo principio máximo fue el bien común. El Estado debe existir como un paralelo al orden divino y la utopía máxima, el *civitas dei*, es el modelo al que nos deberíamos aproximar. No queremos juzgar las múltiples formas de

---

[1] La seguridad pública es la ley suprema.

Estado: democracia, monarquía constitucional, etcétera, pero una cuestión que es necesario plantear de una manera clara e inequívoca es que todo ser humano tiene derecho a un Estado justo y útil, uno que garantice la libertad individual, así como el bien común. Porque, de acuerdo con la voluntad de Dios, el hombre debe perseguir su objetivo natural, su felicidad terrena, con autonomía y por medio de su actividad elegida, de forma libre e independiente dentro de la comunidad y la nación en la que vive y trabaja.

Sin embargo, nuestro actual «Estado» es la dictadura del mal. Los escucho objetar: «Ah, eso lo sabemos desde hace mucho tiempo y no necesitamos que lo traigan a colación otra vez». Pero les pregunto: si ya saben eso, ¿por qué no se movilizan?, ¿por qué permiten que los hombres en el poder les roben poco a poco, abiertamente y en secreto, un derecho tras otro, hasta que un día no quede nada, más que un sistema estatal mecanizado presidido por criminales y dipsómanos? ¿El abuso ha destrozado nuestro espíritu al grado que olvidamos que es nuestro derecho, o más bien nuestro *deber moral*, abolir este sistema? Pero si una persona carece de la fuerza para exigir su derecho, entonces es una necesidad absoluta que esa persona caiga. Mereceríamos dispersarnos por la tierra como el polvo que se lleva el viento si no reunimos nuestro poder en esta hora tardía y por fin nos armamos del valor que hasta ahora nos ha faltado. ¡No hay que ocultar la cobardía bajo un manto de prudencia! Porque con cada día que dudes, que no te opongas a este monstruo infernal, tu culpabilidad seguirá creciendo cual curva parabólica.

Muchos, quizá la mayoría de los lectores de este panfleto, no están seguros sobre cómo oponer resistencia de una manera efectiva. No ven la oportunidad de hacerlo. Queremos demostrarles que todos pueden contribuir al colapso de este sistema. Mediante la animosidad individual, a la manera de los ermitaños resentidos, no será posible sentar las bases para derrocar este «gobierno» ni incluso hacer una revolución lo más pronto posible. No, solo se puede lograr a partir de la cooperación de mucha gente enérgica y convencida, que acuerde de qué medios se valdrá para lograr su objetivo. No tenemos muchas opciones. Solo hay un medio al alcance de nosotros: la *resistencia no violenta*.

El sentido y el objetivo de la resistencia no violenta es derribar el nacionalsocialismo, y en esta batalla no debemos retroceder, sin importar el curso que tomen los acontecimientos. Debemos atacar el nacionalsocialismo *en donde sea vulnerable*. Debemos acabar con este Estado monstruoso cuanto antes. La victoria de la Alemania fascista en esta guerra tendría consecuencias inconmensurables y aterradoras. Una victoria militar sobre el bolchevismo no debe convertirse en la principal preocupación de los alemanes. La derrota de los nazis debe ser, *sin concesión alguna*, la prioridad absoluta. En los panfletos por venir demostraremos que atender esta última demanda es una urgencia imperiosa.

Y ahora cada hombre que por convicción se oponga al nacionalsocialismo debe preguntarse de qué forma puede pelear contra el actual «Estado» de la manera más efectiva, cómo puede atacarlo en sus puntos más débiles. La respuesta, sin duda, es mediante la resistencia no violenta. Es obvio que no podemos entregarle un plan de acción a cada persona, solo podemos sugerir uno en términos generales y cada persona debe encontrar su propio camino para lograr su cometido.

Sabotear las fábricas de armamento y la industria bélica; *sabotear* todas las reuniones y mítines de las organizaciones del Partido Nacionalsocialista. *Obstruir* el funcionamiento continuo de la maquinaria de la guerra que solo apuntala y perpetúa al Partido Nacionalsocialista y su dictadura. *Sabotear* todas las áreas de la ciencia y la academia que impulsen la continuación de la guerra, ya sea en universidades, escuelas técnicas, laboratorios, institutos de investigación o agencias técnicas. *Sabotear* todos los eventos culturales que puedan aumentar el «prestigio» de los fascistas entre la gente. *Sabotear* todas las expresiones artísticas que estén conectadas, ya sea mínimamente, con el nacionalsocialismo o estén al servicio de él. *Sabotear* todas las publicaciones y los periódicos que están en la nómina del «gobierno», defienden su ideología y diseminan mentiras zalameras. No hay que dar un solo centavo a las colectas de la calle, aunque se lleven a cabo con el pretexto de la caridad. Esto solo es un disfraz. En realidad, los ingresos no benefician a la Cruz Roja ni a los destituidos. El gobierno no necesita este dinero, no depende económicamente de estas recaudaciones. Después de todo, las imprentas manufacturan continuamente la cantidad de papel moneda deseada. Pero dejan en suspenso a la gente una y otra vez, ¡porque no les es posible dejar de estirar la cuerda! No contribuyan a las colectas de metales, textiles y demás. Busquen convencer a todos sus conocidos, incluso a aquellos de los estratos sociales más bajos, del sinsentido de continuar, de la desesperanza de esta guerra, de la esclavitud espiritual y económica a la que nos han sometido los nacionalsocialistas, de la destrucción de todos los valores morales y religiosos, y anímenlos a oponer una resistencia no violenta.

En su *Política*, Aristóteles dijo que parte de la naturaleza de la tiranía es «tener gentes que se enteren de todo en las sociedades y en las reuniones […] sembrar la discordia y la calumnia entre los ciudadanos; poner en pugna unos amigos con otros, e irritar al pueblo contra las altas clases que se procura tener desunidas. A todos estos medios se une otro procedimiento de la tiranía, que es el empobrecer a los súbditos, para que por una parte no le cueste nada sostener su guardia, y por otra, ocupados aquéllos en procurarse los medios diarios de subsistencia, no tengan tiempo para conspirar. […] Puede considerarse como un medio análogo el sistema de impuestos que regía en Siracusa: en cinco años, Dionisio absorbía mediante el impuesto el valor de todas las propiedades. También el tirano hace la guerra».[2]

¡Favor de copiar y distribuir!

---

[2] N. de la t. Este pasaje se extrajo de la edición de la *Política* de Aristóteles editada por Austral en 1941 y traducida por Patricio de Azcárate.

APÉNDICE 2

Permisos

El panfleto de la Rosa Blanca número III, la entrada que Hans Scholl escribió el 28 de agosto de 1942 sobre el entierro de un ruso y el primer párrafo del sexto panfleto pertenecen al cuadernillo *The White Rose* (2006), publicado por Weisse Rose Stiftung, Múnich, se autorizaron para su aparición en las páginas 74-76, 63 y 81, respectivamente. El tercer panfleto aparece en el apéndice 1 y en la intervención de Hans Scholl, en la página 40 de la novela, y el sexto panfleto aparece en la página 186.

Las palabras de Hans Scholl en las páginas 41 y 42 se tomaron con autorización de una carta que les escribió a sus padres el 18 de septiembre de 1942 y que aparece en *At the Heart of the White Rose, Letters and Diaries of Hans and Sophie Scholl* (2017), de Plough Publishing House, página 242.

Los fragmentos del discurso del *Gauleiter* Paul Giesler, en la página 153, se reprodujeron con la autorización del licenciante por medio de PSLclear, de *Sophie Scholl and the White Rose* (2018), de Annette Dumbach y Jud Newborn, Oneworld Publications, página 131.

Los fragmentos de las páginas 161 y 162 pertenecen a *The White Rose, Munich 1942-1943* (1983), de Inge Aicher-Scholl, publicado por Wesleyan University Press y fueron reimpresos con autorización. Las páginas 203 y 204 de la novela hacen referencia a la carta que Else Gebel le escribió a Inge Scholl acerca de la Rosa Blanca de Múnich (1942-1943).

La descripción de la prisión de Stadelheim de las páginas 220 y 221 se basó en el testimonio de Roy Machon y se usó con la autorización del Archivo Frank Falla (www.frankfallaarchive.org).

La descripción del Stalag VII-A en Moosburg, en la página 294, se usó con la autorización del Proyecto Hawaii Nisei de 2006 y 2007 (www.nisei.hawaii.edu), del Centro de Historial Oral del Departamento de Estudios Étnicos de la Universidad de Hawái. Está basada en el recuento del señor Stanley Masahura Akita (estadounidense de ascendencia japonesa en la Segunda Guerra Mundial), quien estuvo preso ahí.

APÉNDICE 3

Glosario de palabras y lugares alemanes de relevancia en La traidora.

Kristallnacht. La Noche de los Cristales Rotos fue una matanza que duró dos días, del 9 al 10 de noviembre de 1938, en la Alemania nazi. Se perpetró en contra de los judíos y su saldo fueron varias muertes y arrestos, incendio de sinagogas y vandalismo, y destrucción de negocios semitas.

Putsch. Significa «golpe o revuelta» y en alemán se usa con el artículo masculino *der*.

Múnich. Es la capital y ciudad más grande del estado sureño alemán de Bavaria. Al principio de la década de 1920 se convirtió en el epicentro de la política nacionalsocialista y de su ascenso al poder.

Juden. Plural de *judíos* en alemán; *Jude* en singular.

Rumfordstrasse. Calle comercial y residencial que se encuentra al sureste del centro de Múnich.

Reich. La referencia abreviada del Tercer Reich, que alude al sueño de Hitler de tener un gobierno germánico de mil años. A veces se le nombra Tercer Imperio, en tanto que el Sacro

Imperio Romano Germánico fue el primero y el Imperio Alemán el segundo.

Nazi. Palabra peyorativa que se refiere al nacionalsocialismo.

Gestapo. La policía secreta del gobierno nacionalsocialista de Hitler. Hermann Göring la creó en 1933 y se convirtió en una fuerza de terror en contra de quien se atreviera a desafiar al Reich.

Wehrmacht. Las fuerzas armadas de la maquinaria de guerra del Reich.

Esvástica. Es la «cruz gamada» que el partido nazi adoptó, colocó en banderas y brazaletes, y se apropió con varios fines militares y políticos. En la historia reciente se identifica con el fascismo y las organizaciones de extrema derecha, pese a que la esvástica tiene una larga historia como palabra y símbolo, y también alude a la «buena suerte».

Reichsmark. Fue la moneda alemana de 1924 a 1948. Después fue remplazada por el marco en Alemania occidental y oriental.

Frauenkirche. La catedral de Nuestra Señora pertenece a la arquidiócesis de Múnich. La estructura actual data del siglo XV.

Marienplatz. La Plaza de Nuestra Señora, es la plaza central de Múnich y tiene una columna dedicada a María, la madre de Jesús.

SA. Una sección militar que en la primera etapa del partido nazi tenía varias funciones, incluida la de proteger al partido. Con el tiempo la SS la eclipsó.

Nein. Significa «no».

Dachau. Fue el primer campo de concentración que los nazis abrieron en 1933, en lo que hoy es el Múnich suburbano. Se convirtió en el modelo para todos los demás campos y tenía un crematorio, así como una cámara de gas que, según los registros, nunca se usó.

Neuhauserstrasse. Una calle antigua e importante de Múnich.

Rosental. Otra calle en Múnich, en este caso la sede de una gran tienda departamental que fue víctima del vandalismo durante la *Kristallnacht*.

Lebensraum. Principio ideológico de Hitler que respaldaba la expansión territorial de Alemania para agrandar su imperio. Las tierras del este, incluida Rusia, fueron el primer objetivo de la invasión nazi con esta política.

Abitur. Certificación que reciben los estudiantes alemanes al aprobar los exámenes finales de la educación media. Son una suerte de peldaño hacia la educación superior.

Verboten. Significa «prohibido».

Schwabing. Un barrio al norte de Múnich que está cerca de varias universidades, incluida la Ludwig Maximilians, donde arrestaron a Hans y Sophie Scholl. Ahora es un moderno distrito residencial y de negocios.

Leopoldstrasse. Un bulevar importante y calle principal del distrito de Schwabing.

Haus der Deutschen Kunst. La Casa del Arte Alemán fue la primera estructura monumental que comisionó el partido nazi. Durante la guerra albergó lo que el Reich consideraba lo mejor del arte alemán.

Café Luitpold. Café histórico ubicado cerca del primer cuartel general de la Gestapo en Múnich. Durante la guerra el cuartel fue destruido, pero el café sigue sirviendo café, comida y postres.

Prinzregentenstrasse. Una de las cuatro avenidas reales, donde se ubica la actual Casa del Arte Alemán.

Odeonsplatz. Plaza en el centro de Múnich, donde ocurrió el fatal tiroteo del *Putsch* en 1923.

Feldherrnhalle. Estructura monumental en la Odeonsplatz, inspirada en una logia italiana. Fue escenario de la batalla del *Putsch* y se convirtió en el monumento a los nazis caídos. Se esperaba que los transeúntes hicieran el saludo nazi al pasar por el lugar. Para evitarlo, muchos caminaban por una calle angosta detrás del monumento.

Reichsarbeitsdienst (RAD). Servicio de Trabajo del Reich. Entre sus tareas se incluía encontrar empleo para los ciudadanos y promover la ideología nazi mediante los programas laborales.

Reichskammer. Director de la Cámara de Artes Visuales del Reich, o el árbitro gubernamental de las artes visuales.

***Residenz* cerca del Hofgarten**. El lugar donde se llevó a cabo la Exhibición de Arte Degenerado.

Kameradschaft. Camaradería, que en este caso se refiere a una escultura monumental de dos hombres desnudos que representaba el ideal ario del trabajo en conjunto.

Ludwigstrasse. Una de las avenidas reales de Múnich que conduce a la universidad en la que Hans y Sophie Scholl fueron arrestados.

Siegestor. Es el arco del triunfo originalmente dedicado a la armada bávara. Define el límite entre Maxvorstadt y Schwabing.

SS. Término general que se usaba para referirse a las *schutzstaffel*, que incluía a casi todos los grupos responsables de la seguridad del Reich. En los años nazis, la SS también instauró un reinado de terror y fue responsable de gran parte del genocidio perpetrado por el Reich.

Palacio de Justicia. Un edificio grande y ornamentado en el centro de Múnich que fue sede del juicio de Hans y Sophie Scholl. Tiene una sala que rinde homenaje a la Rosa Blanca.

Prisión de Stadelheim. Uno de los penales más grandes de Alemania y lugar donde ejecutaron a Hans y Sophie Scholl. Muchos prisioneros famosos y tristemente célebres estuvieron encarcelados en este presidio suburbano de Múnich.

Hauptbahnhof. La estación de tren principal, que a veces se conoce como la estación «central».

Frauen-Warte. Revista nazi para mujeres aprobada por el partido. Era una fuente de propaganda que promovía el cuidado del hogar, la maternidad y otros principios del Reich; además ofrecía lecciones para aprender a coser, así como recetas de cocina.

Oberabschnitt Donau. La SS austriaca, un nombre que la SS no reconoció oficialmente.

Englischer Garten. El jardín inglés es un extenso parque en Múnich que abarca desde el centro de la ciudad hasta el noreste. Tiene un arroyo llamado Schwabinger Bach y colinda con el río Isar.

Deutsches Museum. Un museo grande de ciencia y tecnología en Múnich.

Gauleiter. Líder del partido nazi que designaba Hitler.

Ich hatt' einen Kameraden (**Yo tenía un camarada**). Un lamento por los soldados alemanes caídos.

Palacio Wittelsbacher. Palacio real que después albergó el cuartel general de la Gestapo y una prisión durante los años nazis.

Untersturmführer. Oficial de rango medio de la SS.

Schattenwald. Un manicomio ficticio cerca de Múnich. Por toda Alemania hubo una gran cantidad de sanatorios donde los administradores y doctores nazis practicaban atrocidades de manera clandestina.

Tod. Significa «muerte».

Moosburg. Pueblo que se encuentra aproximadamente a cuarenta y cinco kilómetros al noreste de Múnich.

Lagerstrasse. Calzada principal del Stalag VII-A.